I0597703

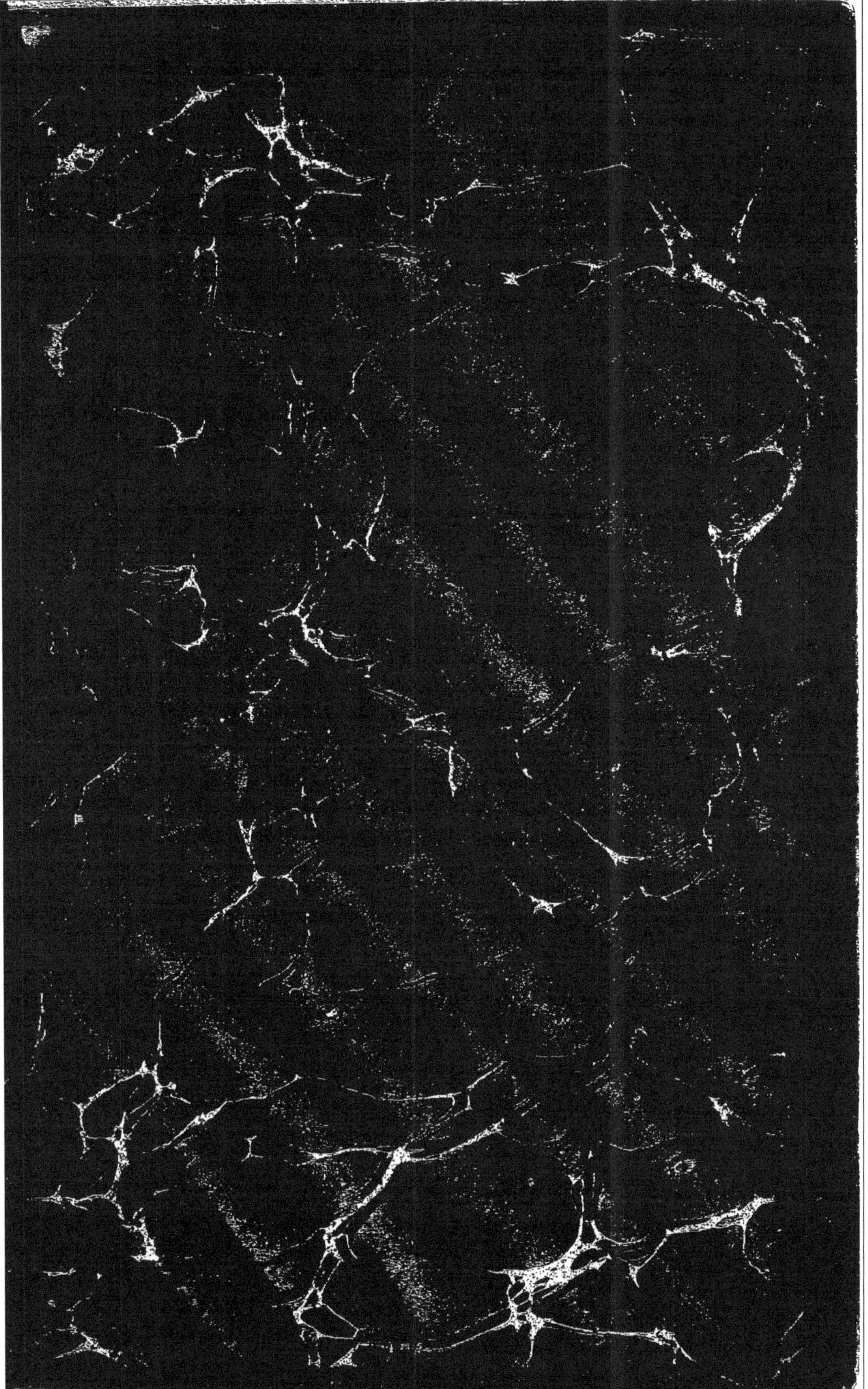

17490

DU

POLYTHÉISME

ROMAIN;

IMPRIMERIE DE Me Ve POUSSIN
RUE ET HÔTEL MIGNON, N° 2, F. S.-G.

DU
POLYTHÉISME
ROMAIN,

CONSIDÉRÉ DANS SES RAPPORTS AVEC LA PHILOSOPHIE GRECQUE
ET LA RELIGION CHRÉTIENNE ;

OUVRAGE POSTHUME

DE BENJAMIN CONSTANT;

PRÉCÉDÉ

D'UNE INTRODUCTION
DE M. J. MATTER,

INSPECTEUR GÉNÉRAL DE L'UNIVERSITÉ DE FRANCE.

« L'époque où les idées religieuses disparaissent de l'âme
des hommes est toujours voisine de la perte de la liberté ;
des peuples religieux ont pu être esclaves, aucun peuple
incrédule n'a pu être libre. »　　　B. C.

TOME I.

***

PARIS,

CHEZ BÉCHET AÎNÉ, LIBRAIRE,

QUAI DES AUGUSTINS, N° 21.

1833.

POLYTHÉISME ROMAIN

TOME II

PARIS

PRÉFACE

DE L'ÉDITEUR.

Les volumes que nous publions aujourd'hui, entièrement écrits de la main de M. Benjamin Constant, achevés peu de temps avant sa mort, étaient destinés, par lui, à compléter son premier ouvrage de la Religion, dont ils forment la suite, et auquel ils se rapportent dans plusieurs passages.

Le texte était non seulement écrit, il était même revu par l'auteur. Il est dans un tel état de netteté, qu'il ne laisse rien à désirer sous ce rapport.

Des soins analogues avaient été don-

Tome I.   *a*

nés aux notes inscrites au bas des pages. On voit cependant que l'auteur se proposait de revenir sur quelques-unes de ses citations, afin d'en préciser et d'en compléter les indications insuffisantes. L'auteur de l'Introduction a bien voulu revoir celles du second volume et une partie de celles du premier, à partir de la dixième feuille. Les premières feuilles de ce volume avaient été soumises à la révision d'une autre personne.

Cette remarque, qui n'a pour but que de faire voir le degré d'attention qui a été donné aux dernières pages d'un homme si célèbre, a d'ailleurs peu d'importance. Les citations portées au bas des pages n'ajoutent rien à l'intelligence du livre, et sont destinées aux seuls érudits qui, en général, connaissent trop bien les textes anciens pour qu'il soit besoin de les leur rappeler.

S'il eût été possible de toucher au

travail d'un écrivain que l'Europe n'oubliera pas plus que la France, nous eussions fait achever le chapitre sur Julien, et celui qui devait former la conclusion de l'ouvrage. Il nous a paru plus religieux de ne donner que ce qui est de la main de l'auteur, au risque de le donner plus incomplet en le donnant plus pur, et nous ne pensons pas qu'il puisse y avoir à ce sujet une opinion différente de la nôtre. Quelques lignes de plus d'un tel écrivain eussent ajouté sans doute à sa gloire; quelques lignes de moins n'affaibliront pas notre admiration pour son talent.

INTRODUCTION.

Dans l'ouvrage posthume d'un auteur célèbre, ce qu'on cherche avant tout, c'est son
dernier mot, c'est la solution à laquelle il est
arrivé sur la question principale qui a préoccupé
son esprit. Quand un écrivain s'est fait réellement une question spéciale, quand il se l'est
faite grande, et l'a traitée avec science, il s'est
formé entre lui et le public une sorte d'enga-
gement. Si le débat n'a pas été vidé, si l'é-
crivain a renoncé à l'épuiser, ou que la mort
ait brusquement tranché le fil de méditations
qui devaient amener un résultat, il y a pour
l'opinion un mécompte pénible. Qu'alors la
voix qu'on ne croyait plus entendre vienne à

se ranimer ; qu'une dernière parole s'échappe, pour ainsi dire, de la tombe pour achever un discours qui semblait à jamais interrompu, et l'attention est extrême. Un silence religieux accueille des accens qui arrivent à nous comme d'un autre monde.

Benjamin Constant vient ainsi se faire entendre de nous une dernière fois. Entre lui et le public une question immense était engagée et le débat qu'il avait porté devant l'opinion n'était pas vidé. Dans la foule des questions agitées en France depuis l'époque où s'agitent presque toutes les questions, Benjamin Constant s'était emparé de la plus haute, de la plus ardue, de la question religieuse, non pas de la question chrétienne seulement qu'avaient abordée tant d'autres, mais de la question entière. En face de tous les systèmes du présent et du passé, devant toutes les opinions en conflit, devant cette vieille affirmation qui proscrit jusqu'au doute, et cette négation envahissante qui voudrait couvrir de ses mépris la dernière des croyances, il s'était, indépendant de tout parti , demandé s'il y avait dans l'homme quelque chose qui répondît au mot de religion admis dans les langues de tous les peuples? s'il était possible de remonter jusqu'à la nature de ce quelque chose, jusqu'à son élément le plus simple, et, par suite , à l'origine d'un système ou de tous les systèmes religieux ? Il s'était demandé, si cet élément était périssable ou permanent, s'il se retrouvait ou non sous les diverses formes que l'humanité a successessivement données à ses croyances , et s'il a été le fondement véritable ou bien le simple prétexte des institutions qu'on a nommées religieuses ?

Ces questions si générales avaient évidemment pour but d'en résoudre une plus spéciale , plus directe, la question religieuse de notre âge. Le dix-neuvième siècle peut-il avoir aussi une religion ? est-il possible qu'il n'en ait pas une ? n'est-il pas impossible qu'il se fasse une religion nouvelle ?

Telle était, n'en doutons pas, la vraie question qui se cachait sous la question apparente, et qui ne se faisait ainsi petite que pour se faire pardonner sa grandeur.

L'écrivain qui les posa toutes deux, les a-t-il résolues l'une et l'autre, ou l'une par l'autre ?

Pendant vingt à trente ans d'une vie diversement, orageusement occupée ; d'une vie dont nos révolutions politiques et nos destinées sociales semblaient être saisies exclusivement, Benjamin Constant a consacré à ces questions ses études les plus sérieuses. Ni les ennuis inséparables d'un genre de recherches qui contrariait ses habitudes et paralysait, en quelque sorte, la brillante fécondité de son talent (1), ni l'indifférence que

---

(1) C'est surtout pendant son séjour peu volontaire à Gœttingue, qu'il a travaillé à ces recherches, favorisé par la riche bibliothèque de cette université célèbre.

l'esprit du temps opposait au sien n'avaient pu l'arracher à la tâche qu'il s'était prescrite, et l'ouvrage de la *Religion considérée dans sa source, dans ses formes et ses développemens* est là pour nous dire si la cause est entendue et jugée.

Ce livre, achevé peu d'heures avant la mort de son auteur, accueilli par les uns avec une grande faveur, avec une prévention extrême par les autres, a prouvé que le débat était sérieusement examiné et a étonné tout le monde par la grave modération, par le sentiment profondément religieux qui le caractérisent. Il avait d'ailleurs de commun avec toutes les autres pages de Benjamin Constant, les charmes d'une diction ravissante d'élégance et de clarté, et, la forme étant venue ajouter sa magie à la puissance des faits, les leçons données à toutes les consciences par l'histoire de tous les sanctuaires furent bientôt reçues avec déférence.

Aux jugemens portés par les uns et les au-

tres sur une composition si immense , em-
brassant tous les âges, toutes les idées de
l'humanité, toutes les langues, tous les systèmes et tous les monumens du monde
ancien, nous n'avons rien à ajouter, si ce
n'est cette remarque, que le livre de la religion
est le discours préliminaire, la véritable introduction des volumes qu'on publie aujour-
d'hui. Ce sont ces volumes qui constituent
l'ouvrage , qui présentent le résultat d'un si
long travail et renferment le dernier mot d'un
auteur si célèbre.

Sous ce point de vue, le Polythéisme de
Rome, considéré dans ses rapports avec la
philosophie de la Grèce et le théisme de la
religion chrétienne, est peut-être l'ouvrage
le plus remarquable des derniers temps. Il
épuise deux questions au lieu d'une, une
question générale et une question particulière : la question d'une religion , et la question particulière du christianisme. Ni la supériorité du christianisme sur tout autre sys-

tème, ni la nécessité d'un système religieux quelconque, à quelque degré de civilisation que puisse arriver l'humanité, ne paraissent désormais contestables. Si l'examen de ces deux points avait jamais pu être plus complet, il n'eût jamais été si impartial; aussi jamais solution n'a offert ce degré d'évidence, cette puissance de démonstration, qui distinguent le résultat qu'on nous donne.

Ce résultat ne peut toutefois nous surprendre. En lisant l'ouvrage de la *Religion considérée dans sa source,* chacun a dû le pressentir.

Sans doute dans ces volumes, Benjamin Constant ne parle pas le langage d'un homme bien extraordinairement religieux, d'un ami déclaré de tels ou tels dogmes, d'un partisan démonstratif de telle église ou de telle autre; il n'est le fidèle d'aucun temple; mais son âme est profondément empreinte de la puissance des émotions et du charme des espérances religieuses. Cette intelligence claire et nette, cette sévère raison qu'a façonnée le dix-huitième siècle, qui s'est nourrie de Voltaire, de Montesquieu et de Bayle et qui a parcouru tout le cercle des opinions humaines à l'école des libres penseurs de tous les pays, ne se dément pas un instant dans ces pages; mais c'est pour cela même que toute sa marche est si imposante et que ses dernières découvertes ont tant d'autorité. Cette pensée, toujours si lucide, se revêtant constamment d'un langage si simple et si pur, si libre et si chaste ; cette raison à la fois si subtile et si ferme, dédaignant toute espèce d'illusions, bannissant toute espèce de sophismes, et ne respectant, de toutes les erreurs, que celle de la bonne foi, est elle-même d'autant plus respectable qu'elle obéit plus sagement aux lois éternelles de l'intelligence divine.

A l'époque où furent tracées ces premières pages de *la religion*, il fallait à un philosophe une sorte de courage, non certes pour subir la conséquence de ses propres méditations, mais pour venir proclamer, dans l'organisation de l'homme, avec le célèbre pélerin de la Palestine et l'éloquent prêtre de Saint-Sulpice, la puissance fondamentale et indestructible de l'élément religieux. Et Benjamin Constant est venu développer ce fait moral comme une sorte de découverte, au moment même où les hommes auxquels l'unissaient toutes ses sympathies, en avaient fini avec cette question dans un sens tout différent. Mais telle était la puissance de sa conviction ou l'ascendant du génie qui l'entraînait, que partout, en dépit de l'œuvre et des peines que lui mesurait chaque jour et au travers des traditions les plus absurdes, des plus étranges symboles et des formes les plus bizarres, il recherchait et venait dénoncer partout ce sentiment religieux qui était pour lui toute l'énigme de l'humanité, le plus noble privilége et le plus inaliénable des titres de notre grandeur.

Je vais ici à la rencontre d'une objection, d'une accusation même. Si le célèbre écrivain,

qui a successivement passé en revue toutes
les opinions de l'intelligence humaine, par
une de ces transitions qui se sont vues, avait
changé de système une fois, deux fois dans
sa vie, tout serait expliqué dans un autre sens.

Mais ces changemens ne se sont pas faits. A
l'examen, jamais il n'a substitué la foi ; au ratio-
nalisme, le mysticisme. Que nous montrent la
plupart des conversions célèbres dans l'histoire?
une intelligence affaiblie par l'âge, accablée
par le doute, flétrie par la négation, avide de
recevoir la doctrine qui affirme le plus haut. Ici,
il n'y a rien de tout cela. Benjamin Constant,
dominé par un sentiment religieux qu'il cons-
tate comme historien, qu'il proclame comme
philosophe, ne fait rien de plus que sa raison
ne le force de faire ; il est religieux, mais sa
religion est tout entière dans lui-même. Elle
ne revêt ni forme ni symbole en dehors de
son for intérieur ; elle est sans dogme. A la
vérité, il reconnaît cet élément sous toutes
les formes que d'autres lui ont données ;

mais c'est pour cela qu'entre toutes les formes, il n'y a pour lui qu'une supériorité relative. Cette supériorité, il la proclame où il la rencontre, et le théisme reçoit de sa part les plus purs hommages; mais que ce théisme soit la forme absolue, le symbole parfait, le dernier mot de la raison divine ou humaine, Benjamin Constant ne le dit nulle part, parce qu'il ne l'a jamais pensé.

Venir affirmer le contraire ou le laisser croire, serait abaisser l'écrivain; ce serait affaiblir son autorité, car ce serait mettre sa raison aux prises avec elle-même. «La révélation peut très bien se concilier avec notre système, dit-il; la succession des formes religieuses ne conduit pas à la nier. Dieu peut présenter à l'homme la révélation d'une manière surnaturelle et l'en affranchir d'une manière surnaturelle.»

«Oui, sans doute, il y a une révélation, ajoute-t-il, mais cette révélation est universelle, elle est permanente, elle a sa source dans le cœur humain (1). »

Si une profession de foi aussi nette pouvait laisser encore quelque doute et provoquer une question de plus, la fin du livre y répondrait de la façon la plus catégorique. « Que sont les dogmes? » se demande l'auteur, après avoir parcouru tous ceux que fournit l'histoire. « La rédaction des notions conçues par l'homme sur la divinité. Quand ces notions s'épurent, les dogmes doivent changer. Que sont les rites et les pratiques? Des conventions supposées nécessaires au commerce des êtres mortels avec les dieux qu'ils adorent. L'anthropomorphisme sert de base à cette idée (2). »

On le voit, cette profession de foi est une déclaration pour et contre toute foi donnée,

---

(1) *De la Religion*, I. 12.
(2) *De la Religion*, V, 200.

toute rédaction faite , car dans la pensée de l'auteur tout signe, tout symbole est bon pour un temps ; mais le sentiment religieux repré- senté par le symbole ou par le signe est seul éternel, et tout ce qui est passager devient mauvais en voulant changer de nature , devenir permanent. Avec cette prétention à la perpétuité commence l'erreur d'une situation stationnaire , c'est-à-dire que là commence la lutte entre le progrès et l'immobilité, entre la vie de la pensée et la mort du symbole.

Ce système est complet, on y voit un principe dont l'application est partout et des conséquences qui font envisager les doctrines avec une tolérance de sentimens et une hauteur de vues nouvelles. Si les conséquences ne sont pas jetées par l'écrivain à tout venant, elles n'échappent pourtant à personne, et plus l'application en est demeurée en réserve, plus l'autorité de la théorie est entière... Elle est peu de chose pour la secte , elle est beaucoup pour l'humanité. La secte elle-même trouve là source de toute religion , et par conséquent une base inébranlable pour la sienne, dans ce sentiment que l'auteur nous montre si indestructible à travers toutes les vicissitudes de dogme et de forme. Ce sentiment, il le proclame si vrai, il le reconnaît si grand, qu'il peut se dispenser d'en déduire la nature et l'origine ; tant cette origine est supérieure à l'homme, que cette nature est divine. Dieu seul a pu donner à l'humanité ce céleste élément que l'humanité, dans ses aberrations les plus graves, dans la plus profonde altération de son caractère moral, n'a jamais pu anéantir et à peine contester quelquefois.

Ces principes, dans la bouche qui les énonce, ont un singulier air de nouveauté : c'est le plus pieux acte de foi qu'ait jamais fait un homme de cette opinion. L'écrivain qui, tour à tour, passe du scepticisme au dogmatisme et du dogmatisme au mysticisme, peut avoir devant sa conscience des motifs qui le justifient, mais il est sans autorité pour les spectateurs de ses métamorphoses. Quelque inconstans que nous soyons et quelque charme qu'aient pour nous nos changemens, nous demandons aux autres plus de persistance. Nous voulons savoir sur quoi compter à leur égard; nous nous impatientons d'une mobilité dont les raisons nous échappent, de fluctuations auxquelles nous sommes étrangers; et quoique nous admettions en principe que les rétractations puissent être quelquefois les effets d'un sévère examen ou d'une profonde découverte, en un mot des actes de force, nous prenons volontiers chaque rétractation en détail pour un signe de faiblesse. Or, voilà un écrivain qui, nourri dans le scepticisme, élevé au milieu d'un doute général, s'insurge contre ce géant, le prend corps à corps dans son athlétique nudité, le repousse et se réfugie dans le sanctuaire de sa propre conscience pour s'y constituer une religion. Vainqueur, il embrasse avec joie la statue du dieu qu'il a découvert, mais il jouit de son triomphe avec une modération, qui est presque un hommage pour son adversaire. En effet, il le ménage d'autant plus qu'il le connaît mieux et se garde d'autant mieux de passer dans l'école rivale, qu'il craindrait d'y trouver plus d'erreurs que dans celle qu'il a quittée. C'est-à-dire que Benjamin Constant gardé une ligne de neutralité qui n'est pour lui qu'une ligne de liberté et de raison. Dans son opinion, quand la théorie ne veut que de deux systèmes, l'un de foi, l'autre d'incrédulité, elle est infidèle à la vérité. La foi formulée et l'incrédulité mise en système n'embrassent pas, il s'en faut, la totalité des phénomènes de la conscience religieuse. Car la religion est précisément cette chose idéale, cette divine conception de l'intelligence qu'aucune forme humaine ne peut contenir et qui sans cesse demande des paroles plus augustes et de plus sublimes symboles. L'homme religieux qui prie avec le plus d'enthousiasme et d'élévation, n'est-il pas souvent comme épouvanté des termes imparfaits et grossiers qu'il emploie? et si la parole de la prière n'est pas un interprète assez pur, comment l'encens de l'autel et la victime du prêtre, comment le dogme et le rite répondraient-ils à la céleste délicatesse du cœur?

C'est là sans doute un optimisme d'enthousiaste, si ce n'est une utopie d'opposition (utopie qu'expliquerait peut-être cette habitude d'idéaliser jusqu'en politique qui marqua les dernières années de l'auteur); mais qu'il y ait eu dans l'écrivain opposition ou enthousiasme, la conscience religieuse avoue son langage.

Sans doute on peut demander si la religion qu'il professe n'est pas trop subtile pour l'espèce humaine, et si par-là il n'enlève pas à celle-ci la réalité de cette auguste suprématie qu'il lui reconnaît en théorie? Mais entre le *oui* d'une religion formulée et le *non* de l'incrédulité absolue, n'y a-t-il donc pas un troisième? A cette demande la réponse est faite, et si, entre le dogme grossier d'une secte et la pureté du sentiment religieux, il y a un intervalle, entre *la théorie du sentiment religieux* et l'incrédulité, il y a un abîme. Il y a même un abîme entre ce sentiment et l'indifférence.

Entre une religion établie et celle de Benjamin Constant il n'y a donc d'autre débat que celui qui peut exister entre un sentiment qui a pris une forme et un sentiment qui en cherche une. Il n'y a pas moins, mais il ne saurait y avoir plus, puisque, dans la théorie de l'auteur, il faut de toute nécessité que le sentiment religieux prenne une forme quelconque. Tout se réduit dès lors dans la pratique à une simple question de tolérance, question fastidieuse, que nos lois ont jugée ; et qu'elles ont été forcées de résoudre, parce que nos mœurs depuis long-temps l'avaient résolue.

C'est pourtant ici, en se rattachant à nos mœurs, que les faits de la conscience religieuse constatés par Benjamin Constant, se présentent sous leur point de vue le plus curieux, et que la bannière qu'il arbore a le plus surpris l'opinion du siècle.

En effet, le droit de se déclarer pour ou contre une forme quelconque n'était réclamé si vivement, que parce qu'on pensait que les formes étaient tout, que derrière le masque il n'y avait qu'un cadavre. Il y a eu d'autres motifs, on le sait, mais ceux-là s'étaient en général peu prononcés. Or, aussitôt le principe proclamé, voilà que, du camp même qui combattait les formes, avec la persuasion qu'après elles il n'y avait plus rien à vaincre, il sort un homme qui se constitue le défenseur ou le panégyriste de toutes les formes et qui, tout en montrant l'imperfection de toutes, établit leur indispensable nécessité. D'une main hardie, il enlève le masque, mais où l'on n'avait supposé qu'un cadavre, il découvre un corps plein de vie, de puissance, de divinité. D'autres avaient jeté le moule avec la statue ; il brise le moule et

montre le dieu. Et qui peut désormais refuser
d'admettre ce que l'humanité a toujours reconnu, ce qu'elle a toujours considéré comme
son plus noble apanage, ce qui a été pour
elle et ce qui doit toujours être pour elle une
source de grandeur morale, d'indépendance
politique et de prospérité sociale?

Mais, dès lors, la question religieuse revien-
drait donc au moment même, où elle semblait
écartée à jamais?

Elle revient, en effet, avec une puissance tout enouvelle. En vain s'imagine-t-on
en avoir fini avec la forme; on n'a rien fait,
tant que le fond n'est pas examiné; on n'a
rien fait tant qu'il n'est pas statué sur la meilleure forme que devra prendre ce sentiment
religieux qui est toujours là, plus puissant
que tout autre, et qui demande, autant que
tout autre, à se manifester au-dehors; qui,
à toutes les époques de l'humanité, a reçu
du génie des peuples des rites et des dogmes;
et auquel, on le dirait, notre impuissance de

créer, bien plus que notre impuissance de croire, semble en refuser aujourd'hui.

Si désormais le sentiment religieux demande à rentrer ainsi dans la société, s'il y prétend occuper une place proportionnée à son importance, c'est un droit qu'il réclame en vertu d'une investigation rationnelle des documens du monde entier; ce n'est plus une concession qu'il sollicite, et ce n'est plus au nom d'une communion quelconque, c'est au nom de l'humanité, enfin comprise, qu'il en appelle à justice.

Telle devra et telle pourra être la conséquence du livre *de la Religion*.

Si, après l'importance du résultat, quelque chose pouvait ajouter au prix de l'ouvrage, ce serait le langage qui le distingue.

Ce livre, fait dans des temps divers, conçu sous la république, continué sous l'empire, émis partiellement sous la restauration, achevé en juillet; ce livre successivement abandonné et repris à Paris, à Genève, à

Goettingue, du commencement à la fin se
ressemble dans toutes ses pages, s'inspire de
la même pensée, poursuit le même but, présente les mêmes vues. Ce n'est pas à ses
amis habituels que l'adresse l'auteur ; ce ne
sont pas ses constans adversaires qu'il y combat ; c'est au croyant et au sceptique, à l'impie
et au fidèle, c'est à l'homme qu'il parle de ce
qui intéresse tous les hommes. Sous quelque
bannière qu'on se trouve engagé, bannière de
la philosophie ou bannière de l'église, d'aucun côté on n'a de concession à espérer ni
d'hostilité à craindre. Des vues si hautes ne sauraient blesser qui que ce soit, et de toutes parts
on rendra un égal hommage à cette puissance
de raison, à cette douceur de langage, à
toute cette convenance de pensée et de parole
qui caractérisent ce livre. Dans chacune de
ces lignes tracées par une main d'abord si vi-
goureuse, ensuite si défaillante, en vue d'une
société un instant refaite d'une manière si
merveilleuse, sur un plan si gigantesque et

par un homme de tant de génie, ensuite trahie par la fortune d'une manière si digne de pitié et si pleine de graves leçons, on reconnaîtra une âme pure dans ses tendances, religieuse dans ses méditations et aimable dans son langage. Cette âme a tout vu, a tout subi, délices du raisonnement, amertumes du doute, charmes de la vérité, ivresse de l'amour-propre, de l'orgueil national, et de la grandeur humaine, hommages, réactions et flétrissures de la lutte des partis : une seule pensée a trouvé toujours le même homme, et cette pensée était religieuse. Oui, à toutes les époques d'une vie si inégale, si largement tributaire de cette fatalité qui a su courber, sous son bras de fer, ce que nos yeux ont vu de plus grand, Benjamin Constant, dont la haute intelligence portait la lumière sur tant de questions du temps, place au-dessus de toutes la question religieuse et se félicite encore plus de la mission qu'il s'est faite, de proclamer la charte morale de l'espèce humaine, que de la mission qu'il a reçue des circonstances pour travailler à la charte politique de son pays.

Cette charte religieuse de l'espèce humaine, qui le préoccupe sans cesse, est écrite partout dans son livre de la Religion et dans celui du Polythéisme. Il l'eût résumée sans doute, s'il eût achevé les dernières pages des volumes qui paraissent aujourd'hui. A son défaut, nous essaierons de faire ce résumé en le composant de ses paroles, tirées des différentes parties de ses deux grandes compositions.

I. Il est dans l'espèce humaine un élément de grandeur, de l'ordre spirituel, élevant l'homme, créature intelligente, au-dessus de cet univers même, qui est l'objet de son admiration et qui a souvent été celui de ses hommages religieux. Cet élément, quel qu'il soit, est celui de nos plus douces émotions, de nos pensées les plus généreuses, de nos actes les plus sublimes.

« Il est facile de faire ressortir la peti-

tesse de l'homme et l'immensité de l'univers.
Mais si l'on place la grandeur de l'homme
dans ce qui la constitue réellement, dans son
âme, dans son sentiment, dans sa pensée,
toutes les déclamations philosophiques s'évanouissent. Il y a plus de grandeur dans une
pensée fière, dans une émotion profonde,
dans un acte sublime de dévoûment, que dans
tout le mécanisme des sphères célestes (1). »

II. Cet élément de grandeur, appelé de son
vrai nom, est le sentiment religieux, sentiment caractéristique de l'espèce humaine,
inhérent à notre nature, primitif, permanent, indestructible, plus puissant que tout
autre, plus fort que l'instinct même de notre
propre conservation, puisqu'il l'emporte souvent sur cet instinct, et qu'il est parvenu à poser
dans toutes les doctrines le principe, qu'en
cas d'option, il doit l'emporter toujours.

Telle est, d'ailleurs, pour l'espèce humaine,

---

(1) *Polythéisme*, I, p. 265.

la valeur de ce sentiment, qu'il en constitue la suprématie, qu'elle ne saurait s'en dépouiller sans abdiquer ses titres les plus beaux , sans s'écarter de sa destination véritable, se renfermer dans une sphère qui n'est pas la sienne, et se condamner à un abaissement qui est contre sa nature (1).

III. Ce sentiment ne se démontre pas par le raisonnement , il est; il est, même s'il est mystère.

Ici l'auteur , dans ses inductions, paraîtra à beaucoup de personnes franchir un degré , l'élément moral, dont l'antériorité au sentiment religieux a été tour à tour soutenu et combattu. La question encore pendante méritait de sa part un nouvel examen, mais avec ses doctrines spiritualistes, il était certes autorisé à la prendre dans son sens à lui, et à regarder la nature religieuse de l'homme comme la source de toutes ses dispositions morales.

---

(1) *De la Religion*, Introduction , p. XXI.

IV. Si ce sentiment ne se démontre pas, il se montre ; il est fier, libre, inaliénable ; il n'est puissant et beau qu'à ces conditions. C'est qu'il n'est autre chose que la conscience et la raison de l'homme ; il n'est pur que par elles, et avec elles il s'altère toujours.

V. La plus belle forme qu'il ait jusqu'ici revêtue est le théisme ou le christianisme.

Le christianisme n'est proclamé si beau que pour son théisme. On objectera peut-être que cette forme n'est pas l'œuvre de la raison ou de la conscience humaine ; on dira qu'elle est celle de la révélation divine, mais, dans ce cas, on devra se rappeler que, dans l'opinion de l'auteur, il n'y a qu'une seule révélation, et qu'elle est universelle.

VI. Ce n'est pourtant pas la théorie du théisme qui constitue seule la beauté du christianisme ; ce qui place cette *forme* si haut, c'est qu'elle laisse tant de jeu, offre tant de liberté et donne tant d'énergie au sentiment religieux.

Remarquons ici que cette opinion était destinée à recevoir, de la part de l'auteur, de plus grands développemens; qu'elle est tirée d'un chapitre intitulée *matériaux;* qu'elle devait être suivie d'un parallèle entre le *chrétien résigné* et le *stoïcien impassible,* parallèle souvent esquissé ailleurs, mais qu'on regrettera toujours de n'avoir pas de cette main.

VII. Le christianisme fut une véritable charte d'émancipation, une loi de liberté morale et politique pour l'espèce humaine.

VIII. Si le christianisme a été si souvent méconnu, c'est qu'on en a mal interprété les codes. Lucien n'a pas compris Homère, Voltaire n'a pu entendre la Bible.

«Des savans ont comparé l'acharnement de Lucien contre Homère à celui de Voltaire contre la Bible. La comparaison n'en sera que plus exacte, si on l'étend aux contemporains. Le public des deux époques était incapable du travail nécessaire pour concevoir des mœurs, des sentimens et même des expressions dont il n'avait pas l'habitude : plus l'homme est insouciant et frivole, plus il soumet tout à sa propre mesure, sans égard pour la différence des idiomes, des lieux et des temps. Il se trace alors une espèce de règle étroite et personnelle, qu'il appelle la raison par excellence, et d'après laquelle il ravale ce qu'il ne peut apprécier. Moïse était pour les lecteurs de Paris ce qu'était Homère pour les lecteurs de Rome ou d'Alexandrie. Les uns et les autres n'avaient plus rien au fond de l'âme qui pût comprendre l'antiquité. Les uns et les autres faisaient honneur à leur raison de leur impuissance. »

IX. Mais la meilleure forme devient mauvaise dès qu'elle gêne, dès que la lettre essaie de tuer l'esprit, dès qu'une puissance autre que la raison et la conscience s'en emparent. Toute religion qu'un gouvernement, une corporation ou un sacerdoce confisque à son profit, tend à corrompre le sentiment religieux : avec la liberté périt toute la grandeur de l'espèce humaine ; la pensée s'altère, l'âme se flétrit ;

Tome I. c

il n'y a plus que dissolution dans les individus, que dépérissement dans le corps social.
Toute forme qui enest là a fait son temps.

L'effet infaillible de l'usurpation des uns
est la révolte des autres ; l'incrédulité et l'immoralité sont les compagnes inévitables d'une
religion qui se fausse.

« La morale d'Epicure est celle de tous les
peuples qui ont méconnu la pureté du sentiment religieux et abusé des formes qu'il s'est
données pour anéantir les droits qu'il ne cède
jamais.

« La religion, dans sa décadence, nuit
toujours à cette morale d'un ordre supérieur,
qu'elle seule crée et qui ne saurait exister
sans elle. Elle nuit à cette morale, en fournissant à l'homme l'occasion de se moquer de
ce qu'il a respecté long-temps ; il contracte,
par cette habitude d'employer l'ironie contre
une chose sérieuse, une disposition non seulement frivole, mais étroite et basse ; et l'élégance apparente de la plaisanterie ne rémédie

pas à ce qu'il y a d'ignoble au fond. L'outrage qu'on dirige contre un souvenir, jadis révéré, est une sorte d'effronterie d'âme qui ravale celui qui s'y livre. En insultant à la religion de son pays, même quand cette religion est tombée, l'on a presque toujours intérieurement, nous l'affirmons, une sensation d'impudeur et d'indécence; et, se familiariser avec cette sensation, c'est briser une fibre délicate, dont l'anéantissement détériore la moralité (1). »

XI. A la place d'une religion qui tombe, les philosophes essaient de mettre une morale ou une philosophie; le peuple y substitue la superstition, les grands, l'incrédulité; mais beaucoup de grands sont peuple.

La morale paraît indispensable à l'auteur; mais il ne dit pas qu'elle soit suffisante ni qu'elle puisse se soutenir sans avoir pour base le sentiment religieux.

____

(1) *Du Polythéisme.*

« Lorsque des esprits, trop exigeans de certitude, se refusent à toute idée religieuse, il leur est possible de se réfugier dans la morale. Il résulte bien, même alors, de la privation de toute espérance au-delà du monde, une grande impression de tristesse, et je ne sais quelle atmosphère sombre et sévère se répand sur tous les objets ; mais il n'y a pas du moins de dégradation. L'âme souffre, mais elle s'estime : elle se soutient par sa propre force, par l'élévation des idées qu'elle embrasse : il lui reste un sentiment désintéressé, celui du devoir, et ce sentiment la retrempe et la relève. Mais lorsqu'elle abandonne aussi la morale, elle n'a plus d'appui, plus d'estime pour elle-même, plus de recours intérieur contre l'injustice, plus de conscience d'aucune valeur, plus de courage contre la vie (1). »

La philosophie peut prendre théoriquement la place d'une religion ; elle peut établir des

____

(1) *Du Polythéisme.*

doctrines sur toutes les questions que tranchent les religions elles-mêmes; mais, création de l'intelligence et non pas du sentiment religieux, elle ne saurait commander la foi ni devenir populaire. Jamais une philosophie n'a pris la place d'une religion.

Les philosophes ont essayé quelquefois de refaire des religions tombées; les nouveaux platoniciens ont tenté de combiner le Polythéisme avec la philosophie, les gnostiques ont voulu combiner ce Polythéisme avec la religion chrétienne : ils ont échoué les uns comme les autres. Rien ne peut rendre la vie aux formes proscrites par l'inévitable progrès du temps. Le sentiment religieux, une fois qu'il s'est retiré d'un symbole, n'y rentre jamais: une forme épuisée est un moule à briser.

« L'homme ne prend pas du respect pour ce qui a cessé de lui sembler respectable. Au fond de l'enthousiasme apparent pour l'ancien Polythéisme, il y a du calcul. On désire y croire, parce qu'autrefois il rendait heureux, comme naguère on s'efforçait de le maintenir, parce qu'on regardait comme utile que d'autres y crussent; mais sa faiblesse est trop dévoilée, les outrages qu'il a subis sont irréparables. Ces souvenirs planent autour des autels qu'on tâche d'entourer de la majesté qu'ils ont perdue. »

La superstition est plus habile que la philosophie à succéder à la religion ; le sentiment religieux est à elle ; elle le prend si altéré qu'il soit, privé des lumières de la raison, dépouillé de l'énergie de la liberté ; elle le revêt de toutes les formes les plus absurdes. Quand la Grèce n'a plus de religion, quand Rome n'a plus de foi à ses dieux anciens, Rome et la Grèce recueillent en leur sein les mystères de tous les pays.

Ordinairement c'est le peuple qui se réfugie dans la superstition, et ce sont les grands qui se font gloire de l'incrédulité, mais souvent tous les rangs se confondent, et dans tous, l'incrédulité et la superstition se donnent la main.

« Lors de la chute des religions, l'homme est privé d'appui : c'est pour cela qu'il se débat au hasard. Comme la religion lui est naturelle, l'absence de la religion lui devient une privation douloureuse, et bientôt insupportable. La terre, séparée du ciel, lui semble une prison, et il frappe de sa tête les murs du cachot qui le renferme (1).

« La magie marche de pair avec l'incrédulité. Le règne de l'une est le triomphe de l'autre. Sous Auguste, dont on a vanté les dernières années comme une période de raison, de calme et de lumières, des philosophes donnaient des cours de magie (2). »

XII. La religion et le despotisme font souvent pacte et contractent alliance ensemble ; et les peuples s'imaginent qu'en renversant les autels de l'une, ils brisent les fers de l'autre. C'est une erreur. Si le despotisme n'est pas

---

(1) *Polyth.* II. 111.
(2) *Ib.* 115.

toujours contemporain de la chute d'une religion, il se présente souvent à la suite de l'incrédulité qui détruit les cultes. Il a bon marché
de l'homme dépouillé du sentiment religieux,
qui est le palladium de sa grandeur et de son
indépendance.

« L'incrédulité n'a aucun avantage, ni pour
la liberté politique, ni pour les droits de l'espèce humaine ; au contraire, elle peut frapper de mort des institutions abusives, mais
plus infailliblement encore elle doit mettre
obstacle à la renaissance de toutes celles qui
préserveraient des abus.

« Si, par impossible, vous trouviez un tyran de bonne foi, il vous dirait qu'il aime
bien mieux avoir à lutter avec l'incrédule
qu'il se flatte toujours d'acheter, qu'avec
l'homme religieux dont le salaire est un autre
monde.

« Nous l'affirmerons donc hautement : l'é-
poque où les idées religieuses disparaissent de
l'âme des hommes est toujours voisine de la

perte de la liberté ; des peuples religieux ont pu être esclaves, aucun peuple incrédule n'a pu être libre (1). »

Telle est, d'après les investigations de l'auteur, la charte religieuse de l'humanité.

Une grande conséquence s'en déduit nécessairement. A la place de croyances, de symboles et de formes qui tombent, il faut mettre d'autres formes, d'autres symboles, d'autres croyances. Ainsi le veut un sentiment indestructible et permanent dans l'homme; ainsi le veulent le salut des peuples et la dignité de l'espèce humaine.

— Mais les formes changeront-elles sans cesse? N'en est-il pas qui puissent se maintenir toujours? N'est-il pas dans les choses possibles qu'une religion soit perpétuelle et celle qui, sous le nom de Théisme, reçoit de l'auteur des hommages si purs n'en reçoit-elle pas un respect absolu? Cette religion qui a

---

(1) *Polythéisme*, II, 89, 90.

rendu à l'humanité ses priviléges, son indépendance, sa grandeur; cette religion qui est
venue civiliser le monde, et qui partout où
elle pénètre fait pénétrer avec elle le germe
d'une progression indéfinie; cette religion qui
fut un appel à la liberté morale, à la raison religieuse et à la conscience de l'homme; cette
religion enfin dont aucune philosophie, aucune politique ne peut repousser les formes
parce qu'elle ne repousse les formes d'aucune
politique, d'aucune philosophie, n'a-t-elle pas
tous les caractères de la perpétuité? Si elle
n'est pas née avec cette destinée; si elle n'a
pas en elle assez de puissance, d'avenir, d'é-
ternité pour ramener à elle les opinions qui
s'en sont éloignées; si son temps est fini ou
doit finir, qu'est-ce qui viendra en prendre
la place? De ce déchirement d'opinions, de
cette divergence ou de cette absence de doctrines, que peut-il sortir pour notre siècle?
Nous ne pouvons pas ne pas avoir de religion,
pouvons-nous en avoir une?

Telles sont les questions qui se rattachent, comme conséquences inévitables , au code proclamé par Benjamin Constant, et nous l'avouons , le système de ses doctrines reste incomplet tant que ces doutes ne sont pas résolus ?

Mais Benjamin Constant ne s'est jamais proposé de présenter un système complet ; il s'est fait une question , celle d'approfondir la source de toutes les religions dans toutes les formes qu'elles revêtent ; cette question , il l'a traitée largement et il l'a conduite aussi loin qu'elle pouvait l'être au moyen de recherches purement historiques. Il a ramené l'homme dans le sanctuaire dont il relève , devant sa conscience où il trouve ce sentiment religieux , dont la voix était méconnue , dont l'existence était contestée. Telle a été toute sa tâche , et toute cette tâche est accomplie.

On pourra regretter de voir inachevées quelques parties d'un édifice dont l'auteur a si bien dessiné le plan , dont il a jeté les fondemens d'une main si puissante. On pourra regretter que, dans ce grave examen, la question morale qu'il est si difficile de séparer de la question religieuse, et qui peut-être ne devait pas en être séparée à ce point, n'ait pas reçu de plus vives lumières.

En effet, à côté d'une religion se présente toujours une morale, et moins variable que la première, la seconde lui survit souvent. A-t-elle une source différente ? Ses rapports et ses développemens n'offrent-ils pas des leçons parallèles ?

Cette question, on le voit, pouvait se combiner avec celle qu'a posée l'auteur, mais c'est de sa part une réserve de bon goût et de bon sens que de l'en avoir distinguée ; son travail est devenu d'autant plus concluant qu'il est moins étendu. Un écrivain vulgaire n'eût pas manqué de trahir ses forces en agrandissant son cadre, et ce qui caractérise l'homme d'un génie supérieur, c'est précisément cette puissante concentration de toutes les facultés sur une grande question, cette infatigable persévérance à l'embrasser sous tous ses rapports, et cette espèce de magie d'en faire ressortir un résultat net et fécond. Nous l'avons déjà indiqué; si Benjamin Constant, après nous avoir arrachés au scepticisme, avait voulu encore nous entraîner dans le dogme et dans le mystère; si, après avoir réhabilité le sentiment religieux, il avait tenté encore de se faire l'apôtre ou le panégyriste d'une religion nouvelle, il manquait le but en le dépassant; il perdait en confiance ce qu'il prenait en autorité, et la littérature avec quelques volumes de plus, n'offrait rien aux esprits studieux.

Benjamin Constant garde une sage mesure en écartant avec le même soin la question politique qui se lie si bien à la question religieuse, que d'autres affectent de la confondre avec elle, mais qu'il en distingue d'autant plus nettement, qu'il ne veut pas se laisser séduire par le charme qu'elle a pour son esprit. Pour tant

d'autres, quel beau champ de discussions
passionnées et de piquantes allusions, que
cette alliance antique de la religion et des
lois, du sacerdoce et de la royauté, du despotisme et du sanctuaire! Des lumières nouvelles fussent sorties de l'examen de ces questions, si Benjamin Constant eût voulu y appliquer la sagacité si extraordinaire de son
génie. Historien de la religion dans tous ses
rapports, il pouvait donner aux rapports politiques une importance proportionnée à ses
goûts et aux faits de l'histoire; il pouvait
nous peindre tour à tour l'éternelle enfance
dans laquelle certaines formes religieuses retiennent les peuples, la rapide émancipation
que d'autres leur assurent, le germe de dégradation ou d'exaltation que d'autres encore
déposent dans leur sein. Le livre de la religion devenait ainsi l'histoire universelle de la
grandeur et de la décadence des nations expliquée par la religion, et, certes, ce sujet
n'était indigne d'aucun écrivain; mais avec

quelle pureté de vue Benjamin Constant se préserve de cette aberration. Cherchant le sentiment religieux sous toutes ses formes, il le suit sans doute jusqu'au sanctuaire, et, examinant ce sanctuaire dans tous ses rapports, il ne dédaigne pas de remarquer l'alliance des institutions sacerdotales avec celles des empires ; mais, le regard invariablement fixé sur le problème qu'il doit résoudre, il se borne, pour tout ce qui s'en éloigne, à marquer quelques points de vue. Ainsi les indications secondaires ne manquent nulle part et la question principale est partout dominante, mais c'est avec un art infini et une délicatesse de goût, qui ne peut appartenir qu'aux esprits élevés, qu'il traite toutes ces questions que le vulgaire fait si irritantes.

A cette appréciation que nous croyons complète sous le rapport du plan et de l'exécution générale de l'un et l'autre livre, peut en succéder une autre beaucoup plus courte, relative aux faits de détail.

Sous ce rapport, nous ferons remarquer, d'abord que le livre du *Polythéisme* est inachevé, que le chapitre de Julien, qui en devenait un des plus curieux, n'est pas rédigé; que la conclusion, qui pouvait être si importante pour le christianisme n'est que légèrement esquissée. On doit convenir ensuite, que, pour un sujet si grand, l'auteur pouvait tracer plus largement la base historique. L'érudition peut demander que, dans l'histoire du polythéisme romain, l'élément étrusque, l'élément pélasgique, l'élément italique, reçoivent plus de développemens et soient distingués avec plus de soin de l'élément grec. A l'époque du syncrétisme de toutes les doctrines religieuses et philosophiques du monde ancien, au temps de l'irruption en Italie de tous les cultes avec tous leurs mystères, l'élément égyptien et l'élément asiatique, peuvent encore être distingués de l'élément occidental, venu à Rome de quelques provinces. Dans la chute du Polythéisme la religion

chrétienne a joué un rôle qui ne ressort pas
assez dans ces volumes, et si l'alliance tentée
par les nouveaux platoniciens entre deux systèmes si contraires est devenue l'objet de quelques recherches, celle qui fut opérée par les
gnostiques, avec une hardiesse de conception
et un universalisme de principes qu'on ne s'at-
tendrait pas à trouver dans ces temps de décadence, méritait peut-être un examen plus
spécial. Les sophistes si singulièrement mé-
connus, dont l'éloquence fut souvent si belle,
et le dévoûment à l'antique *hellénisme* tour
à tour si digne d'admiration et de pitié,
sont peut-être trop peu représentés par Julien, qui n'en fut ni le plus franc, ni le plus
sage, ni le plus ingénieux. Il nous paraît
du moins que le grand Libanius, qui, pendant soixante ans, lutta presque seul contre
l'église et l'empire, devait avoir une place dans
ces belles pages. Enfin la critique, avec sa rigoureuse exigence, pourrait à son tour s'élever contre les sources auxquelles on a puisé

Tome I.   *d*

certains faits, et la couleur que d'autres ont revêtues.

Mais ce serait par une bien singulière préoccupation qu'on chercherait ici un mémoire de haute critique, ou même une histoire un peu complète du Polythéisme. Les faits, dont nous-mêmes venons de signaler l'absence, sont partout ailleurs; les inductions philosophiques et religieuses qu'en a tirées l'auteur, sont la seule chose à laquelle son esprit ait voulu s'attacher, et ces inductions sont complètes. Ce que Benjamin Constant cherchait, il a su le trouver et le dire avec une netteté de vues et une autorité de raison, qui épuisent son sujet. L'amour du détail et la passion de l'analyse s'unissent malaisément avec la puissance de l'abstraction et ces hautes considérations qui embrassent les destinées religieuses d'un peuple, ou même celles de l'espèce humaine, et, sous ce point de vue, se découvre une ressemblance de plus, entre les deux ouvrages les plus remarquables, que l'histoire du christianisme et du Polythéisme se disputant le monde ait inspirés dans ces derniers temps.

En effet, le *Polythéisme romain* et le *Génie du christianisme*, malgré la diversité des vues et des sentimens qui ont inspiré ces grandes compositions; malgré la divergence des résultats qu'elles présentent, offrent, sous le rapport que nous venons d'envisager, de nombreuses analogies, et, sous d'autres, tant de points de contact qu'elles se complètent en quelque sorte l'une l'autre.

Elles ont de commun leur point de départ. M. de Châteaubriand et Benjamin Constant, il y a quarante ans, furent frappés, comme tout le monde, de voir le christianisme attaqué par des doctrines nouvelles comme le Polythéisme l'avait été par les doctrines chrétiennes dix-huit siècles auparavant. L'un et l'autre résolurent de chercher, dans la lutte ancienne, dans celle du christianisme et du Polythéisme, la solution de la lutte nouvelle;

l'un et l'autre pensèrent que, dans les raisons
qui ont fait triompher une religion et succomber une autre, on pouvait surprendre
l'énigme de la durée de toutes deux. Deux
fois M. de Châteaubriand a cherché et expliqué cette énigme dans l'histoire du christianisme victorieux ; deux fois, Benjamin Constant l'a cherchée et expliquée dans l'histoire
du Polythéisme anéanti ; deux fois, l'un a
fait voir pourquoi la religion chrétienne a dû
triompher, deux fois l'autre a montré pourquoi les croyances païennes ont dû succomber. Si la foi a guidé les investigations
de l'un, et si, pour mieux célébrer le
triomphe de cette foi, il l'a parée des dépouilles mêmes de la rivale qu'elle avait
vaincue ; si la philosophie seule a dirigé
les recherches de l'autre, et si, pour présenter un résultat plus impartial, il a fait
abstraction de toute son éducation religieuse,
ils ne s'en sont pas moins rencontrés dans les
résultats essentiels. En effet, tous deux ont

proclamé la même doctrine ; l'un a trouvé la religion chrétienne plus poétique que le Polythéisme, l'autre l'a trouvée plus philosophique ; et celui-ci l'a recommandée aussi puissamment à l'intelligence que celui-là à l'imagination. Enfin, ils sont tombés d'accord sur ce point fondamental, que le sentiment religieux est la source de toutes les opinions et de toutes les inspirations les plus généreuses.

Sans doute M. de Châteaubriand, qui a peint le christianisme si beau, est plus entraînant que Benjamin Constant, qui l'a montré si supérieur, et le premier, en prêchant avec enthousiasme une foi puissante, a plus saisi le cœur et mieux séduit l'imagination ; mais, en nous faisant voir dans cette religion un de ces priviléges de liberté et de grandeur que la raison humaine ne doit jamais se laisser ravir, Benjamin Constant nous a d'autant mieux enchaînés qu'il nous a soumis à nous-mêmes. M. de Châteaubriand, en

nous ramenant dans des temples décorés avec
tant de profusion et en nous prescrivant des
dogmes si majestueux, a jeté plus d'éclat, et
est allé plus loin ; Benjamin Constant, en nous
renvoyant devant nous-mêmes, en ne nous
affirmant que ce qu'il pouvait nous démontrer
et en nous démontrant un fait immense, a
pourtant pris sur les opinions de ce siècle une
autorité plus grande, et je n'essaierai pas de
dire lequel de deux écrivains qui occupent
aujourd'hui des places inégales sous ce rapport, prendra un jour la première.

Rien n'approche, il est vrai, de cette puissance de style qui a fait la fortune du *Génie
du christianisme* ; il n'y a, dans l'ouvrage du
Polythéisme, ni cette magie de couleur, ni
cette audace de création qui ont fait du livre
de Châteaubriand le modèle de tant d'autres ;
il y a pourtant, dans la méditation religieuse
de Benjamin Constant, une telle profondeur,
son discours a un charme si inimitable, et la
portée de chacune de ses paroles est en si

juste proportion avec la portée de chacune
de ses pensées, que la raison toujours satisfaite
de la doctrine qu'on lui donne et de la liberté
qu'on lui laisse ; que le goût toujours flatté
du plus heureux mélange de finesse, de grâce
et de convenance, rendent toujours le même
hommage à l'auteur d'un enseignement à la
fois si haut et si séduisant. Nous ne parlerons
pas ici de cette foule de mots profonds, de
remarques ingénieuses et de spirituelles sail-
lies dont le discours de Benjamin Constant est
comme parsemé ; nous ne parlerons pas même
de ces pensées si épigrammatiques, si vraies
et si fortes, qui échappent à sa plume fé-
conde et qui resteront d'autant plus dans la
langue que l'auteur possède mieux l'art de
les adoucir ; nous ne parlerons pas de la verve
inépuisable de cet esprit d'opposition, qui s'est
enchaîné quelquefois sans jamais se laisser
vaincre, mais nous rappellerons quelques-unes
de ces pages si élégantes et si graves, qui ont
fait du livre de Benjamin Constant un monu-

ment de littérature nationale, et nous termi-
nerons ce résumé par un fragment qui est
comme la clef de sa vie et de son livre. Ce passage, mieux que tout autre, nous redira tout
ce qu'il y avait de puissance d'affection, d'intelligence et de parole dans cette âme si heureusement organisée, et dont le moule s'est
brisé sitôt.

Benjamin Constant ne conçoit pas, dit-il,
qu'on veuille bannir la religion du cœur humain ; il ne peut comprendre l'antipathie
qu'elle inspire, les haines qu'elle provoque,
et il ajoute :

« Par quel renversement singulier d'idées
le recours innocent et naturel d'un être malheureux à des êtres secourables a-t-il quelquefois provoqué la haine, au lieu d'exciter
la sympathie qu'il semble appeler ?

« Qui oserait, en jetant un regard sur la carrière qui nous est tracée, déclarer ce recours
inutile ou superflu ? Les causes de nos douleurs sont nombreuses. L'autorité peut nous

poursuivre , le mensonge nous calomnier. Les liens d'une société toute factice nous blessent. La destinée nous frappe dans ce que nous chérissons. La vieillesse s'avance vers nous, époque sombre et solennelle , où les objets s'obscurcissent et semblent se retirer, et où je ne sais quoi de froid et de terne se répand sur tout ce qui nous entoure. Nous cherchons partout des consolations , et presque toutes nos consolations sont religieuses. Lorsque le monde nous abandonne, nous formons une alliance au-delà du monde. Lorsque les hommes nous persécutent, nous nous créons un appel par-delà les hommes. Lorsque nous voyons s'évanouir nos illusions les plus chéries, la justice , la liberté , la patrie, nous nous flattons qu'il existe quelque part un être qui nous saura gré d'avoir été fidèles , malgré notre siècle, à la justice , à la liberté , à la patrie. Quand nous regrettons un objet aimé , nous jetons un pont sur l'abîme et le traversons par la pensée. Enfin, lorsque la vie nous échappe, nous nous élançons vers une autre vie. Ainsi, la religion est la compagne fidèle, l'ingénieuse et infatigable amie de l'infortuné. Celui qui regarde comme des erreurs toutes ses espérances, devrait, ce me semble, être plus profondément ému que tout autre, de ce concours universel de tous les êtres souffrans, de ces demandes de la douleur, s'élevant vers un ciel d'airain de tous les points de la terre, pour rester sans réponse, et de l'illusion secourable qui nous transmet comme une réponse le bruit confus de tant de prières, répétées au loin dans les airs. »

Est-il, dans notre langue, dans une langue quelconque, je ne dis pas des paroles plus saintement inspirées, mais plus profondément religieuses, plus persuasives et plus douces, et l'auteur de ces paroles n'était-il pas appelé à se faire l'historien de toutes les religions? n'avait-il pas mission en lui-même de suivre, jusque dans la chute de la plus célèbre de toutes les croyances antiques, ce sentiment de céleste origine qui, au berceau, dans la vie et au-delà de ce monde, est le guide le plus éclairé et le plus fidèle compagnon de l'homme? En nous rendant à cette puissance divine, dont les lumières sont si pures et les consolations sont si nécessaires, n'a-t-il pas bien mérité de l'espèce humaine?

J. MATTER.

INTRODUCTION

[illegible] de quelqu'un [illegible] qui est [illegible]
[illegible] dans la vie, amateur de connaisseur [illegible]
et la partie de qui célèbre le plus riche [illegible]
compagnon d'honneur [illegible] à leur reste [illegible]
à leur amie [illegible] divise [illegible] les ensembles
[illegible] et partie de la ville [illegible] les sociétés
[illegible]

[illegible]

LIVRE PREMIER.

DU POLYTHÉISME.

CHAPITRE Ier

De la composition du Polythéisme romain.

Le Polythéisme romain, tel que nous le voyons en vigueur durant les beaux siècles de la liberté et de la gloire de Rome, était le résultat de la combinaison de deux cultes, l'un sacerdotal, l'autre affranchi du pouvoir du sacerdoce : je veux dire, d'une part, de l'ancienne religion de l'Italie, et de l'autre du Polythéisme grec.

Le tableau que nous allons en tracer, achevera par conséquent de nous donner une connaissance exacte des deux polythéismes que nous avons décrits jusqu'à présent chacun à part. Nous les verrons se rapprocher, se réunir, se confondre, et nous pourrons observer en détail l'une de leurs combinaisons les plus remarquables.

Tome I.

CHAPITRE II.

Des époques de la religion Romaine.

Pour bien juger de la religion romaine, il faut distinguer dans cette religion quatre époques. La première comprend l'intervalle qui s'écoule depuis la fondation de Rome jusqu'à l'établissement de la république (1). La seconde commence à l'expulsion des Tarquins, et finit à la prise de Carthage (2). La troisième s'étend depuis Carthage détruite jusqu'à l'empereur Adrien (3). La quatrième se prolonge jusqu'à la chute définitive du polythéisme.

Durant la première époque, l'on a vu que la religion romaine n'était point fixée, et que l'esprit sacerdotal des Etrusques luttait contre celui du polythéisme grec. La troisième époque nous montre cette religion déjà ébranlée. Quelques hommes qui, par une erreur commune dans tous les siècles, croyaient pouvoir arrêter

---

(1) 244 ans.
(2) 363 ans.
(3) 263 ans.

ou faire rétrograder l'opinion, défendaient encore la croyance qui avait été nationale. Mais
cette croyance, méprisée des grands, attaquée
par les philosophes, négligée du peuple, au
milieu des dissensions civiles, avait perdu toute
efficacité religieuse. Les empereurs essayèrent
bien d'en faire un instrument de leur puissance, en se décorant de toutes les dignités
pontificales ; mais comme il arrive toujours,
en s'emparant de la religion, ils l'avilirent. Les
auteurs qui méritent le plus de confiance sur
la religion romaine sont tous, il est vrai, de
cette troisième époque ; mais ils écrivaient de
réminiscence, et en exprimant toujours leurs
regrets sur le discrédit de la religion. Dans la
quatrième époque, le polythéisme romain s'é-
tait éloigné de son caractère primitif et même
de ses formes extérieures. Les superstitions
égyptiennes et asiatiques s'y étaient mêlées, et
avaient prévalu facilement, favorisées qu'elles
étaient par le nouveau platonisme, avidement
reçues par les prêtres payens qui se flattaient
de combattre le christianisme avec ses propres
armes, encouragées, enfin, par des despotes
assiégés de remords, et adoptées avec empressement par des esclaves poursuivis de craintes.

La seconde époque est donc la seule pendant laquelle la religion romaine ait été véritablement une religion.

L'on voit, par cet exposé, jusqu'à quel point un auteur (1), aux talens duquel nous avons plus d'une fois rendu justice dans cet ouvrage, a méconnu, malgré son beau talent, le polythéisme romain. Cet auteur attribue la corruption romaine sous les empereurs à une religion qui, de fait, avait cessé d'exister sous leur empire. Mais pourquoi rejeter sur une cause étrangère la dégradation et l'infamie que le pouvoir arbitraire traîne toujours après lui? Cet auteur n'a pas réfléchi que si les vices des Divinités, objet des adorations humaines, encourageaient, dans leurs adorateurs, des vices pareils, les Grecs, dont les Dieux étaient beaucoup plus dépravés que ceux de Rome, auraient dû être aussi beaucoup plus dépravés que les romains. Il reconnaît cependant le contraire, et l'histoire le prouve (2). C'est que les Grecs, même après la perte de la liberté,

----

(1) M. de Châteaubriand.

(2) Athènes corrompue ne fut jamais exécrable. *Chat. Gén. du Christ.* 11. 1. 578. éd. en 2 vol.

furent toujours loin du centre de l'esclavage, et que s'ils subirent le joug de la tyrannie, ils ne furent pas du moins pervertis par la présence des tyrans.

CHAPITRE III.

Des Poètes Romains.

Une seconde précaution à prendre, pour juger de la religion romaine, c'est de n'en pas juger par les poètes romains, comme on peut juger de la religion grecque par les poètes Grecs. Les poètes romains n'ont écrit, pour la plupart, qu'après la chute de la république, et tous à une époque fort avancée de la civilisation, lorsque la croyance nationale était déjà très-ébranlée.

Properce, cet élégiaque érudit, se plait à faire allusion aux traditions antiques, mais pour prouver qu'il les connaît, plus que pour les identifier avec ses sentimens ou avec ses idées. Les noms des divinités, leurs attributs, les fables qui les concernent, servent de parure, quelquefois un peu lourde, à ses ouvrages; mais le sentiment religieux qui traverse et anime les chants homériques lui demeure étranger.

Horace, qui, pareil à Jean-Baptiste Rousseau, tantôt célèbre d'un ton solennel les louanges des Dieux, tantôt affiche l'incrédulité et se complaît dans l'indécence, Horace, courtisan, philosophe, épicurien, n'a pas plus de rapport avec l'esprit du polythéisme, que ceux de nos poètes modernes qui font intervenir dans leurs compositions les divinités de l'Olympe.

Ovide, flatteur corrompu, proscrit par une cour corrompue, se joue lui-même des fictions qu'il raconte. Virgile seul, par la réserve de son caractère et la gravité de son sujet, pourrait nous faire espérer un tableau fidèle de la religion de son pays. Mais Virgile, qui s'était proposé pour modèle Homère, s'est toujours efforcé de l'imiter. Il a repoussé de ses descriptions les opinions et les mœurs de sa patrie et de son siècle; il a senti que ces mœurs rafinées, que ces opinions abstraites ou vacillantes, ne lui fournissaient rien de poétique, et que pour retrouver des couleurs brillantes, il devait se reporter dans les temps

anciens; là les hommes sont plus forts, les
Dieux plus actifs, le merveilleux plus gigantesque, la nature plus animée, tout, en un
mot, plus jeune et plus vivant. Le poète romain n'a donc été, dans la mythologie, que le
copiste, toujours élégant et harmonieux,
quelquefois servile, du poète grec. Ainsi, pour
en citer un exemple, Junon, dans l'Énéide, se
place sur le mont Albane, comme dans l'I-
liade, Jupiter sur le mont Ida, pour contempler de là les camps de deux armées ennemies.
Mais cette fiction dans Homère était d'accord
avec toutes les idées que les Grecs se formaient
des Dieux, de ces êtres dont la vue, comme
toutes les autres facultés, était limitée. Chez
les Romains, au contraire, les Dieux avaient fait
des progrès. Leurs facultés n'étaient plus bornées : ils apercevaient d'un coup-d'œil l'univers
entier. L'imitation d'Homère a donc entraîné
Virgile à rendre à ses Dieux des imperfections
dont le polythéisme romain les affranchissait.
Ce polythéisme aurait rejeté tout le caractère
de Junon. Le soin que prend ailleurs Virgile
d'indiquer le lieu où elle déposait ses armes et
remisait son char, rappelle le temps où les divinités étaient exposées à la fatigue et aux in-

firmités des mortels (1), c'est une traduction
presque littérale de l'Iliade (2).

Quelquefois, à la vérité, Virgile tombe à
son insçu dans des inexactitudes, quand il s'agit
du caractère et des attributs des Dieux homériques. Telle est la méprise qu'il commet,
lorsqu'il fait appaiser la tempête par Neptune (3). Nous nous permettons d'autant plus
volontiers d'expliquer cette méprise, qu'elle
est un exemple très-frappant de la manière
dont les mythologies se confondent et deviennent de purs instrumens de la fantaisie des
poètes.

La mer, dans la mythologie grecque, était
personnifiée de trois manières. L'Océan représentait l'eau élémentaire; Nérée et sa famille,
la mer calme et profonde; Poséïdon ou Neptune, la mer tumultueuse frappant la terre de
ses flots. Ce dernier n'est donc jamais que la
mer irritée; aussi paraît-il toujours avec un
visage terrible, et Virgile lui-même l'appelle

----

(1) *Hìc illius (Junonis) arma, hìc currus fuit.* Enéid. 1.
16.

(2) *Iliad.* 441.

(3) *Placidum caput extulit undis.* Æn. 1. 127.

ailleurs le Dieu plus féroce que ses ondes (1). Il le peint toutefois ici élevant au-dessus des vagues sa tête paisible, et cette inexactitude a entrainé dans la même faute Silius Italicus, son servile imitateur. L'erreur de Virgile s'explique de deux manières. Premièrement, à l'époque à laquelle il écrivait, on commençait à modifier, sans y regarder de près, les dogmes mythologiques ; et en second lieu le progrès des idées avait fait sentir la convenance de donner une espèce de calme même aux Dieux en courroux, pour ne pas les montrer dégradés par la colère (2).

Il est impossible de traiter une mythologie que l'on étudie pour s'en servir poétiquement, avec le même respect qu'une religion que l'on professe. Le scrupule d'auteur ne remplace pas la ferveur de la foi. De là vient que l'Enéide est beaucoup plus froide que l'Iliade et l'Odyssée. Les fables de Virgile sont à peine de la mythologie, parce qu'elles ne sont plus du tout de la religion.

---

(1) *Suisque immanior undis.* *V.* Heyne. *Excurs. V. ad.* Ænéid. 1.

(2) On peut consulter sur ce passage *Home's Elemens*

Cependant, nous n'en disconviendrons pas, Virgile, en imitant les fables d'Homère, répand dans ces fables plus d'idées morales que le poète dont il les emprunte (1). L'atmosphère environnante n'est jamais sans quelqu'influence. Mais ces traits fugitifs ne suffisent pas pour former un tableau, et il n'en est pas moins vrai que le poème de Virgile n'offre sous aucun rapport une peinture exacte du Polythéisme romain.

Ce Polythéisme ne se trouve fidèlement représenté que dans les ouvrages historiques et philosophiques de quelques anciens, particulièrement dans ceux de Cicéron, de Tite Live et de Denis d'Halicarnasse. Nous plaçons à regret Denis d'Halicarnasse avec deux hommes qui lui sont fort supérieurs ; mais son attention scrupuleuse à rapporter tout ce qu'on avait dit

---

of criticism , où l'auteur anglais fait plusieurs objections contre la description du poète.

(1) *Si genus humanum et mortalïa somnitis arma.*
At sperate Deos memores fandi atque nefandi
        Disc. d'Ion. à Did. Ænéid. 1. 542-543.
Di tibi, si qua pios respectant numina, siquid
Usquam justitia est, et mens sibi conscia recti.
        Præmia digna ferant.
        Disc. d'Ænéc à Didon. ib. 603-605.

avant lui , bien qu'elle soit souvent fastidieuse
et fatigante, le rend , pour tout ce qui concerne
les antiquités de Rome, d'une éminente utilité.

CHAPITRE IV.

Caractère des Divinités du polythéisme Romain.

Les romains, dit Denis d'Halicarnasse, prennent pour des fables, dans la religion, tout ce
qui n'est ni décent ni convenable. Le ciel mu-
tilé par ses enfans, Saturne dévorant les siens,
les courses de Cérès, l'enlèvement de Proserpine, les combats, les blessures, les captivités
des Dieux, toutes ces choses sont étrangères au
Polythéisme Romain. Les fictions de ce genre
que nos ancêtres nous ont transmises, et qui
contiennent des actions honteuses ou criminelles, Romulus les a regardées comme coupables,
et les ayant toutes rejetées, il a engagé ses concitoyens à penser et à parler des Dieux hono-
rablement, sans leur rien attribuer qui ne s'ac-
cordât avec leur nature bienheureuse. Aussi
tout ce qui concerne le culte se fait-il à Rome

avec plus de circonspection et de piété que chez les Grecs et chez les Barbares (1).

Ce peu de mots donne une idée parfaitement juste de la différence qui distingue le polythéisme romain du polythéisme grec.

Toutes les divinités que nous rencontrons dans la religion romaine, ont quelque fonction nécessaire soit à la préservation, soit à l'amélioration des hommes ; on dirait que les Dieux ont abjuré les erreurs d'une jeunesse fougueuse, pour se livrer aux occupations utiles de l'âge mûr. La religion de Rome est l'âge mûr des dieux, comme l'histoire de Rome est la maturité de l'espèce humaine.

Chaque divinité prend une vertu sous sa protection. Jupiter inspire le courage (2), Vénus la fidélité conjugale, et la plus sage des matrones romaines est choisie pour inaugurer son simulacre (3). Neptune préside aux réso-

______

(1) Denis d'Hal. II.

(2) Jupiter *Stator*.

(3) Venus *vesticordia*, *fast.* IV, Plin. VII. 35. Solin., chap. I. Valer. Max., VIII. 15.

lutions prudentes, (1) Hercule aux inviolables sermens (2).

Les romains en agissent plus librement encore avec les divinités de l'ancien culte italique, comme avec des êtres d'un ordre inférieur, qu'il fallait en entier corriger et refondre pour consentir à les respecter. Ces divinités étrusques sont presque toujours subalternes. Janus, qui, dans la mythologie Toscane, est le plus ancien des Dieux, reconnaît que, dans la mythologie romaine, il est au-dessous de Ju-

---

(1) *Deus Consus*, à cause du conseil donné à Romulus pour l'enlèvement des Sabines. Den. d'Hal. 11. 31. Plut. *in Rom.* Un commentateur de cet historien prétend qu'on n'osait divulguer le véritable nom du Dieu nommé *Consus*. Les ambiguités tiennent à ce que les Romains amalgamaient souvent des dieux étrusques et des dieux grecs.

(2) *Deus Sancus.* L'observation précédente se reproduit ici. Varr. *de ling. lat. Festus* V. *Sancus*, et *Prop.* IV. 10 attestent que ce dieu *Sancus* était Hercule ; mais Ovide l'appelle un antique Dieu des Sabins. *Fast.* VI, et Den. d'Hal. 11. 11, en disant que ce dieu était le même que *Deus Fidius*, ajoute que c'était un dieu du pays.

non (1), bien qu'en même temps, par un effet inévitable du mélange de ces deux mythologies, il soit confondu quelquefois avec Jupiter, et qu'il ait souvent la première part dans les sacrifices (2).

Le dieu Terme, jadis une roche informe, et manifestement une prolongation du culte des pierres, usité chez les Etrusques, et tombé en désuétude chez les Grecs (3), consacre à Rome, tout à la fois la sainteté des limites, les droits de la propriété, et l'accroissement de la république (4). Les voisins réunis couronnent de fleurs leurs bornes communes, tandis que la pierre mystérieuse, qui est plus spécialement l'emblême du dieu national, garantit,

---

(1) *Cum tanto veritas committere numine pugnam.*
                    Fast. I.
(2) *Jane, tibi primo thura merumque fero.*
                    Ib.

(3) *V.* Sur le culte et les fêtes du Dieu Terme les Mém. de l'Ac. des insc. I. 50.

(4) On trouve plusieurs autres vestiges de l'adoration des pierres dans la religion romaine. Pour obtenir du ciel des pluies abondantes, ou promenait solennellement à Rome une pierre appelée la pierre manale (*lapidem manalem*).   *Festus.*

par son immobilité dans le temple de Jupiter Tarpéïen, l'éternelle durée des succès et des victoires de Rome.

La conformité des opinions, lorsqu'elles tendent à un même but par les mêmes moyens, est une preuve assez forte d'un dessein prémédité. Quand on voit les Romains déclarer sacrilége ou impossible tout mouvement rétrograde du dieu Terme, et adopter de la sorte, à cet égard, le même dogme que les Turcs, relativement à leurs mosquées (1), on est tenté de croire que ces peuples se sont rencontrés dans le désir de transformer en devoir religieux la conservation de leurs conquêtes.

Les Lares et les Pénates, autrefois des fantômes capricieux et malfaisans, sortant des abymes inconnus pour tourmenter les vivans par leur bizarre malignité, deviennent des génies désintéressés et tutélaires, peut-être les ames des hommes vertueux dans chaque famille, les protecteurs des générations suivantes, l'une des suppositions les plus consolantes qu'on puisse concevoir sur l'autre vie. On en

____

(1) Sagred, histoire de l'emp. Ottoman. 1. 420.

trouve le germe dans Hésiode : il dit que les
hommes de l'âge d'or devinrent, par l'ordre
de Jupiter, des dieux ou des démons bienfaisans, habitant la terre, gardiens des mortels,
et observateurs invisibles des bonnes et des mauvaises actions. Mais le polythéisme romain rend
cette idée plus applicable et plus douce encore.

Ovide assigne aux Lares une autre origine
dont nous ne croyons pas devoir parler (1). C'est
visiblement une fable grotesque, inventée dans
un siècle incrédule, bien qu'elle fût peut-être
dérivée de quelque tradition ancienne, mais
qui, telle qu'Ovide nous la présente, a perdu
tout sens religieux.

Les divinités qui sont en entier de création
romaine, sont pour la plupart des vertus personnifiées ; elles ont des autels sous leurs dénominations ordinaires ; on rend hommage à
la concorde dans un temple bâti par Camille (2),
à la piété, à la continence, à la pudeur, au
courage, à la bonne foi (3), au patriotisme,
sous le nom de fortune publique, et tout à-la fois

______

(1) *Fast.* 11.
(2) Ovid. *Fast.* 1. — Plut. *in Camillo.* tit. liv. VI.
(3) Den. d'Hal. II. 21.

à la supériorité du talent et à l'union des époux, sous le nom de fortune forte ou virile (1); car les Romains combinèrent ce culte, établi d'abord par Servius Tullius en mémoire de son avénement à la couronne (2), avec celui de Vénus Vesticordia. Ils invoquaient ces deux divinités ensemble, le même jour, implorant celle-ci pour qu'elle ne remplît le cœur des femmes que de passions légitimes, et demandant à l'autre de rendre les femmes toujours agréables à leurs époux.

On ne peut s'empêcher d'être frappé de la multitude de divinités différentes, adorées chez les Romains sous le nom de Fortune (3). Il y avait aussi en Grèce quelques temples à la fortune, mais en beaucoup moins grand nombre.

---

(1) *Fors fortuna* ne veut pas dire le hazard, mais la fortune forte ou prospère. Festus. Donat.

(2) Ovid. Fast. IV. 773. — Varro, de Ling. lat. V. Tit. Liv. X. 40.

(3) *Fortuna virilis, muliebris, publica, privata, obsequens, aurea, mala, equestris, hujus diei, redux, etc.*, et à chacune de ces dénominations une solennité particulière était consacrée.

Tome I. 2

Presque toutes les nations livrées à des
passions énergiques penchent vers le fata-
lisme. Nous en voyons la preuve chez les Arabes
et les Scandinaves (1). Ces nations se sentent
en quelque sorte entrainées par une impulsion
irrésistible, elles se pénètrent de la croyance
d'une destinée qui les protége, et cette
croyance fortifie la passion dominante qui en
a suggéré l'idée.

L'espérance qui, dans un peuple, est une
vertu, parce qu'un peuple n'est jamais opprimé
ni esclave que quand il le veut, l'espérance
avait son temple au milieu de Rome. Il fut trois
fois consumé par la foudre, mais les Romains
le rebâtirent toujours.

La Grèce nous présente quelques exemples
du culte des vertus ou des qualités morales.
La Vénus Apostrophia de Thèbes (2) et de Mégare (3) ressemble à quelques égards à Vénus
Vesticordia. Pausanias nous parle des autels
élevés dans Athènes à la pitié (4), à la vigilance,

----

(1) Mallet, Introd. 1. 93.
(2) Pausan. IX. 6.
(3) *Ib.* I. 40.
(4) *Ib.* Att. 17.

à la chasteté, à la renommée (1). Corinthe en avait dressé à la nécessité et à la force (2), Sycione (3) et Argos (4) à la persuasion, Olympie à l'occasion et à la concorde (5); mais la plupart des autels consacrés en Grèce à des divinités de ce genre, ne tenaient point aux événemens ni aux doctrines publiques. Ils étaient construits par des individus, pour perpétuer le souvenir de quelqu'incident particulier. Ainsi le père de Pénélope, Icarius, fit, dit-on, bâtir un temple à la pudeur (6), sur le lieu même où sa fille, emmenée par Ulysse, avait baissé modestement son voile en silence, comme rougissant de suivre un homme, bien que cet homme fût son époux.

Il y avait, dans la religion Romaine, une classe de divinités qui existaient à peine dans la religion grecque; je veux parler des Dieux agricoles. Le polythéisme des Romains était

------

(1) *Id.* Corinth. 4.
(2) *Id. ib.* 7.
(3) *Ib. ib.* 21.
(4) *V.* Meursius.
(5) Pausan., Elid. chap. XIV.
(6) *Ib.* III. 20.

essentiellement lié à l'agriculture ; Romulus avait institué un collège de douze sacrificateurs des champs (1). Les statues de Séja, déesse des semailles, et de Ségéta, déesse des moissons, se voyaient encore dans le grand Cirque du temps de Pline. Les Dieux du premier polythéisme grec étaient presque exclusivement guerriers. Ceux même dont les fonctions ne semblaient pas les appeler aux combats, y étaient entraînés par l'exemple des autres ; rien de plus naturel, puisque l'imagination qui avait créé ces dieux était celle d'un peuple belliqueux et d'une époque uniquement vouée à la guerre chez les Romains. Malgré leur amour pour les conquêtes, la classe agricole prit, dès l'origine, une grande consistance. Or l'agriculture implique beaucoup plus de notions d'utilité, de justice, et de douceur, que la vie militaire. En conséquence, les divinités agricoles des Romains contribuèrent, plus qu'on ne l'a observé jusqu'à présent, à répandre des idées morales dans leur religion.

---

(1) Il se mit lui-même du nombre de ces sacrificateurs, et la traduction rapporte que les autres étaient les onze fils de sa nourrice Acca Laurentia.

CHAPITRE V.

Des Fêtes Romaines.

Toute la mythologie Romaine était non
seulement morale , mais historique ; chaque
temple , chaque statue , chaque fête rappe-
laient aux Romains quelques dangers dont les
Dieux avaient sauvé Rome , quelque calamité
qu'ils avaient détournée , quelque victoire
qu'on devait à leur vigilante protection.

Les Lucaries représentaient l'asile accordé
par Romulus aux fugitifs qui devaient peupler
sa ville nouvelle. Les Lémuries ou plutôt les
Rémuries étaient une expiation du fratricide
commis par le premier Roi. Les Quirinales éter-
nisaient son apothéose. Les danses saliennes
remerciaient les Dieux des boucliers célestes
jetés à Numa du haut des cieux (1). Le clou
sacré, qu'enfonçait dans le mur du temple le
plus auguste , le magistrat le plus éminent de
la République , était l'hommage d'un siècle
policé envers les siècles ses prédécesseurs ,
envers ces époques obscures, où les lettres et

____

(1) Fast. III. — Plut. in Numa.

les chiffres n'étaient pas connus (1). Les Con-
suales renouvelaient la mémoire des refus al-
tiers des Sabins et de l'artifice heureux, suggéré par une divinité bienfaisante, au fondateur
de la puissance romaine (2). Les Matronales
célébraient la réconciliation des pères et des
époux à la voix des épouses et des filles (3).
Les Laprotines retraçaient le dévouement des
femmes esclaves (4), et la fortune des femmes
était une commémoration de l'influence salutaire de la mère de Coriolan (5).

D'anciennes fêtes, qui, en Etrurie, n'avaient
dans l'origine qu'un sens astronomique, se
rattachaient à l'histoire vraie ou supposée du
nouveau peuple qui les recevait. Les Carmen-
tales, emblême du renouvellement de l'année
chez les Etrusques, reportaient l'imagination
des Romains vers la naissance et les mœurs
d'Evandre, ce premier habitant, ce Roi berger

- - - -

(1) Tit. Liv. VII. 3.

(2) Livius, L. 9.

(3) Ovid., Fast. III.

(4) Arnob. III. — Macrob. Satur. L. 2. Plutarch.
in Paral.

(5) Val. Max. L. 8. V. 4. Tit. Liv. II. — Den. d'Hal.
vers. VIII. 7. — Plut. in Coriol.

du mont Palatin, quatre siècles avant la fondation , sept avant la liberté , huit avant la
gloire de Rome (1). Les Lupercales, dont nous
avons parlé ci-dessus, et dont quelques auteurs placent l'institution avant les guerres de
Troye (2) , se combinaient avec le souvenir de
Romulus et de Remus , et retraçaient la louve
miraculeuse et les jeux enfantins des deux frères , livrés encore aux occupations et aux plaisirs rustiques (3).

L'on peut remarquer en général , que les
Romains trouvaient un grand plaisir à s'entretenir de la petitesse de leur origine. Ils conservaient dans toute leur simplicité primitive les
monumens construits dans les premiers siècles.
Ils considéraient comme sacré le pont de bois
jeté sur le Tibre par Ancus Martius , pour joindre le Janicule à la ville. Ce pont ne pouvait
jamais être remplacé par un autre ; il ne pouvait qu'être réparé. Il était défendu d'y employer le fer et le cuivre ; on ne pouvait en joindre les parties qu'avec des chevilles de bois.

____

(1) Ovid. Fast. I.
(2) Den. d'Hal. I. — Fast. XL. III.
(3) Plut. in Romul.

Ce fut de ce pont, dont la réparation était confiée aux prêtres de Rome, que ces prêtres prirent le nom de Pontife, tant était profond le
respect qu'il inspirait (1). Les Romains ado-
raient sous le nom de Véjovis, Jupiter naissant,
et le rapprochant de Rome naissante, ils se
plaisaient à comparer les progrès du Dieu et
de la patrie : le premier, d'abord, un jeune
homme désarmé, bientôt le maître de l'Olympe
et le dispensateur de la foudre ; l'autre, d'a-
bord, la réunion de quelques cabanes dans un
petit bois, maintenant la ville immortelle et la
dominatrice du monde. L'on pourrait voir encore dans l'adoration de Véjovis, un emblème
assez juste de la marche des idées religieuses et
de l'amélioration des Dieux. Sous ce nom de Jupiter jeune, les Romains désignaient souvent
Jupiter faisant du mal ; mais cette inclination
malfaisante avait disparu avec la jeunesse, et
le Jupiter envieux et malin était devenu le Dieu
très-grand et très-bon (2).

---

(1) Plut. in Numâ. — Den. d'Hal III. 14.
(2) Ovid. Fast. III. — Den. d'Hal. II. Tit. liv. L. 8. —
Vitruv. IV. 7. — Un Dieu malfaisant, Aulugelle. V. 12.
— Jupiter jeune. Montfauc., ant. expl. I. 39 43. —

Les événemens, ou plus positifs ou plus ré-
cens, qui, par cela même, semblaient moins
propres à revêtir des formes mythologiques,
surmontaient à Rome cette difficulté, et s'in-
tercalaient également dans la religion. Ainsi,
Junon Sospita ou préservatrice, avait accordé
aux Romains une victoire éclatante sur les Gaulois. Jupiter Stator avait arrêté leur fuite. (1).
Jupiter Pistor leur avait inspiré durant le siége
le courage de tromper leurs ennemis, en jetant
du pain, malgré la disette, du haut des mu-
railles (2). Castor et Pollux avaient combattu
pour eux (3) : et bien plus tard encore, l'informe et mystérieuse Cybèle les avait sauvés
d'Annibal (4).

Dans le dernier siècle de la République, le
sénat voulut décréter que le jour de l'assassinat
de César serait une fête religieuse, comme

Le Jupiter Axur ou sans barbe, des Grecs. — Winkel.
— Fête de Véjovis, celle du soleil au solstice du prin-
temps commençant à grandir.

(1) Fast. VI.
(2) Fast. VI. Tit. Liv. V. 48.
(3) Tit. Liv. II. 40. — Den. d'Hal. VI. 14.
(4) Tit. Liv. XXIX. 11. — Ov. Fast. IV.

celui de la fondation de Rome (1). Vaine imitation des siècles passés, ni la religion ni la liberté n'existaient plus, et des incrédules commandaient à des esclaves de remercier d'un bien dont ils méconnaissaient la valeur, des Dieux dont ils niaient l'existence.

Ici se renouvelle, pour la politique et pour l'histoire, une observation que nous avons déjà faite relativement à la morale. Les Romains exigaient de tous les Dieux qu'ils adoptaient des différens peuples, comme le prix, pour ainsi dire, de la naturalisation qu'ils leur accordaient, une intervention active en faveur de leur prospérité et de leur puissance.

Les Grecs, dans leur mythologie flexible et fertile en fables, s'efforçaient aussi d'intéresser les Dieux dans leurs événemens nationaux. Diane Astratée et Apollon Amazonius étaient adorés à Pyntrique (2), ville de la Laconie, parce qu'ils avaient empêché les Amazones de s'avancer contre cette ville (3). Les filles de

---

(1) Appian, de Bello civili, II.
(2) Ville de la Laconie.
(3) Paus. Lacon.

Nérée étaient en honneur à Cardamyle (1),
parce qu'elles y avaient paru pour voir passer
Pyrrhus, qui allait à Sparte, épouser Hermione (2). Le dieu Pan s'était armé pour les
Athéniens à Marathon (3), Neptune pour les
Mantinéens à la seconde bataille de Mantinée
(4). Les Dieux avaient combattu pour Athènes
près de Salamine. L'armée des Gaulois avait
été mise en déroute à Delphes par Apollon et les
génies protecteurs du temple. Diane avait égaré
les Perses, pour les livrer sans défense aux citoyens de Mégare. De là l'autel de Diane tutélaire (5). Hercule avait défendu les Thébains
contre les habitans d'Orchomène (6). Mercure,
à la tête des jeunes gens de Tanagre, avait repoussé les Erétriens. Bacchus, pour sauver des
captifs de Thèbes, saisis par les Thraces, avait
endormi ces barbares (7). De là les temples
d'Hercule Hippodète, de Bacchus et de Mercure.

---

(1) Autre ville de Laconie.
(2) Paus. Arcad. 10.
(3) *Id. ib. ib.*
(4) *Ib.* Att. 40.
(5) *Id. ib.*
(6) *Id.* Bæot. 26.
(7) Paus. Bœot, 22.

Mais en Grèce, les traditions de chaque ville, disputées par les autres, ne pouvaient jamais devenir partie de la religion nationale. Ces traditions n'avaient donc qu'une influence très-peu étendue, fort passagère, et toujours contestée. Brasus se vantait d'avoir tiré son nom de ce que Bacchus et Sémélé sa mère y avaient été poussés par les flots (1). Mais cette prétention d'une seule ville grecque était contredite par la Grèce entière. Les détails de Pausanias sur les monumens des diverses bourgades de l'Attique, de la Béotie et de l'Elide démontrent clairement que les fictions demi-historiques et demi-religieuses qui avaient donné lieu à ces monumens ne composaient point un système; telle peuplade adorait comme une divinité du premier rang un Dieu subalterne chez d'autres peuplades (2); telle cité rapportait, comme une preuve de la protection céleste, un fait que la cité voisine révoquait en doute ou représentait comme l'effet du hasard. Cela tenait à la division de la Grèce en petits états, tandis qu'à Rome il y avait un centre.

---

(1) *Ib. ib.* 16.

(2) A Céphalé les dioscures étaient mis au nombre des grands Dieux.

CHAPITRE VI.

Continuation du même sujet.

Deux fêtes dans l'année immortalisaient chez les Romains la destruction de la tyrannie. Dans toutes les deux, la fuite précipitée du Roi des sacrifices retraçait au peuple républicain la fuite des Rois qu'il avait chassés (1). Ce Roi des sacrifices ne pouvait occuper aucune charge militaire ou civile ; il ne pouvait être condamné à mort pour aucune cause (2). Ce privilége rappelle celui que les Bramines réclament aux Indes. Il tenait peut-être à l'origine étrusque du sacerdoce romain.

Trois jours étaient consacrés à célébrer l'alliance de tous les peuples Latins, cette première base de la grandeur Romaine (3). On y adorait Jupiter sous le nom de Latialis (4).

La fête d'Anna Perenna avait un triple

----

(1) Den. d'Hal. V. 1.
(2) Serv. , ad. Ænéid. VII.
(3) Den. d'Hal. VI. 2.
(4) *Ib.* IV. 11.

sens. C'était d'abord une fête astronomique,
celle du renouvellement de l'année, et comme
telle, il est probable qu'elle était un héritage
de l'ancien culte du Latium. Les Romains lui
donnèrent ensuite une signification historique, en la combinant avec la fête de la bienfaisance, et en désignant sous le nom d'Anna
Perenna la vieille femme qui avait nourri les
plébéïens, durant leur retraite sur le Mont Sacré. Plus tard, lorsque la religion, se dénaturant, devint un objet d'amusement arbitraire,
les poètes préférèrent une tradition plus mythologique et firent d'Anna la sœur de Didon.
Cette dernière tradition est clairement d'une
date postérieure aux deux premières ; elle convient à une religion qui tombe et dont on se
joue, bien plus qu'à la religion grave et solennelle des romains ; tout ce que dit Ovide de la
gaîté d'Anna, est l'invention d'un poète qui
s'amuse à réunir et à diversifier des fables auxquelles on ne croit plus.

A l'une des solemnités de la fortune forte ou
virile, on avait conservé l'usage de rendre
hommage, par une juste exception, à la mémoire de Servius-Tullius, de ce roi populaire
qui avait médité sur le trône l'établissement de

la république (1). Mais on avait fait servir avec
adresse la fête même d'un roi à renouveller
dans les âmes romaines la haine de la royauté.
La statue de Servius Tullius, victime de l'impiété filiale, paraissait voilée au milieu du
temple ; elle s'était voilée, disait-on, parce
qu'un jour, l'horrible Tullie avait osé se présenter devant elle, et du fond des abîmes une
voix s'était écriée : Cachez le visage du père à la
fille maudite qui a foulé le corps paternel.
Ainsi, chaque année, l'épouse de Tarquin se
voyait frapée d'anathême, et les Romains apprenaient de la sorte, dans les cérémonies de leur
culte, à connaître l'histoire de leur patrie, et
à chérir ses institutions.

—

CHAPITRE VII.

Du sacerdoce chez les Romains.

Il est facile de prévoir, d'après la composition du polythéisme romain, que l'organisation du sacerdoce dût être différente à Rome

______

(1) Den. d'Hal., IV. 6-9. Tit. Liv. I, 48.

de ce qu'elle était en Grèce. Les Romains ti-
rant leur origine d'un peuple soumis à des
corporations sacerdotales, pareilles, sous plusieurs rapports, à celles des Brames, des
Druides ou des prêtres de l'Égypte, conservèrent beaucoup de vestiges de cette hiérarchie
consacrée.

Il se pourrait même qu'il y eût eu chez eux
des traces de la division en castes, division
qu'il ne serait pas surprenant de retrouver en
Etrurie, puisque les Etrusques avaient emprunté plusieurs choses des Égyptiens. La différence entre les patriciens et les plébéiens,
l'opinion qui déclarait ces derniers incapables
de prendre les auspices, c'est-à-dire de vaquer
aux cérémonies religieuses, les obstacles opposés par les lois à toute alliance entre ces deux
ordres, rappellent à beaucoup d'égards cette
institution ; il suffit, pour s'en convaincre, de
lire attentivement dans Tite-Live (1) , les ha-
rangues des tribuns et des consuls, sur la
proposition de permettre les mariages iné-
gaux. La crainte que les patriciens témoignent
du mélange des deux races, l'horreur qu'ils

____

(1) Tit. Liv. IV. 2–5.

manifestent à la seule pensée que les Plébéiens interviendraient dans les pratiques du culte; les châtimens dont ils prétendent que cette profanation serait infailliblement suivie; tous ces raisonnemens n'auraient pu être allégués avec tant d'audace, si le principe qui les appuie n'eût reposé sur l'assentiment du peuple même. Le sénat ne perd aucune occasion de faire revivre des scrupules dont l'amour de l'égalité n'avait triomphé qu'imparfaitement; et la défaite des armées, et les ravages de la peste, sont également attribués à des plébéiens tribuns militaires, qui rendaient sacrilèges les rites qu'ils dirigeaient (1).

Nous laissons, au reste, de côté cette question, sur laquelle il est difficile de prononcer positivement, et nous nous bornons aux faits constatés. Romulus appela dans la ville nouvelle des prêtres ou devins Toscans; Numa transporta, de ces mains étrangères dans celles des citoyens Romains les plus distingués, la plupart des fonctions sacrées, l'augurat, par

---

(2) *Indignum diis visum honores vulgari discrimina que gentium confundi.* Tit. Liv. V. 4.

Tome I.
3

exemple, qui conférait les droits les plus étendus. Il ne resta que les Aruspices qui pussent
être des étrangers, mais précisément parce-
que les Aruspices ne formaient pas un ordre
régulier, et ne participaient que très-faible-
ment à la considération du sacerdoce.

Le sacerdoce, à Rome, fut donc un corps,
dont les membres étaient divisés en plusieurs
classes, et distingués par des appellations différentes (1). Romulus voulut que leurs attributions ne pussent être, ni l'objet d'un trafic, ni
tirées au sort, mais qu'elles fussent inamovi-
bles, et il remit l'élection de ceux qui devaient
en être investis, aux Curies dont le choix était
confirmé par les augures (2). L'ordre entier
du sacerdoce était réuni sous un seul chef,
dont il reconnaissait la juridiction.

Il y avait, de plus, deux collèges de prêtres :
celui des pontifes était le premier, celui des
augures le second.

Les pontifes avaient des prérogatives qui se
rapprochaient de celles dont jouissaient les cor-

____

(1) Les Saliens, les Curions, les Féciaux, les Fla-
mines, les Vestales, etc.
(2) Den. d'Hal. II. 7.

porations sacerdotales chez les peuples soumis
à ces corporations. Ils jugeaient tous les diffé-
rends des particuliers, des magistrats et des ministres des Dieux. Ils veillaient sur la conduite
de ces derniers ; ils faisaient des lois sur les cérémonies qui n'étaient ni écrites ni passées en
usage, et décidaient de celles qui méritaient
d'être pratiquées (1). Ils avaient profité de toutes les circonstances, pour donner plus d'extension à ce privilège. Après l'incendie de Rome
par les Gaulois, ils s'opposèrent à ce qu'on re-
cueillît les traditions et à ce qu'on rétablît les
livres qui concernaient la religion, afin de l'a-
voir plus entièrement dans leur dépendance.
Ils avaient l'inspection sur toutes les dignités
civiles qui donnaient le droit de remplir quelques fonctions du culte ou d'immoler les victimes.

Ils prononçaient sur la légitimité des adop-
tions et des testamens, sous le prétexte qu'en
confondant les familles, on pouvait porter
atteinte aux sacrifices privés attachés à chacune d'elles.

Ils étaient chargés de la purification de la

____

(1) Den. d'Hal. II. 7.

cité. Ils punissaient la désobéissance à leurs
ordres.

Ils n'étaient soumis à aucun tribunal, à aucune peine; ils ne répondaient de leurs actions, ni au sénat, ni au peuple, et se recom-
plettaient par leur propre choix (1).

Il se pourrait que Denys d'Halicarnasse, de
qui nous empruntons cette énumération des
privilèges des pontifes, en eût exagéré quelques-uns. C'était un homme religieux, qui
écrivait dans un temps où la religion était
déjà décréditée, et il est naturel à un homme
de ce caractère, dans cette situation, d'exagérer le respect qu'on ressentait autrefois,
pour reprocher indirectement à ses contemporains le peu de respect qu'ils ressentent.

Mais ce qu'il dit suffit pour démontrer la
grande autorité des pontifes. Celle des augures ne lui était pas inférieure; rien ne se faisait
sans leur avis, nous dit Tite-Live, ni dans la
paix, ni dans la guerre, ni dans l'assemblée
du peuple, ni dans les armées. Ils annullaient
l'élection des magistrats, des dictateurs, des

----

(1) Den. d'Hal. II. 20. V. II.

consuls (1). Ils ne pouvaient pas eux-mêmes
être destitués ; la loi défendait d'admettre dans
leur collège un citoyen soupçonné d'être l'ennemi d'un seul de ses membres (2). Jusqu'à
l'an 649 de Rome, ils se recrutèrent par leur
propre choix. Cette attribution leur fut enlevée
un instant à cette époque ; mais Sylla, qui tra-
vaillait à rétablir toutes les institutions antiques , la leur rendit sous sa dictature. Si elle
leur fut ôtée de nouveau par Labienus, pour
plaire à César qui faisait le démagogue, et si
depuis cet usurpateur les empereurs se l'arro-
gèrent, c'est qu'il n'y avait plus à Rome que
des apparences d'institutions religieuses, et que
ces apparences, après avoir été des moyens de
faction , étaient devenues des moyens de tyrannie. Le despotisme non-seulement proscrit
la vérité, mais il avilit même les erreurs, par-
que tout doit être vil pour servir d'instrument
au despotisme.

Le sacerdoce romain , du temps de la république, fut donc très-différent du sacerdoce

____

(1) Tit. Liv. I. 36.
(2) Cicer. Ad. famil. III. 10. ad. App. Pulch.

grec. Les Grecs avaient des familles sacerdotales : les Romains eurent des corporations de
prêtres:

Il y avait bien à Rome , et nous l'avons dit
ailleurs , deux familles consacrées héréditai-
rement au culte d'Hercule ; mais elles n'avaient
aucune influence , et de plus, elles étaient
d'institution grecque et pour une divinité de
cette contrée (1).

Il y avait aussi des sacrifices qui devaient
être offerts par certaines familles (2) , et l'on
ne leur permettait de les célébrer qu'en
présence d'un prêtre , afin d'être assuré que
ce culte privé n'était pas contraire au culte
public. (*Cicer. de legib.* II. 12). Mais ces sacrifices leur étaient particuliers , et elles n'en
ressemblaient pas davantage aux familles sacerdotales de Grèce. Ces dernières étaient une
création du temps et de l'habitude. Les cor-

---

(1). Les Pinariens et les Potitiens : deux membres de
la famille des Pinariens furent élevés au consulat. Pub.
Pinarius Rufus , l'an de Rome 265 , et Luc. Pinarius ,
l'an 282. Den. d'Hal. VIII. I. IX. 10.

(2) Den. d'Hal. XI. 2.

porations romaines étaient une institution du législateur.

Quelques écrivains ont méconnu cette vérité, parce que les dignités religieuses étaient souvent chez les Romains combinées avec les dignités politiques, et qu'il n'y avait pas, comme dans le christianisme, une puissance spirituelle, indépendante de l'État. Mais de ce que les premiers citoyens de Rome briguaient l'avantage d'être prêtres, l'on ne peut pas en conclure que la prêtrise n'eût point une existence consolidée. Ce fait même me paraît une démonstration du contraire. En Grèce, ce n'était point comme prêtres que les rois et les guerriers officiaient devant les autels ; à Rome le monopole religieux était garanti par des décrets nombreux et sévères, et nul ne pouvait intervenir dans les cérémonies du culte sans une consécration regulière.

Aussi l'exclusion des Dieux étrangers, essayée fréquemment, mais sans succès, par le sacerdoce en Grèce, réussit beaucoup mieux au sacerdoce romain ; dès le temps de Romulus, leur admission fut interdite, et toutes les lois postérieures confirmèrent cette interdiction. Quand les Romains recevaient des

divinités c'était avec le consentement du magistrat , et en naturalisant , pour ainsi dire .
ces divinités.

Cependant , malgré l'accroissement du pouvoir sacerdotal à Rome , le sacerdoce n'y con-
quit jamais une autorité illimitée. En formant
une corporation , il fut toujours subordonné
à l'état. Les grandes charges de la religion
étaient occupées d'ordinaire par des hommes
revêtus des premières fonctions civiles ; et
lorsqu'elles en étaient séparées , ce qui arrivait
rarement , des précautions prudentes restrei-
gnaient l'ascendant de ceux qui les exerçaient.
Ainsi , quand les consuls étaient augures ,
cette dignité leur donnait plus de pouvoir que
n'en auraient eu des augures qui n'auraient
pas été consuls. On en appelait de la décision
du collége des Pontifes au peuple assemblé (1). L'histoire est remplie de ces appels (2).
Les livres sybillins ne pouvaient être consul-
tés par les prêtres qui en avaient la garde , sans
l'autorisation d'un senatus - consulte (3). Le

---

(1) Bos. de Pont. maxim. I. ch. 15.
(2) Tit. Liv. , XI. 42. — Ascon. Pedian. 198.
(3) Tit. Liv. , I. 13 , etc. *Passim.* Cicer. , *de div.* II. 54.

sénat leur donnait des adjoints pour cette consultation(1), et il pouvait défendre aux augures d'observer les signes du Ciel (2).

Ainsi, les Romains ne furent jamais asservis au sacerdoce comme tant d'autres peuples le furent, et comme l'avaient été leurs ancêtres. Le sacerdoce exista majestueux et puissant à Rome, mais puissant et majestueux pour le salut de l'état.

—

CHAPITRE VIII.

Différence de rang occupé par la morale dans le polythéisme des Grecs et dans celui des Romains.

D'après ces détails, que nous pourrions multiplier jusqu'à l'infini, on doit reconnaître, dans le polythéisme romain, l'amalgame complet de la religion, de la politique et de la morale, l'une dans l'autre, et formant un ensemble régulier. En Grèce, c'était l'imagina-

(1) Den. d'Hal., IV. 155.
(2) Cicer., pro Sext. §. 61.

tion, à Rome c'était la politique qui élevait des temples. La morale ne fut pas simplement comme en Grèce, une partie de la religion ; elle en fut la partie dominante et le but avoué.

Il restait encore en Grèce beaucoup de fables sans moralité. Celles de ces fables que Rome adopta subirent une révolution opposée à celle qu'avaient subie les fables égyptiennes, transplantées dans le polythéisme primitif des Grecs. A la plupart de ces dernières était attaché un sens mystique. Les Grecs rejettèrent ce sens mystique et ne conservèrent que les fables. Les Romains, au contraire, ajoutèrent un sens moral à plusieurs fables grecques, puis firent de ces fables l'accessoire, et de la morale le principal. La morale ne se compose donc plus dans la religion romaine des conjectures vagues et isolées du désir et de la passion. Elle n'est plus l'expression hasardée d'une opinion individuelle qui prête aux Dieux une intervention momentanée. C'est un système complet, dont les parties se combinent, et dont les lacunes sont dérobées aux regards avec adresse. Au lieu de dire comme les Grecs, les Dieux nous doivent leur secours, en paiement de nos sacrifices, Posthumius sur le point de livrer bataille, dit à ses troupes : les Dieux nous doivent leurs secours, parce que notre cause est juste (1).

Une autre observation se présente. Toutes les fables romaines, même celles qui se rapportent à des événemens nationaux, ont un sens astronomique (2). C'est que la religion romaine s'était formée en grande partie des débris d'une religion sacerdôtale, c'est-à-dire, astronomique : et, il arrive, pour le double sens des fables à Rome, ce qui était arrivé en Egypte, avec cette différence, qu'en Egypte, où le peuple était tenu dans l'abrutissement par le sacerdoce, ce double sens était d'une part l'astronomie, et de l'autre le fétichisme, au lieu qu'à Rome, où le peuple était tout rempli de souvenirs patriotiques, le double sens était d'une part l'astronomie et de l'autre l'histoire.

En se combinant avec la morale, la religion contracte nécessairement un degré additionnel de sévérité. Celle des Romains était infiniment

____

(1) Den. d'd'Hal. VI. 11.

(2) Nous avons parlé des cultes de Janus, de Carmente, de Véojvis, d'Anna Perenna, etc.

plus sérieuse que celle des Grecs ; l'un des préceptes des oracles sybillins était de mêler la gaîté aux cérémonies les plus solennelles. Mais ce précepte même démontre que la religion n'était pas gaie. Une pareille injonction aurait été superflue en Grèce. Aussi les législateurs grecs se fiant à la tendance naturelle de leur religion, n'en bannissaient-ils ni les cris, ni les gémissemens, ni les démonstrations de douleur, bien assurés que cette douleur serait passagère, tandis qu'à Rome toutes ces choses étaient interdites (1). La politique des Romains ne permettait point à la religion de devenir tout-à-fait lugubre ; elle la voulait imposante et grave, plutôt que triste. Empruntant indifféremment des rites toscans et des fables grecques, elle corrigeait dans celles-ci ce qu'elle y trouvait de trop peu moral, et dans les autres ce qui s'y rencontrait de trop mélancolique. Nous en avons des preuves visibles dans les urnes mortuaires des deux peuples (2).

______

(1) Les cris et les gémissemens usités en Grece dans les fêtes de Cérès, en étaient bannis à Rome. Les Romains les défendaient aussi dans la célébration de mystères. Ste-Croix, p. 404.

(2) Nietsch. II. 603.

Celles des Romains sont décorées d'images riantes et douces, celle des Etrusques de génies funèbres ou irrités, qui semblent menacer encore ceux dont les urnes renferment les cendres (1).

La même politique s'efforçait de calmer les terreurs que la perspective de la mort répand toujours dans l'ame des peuples. Mille choses que l'imagination seule avait rendues coutumières en Grèce, étaient à Rome d'institution. Tous les ans, le 9 mai, quelques fèves noires que chaque citoyen jetait derrière lui, comme à la dérobée, la nuit, en silence, pieds nus, et prononçant des paroles mystérieuses, appaisaient le courroux des mânes, et trois fois dans l'année (2) l'ouverture du monde souterrain était un hommage public rendu à la puissance des dieux infernaux (3). Pendant ces trois jours, toutes les affaires étaient suspendues;

---

(1) Fest. V. Macrob. Saturn. 1. 19.

(2) Le 24 août, le 4 octobre, le 8 novembre.

(3) *Mundus patens*. Dans cette expression il n'est pas bien sûr que le mot *mundus* signifie le monde. Festus dit que c'était un endroit mystérieux consacré aux dieux infernaux. *Festus* V. Mundus.

On évitait de livrer bataille, on interrompait tout enrôlement, aucun vaisseau ne mettait à la voile, aucun mariage ne se pouvait célébrer (1); les barrières qui nous séparent des ombres, avaient disparu (2). L'on n'osait traiter aucun des intérêts de la vie, mais cette cérémonie superstitieuse était un moyen de rassurer la superstition. Ces respects, rendus aux dieux malfaisans pendant trois jours, garantissaient de leur influence pour le reste de l'année : et la communication entre les vivans et les morts se refermait, à la grande satisfaction des premiers.

Nous ajouterons que cette fête des morts se combinait avec celle de la réconciliation ou des charisties : et quoi de plus propre, en effet, à disposer des êtres d'un jour au pardon des offenses, à l'oubli des intérêts fugitifs, que l'image de cette brièveté de la vie, entraînant tout dans son cours rapide, et couvrant d'une nuit égale toutes les causes de discorde, tous

----

(1) Ovid., Fast. II.

(2) *Nunc animæ tenues et corpora functa sepulchris*
Errant : Nunc posito pascitur umbra cito.   Ib. ib.

les sujets de lutte, les rivalités, les haines et jusqu'aux succès.

—

CHAPITRE IX.

Vestiges d'opinions antérieures et grossières, dans le polythéisme Romain.

Nous ne disconviendrons pas que, malgré la révolution morale qui s'opéra dans le polythéisme chez les Romains, plusieurs traces d'opinions grossières et désavantageuses aux Dieux, ne puissent encore y être remarquées. Les religions ne se modifiant que d'une manière graduelle, il reste toujours, dans les époques les plus éclairées, des vestiges confus d'époques antérieures, que l'on oublie ou qu'on néglige de concilier, et qui semblent alors contredire l'état nouveau de la religion.

Les Dieux de Rome, bien que très perfectionnés, n'étaient pas exempts d'envie. Camille chercha vainement à les désarmer, après la prise de Veyes. Vainement, levant les yeux et les mains au ciel, il leur demanda, si ses succès et ceux du peuple Romain leur paraissaient trop considérables, et les pria de modérer l'effet de leur jalousie, et de ne faire, soit à la république, soit au général qui avait vaincu pour elle, que le moins de mal qu'il leur serait possible (1). Plusieurs des divinités Romaines, protectrices jadis de nations ennemies, avaient trahi ces nations trop confiantes, pour obtenir des vainqueurs de plus riches offrandes et des temples plus splendides. Les Romains avaient même une formule légale et solennelle, pour séduire les Dieux des villes assiégées (2). Mais comme l'iniquité, lors même qu'on en profite, excite la défiance contre ses auteurs, les Dieux ainsi gagnés, étaient soupçonnés de pouvoir se laisser gagner par d'autres (3). On prenait des précautions contre ce danger.

------

(1) Tit. Liv. V. 21. — Plut. in Camil., Valèr. Max. I. 5.

(2) Macrobe nous transmet cette formule. *Si deus, si dea est, cui populus civitasque Carthaginensis est in tutelâ, te que maxime ille qui urbis hujus populique tutelam recepisti, precor venerorque, veniamque a vobis peto, ut vos populum civitatemque carthaginiensem deseratis, loca, templa, sacra, urbemque eorum relinquatis, absque his abeatis. Sat.* III. 9.

(3) Macrob. *ib.*

Pour épargner à la Divinité tutélaire de Rome une tentation qu'elle n'était pas assurée de vaincre, on faisait de son nom un mystère religieux (1) ; le divulguer eût été compromettre la sûreté publique, et Soranus qui osa le révéler fut puni de mort (2). Cette sévérité mérite d'autant plus notre attention, qu'elle eut lieu dans le septième siècle de Rome, c'est-à-dire à une époque où le polythéisme penchait déjà vers son déclin.

Il n'est pas inutile d'observer l'adresse avec laquelle le sacerdoce profite de toutes les opinions ; de ce que les peuples croyaient leurs dieux susceptibles de se laisser séduire, les prêtres conclurent qu'il fallait tenir les noms de ces dieux cachés, et ces noms devinrent ainsi une propriété sacerdotale.

Les Romains parlaient quelquefois à leurs divinités un langage semblable à celui que les Sauvages adressent à leurs fétiches. « Jupiter, disaient-ils, je te prie, en déposant ce gâ-

---

(1) Plin. XXVIII. 2. — *Id.* III. 5. — Plut. quæst. , Rom. , et Festus *V°.* Peregrina.

(2) Bayle art. Soranus, Solin. ch. F.—Serv.in Georg. I. 499. — *Vid.* in Aug. Civ. Dei. VII. 9.

teau sur ton autel, de m'être favorable et à
ma famille, je te prie, Janus, de m'accorder
ta protection, en acceptant le vin que je t'offre. » Ils se défiaient même tellement de l'avidité de ces auxiliaires surnaturels, qu'ils désignaient avec soin l'offrande qu'ils voulaient
leur faire, de peur que tous les objets de même
genre ne fussent réclamés, à la faveur de quelqu'équivoque, par la divinité rapace, comme
lui étant consacrés.

Enfin, tout en regardant leurs dieux comme
amis de la morale, les Romains réclamaient
pourtant leur secours lorsque la morale n'é-
tait pas de leur côté. Quand les citoyens mettent l'intérêt de la cité au-dessus, non-seulement de leur intérêt particulier, mais de
celui de la justice, les dieux doivent penser de
même. Ceux des Romains veillaient au bon
ordre intérieur du peuple qui les adorait. Ils
punissaient les délits privés qui auraient pu
troubler sa tranquillité ; mais sévères pour les
individus, ils étaient indulgens pour la nation
en masse. C'est un reste de fétichisme, les
dieux ne servent que ceux qui les payent ; et
ceux de Rome n'étaient pas encore les dieux
de l'univers, ils n'étaient que de grandes di-

vinités nationales. On reconnaît là une des idées fondamentales des peuplades fétichistes; ces peuplades croyent pouvoir se parjurer impunément vis-à-vis des étrangers, parce que, disent-elles, leurs fétiches n'embrasseront pas le parti de ceux-ci contre leurs adorateurs. (*Cavazzi, relat. histor. de l'Éthiop. Occident. 1. 304.*)

CHAPITRE X.

Résultat.

Malgré ces taches légères et inévitables, le polythéisme romain peut être considéré comme le polythéisme porté à son plus haut point de perfection. C'est de toutes les religions qui ont pris pour base la pluralité des Dieux, celle qui a tiré de cette croyance le plus de moyens d'influer utilement sur l'esprit, les mœurs et les passions de ses adhérens.

Etroitement liée à l'état, elle servait à la fois et d'appui à la morale et de garantie à la constitution politique. Elle gravait profondément dans les ames la sainteté du serment. On sait comment Polybe oppose le scrupule avec lequel les Romains gardaient la foi promise, à l'infidélité et aux nombreux parjures des Grecs (1).

Tous les historiens romains sont remplis de faits qui prouvent l'influence de leur culte, même au milieu des troubles civils. Lorsque Camille veut empêcher ses concitoyens de quitter Rome, pour s'établir à Veïès, après l'expulsion des Gaulois, c'est à leur sentiment religieux qu'il s'adresse, et chaque phrase de sa harangue atteste l'union intime de ce sentiment avec tous les souvenirs, toutes les institutions, toutes les habitudes (2). Lorsqu'un étranger, devenu maître de la capitale pendant les guerres civiles, promet aux esclaves la liberté, aux pauvres les richesses, aux débiteurs l'abolition des dettes, aux Plébéïens la destruction de l'ordre privilégié, tous regardant ses propositions comme sacrilèges, les repoussent avec horreur (3). Au milieu des dissentions acharnées que causait toujours la proposition

(1) Den. d'Hal. II. 4.
(2) Tit. Liv., V. 51–54.
(3) Den. d'Hal. X. 3.

de la loi agraire, les jeunes patriciens veulent interrompre les délibérations du peuple, ils se rendent en foule sur la place publique, dispersent les votans, renversent les urnes destinées à recueillir les suffrages ; mais à l'apparition des Tribuns, personnes sacrées, cette jeunesse fougueuse recule avec respect, et leurs rangs s'ouvrent pour leur faire place.

Ainsi, le polythéisme romain protégeait, de sa puissance invisible et mystérieuse, des institutions qui n'étaient pas sans doute parfaites, mais qui certes obtiendront notre respect, si nous réfléchissons qu'un grand peuple leur a dû six siècles de liberté.

D'autres polythéismes, celui des Egyptiens, par exemple, ont pu exercer une influence plus illimitée encore. Mais ils devaient au climat une grande partie de leur ascendant, et l'on ne peut juger, d'après ces religions, le polythéisme laissé à ses propres forces, au lieu que la religion romaine nous présente, dans toute sa pureté, le résultat de cette croyance élaborée par l'esprit humain, et portée au plus haut degré de régularité et de perfection dont elle soit susceptible.

LIVRE II.

CONSIDÉRATIONS ULTÉRIEURES SUR LES RAPPORTS DU POLYTHÉISME AVEC LA MORALE.

—

CHAPITRE I.

Objet de ce livre.

Le polythéisme romain étant celui dans lequel la morale est le plus intimément unie à la religion, nous pensons que c'est à la suite du tableau que nous en avons offert, que des considérations générales sur les rapports de la religion, et surtout du polythéisme avec la morale, seront le plus convenablement placées. Nous allons, en conséquence, examiner, premièrement, quels sont ces rapports, en général, dans le polythéisme, et secondement, comment ils diffèrent dans les deux genres de polythéisme que nous avons toujours pris soin de distinguer l'un de l'autre.

CHAPITRE II.

*De l'influence morale du polythéisme en général,
comparée à celle du théisme.*

« La religion payenne, dit M. de Montesquieu, ne défendait que quelques crimes grossiers ; arrêtait la main et abandonnait le cœur. La religion chrétienne enveloppe toutes les passions ; n'est pas plus jalouse des actions que des désirs et des pensées ; ne nous tient point attachés par quelques chaînes, mais par un nombre innombrable de fils ; laisse derrière elle la justice humaine, et commence une autre justice (1). »

Cette assertion n'est pas complètement exacte. Lorsque le polythéisme est parvenu à un certain point de perfection, il embrasse les mouvemens du cœur aussi bien que les actions extérieures. Nous en avons eu la démonstration dans plusieurs récits d'Hérodote, où les Dieux punissent l'intention aussi sévèrement qu'ils auraient puni le crime, et nous en trouverions des preuves non moins évidentes, dans

____

(1) Esprit des lois, XXIV, 13.

les assertions des poètes Romains, notamment de Juvénal, bien que de son temps le polythéisme penchât déjà vers sa décadence.

Il est certain, toutefois, que la morale du polythéisme doit être toujours moins subtile et moins scrupuleuse que celle du théisme. Chaque pensée de l'homme, dans cette dernière croyance, est un rapport de lui à son Dieu. Les divinités de l'Olympe, ayant à soigner leurs propres destinées, s'occupent beaucoup moins de ce qui concerne des êtres d'une autre espèce.

Ils veulent que la société qui leur est soumise soit bien ordonnée. Ils exigent l'accomplissement des devoirs sur lesquels elle repose. Ils châtient les crimes qui la troubleraient : mais distraits qu'ils sont par leurs intérêts particuliers, ils ne sauraient exercer une surveillance détaillée, et mille nuances délicates leur échappent. Les intentions, les faiblesses du cœur, ou ses sacrifices, les vœux secrets, les impressions passagères, le fonds des pensées, les intéressent faiblement.

CHAPITRE III.

De la manière dont il faut juger les rapports des deux espèces de polythéisme avec la morale.

Si l'on supposait que les rapports des religions avec la morale dépendent de leur partie fabuleuse ou historique, de leurs préceptes directs, ou du caractère qu'elles prêtent à leurs Dieux, on serait tenté de croire que ces rapports doivent être les mêmes dans le polythéisme sacerdotal et dans celui dans lequel les prêtres n'exercent qu'une influence très-limitée.

Dans toutes les religions, les préceptes moraux sont à peu-près les mêmes. On a vu que le caractère des Dieux n'était guère différent, dans les deux espèces de polythéisme : et quant aux fables, il en est une foule qui se retrouvent, avec quelques modifications, dans la mythologie grecque, et sur les bords du Nil ou du Gange.

Mais les préceptes sont des choses isolées, d'un effet partiel et interrompu. L'esprit général des cultes combat souvent leurs préceptes. Les passions qu'ils mettent en mouvement les enfreignent. L'espoir d'être agréable à la race Divine, en servant ses intérêts, aveugle ses adorateurs sur le danger d'offenser sa justice. L'on a vu plus d'un assassinat commis par des hommes de bonne foi, pour plaire à un Dieu qui défend le meurtre. Les fables qu'une religion consacre sont l'objet d'une crédulité en quelque sorte mécanique ; elles semblent quelquefois se loger dans une case à part des têtes humaines, pour n'en plus sortir. Rome attribuait son origine aux amours de Mars et d'une Vestale. Cependant, toute Vestale séduite subissait un supplice rigoureux.

Il suffit, d'ailleurs, que les motifs d'action se modifient dans les Dieux, sans que leurs actions soient modifiées, pour que l'identité de la fable ne garantisse pas l'identité des effets. Nous avons cité, précédemment, pour exemple d'une modification de ce genre, les motifs assignés par Homère à la colère d'Apollon contre les Grecs.

Le caractère moral des Dieux n'a pas une influence plus facile à prévoir. A toutes les époques du polythéisme, ces Dieux se donnent personnellement beaucoup de licences ; mais ces licences ne prouvent point leur indifférence

pour la morale. Lors même qu'ils continuent,
avec plus ou moins de ménagement, suivant
que les opinions sont plus ou moins épurées,
à se livrer à leurs passions et à leurs caprices,
ils revêtent, à l'égard des hommes, l'austérité
convenable à des défenseurs de la justice, et
punissent dans la racè humaine les mêmes actions qu'ils se sont permises. L'homme qui, à
leur exemple, s'arrogerait des privilèges contraires à l'ordre établi, n'en serait pas moins
coupable, et chatié par eux. Faute d'avoir senti
cette vérité, l'on s'est trompé sans cesse sur
les effets que devait avoir la mythologie licen-
tieuse du polythéisme. A voir ce que l'on a
écrit sur cette mythologie, on dirait que les
Dieux approuvent dans les mortels toutes les
actions qu'eux-mêmes commettent. Au contraire, la relation établie, et qu'on peut nommer légale, entre les Dieux et les hommes, est
la punition du crime et la récompense de la
vertu. Le caractère et les égaremens particuliers des Dieux restent étrangers à cette relation,
comme les désordres des rois ne changent rien
aux lois contre les désordres des individus.
Dans l'armée du fils de Philippe, le soldat ma-
cédonien, convaincu de meurtre, eût été con-

damné par Alexandre , bien que son juge fut lui même le meurtrier de Clitus. Pareils aux grands de ce monde, les Dieux ont un caractère public, et un caractère privé. Dans leur caractère public, ils sont les appuis de la morale ; dans leur caractère privé, ils n'écoutent que leurs passions : mais ils n'ont de rapports avec les hommes que dans leur caractère public.

Ce ne sont donc point ces portions isolées des religions qui décident de leurs rapports avec la morale. Ces rapports tiennent à une autre cause. Pour la développer, il faut entrer dans quelques détails.

CHAPITRE IV.

Des rapports du Polythéisme indépendant des prêtres avec la morale.

La morale s'introduit par degrés, dans le polythéisme indépendant de la direction du sacerdoce. Elle y pénètre, et se perfectionne, à mesure que la civilisation fait des progrès et que les lumières s'étendent. Il en résulte que les Dieux ne paraissent point les auteurs, mais

les garans de la loi morale. Ils la protégent,
mais ne la modifient pas. Ils ne créent point
ses règles : ils les sanctionnent. Ils récompen-
sent le bien, punissent le mal; mais leur volonté ne détermine pas ce qui est mal et ce
qui est bien; et les actions humaines tirent
d'elles-mêmes leur propre mérite.

Il y a, sans doute, des circonstances dans
lesquelles les individus, et quelquefois les nations entières mettent plus d'importance à
complaire à la puissance divine qu'aux règles
strictes de la morale. Ainsi, les Athéniens veulent repousser Œdipe, aveugle, infirme, fugitif, parce que ce malheureux vieillard est l'objet du courroux céleste (1). Neptune, dans
l'Odyssée, irrité contre les Phéaciens, parce
qu'ils ont rempli les devoirs de l'humanité envers Ulysse et favorisé son retour dans sa patrie, change en rocher le vaisseau qui avait
débarqué le héros grec sur les rives d'Ithaque,
pour que les Phéaciens, dit-il, ne soient plus
tentés désormais de prêter leurs vaisseaux aux
étrangers qui leur demanderaient du se-

____

(1) Œdip. Col. 233-236. — *Ib.* 256-257.

cours (1). Alcinoüs en tire en effet la conséquence qu'il faut s'abstenir de rendre à ses
hôtes de pareils services (2). C'est par obéissance pour les Dieux qu'Oreste plonge le fer
dans le sein de sa mère, et Pylade lui dit en
l'exhortant à ce meurtre, qu'il vaut mieux
braver l'indignation de tous les hommes que
l'inimitié des immortels (3). Enfin, beaucoup
plus tard, les Lacédémoniens violent les droits
de l'hospitalité, pour obéir à l'oracle de Delphes; ce qu'ils firent, ajoute Hérodote (4),
parce que les ordres des Dieux leur étaient plus
précieux que toute considération humaine.
Toutefois même alors, la morale ne change pas
de nature; elle est sacrifiée dans l'occasion particulière; mais elle reste indépendante en principe général.

L'hospitalité, malgré les inconvéniens qu'elle
entraîne pour les Phéaciens, n'est pas considérée comme un crime. Les Athéniens, lorsqu'ils balancent s'ils ne chasseront pas OEdipe,

____

(1) Odys. XIII. 146.
(2) *Ib. id.* 151.
(3) Esch. Coeph. 902.
(4) Herod. V. 63.

sentent qu'en faisant une chose qu'ils croyent agréable aux Dieux, ils ne feront point une action vertueuse, honnête ou légitime. C'est en vain qu'Oreste, après avoir tué Clytemnestre, répond à Ménélas qu'il n'a fait que remplir les volontés d'Apollon : ce Dieu, lui répond le roi de Sparte, ne savait-il donc pas ce qui est juste (1) ? Et le fils parricide, bien qu'il ne soit que l'exécuteur des arrêts célestes, n'en est pas moins détesté des hommes et poursuivi des furies.

Il est à remarquer, dans ce dialogue d'Oreste et de Ménélas, qu'il n'y est point dit que l'ordre des Dieux rende légitime l'action qu'ils commandent ; on leur obéit, comme à la force, non comme à la morale.

Pour que la morale cessât d'être indépendante dans le polythéisme qui n'est pas soumis à la direction sacerdotale, il faudrait deux choses que cette croyance n'admet pas, des Dieux tout-puissans, et dans ces Dieux, des volontés unanimes. Mais dans toutes les combinaisons de ce polythéisme, la puissance des

---

(1) Euripid. Orest. 415-418.

Dieux est toujours plus ou moins bornée. On ne saurait concevoir un grand nombre d'êtres, qui tous seraient également revêtus d'un pouvoir sans bornes. Leur pluralité met un obstacle invincible à leur toute-puissance. Cette pluralité, d'ailleurs, suggère toujours l'idée d'intérêts divers : et pour décider entre ces intérêts, l'homme ne peut recourir qu'à sa raison. Comment reconnaitrait-il, pour juges compétens et sans appel, des Dieux qui ne sont pas d'accord? Il n'est en conséquence jamais asservi par ces Dieux, entre lesquels il prononce. La protection de l'un le défend contre la haine de l'autre (1) ; et si tous les êtres surnaturels le trahissent, il conserve le droit d'en appeler de leurs décisions à sa conscience et à la justice. Quand la morale et la religion s'unissent étroitement dans le polythéisme laissé à lui-même, c'est la religion qui se soumet à l'autorité de la morale et se déclare dans sa dépendance. S'il y a des Dieux qui protègent ce qui est équitable, et qui s'intéressent aux nobles projets, dit le consul

____

(1) *Sœpe premente Deo fert Deus alter opem.*

Horatius, nous sommes sûrs de leur protection. Si, au contraire, les divinités ennemies s'opposent à nos succès, rien ne sera capable de nous détourner d'une entreprise glorieuse et légitime (1). C'est le vers célèbre de l'auteur de la Pharsale (2). Mais ces paroles sont plus remarquables dans un historien religieux, comme Denys d'Harlicanasse, que dans un poëte sententieux et philosophe.

Ainsi, l'on peut dire que les Dieux forment une espèce de public, non pas infaillible, non pas incorruptible, mais plus impartial et plus respecté que le vulgaire des mortels. L'opinion présumée et la force reconnue de ce public céleste, ne sont pas sans avantages pour la morale. L'homme souffre en présence de ces témoins augustes : il les désarme par sa vertu : il les frappe de respect par son courage : et l'idée d'offrir à des êtres d'une nature et d'une raison supérieures le magnifique spectacle de l'homme irréprochable luttant contre le malheur, a quelque chose qui exalte l'imagination et qui élève l'ame.

----

(1) Den. d'Hal. X. 6.

(2) *Victrix causa Diis*, etc.

Quand l'homme veut alors commettre des actions injustes, il est forcé de séparer la morale d'avec la religion, et c'est un bel hommage qu'il rend à cette dernière. Nous avons raconté ailleurs comment les habitans de Chios arrachèrent un suppliant du temple de Minerve et le livrèrent aux envoyés du roi de Perse, qui le fit périr dans les supplices. Le salaire de cette trahison fut une petite province en Mysie. Les habitans de Chios n'osaient offrir dans les sacrifices, aucune des productions de ce territoire si honteusement acquis, ils ne consacraient à aucun Dieu des gâteaux pétris avec le blé de ce canton, ils ne répandaient sur la tête d'aucune victime l'orge qu'ils y recueillaient ; en un mot, tout ce qui provenait de cette source impure était considéré comme immonde et devant être banni des temples et des lieux sacrés (1).

-----

(1) Hérod. I. 161.

CHAPITRE V.

*Des rapports du Polythéisme soumis aux prêtres,
avec la morale.*

Dans le polythéisme sacerdotal, les prêtres,
maîtres du peuple, se hâtaient de lui donner un
code de lois. Au lieu de se répandre dans les
diverses fables et de se fondre, comme en
Grèce, avec la partie de la croyance qu'on peut
nommer historique, la morale compose un
corps de doctrine. Nous la trouvons sous cette
forme, dans le Vendidad des Perses, dans
l'Havamaal des Scandinaves, dans le Samave-
dam des Indous. (V. *la Préf. franc. du Bh.
Gitâ,* p. v.)

Il s'ensuit que les Dieux, au nom desquels
on a promulgué ce code, ne sont pas seulement
des juges, mais sont aussi des législateurs. Ils
créent la loi morale ; ils peuvent la changer. Ils
déclarent ce qui est mal et ce qui est bien. La
règle du juste et de l'injuste est bouleversée.
Une révolution incalculable est produite dans
la conscience de l'homme. Les actions tirent
toute leur valeur du mérite que les Dieux y
attachent. Elles ne leur plaisent plus, parce

qu'elles sont bonnes : elles sont bonnes, parce qu'elles leur plaisent.

Il s'introduit dans la morale deux espèces de
crimes et deux espèces de devoirs; ceux qui
sont tels par leur nature, et ceux que la religion
déclare tels. Mille choses sans utilité réelle deviennent des vertus; mille choses sans influence nuisible sont transformées en crimes.
Ce qui ne sert de rien aux hommes peut être
exigé par les Dieux. Ce qui ne blesse personne
peut les offenser. Les délits factices sont punis
avec plus de rigueur que les véritables. Les
premiers sont des péchés, tandis que les seconds ne sont que des fautes. Chez les Perses,
enterrer un chien, jeter de l'eau sur le feu (1);
chez les Égyptiens, causer involontairement la
mort d'un animal sacré (2); aux Indes, franchir, en s'approchant d'un membre d'une autre caste, la distance ordonnée, ou rompre une
branche de figuier (3), sont des actions non
moins sévèrement défendues que la violence,

______

(1) Hyde, 1. Strabon.
(2) Diod. I. 2.
(3) Préf. Bahguat Gita, p. 62.

la tyrannie et le meurtre. Les prêtres arméniens pardonnent les attentats les plus noirs, plutôt que l'infraction des abstinences prescrites (1). Un voyageur raconte que des brigands Illyriens tuèrent le chef qui depuis longtemps les conduisait au carnage, et dont ils admiraient et imitaient la férocité, parce qu'il avait bu du lait dans un jour de jeûne (2). Aucun forfait, disent les Turcs, ne ferme les portes du ciel à celui qui meurt en jeûnant (3). Suivant le code des Gentous, l'homme qui lit un shaster hétérodoxe est aussi coupable que s'il avait tué son ami. Le Bahguat Gita place l'amour du travail et l'industrie de pair avec l'intempérance et les désirs déréglés (4).

Le polythéisme grec est en général étranger aux devoirs factices. Cependant, nous trouvons dans Hésiode quelques actions innocentes ou indifférentes qui sont défendues comme outrageant les Dieux (5) : et les préceptes de ce

---

(1) Tournefort, Voyage au Levant. II. 167.
(2) Taube, descript. d'Esclavonie I. 75.
(3) Chardin, IV, 157.
(4) Bahguat Gita. p. 124.
(5) *V.* Œuv. et Journ. 725-738.

poète ont à cet égard, pour le fonds ainsi que pour la forme, assez de rapport avec ceux qui sont inculqués dans les religions sacerdotales. C'est qu'ils en étaient probablement empruntés, à l'insçu même d'Hésiode, qui les avait recueillis, sans s'informer de leur origine. Mais ils n'avaient aucune influence sur la morale de la religion grecque, telle qu'elle était conçue par le peuple.

Dans les religions sacerdotales, au contraire, l'homme, garotté par tant de commandemens et tant d'interdictions arbitraires, s'agite en aveugle dans l'espace insuffisant qui lui reste. De quelque côté qu'il se tourne, il se sent froissé dans sa liberté. Bientôt, il ne distingue plus le bien d'avec le mal, ni la loi d'avec la nature : ce qui préserve du crime la majorité des hommes, c'est le sentiment de n'avoir jamais franchi la ligne de l'innocence ; plus on resserre cette ligne, plus on expose l'homme à la dépasser, et quelque légère que soit l'infraction, par cela seul qu'il a vaincu le premier scrupule, il a perdu sa sauve-garde la plus assurée.

Plusieurs écrivains ont remarqué ce danger. Les lois qui font regarder comme nécessaire ce qui est indifférent, dit M. de Montesquieu, font bientôt regarder comme indifférent ce qui est nécessaire (1).

Pour arriver à la vérité, il faut toujours considérer les questions sous toutes leurs faces. Cette exigence de la religion a son avantage : elle accoutume l'homme au sacrifice. Elle l'habitue à ne pas se proposer dans tout ce qu'il fait un but ignoble et rapproché.

Il est utile que l'homme se prescrive quelquefois des devoirs inutiles, ne fût-ce que pour apprendre que tout ce qu'il y a de bon sur la terre ne réside pas dans ce qu'il nomme utilité.

Mais, il en est de ceci comme de tout ce qui tient à l'exaltation, à l'enthousiasme, au sentiment intérieur de l'homme; ce sentiment, cet enthousiasme, cette exhaltation sublimes quand ils sont spontanés, deviennent terribles quand on en abuse. La puissance de créer d'un mot les vertus et les crimes, quand elle est remise entre les mains d'une classe d'hommes, n'est plus qu'un moyen redoutable de despotisme et de corruption. Cette classe ne se borne

____

(1) Montesquieu, Esp. des lois, XXIV. 14.

pas à placer au premier rang des forfaits toute résistance à son pouvoir. Elle ne se borne pas à commander des actions indifférentes et inutiles : elle en prescrit de nuisibles et de criminelles. La pitié pour les ennemis du ciel est une faiblesse, désapprouvée ou proscrite, au mépris des liens les plus forts ou des affections les plus tendres. Il est défendu de porter du secours à qui s'est rendu l'objet de l'indignation divine. La cruauté contre les impies et les infidèles est un devoir sacré. La perfidie à leur égard est une vertu : et de même que dans la théorie du dévouement, poussée à l'excès, le sacrifice le plus douloureux parait le plus méritoire, les vertus religieuses, quand les actions n'ont de mérite qu'en étant comformes à l'ordre des Dieux, sont d'autant plus méritoires qu'elles sont l'opposé des vertus humaines. Nous voyons, dans les fastes de l'Égypte, un roi puni pour sa douceur et sa bienfaisance. Un oracle ayant signifié à Mycerinus qu'il n'avait plus à vivre que six années, d'où vient, répondit-il, que mes prédécesseurs, les fléaux de leurs sujets, sont parvenus paisiblement à une vieillesse avancée, et que les Dieux me traitent avec tant de rigueur, moi qui me suis consacré au bonheur de mes peuples? Ces Dieux, répliqua l'oracle, condamnaient l'Égypte à cent cinquante années de misère et d'esclavage. Les monarques qui t'ont précédé ont rempli leurs décrets, tu les as violés : ta mort est le châtiment de la désobéissance.

Presque toujours, dans le polythéisme sacerdotal, l'interdiction des crimes est accompagnée d'une réserve expresse, pour le cas ou ces crimes seroient commandés par les Dieux. Quiconque commet un meurtre de sa propre volonté, disent les Brahmines, ne jouira jamais du bonheur céleste. Dieu ordonne à un homme d'en tuer un autre. Il le fait et vit heureux et content, mais quiconque tue son semblable sans l'ordre de Dieu, Dieu le détruira. Il ordonne à un homme d'en frapper un autre, et il le frappe; mais quiconque frappe son semblable par un mouvement spontané, sera frappé à son tour. Quiconque fait du mal à son voisin, sans le commandement de Dieu, en est infailliblement puni (1). il est même à remar-

-----

(1) Asiatic recher. IV. 36.

quer que, dans un passage du Bahguat Gita, les principes philosophiques et religieux sur l'immortalité de l'ame, sont employés à pallier ou à justifier l'homicide.

Nous avons dit qu'en général, dans le polythéisme, le caractère personnel des Dieux n'avait que peu d'influence. Mais cette assertion n'est complètement vraie que lorsque la morale est indépendante de la religion. Les relations des sociétés humaines étant les mêmes partout, la loi morale, qui est la théorie de ces relations, est aussi partout la même. Quand les Dieux ne sont chargés que d'appliquer cette loi, leur caractère individuel importe peu, parce que, dans l'exercice de cette fonction, ils font abstraction de ce caractère; mais lorsque la volonté des Dieux décide de la loi morale, comme leur caractère influe sur leur volonté, toute imperfection dans ce caractère produit un vice dans la loi. L'homme s'estime alors en faisant le mal. Quand il obéit à la religion aux dépens de la morale, il s'applaudit de cet effort; et en violant les plus saintes des lois naturelles, non-seulement il se flatte de se rendre agréable aux Dieux qu'il adore, mais ce qui est un inconvénient plus grave, il se croit moralement vertueux.

Subordonner, dans ce sens, la morale à la religion, c'est produire en morale la même révolution que produit en politique l'axiôme : Si veut le roi, si veut la loi.

Les conséquences pratiques de ce renversement d'idées ne sont pas toujours égales à ses dangers en théorie. Le sacerdoce, comme toute autorité constituée chez les hommes, est forcé dans les circonstances ordinaires, à maintenir les grandes lois de la morale, pour que la société qu'il domine ne périsse pas ; mais la porte est ouverte à toutes les exceptions, et la morale naturelle est sans cesse menacée par une morale factice.

Cette morale, inexorable à-la-fois et capricieuse, poursuit l'homme dans les plus petits détails, ne lui laisse d'asile ni dans le sanctuaire de son âme, ni dans le secret de ses pensées, fait de l'ignorance un délit, et châtie les actions involontaires.

Dès l'instant qui les a vu naître, les enfans peuvent être criminels. Les Bramines présentent à la lune les leurs âgés de huit jours, pour leur obtenir l'absolution de leurs fautes. L'intention n'est plus qu'une garantie précaire. Le remord annonce le crime, mais la paix de

l'âme n'atteste point l'innocence. L'homme
n'ayant plus le droit de consulter sa conscience, n'est jamais certain de n'avoir pas
offensé la Divinité. Le Judaïsme et le Christianisme, souvent défigurés par l'esprit sacerdotal, nous en fournissent de nombreux exemples. Seigneur, dit le psalmiste Hébreu,
pardonne-moi ceux de mes péchés qui me sont
inconnus (1). Je ne me reproche rien, écrit
un apôtre, mais ce n'est pas une preuve de
mon innocence (2).

Cette incertitude peut être un bien dans
une religion très-perfectionnée. L'homme qui

***

(1) Psaum. XIX. V. 13.

(2) I. Corinth. IV. 4. Nous avons parlé du compagnon
de Saint-Bruno qui s'étant félicité en mourant de n'a-
voir jamais péché, fut condamné aux feux éternels en punition de sa confiance en lui-même. Mais voyez combien
les théologiens sont difficiles. Prudence, poète chrétien,
ne se permet pas d'espérer que son ame sera sauvée. Il
n'aspire qu'à n'être pas plongé dans le plus profond des
abîmes, et les mêmes auteurs qui trouvent équitable que
le compagnon de Saint-Bruno soit damné pour s'être cru
certain du Paradis, déclarent impie l'humble demande de
Prudence, que ne désire qu'un adoucissement aux souffrances de l'enfer (*Bayle*, art. *Prudence.*)

a sur la Divinité des idées très-pures ne sait jamais si ses efforts suffisent pour le rendre digne de lui plaire, il travaille sans relâche sur son propre cœur, pour en arracher tout ce qui le sépare de l'être parfait qu'il adore. Son inquiétude est d'ailleurs adoucie par la notion de la bonté, unie à celles de la sagesse et de la puissance. Mais dans un culte dont les Dieux sont imparfaits et méchans, une telle inquiétude, loin d'être un encouragement pour la vertu, est une cause toujours renaissante d'abattement et de désespoir.

L'homme adopte pour s'en délivrer mille expédiens bizarres. Tantôt, fatigué de se consumer en actions toujours douteuses, et sur la valeur desquelles plane une obscurité désolante, il se condamne à une inertie complète. Il met l'activité, le travail, la bienfaisance, au rang des passions condamnables, d'après l'axiôme d'un des fondateurs d'une religion sacerdotale. Il s'abstient dans le doute, c'est-à-dire il reste immobile, de peur de se rendre coupable par un mouvement; et pour échapper au crime, il s'interdit jusqu'à la vertu. D'autres fois, il se précipite aux pieds du sacerdoce, qui s'arroge à lui seul l'important privilège de l'expiation. Ce moyen de reconcilier l'homme avec sa conscience a des avantages, quand son efficacité repose sur la disposition intérieure, sur la conduite future de celui que la religion retire ainsi de l'abîme où ses vices l'avaient plongé. Mais dans les religions sacerdotales, l'expiation change de caractère; l'absolution des crimes les plus noirs est attachée à des pratiques minutieuses et même fortuites (1), à des rites qui ne supposent ni amélioration, ni réparation, ni repentir, à la vue d'un temple, à l'ombrage d'un arbre, à l'attouchement d'une pierre, à l'ablution dans les eaux de certains fleuves, à la répétition mécanique de certaines paroles, à la lecture de certains textes sacrés, ou ce qui est plus avilissant encore pour la religion et plus corrupteur pour les hommes, l'expiation s'obtient à prix d'argent, et l'indulgence ou plutôt la connivence divine devient l'objet d'un trafic honteux.

Ainsi, dans ces religions, la morale est corrompue, et par la dépendance où elle se trouve

---

(1) Le nom de Wichnou prononcé sans intention a le pouvoir d'effacer tous les crimes.

de la volonté des Dieux , et par l'arbitraire qui s'introduit dans le nombre et dans la classifi- cation des délits, et par les moyens même qu'elle offre aux coupables pour appaiser le ciel et pour reconquérir l'innocence.

—

CHAPITRE VI.

D'un effet singulier des rapports des religions sacerdotales avec la morale , particulièrement dans les climats du Midi.

C'est à cette incertitude sur les devoirs de la morale , à ce danger où l'homme croît être de pécher sans cesse, à sa défiance de toute action, réunies à l'action du climat et à la fatigue d'une longue civilisation, qu'il faut, ce nous semble, attribuer cette apathie que plusieurs religions sacerdotales recommandent, et dont plusieurs peuples soumis aux prêtres se sont fait le bonheur suprême et le premier devoir.

—

CHAPITRE VII.

Des véritables rapports de la Religion avec la Morale.

Ceux qui ont écrit jusqu'à présent sur les rapports de la religion avec la morale, nous paraissent avoir commis une grande méprise. Ils n'ont pas distingué entre cette morale, nécessaire sans doute, mais vulgaire et commune, qui se borne à défendre les délits grossiers et les actions qui troublent l'ordre public ; et cette morale, plus délicate et plus relevée, qui pénètre jusqu'au fond du cœur, et prévient le crime, non par des terreurs grossières et imminentes, mais en inspirant à l'homme une disposition d'ame qui ne lui permet plus de le commettre. Pour la première espèce de morale, la religion peut être utile sans doute, mais elle n'est pas indispensable ; les lois et les supplices sont là pour frapper le criminel. C'est pour la seconde espèce de morale, qui change l'homme tout entier, au lieu de n'arrêter que son bras, dans quelques circonstances isolées, que la religion est surtout précieuse, c'est pour cette morale qu'elle est nécessaire, et qu'elle devient la plus belle faculté, le plus grand bonheur que la divinité nous ait accordé. C'est néanmoins presque toujours dans le premier point de vue que l'on a considéré la religion : et en la restreignant à ce genre d'utilité matériel et borné, on l'a fait descendre de son rang véritable, on a méconnu sa dignité, sa sainteté et sa plus noble influence.

Le mal ne s'est pas arrêté là ; on a fait de la religion un code pénal, et dès qu'elle est un code pénal, elle est inévitablement un code arbitraire, par une suite de l'antropomorphisme qui nous poursuit, dans toutes nos formes d'idées religieuses, et qui les corrompt. Ils ont représenté Dieu comme un législateur à la manière des hommes : décidant du mérite de chaque action ; prescrivant les unes, défendant les autres, et n'ayant guères, par dessus l'espèce imparfaite et bornée qu'il gouverne, que le privilège d'apercevoir plus vîte et de plus loin les transgressions dont elle se rend coupable.

Dans ce système, nous n'hésiterons pas à le dire, la religion doit faire souvent du mal. La volonté Divine ne pouvant être indiquée que

par les hommes qui se sont constitués ses in-
terprètes, la morale est toujours à la merci de
ces hommes qui, par une conséquence naturelle du principe, s'arrogent le droit de faire
des exceptions à la règle générale, droit qu'il
serait contradictoire de leur contester, puisqu'on ne peut refuser à un législateur le droit
de déroger à ses lois ou de les changer. De là,
tous les inconvéniens que nous avons décrits
dans le chapitre précédent, et qui, lorsqu'ils
se glissent dans les religions qui consacrent le
théisme, y sont plus terribles encore que dans
le polythéisme sacerdotal, parce que la puissance du Dieu du théisme est toujours plus
illimitée que celle des Dieux que le polythéisme
présente à l'adoration des hommes. Lorsque
la religion décide de la valeur des actions, elle
prescrit toujours celles qui servent les passions
et les intérêts de ses ministres, et dans ce nombre se trouvent des crimes. Les dogmes les
plus salutaires, les préceptes les plus purs, ne
peuvent réparer le mal qu'entraîne toute doctrine qui infirme ainsi la règle éternelle.

Un culte dont les divinités seraient cruelles
et corrompues, mais qui laisserait à la vertu
le tribunal de son propre cœur, serait moins

pernicieux qu'une religion dont le Dieu, revêtu des qualités les plus admirables, pourrait changer la morale par un acte de sa volonté.

La religion n'est point un code pénal; elle n'est point un code arbitraire; elle est le rapport de la divinité avec l'homme, avec ce qui le constitue un être moral et intelligent, c'est-à-dire avec son âme, sa pensée, sa volonté. Les actions ne sont de sa sphère que comme symptômes de ces dispositions intérieures. La religion ne peut rien changer à leur mérite. Œuvre de Dieu comme la religion même, émanée de la même source, la morale est comme elle, incréée, indépendante; sa règle est placée dans tous les cœurs; elle se dévoile à tous les esprits, à mesure qu'ils s'éclairent; elle est la même dans tous les lieux et dans tous les temps. L'être que la religion nous fait connaître ne peut être servi ni satisfait par aucune exception à cette règle. Ce serait vouloir le servir comme nous servons les puissances de la terre, en flattant leur intérêt du moment, pour un temps donné, dans une circonstance critique.

Sans doute, quand une religion est excellente, sa morale est beaucoup plus douce, plus

nuancée, plus conforme à toutes les délicatesses de la sensibilité, et par là plus équitable
que ne peut être la justice humaine. Mais ce
n'est pas la règle, ce n'est que l'application
qui varie, parce que la religion distingue ce
que n'apperçoit pas le regard borné de l'homme.
Celui-ci ne prononce que sur les actions : il ne
connaît qu'elles : il ne voit que leur extérieur,
et par cela seul ses jugemens sont imparfaits et
injustes. La même action, commise par deux
individus, dans deux circonstances, n'a jamais
une valeur uniforme. La loi sociale ne peut
démêler ces nuances. Semblable au lit de Pro-
custe, elle réduit à une mesure pareille des
grandeurs inégales. La religion casse ses arrêts
Mais ce n'est pas que les bases diffèrent, ce
n'est pas que la religion puisse y rien innover,
c'est seulement qu'elle est mieux instruite ; et
sous ce rapport, elle n'est pas moins souvent
un recours contre l'imperfection de la justice
humaine, qu'une sanction des lois générales
que cette justice a pour but de maintenir.

Considérée sous ce point de vue, la religion
ne peut jamais nuire à la morale. Les ministres ne peuvent jamais, au nom de la divinité
qu'ils enseignent, décider de la valeur des ac-

tions. La religion laisse aux lois leur juridiction sur les effets ; elle se borne à améliorer la
cause.

La religion fait ainsi le bien que les lois humaines ont toujours en vain tenté de produire.
L'axiôme souvent répété qu'il vaut mieux pré-
venir les crimes que les punir, est une source
intarissable de vexations et d'arbitraire, quand
l'autorité temporelle veut régler son intervention d'après cet axiôme. Mais la religion, qui
pénètre jusqu'au fond des âmes, peut atteindre ce but, sans arbitraire et sans vexations.
Les lois, dans leurs tentatives hasardées et
qu'elles font en aveugles, sont forcées de prononcer sur des apparences, de se gouverner
d'après des détails qu'elles isolent, d'écouter
des soupçons que rien ne prouve : et pour
empêcher ce qui pourrait être criminel, elles
punissent ce qui est encore innocent. La religion embrasse l'ensemble; elle change le cœur ;
elle épure au lieu de contraindre; elle annoblit
au lieu de punir. C'est alors seulement qu'on
peut résoudre un problême qui a embarrassé
tous les philosophes. Dans tous les temps, à
peine la morale avait-elle pénétré dans une
croyance religieuse, que tous les hommes éclai-

rés , frappés des inconvéniens que nous avons décrits ci-dessus , se voyaient forcés d'en revenir à séparer la morale de la religion. Ils s'y prenaient de diverses manières; ils se déguisaient leurs propres intentions; mais le résultat de leurs efforts était toujours le même.

Comparez les axiômes des stoïciens de Rome avec les discours des héros d'Homère. Ce que répond Hector à Polydamas est précisément ce qu'écrit Sénèque. Ainsi, après l'introduction de la morale dans le polythéisme , le langage des philosophes redevient pareil à celui que tenaient les hommes vertueux , avant l'union de cette croyance avec la morale.

Dans les religions fondées sur le théisme, les philosophes les plus religieux ont donné à la morale le nom de religion , en laissant de côté et en sacrifiant tout ce qui constituait la religion proprement dite, et tout ce qui lui attribuait sur la morale une suprématie dangereuse. Tel a été, dans ces derniers temps, le travail des théologiens les plus éclairés de l'Allemagne. C'était une autre route vers le même but.

Mais , en envisageant la religion comme nous le faisons, en plaçant sa jurisdiction à la

hauteur qui lui est propre ; en laissant à la justice humaine ce qui est de son ressort, les détails et les effets, pour soumettre à la religion
ce qui est de sa sphère, l'ensemble et les causes, vous échappez à tous les dangers ; vous
empêchez que les ministres de la religion, in-
terprètes infidèles de ses lois, ne les dénatu-
rent ; vous assurez à la morale la sanction divine, en consacrant néanmoins son indépendance inviolable et primitive.

Le stoïcisme, » cette doctrine qui sous le
polythéisme a été le point de réunion de toutes
les âmes nobles et fières, l'asile de toutes les
vertus élevées, et qui sous le théisme, a souvent ajouté encore à ce qu'il y avait de plus
distingué parmi les sages des temps modernes (Montesquieu) » ; le stoïcisme était un
élan sublime de l'âme, fatiguée de voir la morale dans la dépendance d'hommes corrompus
et de Dieux égoïstes, et s'efforçant, en rompant
tous ses liens avec les Dieux et avec les hommes, de la placer dans une sphère au-dessus
de toutes les injustices de la terre et du ciel
même (1). Mais il y avait, dans le stoïcisme,

____

(1) Montesquieu.

une sorte d'effort qui rendait son influence à la-fois moins salutaire et moins durable. Pour arriver à cette liberté intérieure qui bravait tous les coups du sort, il fallait étouffer en soi le germe de beaucoup d'émotions douces et profondes. La religion, telle que nous avons tâché de la faire concevoir, assure à l'homme le même asile, en lui conservant ces émotions inséparables de sa nature, et qui font le charme et la consolation de sa vie. La morale n'est à la merci, ni des législateurs qui parlent au nom du ciel, ni de ceux qui commandent à la terre. L'homme est indépendant de tout ce qui pourrait froisser et pervertir la plus noble, ou pour mieux dire la seule noble partie de lui-même : mais il jouit de cette indépendance, sous l'égide d'un Dieu qui le comprend, l'approuve et l'estime. Il est fort, comme le stoïcien, de la force de son âme : mais de plus il est fort de la force de son Dieu. Ce Dieu n'est plus un despote pareil aux puissances d'ici-bas, s'expliquant par ses ministres ; variant dans le code de ses lois, réduisant ainsi la vertu à s'affranchir de ces lois variables. Ce Dieu, dégagé de tous ces restes d'antropomorphisme, est le centre commun où se réunissent, au-dessus de

l'action du temps et de la portée du vice, toutes les idées de justice, d'amour, de liberté,
de pitié, qui, dans ce monde d'un jour, composent la dignité de l'espèce humaine. Il conserve, dans son essence ineffable, l'impérissa-
ble tradition de tout ce qui est beau, grand et
bon, à travers l'avilissement et l'iniquité des
siècles; et sa voix éternelle, que ne couvre
plus la voix des hommes, répond à la vertu
dans sa langue, quand la langue de tout ce
qui l'entoure est celle de la bassesse et du
crime.

Cette idée porte dans le stoïcisme la vie et la
chaleur qui lui manquent. Elle contente cette
portion de notre âme, qui se refuse à l'impossibilité, et que le stoïcisme est forcé d'anéantir, faute de pouvoir la satisfaire. La résignation devient la compagne du courage. L'espoir
est à la fois son guide et sa récompense. La résignation en est plus ferme et le courage en est
plus doux.

LIVRE III.

—

CHAPITRE PREMIER.

De la Magie.

Bien que la magie soit l'une des causes les plus décisives de la décadence de la religion, son origine est fort antérieure au commencement de cette décadence. Elle est aussi ancienne que cette religion elle-même.

Dans l'origine, il y a peu de différence entre la religion et la magie (1). Déjà, sous le fétichisme, une grande analogie se fait remarquer entre ce que font les sorciers, et ce que font les prêtres. Les voyageurs désignent indifféremment de l'une ou de l'autre de ces appellations les jongleurs et les schammans des sauvages. Les princes des Caffres et des Hottentots, lorsqu'ils sont attaqués de maladies

—

(1) V. Sur l'analogie des fonctions de prêtre et de sorcier; Roberts, *hist. of Americ.* IV.

graves , font souvent mettre les jongleurs à
mort (1). Les Patagons résolurent une fois
d'en extirper la race entière , parce que la
petite vérole avait fait. parmi eux de grands
ravages (2). Ce n'est donc point à cette époque
par les fonctions , mais par le succès que les
prêtres se distinguent des sorciers. On leur
donne la première de ces qualifications, quand
on suppose qu'ils font du bien , la seconde ,
lorsqu'on les soupçonne de faire du mal.

Cette même ressemblance subsiste chez des
nations plus avancées dans la civilisation. Les
Mages évoquaient des spectres. Les Druides se
servaient de charmes pour se rendre invulné-
rables, pour arrêter les progrès du feu, pour
exciter les tempêtes , pour gagner des procès ,
pour troubler la raison de leurs ennemis. Les
Drottes des Scandinaves , au moyen de certaines paroles mystérieuses, ressuscitaient les
morts, voyageaient dans les airs , inspiraient
l'amour ou la haine, guérissaient les mala-

---

(1) Sparmann.
(2) Fælhner , *Desc. of Pat.* 117. Barrère , descrip. de
la Guyane. 157.

dies (1). Savez-vous, dit Odin, dans l'Hava-maal, comment on doit écrire les runes, les expliquer, éprouver leurs vertus ? Je sais des paroles que nul enfant des hommes ne sait : des paroles qui chassent la plainte, les souffrances et le chagrin. J'en sais qui émoussent le tranchant des armes, qui brisent les chaines, appaisent l'orage, ferment des blessures, j'enchante les vents qui agitent les nuages, et d'un regard je les calme. Quand je trace des caractères sacrés, les habitans des tombeaux viennent à moi. Si je répands de l'eau sur l'enfant nouveau-né, le fer ne peut plus rien contre lui. Je dévoile la nature des Dieux, des hommes et des génies, j'éveille le désir dans le cœur de la Vierge la plus chaste, je sais me faire aimer pour toujours de celle que j'aime, je possède un secret que je n'apprendrai qu'à ma sœur ou à la femme qui me tiendra dans ses bras. » Les augures de l'ancien Latium prétendaient, par des chants consacrés, attirer et diriger la foudre, dépouiller les serpens de leur venin, et faire descendre la lune du haut des cieux. Il est remarquable que Virgile parle tantôt avec respect de ces attri-

______

(1) Edda ch. Run. Mallet, hist. de Danem. p. 287.

butions des prêtres du pays des Marses (1), tantôt avec horreur, comme Horace et comme Ovide, des magiciennes du même pays. C'est que dans un endroit il écrivait d'après une tradition antique, et dans l'autre d'après un préjugé populaire.

Tout ce qui constitue la magie, proprement dite, fait donc originairement partie des fonctions sacerdotales : aussi plusieurs auteurs, anciens et modernes, la placent-ils au nombre de ces fonctions (1).

Il y a dans le polythéisme un principe qui favorise ce que l'on entend d'ordinaire sous la dénomination de magie. Ce principe, c'est que les hommes peuvent faire violence aux Dieux. C'est une modification de l'idée reçue dans le

---

(1) *Marrabia de gente sacerdos fortissimus umbro,*
Viperes generi, et graviter spirantibus hydris,
Spargereque somno cantu manuque solebat,
Muliebat que iras, et morsus arte levabat.

CEn. VII. 750-755.

(2) V. Sur les Thraces. Pellout, p. 132. Sur les Druides, suivant Pomp. Mela. III. 6. Columell. X. Æliac. II. An. XVII. 10. Pour les Scand., Mallet, introd. 125-127.

fétichisme, que l'adorateur peut châtier l'idole qui refuse de l'exaucer.

Ce principe est admis également dans les deux espèces de polythéisme. Les Dieux des Grecs étaient forcés de suivre leurs simulacres, même quand on les enlevait de force. Lorsque les sacrifices étaient d'un funeste augure, les Grecs les recommençaient plusieurs fois de suite, comme pour contraindre les immortels. Les prétendus Orphiques, que Platon réfute, se vantaient, non-seulement d'obtenir du ciel le pardon de tous les crimes dans ce monde et dans l'autre, mais d'obliger les Dieux à se plier à leurs volontés. Certaines paroles avaient, au rapport de Pline (1), la même efficacité dans l'opinion des Romains. Tite-Live (2) et Denys d'Halicarnasse (3) nous transmettent plusieurs anecdotes qui prouvent que les décrets éternels pouvaient être changés, et les oracles éludés, ou détournés d'un peuple sur l'autre, par l'artifice des prêtres. Une génisse, d'une grandeur et d'une forme admirables, étant née

----

(1) Pline, hist. nat. XXVIII. 2.
(2) Tit.-Liv. I. 45.
(3) Den. d'Hal. IV. 13.

dans la ferme d'un Sabin, les Devins annon-
cèrent que l'empire appartiendrait à la cité
dont un habitant immolerait à Diane l'animal
miraculeux. La prophétie était connue des
ministres de la Déesse. Le Sabin, aussitôt qu'il
crut le moment propre au sacrifice, conduisit
à Rome, devant les autels, la victime future;
le prêtre Romain, qui la reconnut à sa taille
prodigieuse, et qui se souvenait de l'oracle,
adressa la parole à l'étranger : « Que prétends-
tu, lui dit-il? offrir un sacrifice illicite, en
omettant les rites prescrits? purifie-toi, d'a-
bord, dans une eau courante. Le Tibre coule
au fond de cette vallée. Frappé d'une terreur
religieuse, le Sabin, qui ne voulait négliger
aucune cérémonie, quitta le temple pour descendre jusqu'au fleuve. Durant son absence,
le pontife Romain se hâta d'immoler la victime, et son adresse fut l'objet de la reconnaissance du prince et de la cité. Lorsqu'en
creusant les fondemens du Capitole, les Romains déterrèrent une tête d'homme, qui pré-
sageait la grandeur à venir de la ville qu'ils
avaient bâtie, un devin étrusque entreprit
d'enlever, au peuple naissant, la glorieuse
destinée qui l'attendait, en embarrassant, par

des questions captieuses, les ambassadeurs
envoyés pour le consulter. Il traça sur la terre
avec son bâton le plan du Mont-Tarpeïen, et
leur demanda dans quel endroit cette tête
avait été déterrée, si, dans leur réponse, ils
eussent désigné cet endroit sur le lieu même,
les triomphes de Rome eussent été transférés à
l'Étrurie (1). Ainsi la ruse d'un augure aurait
eu plus de force que la volonté des Dieux.
Ovide dans ses fastes (2), et Pline dans son
histoire naturelle (3), représentent Jupiter
comme contraint par les conjurations puissantes de Picus et de Faune à quitter le séjour des
cieux, pour enseigner à Numa l'art d'opérer des
prodiges. Dans Lucain (4), et dans Stace (5),
on trouve des menaces adressées aux Manes,

---

(1) Pline, en rapportant ce fait, n'en relève point
l'absurdité : *satis sint exemplis*, dit-il, *ut appareat ostento-*
rum vires et in nostra potestate esse, ac prout quæque accepta
sinitat valere. XXVIII, 2.

(2) *Jupiter huc veniet, valida deductus ab arte... Eliciunt*
cœlo te Jupiter. Fast. III. De là le surnom de Jupiter
Elicius Arn. Adv. Gent. V. *In init.*

(3) I. 20.

(4) Phars. V.

(5) Thebaïd. IV. 516.

pour accélérer leur obéissance, et jusques sous le règne de Julien, Maxime et Chrysanthe, invités par ce prince à se rendre dans sa cour, et ne rencontrant que des présages sinistres : obligeons les Dieux, dit Maxime, à vouloir ce que nous voulons, et, en conséquence, ils recommencent les cérémonies théurgiques. Ainsi ce principe avait traversé toute la durée de la religion grecque et romaine.

Une idée analogue se mêlait aux notions des peuples anciens sur les sermens. Ils pensaient que les Dieux ne pouvaient se refuser à sévir, non-seulement contre les parjures, mais contre ceux dont on avait attaché le salut au serment qu'on avait prêté. Les Scythes, du temps d'Hérodote, attribuaient toutes les maladies de leurs princes à quelque parjure qui avait juré par leur trône (1) : et les empereurs Romains défendirent à leurs sujets de jurer par la vie du prince, et déclarèrent ces sermens des crimes de lèze-majesté.

______

(1) Herod. IV. 68.

—

CHAPITRE II.

Pourquoi la magie fut-elle toujours persécutée par les prêtres.

Cette persuasion, que les Dieux peuvent être subjugués par les mortels, et forcés à leur obéir au lieu de leur commander, est manifestement la base de la magie ; mais d'où vient que, d'abord unie à la religion, elle s'en sépare ensuite, et se déclare par degrés sa rivale et son ennemie irréconsiliable.

Deux causes y contribuent :

Premièrement, à mesure que le sacerdoce devient un état à part, il cherche à s'attribuer toujours plus exclusivement les fonctions qu'il exerce. Les hommes, qui, sans en faire partie, osent s'arroger ces fonctions, les intrus, qui vont sur les brisées de l'ordre privilégié, sont les objets de sa haine. Comme sa puissance dans le fétichisme est encore bornée, il ne peut tirer de ces rivaux une vengeance immédiate. Mais, il s'en dédommage, en les menaçant de châtimens sévères dans une autre vie. Le Catéchisme des Groenlandais condamne les sorciers après

leur mort à être déchirés par des corbeaux (1).
Aux Indes, leurs ames deviennent des esprits
méchans et malheureux, qui tourmentent les
vivans (2). Lorsque dans le passage du fétichisme au polythéisme, l'état sacerdotal disparaît, les sorciers disparaissent avec lui. Ainsi
l'abolition des prohibitions commerciales met
une fin à la contrebande. C'est pourquoi l'on
ne voit point de sorciers dans la mythologie
Homérique. Quand l'état sacerdotal se recon-
stitue, ses membres rétablissent la distinction
entre leurs associés et leurs rivaux. Pour qui n'est
pas du nombre des premiers, les communications avec les Dieux deviennent illicites, et l'on
reconnaît deux espèces d'opérations surnaturelles, les unes confiées exclusivement aux
prêtres, et seules légitimes; les autres, flétries du
nom de magie, et auxquelles s'attache une
notion mystérieuse de crime et d'impiété.

Ces opérations, comme nous l'avons dit,
se ressemblent par leur nature. Mais les droits
des prêtres sont reconnus par la société dont
ils font partie. L'intervention des sorciers est

---

(1) Cranz., Catech. des Groënl.
(2) Standlin, *lib. mag.* I. 475.

7..

prohibée. Ce qui est révéré dans les uns est détesté dans les autres, et pour les mêmes actions, les premiers sont recompensés, les seconds sont punis.

En deuxième lieu, lorsque, par les progrès des lum ères, la vénération pour les Dieux s'est augmentée, il paraît moins permis à l'homme de contraindre leurs volontés. Plus la religion s'épure, plus ses ministres éprouvent de répugnance pour des opérations qui ressemblent à l'outrage. Ils arrivent à enseigner qu'il ne faut chercher à fléchir les Dieux que par des prières, par des vertus, et par la résignation, effort difficile, dont la plupart des cérémonies religieuses ont pour but de nous dispenser. Alors d'autres hommes se présentent, pour satisfaire à la peur, à l'ambition, à toutes les passions inquiètes ou effrénées. Ils imitent, autant qu'ils le peuvent, les prêtres qu'ils remplacent : ils revêtent le même costume, ils s'imposent les mêmes devoirs d'abstinence et de chasteté (1), et ils se chargent de vaquer à des rites, qui, déjà terribles par leur nature, le devien-

____

(1) Ovid., Métam. VII. 239.

nent encore plus par le secret et le danger qui
les environnent : car les métiers proscrits rendent toujours d'autant plus coupables ceux
qui les exercent, et les magiciens se transforment en empoisonneurs.

Toutes ces assertions se prouveront avec
évidence par un coup-d'œil rapide, jeté sur
les progrès de la magie en Grèce. L'on ne voit
ni sorciers ni magiciens dans l'Iliade ni même
dans l'Odyssée. Tous les êtres, doués de quelques forces plus qu'humaines, sont des natures divines ; Circé, dans Homère est visiblement
une magicienne, puisqu'elle change, d'un coup
de baguette, les hommes en animaux. Homère
l'appelle néanmoins une divinité. On trouve
dans le même poète des conjurations pour arrêter par des chants mystérieux le sang qui
coule d'une blessure (2) : mais aucune idée de
magie ne se combine avec ces conjurations.
Ulysse, en évoquant les morts, a recours à
des sacrifices pareils à tous ceux qu'on offre
aux Dieux. Il n'y a point de formule particulière de prières ou d'incantations. La cérémonie

(1) Circé, Calypso, etc.
(2) Od. XIX. 457.

est purement religieuse. Si les victimes sont noires, c'est qu'elles sont consacrées aux Dieux des enfers.

Mais à mesure que le sacerdoce grec acquiert du pouvoir, la magie prend une existence plus déterminée. La même Circé, qui, dans Homère, est une Déesse, n'est plus dans Diodore (1), dans Théocrite (2) et dans Lycophron (3) qu'une magicienne et une empoisonneuse : et c'est ainsi qu'elle est encore représentée dans Virgile. (4) Médée, qui fait, dans Euripide, les mêmes choses que Circé dans l'Odyssée n'est qu'une enchanteresse. Hermione accuse Andromaque d'avoir eu recours à la magie, pour lui enlever le cœur de son époux, et pour la rendre stérile (5). Pausanias représente Orphée et Amphion comme des magiciens (6), tandis que dans les tradi-

----

(1) Diod. IV. 2.

(2) Theoc., Idyl. — S.te-Croix., p. 557.

(3) V. Creutz. IV. 27. Suivant ce poète, Circé avait ressuscité Ulysse par des moyens magiques.

(4) Œnéid. II. 120.

(5) Androm. 159–160.

(6) Eliac. Cap. 20.

tions plus anciennes , ce sont des hommes presque divins , favoris des immortels. Il y avait en Thessalie des Psychagogues , qui , par des lustrations et des charmes attiraient ou chassaient les ombres (1). Les Lacédémoniens en firent venir , lorsque le spectre de Pausanias effrayait tous ceux qui s'approchaient du temple de Minerve (2). Ce fait prouve qu'à cette époque , l'horreur pour les sorciers n'était pas une opinion générale chez les Grecs. S'ils avaient regardé cette classe d'hommes comme réprouvée par les Dieux , les Lacédémoniens , les plus religieux des Grecs , n'auraient pas eu recours à son ministère. Cependant les sorciers de la Thessalie devinrent plus tard des objets d'horreur , et leurs profanations parurent dignes du dernier supplice.

Démosthène raconte que les Athéniens firent mourir ainsi Théoride , magicienne de Lemnos. Un savant remarque à ce sujet qu'a-

______

(1) Eurip. Alc. 128. Schol. *Ibid.*

(2) Plutarque racontait ce fait , dans ses Exercices sur Homère. Ce livre ne nous est pas parvenu : mais cet auteur rapporte la même chose dans son traité *de Sera Num. vindicta.*

vant le temps de Démosthène les écrivains grecs ne parlent d'aucun châtiment infligé aux magiciens, et il s'en étonne, mais rien n'est plus simple ; l'idée de magie ayant disparu chez les Grecs par la disparution du sacerdoce, il lui fallut du temps pour reprendre son empire sur les esprits. Quand le sacerdoce se fut reconstitué graduellement, on repoussa les magiciens des temples, on les exclut des mystères, enfin l'on arma contr'eux le glaive des lois (1).

—

CHAPITRE III.

Raison particulière qui ajoute dans les religions sacerdotales à l'horreur pour la magie.

Dans les religions sacerdotales, une raison particulière contribue à ce que la magie y soit détestée. Comme les Dieux y sont de deux natures, il résulte du partage qui se fait de leur puissance entre les prêtres et les sorciers, que les uns s'adressent aux Dieux bienfaisans, tan-

---

(1) Ste.-Croix, des mystères.

dis que les autres invoquent les divinités malfaisantes. Ils sont donc odieux à un double
titre : ils contraignent, par des moyens impies,
des êtres que l'on ne doit qu'adorer, et ils
prodiguent des adorations sacriléges à des êtres
que l'on ne doit que haïr. La magie, suivant
les Indiens, est la science des anges tombés (1).
Zoroastre dénonce tous les ennemis de sa doctrine comme des magiciens, en commerce avec
les Dows, ou esprits infernaux (2). Et la préférence que les Perses accordent au chien et
au coq, vient de ce qu'ils voyent en eux les
vigilans adversaires des sorciers et des mauvais génies (2). Ainsi, tandis qu'à une autre
époque, dans un autre genre de polythéisme,
les communications directes entre les Dieux et
les hommes sont des faveurs du ciel, elles
se transforment maintenant en un pacte coupable avec des forces également ennemies du
ciel et de la terre.

De là, chez tous les peuples soumis aux

---

(1) Myth. des Indous. II, cap. 12.
(2) Heeren Pers. p. 5i6.
(3) Bourdelesch. Cap. 19.

prêtres, l'extrême sévérité déployée contre la magie. Des imprécations étaient prononcées contre les sorciers, dans les cérémonies les plus solennelles des Scandinaves (1). Les lois des douze tables, empreintes de l'esprit étrusque, les poursuivaient à Rome avec une rigueur excessive (2). Le sacerdoce racontait, non sans un secret triomphe, la mort de Tullus-Hostilius, monarque belliqueux, mais magicien maladroit, que la foudre qu'il avait voulu diriger avait frappé (3). Aux Indes, l'on soumet ces malheureux aux épreuves les plus cruelles, et aujourd'hui encore, dans ces climats, dont la douceur inspire à l'homme de la sympathie pour les animaux mêmes, les sorciers sont punis de mort (4).

---

(1) Mallet, hist. du Dan.

(2) Pline, XXVIII. 2, XXXI, *Senec., nat. Quæst.* IV. 6. *Serv. ad Virg. ecl.* VIII, 98. Aug. C. D. VIII, 19.

(3) Tit.-Liv. I. 31.

(4) En 1752, cinq femmes, dans un seule tribu indienne, furent punies de mort pour sorcellerie. *Standt, Rel. mag.* I. 475.

CHAPITRE IV.

Que les religions vaincues sont toujours traitées
de magie par les religions triomphantes.

Le même mouvement, qui engage les prêtres à persécuter leurs rivaux comme magiciens, les porte à flétrir du nom de magie,
tout culte qui n'est pas le leur. Les religions
étrangères sont partout de la magie ; leurs Divinités des démons, leurs ministres des sorciers.
Nous avons indiqué, dans un livre précédent,
la ville d'Ephèse, comme l'un des entrepôts,
pour ainsi dire, des superstitions étrangères,
et l'une des routes par lesquelles les dogmes
barbares pénétrèrent en Grèce. Aussi, cette
ville fut-elle, plus qu'aucune des colonies grecques, le théâtre de la magie. Une expression
proverbiale appelait lettres Ephésiennes ou
hiéroglyphes Ephésiens, les talismans, les
amulettes, les formules magiques, auxquelles
nous trouvons tant d'allusions dans les poètes
et les comiques grecs (1). C'est que les prêtres

____

(1) Anaxilas, *ap. Athen.* XII. 70.

de cette nation, tout en adoptant, dans leur
doctrine secrète, les opinions et les pratiques
des religions sacerdotales, voyaient des rivaux
dans leurs ministres. Ce qui vient de l'étranger
a d'ailleurs quelque chose d'inconnu, qui ré-
veille également la crainte et l'espérance. Les
mots empruntés du dehors passaient pour les
plus puissans dans les imprécations (1). La
magicienne de Théocrite avait appris d'un
Assyrien ses enchantemens et ses poisons les
plus dangereux. Et nous devons ajouter à nos
observations antérieures sur la magie en Grèce,
que toutes les fables de ce genre placent le lieu
de la scène, ou du moins quelques-uns des
principaux acteurs de ces récits terribles, dans
des climats étrangers (2),

L'accusation de magie correspond dans les
querelles religieuses à celle de révolte et d'u-
surpation dans les guerres civiles et dans les
dissensions politiques. Les religions naissantes
y sont exposées avant leur triomphe. Les religions qui se disputent l'empire, se prodiguent
cette inculpation. Enfin, celles qui succom-

----

(1) Pline. XXVIII. 2. Arnob. Adv. Gent. VII. 24.
(2) Circé, Médée, Pasiphaé. *Creutz.* IV. 26, 28, 36.

bent, sont flétries de ce nom après leur chute. Lorsque l'Assyrie fut conquise par les Perses ; les prêtres Chaldéens, remplacés par les Mages, descendirent au rang de sorciers. La religion des Perses ayant été détruite à son tour, les Mages subirent la même dégradation. Le culte antique de l'Etrurie fut relégué à Rome parmi les cérémonies magiques et prohibées (1), plusieurs auteurs parlent des chants religieux des Sabins, des Etrusques et des Marses, comme d'incantations sacrilèges (2) ; et une loi des douze tables défendait de les employer, pour nuire aux fruits de la terre (3). Le collège des Pontifes fit poursuivre comme coupables de sorcellerie les prêtres Egyptiens. Accusés du même crime, les premiers chrétiens périrent dans les supplices. Quand le christianisme eut prévalu, les Dieux du polythéisme expirant devinrent des anges rebelles

___

(1) V. Les Sacrifices à Mania. Ovid., Fast. II.

(2) Horat. Epod. XVII. 28-29. Fest. de Verb. signif. 1197. *In cornu cop. lingua* . Plin. *lat.* XXVIII. 2. Colum. X. 353-354.

(3) Plin. XXX. 1. Senec. *Nat. quæst.* IV. 6. *Serv. ad Virg. Eclog.* VIII. 98. *Aug. civ. Dei.* VIII. 19.

Après la conversion forcée de la Germanie, de la Scandinavie et de la Gaule, les Nix des Germains furent des démons, les Déesses et les fées Scandinaves des sorcières (1). On ne vit plus dans les lettres runiques qu'un moyen de communication avec les enfers, et le mot de Druides dans les langues gauloises et islandaises fut le synonyme de celui de magiciens (1). Enfin, telle est la disposition de l'homme à juger ainsi des religions qu'il rejette, que bien que la vérité du christianisme dépende, suivant l'opinion reçue, de la vérité antérieure de la religion juive, les chrétiens ont sans cesse accusé les juifs de magie.

____

(1) Rühs., Scand. anc. p. 282.

(2) *Ac. Inocr.* XXIV. 412. On le trouve compris dans ce sens, dans les monumens Anglo-Saxons.

LIVRE IV.

DE LA DÉCADENCE DU POLYTHÉISME.

CHAPITRE I.

Récapitulation des modifications successives du Polythéisme.

Nous avons conduit le Polythéisme jusqu'au plus haut point de perfection dont il soit susceptible. Nous allons traiter maintenant de sa décadence et de sa chute. Mais il n'est peut-être pas inutile de récapituler en peu de mots les modifications que subit cette croyance, depuis son origine, jusqu'à l'époque de son entier développement.

A dater de la naissance des idées religieuses, le polythéisme subit successivement quatre modifications bien distinctes.

Les Dieux sont d'abord des êtres sauvages, isolés, sans communications entr'eux, sans dénominations spéciales, sans formes régulières.

Ils deviennent ensuite semblables aux hommes ; ils ont à un degré plus haut toutes leurs qualités, tant bonnes que mauvaises, tant morales que physiques. Ils sont réunis comme eux en société, dirigés par des intérêts et des passions du même genre, et désignés par des appellations particulières.

Plus tard, voués spécialement au maintien de la justice, et chargés du gouvernement moral de cet univers, ils se consacrent à ce grand but, et repoussent loin d'eux les faiblesses qui les troubleraient dans l'exercice de ces augustes fonctions.

Enfin, parvenus au dernier terme où le polythéisme puisse les porter, ils abjurent les attributs physiques de l'homme, et s'élèvent au rang d'esprits purs, différens en tout point du reste de la nature, infinis dans leurs qualités, inconcevables dans leur essence.

Chacune de ces modifications pourrait encore être subdivisée en plusieurs époques : mais l'énumération de ces subdivisions deviendrait infinie ; le lecteur doit y suppléer.

Ces diverses modifications se ressentent des autres circonstances dans lesquelles se trouvent les peuples, du gouvernement qui les régit, de leur vie plus ou moins spéculative, ou plus ou moins agitée, surtout du climat qu'ils habitent et de leur situation physique, deux causes puissantes de variations dans la religion. Mais tous les polythéismes qui ont existé, tous ceux qu'on peut concevoir, se rangent dans l'une des quatre cathégories que nous avons indiquées.

Il ne faut pas se laisser tromper par quelques déviations apparentes ou momentanées. La religion n'est pas une chose fixe, une, invariable, telle qu'on puisse, à chaque changement qu'elle éprouve, élever derrière elle une barrière qu'elle ne repasse jamais. La crainte et l'espérance s'agitent sans cesse dans les ténèbres ; elles s'efforcent, infatigables, de reconquérir quelques-unes des illusions que la raison leur enlève. Le polythéisme primitif retourne quelquefois vers le plus grossier fétichisme, en prêtant à ses Dieux un égoïsme, une avidité, une violence qui dégradent la nature humaine. Le polythéisme, devenu moral, se confond assez souvent avec le polythéisme primitif. Les Dieux oublient qu'ils sont les gardiens de la justice, et que leur emploi le plus éminent est de protéger ses lois sacrées. Le polythéisme, devenu spirituel, dévie à chaque instant de la doctrine de la spiritualité, les prêtres, pour faire agir leurs Dieux sur les hommes, leur rendent des sens, des organes, des forces, des passions entièrement corporelles. Mais en dépit de ces inconséquences passagères, la force des choses entraîne invinciblement les idées religieuses dans une direction uniforme. Il en est de leurs agitations, comme de celle des flots après la tempête. Bien qu'on ne puisse dire précisément jusqu'où viendra se briser encore chacune des vagues, elles quittent pourtant graduellement la terre, et chaque instant voit reparaître quelque portion du rivage, qu'elles ne peuvent plus recouvrir.

CHAPITRE II.

Des causes de décadence contenues dans le Poly-théisme.

Parvenu à son entier développement, le polythéisme porte en lui-même beaucoup de causes de décadence.

Les principales de ces causes peuvent être réduites au nombre de neuf.

La première est la multiplication infinie des Dieux, et la confusion qui en résulte dans les doctrines, dans les fables et dans les pratiques.

La seconde, est la disproportion toujours croissante entre les dogmes du polythéisme, et l'état des idées et des lumières.

La troisième, la tendance des esprits à chercher dans l'allégorie un remède à cette disproportion.

La quatrième, les progrès des connaissances physiques, qui, découvrant à l'homme les causes naturelles des événemens qu'il considérait comme miraculeux, ébranle toujours plus les traditions religieuses relatives à ces événemens.

La cinquième, les inconvéniens qui proviennent de la religion, lorsque l'homme, cessant de la respecter, découvre qu'il peut s'en faire un instrument, un moyen d'influence et de domination sur ses semblables, découverte, qui, long-temps renfermée dans le sein des corporations sacerdotales, et l'un des secrets des prêtres, sort de cette enceinte mystérieuse pour se révéler à l'autorité, et à toutes les factions qui veulent s'emparer de l'autorité.

La sixième, l'effet que la lutte entre le pouvoir politique et le pouvoir religieux produit

8..

avec plus ou moins de rapidité, mais infailli-blement sur l'opinion des profanes.

La septième, la marche de la philosophie, à côté du polythéisme, chez les peuples que le sacerdoce ne domine pas, et les progrès de cette même philosophie dans le sein des corpora-tions sacerdotales, chez le peuple que le sacer-doce domine.

La huitième, l'amalgame incohérent de toutes les opinions les plus discordantes, dans la par-tie secrète des religions, amalgame que les dé-positaires de ces secrets sont nécessairement poussés à faire pressentir et à laisser deviner au peuple.

La neuvième enfin, les accroissemens que prend la magie, puissance secrète, rivale de la religion, et qui de tout temps existe à côté d'elle, mais qui, à mesure que la religion dé-cline, lève une tête plus hardie, et appelle au-tour de ses rites mystérieux, dans des cavernes et dans des antres, les hommes qui dédaignent les cérémonies usitées, et qui s'éloignent des temples publics.

CHAPITRE III.

De la multiplication infinie des Dieux.

Il est de la nature du polythéisme de recevoir dans son sein toutes les religions qui se
présentent, pourvu qu'elles ne refusent pas
l'alliance qu'il leur propose ; les peuples polythéistes craignent toujours d'avoir oublié quelque Dieu. Ils ne se contentent pas d'adopter
ceux qu'on leur révèle, ou qu'adorent les peuples qu'ils apprennent à connaître, ils élèvent
des autels à des Dieux inconnus, à des divinités anonymes.

Cette tendance du polythéisme se fait remarquer long-temps avant qu'il approche de
sa décadence. Epiménides, chargé par Solon
de purifier la ville d'Athènes et d'introduire dans le culte plus de régularité, fit
graver sur la place publique l'inscription
célèbre qui attira l'attention et seconda le zèle
de l'apôtre des Gentils (1). On voyait des

____

(1) Staüdlin, Rel. mag., I. 5o5. Cette inscription dont

autels érigés dans ce but à Olympie et à Phalères (1).

Cette tendance se fortifie par beaucoup de circonstances qu'amenent nécessairement, chez toutes les nations, les vicissitudes des choses humaines. Dans tous les dangers imminens, dans toutes les calamités tant durables qu'imprévues, les peuples appellent à leur aide des Dieux étrangers (2). Une peste ravage Rome, toutes les rues se remplissent de chapelles consacrées à des divinités barbares, toutes les maisons des particuliers sont le théâtre de cérémonies et d'expiations inusitées.

L'expédition contre les Marcomans frappe les Romains de terreur. Aussitôt le philosophe Marc-Aurèle, se prêtant à leurs vœux par politique, ou s'y associant par conviction, mande des prêtres de tous côtés, pratique tous les rites étrangers, et purifie la ville de toutes manières (3).

---

parle Saint-Paul était ainsi conçue : Aux Dieux de l'Europe, de l'Asie et de l'Afrique ; à tous les Dieux inconnus et étrangers. *Saint-Jérôme*, Comment. sur l'épître à Tite. Ch. I. Voy. Paus. att. ch. I.

(1) Paus. Voy. Elide. 14.

(2) Tit.-Liv. IV. 50. Den. d'Hal. X. 10.

(3) Capitolin, *in* Marc-Aurèle.

Le polythéisme sacerdotal n'est point garanti de ces innovations par la jalousie de ses ministres. Les Carthaginois, vaincus par Denys de Syracuse, et menacés par leurs propres sujets, remarquent avec effroi qu'ils n'ont rendu jusqu'alors aucun hommage à Cérès et à Proserpine. Ils se hâtent de leur nommer des prétresses, de leur dresser des statues. et de leur vouer des sacrifices conformes aux rites des Grecs (1).

Les nouveaux Dieux une fois introduits, la préférence doit être pour eux. Ils ont, moins souvent que les anciennes divinités, rejeté les prières et trompé les espérances. Depuis qu'Anubis l'égyptien et Bendis le Thrace ont obtenu des autels, dit avec humeur Jupiter dans l'Icaro-ménippe, les hécatombes qu'on leur offre ne prennent point de fin, l'on me regarde comme un dieu vieilli, dont les forces sont usées, et auquel il est plus que suffisant d'immoler un taureau, chaque année, aux fêtes d'Olympie (2).

A mesure que les communications devien-

---

(1) Diod. sic. XIV. 18.
(2) Lucien Icaro-menippo.

nent plus fréquentes ou plus faciles entre les nations, cette tendance du polythéisme doit multiplier à l'infini le nombre des Dieux. Chaque peuple adore ceux de tous les autres. Le monde est accablé sous cette multitude de divinités, la terre plie sous le poids des temples.

Toutes ces nouveautés ne s'établissent point sur les débris des anciennes pratiques, mais à côté d'elles. Les cultes des temps reculés, les notions les plus barbares, coexistent avec les plus perfectionnés, avec les notions, les cultes les plus épurés par la civilisation (1).

De cette multiplication infinie des objets de l'adoration des hommes, résultent divers inconvéniens pour la religion. Les attributs de chaque divinité se confondent.

Nous voyons, dans Pausanias, Jupiter (2), Vénus (3) et Minerve (4), présidant à la navigation et préservant les matelots des tempêtes,

____

(1) V. Dulaure, culte du Phallus. p. 50.

(2) Jupiter Eranémus qui donne un vent favorable. Paus. Lacon. 13.

(3) Vénus Pontia et Liméni, surveillant la mer et les ports. *id.* Corinth. 34.

(4) Minerve Anémotis, qui appaise les vents. Id. Messen. 35.

tandis que tout ce qui se rapporte à la génération est attribué à Neptune (1). Diane, dans
Callimaque, demande à être désignée par plusieurs noms, à cause de la multiplicité de ses
attributs. Aussi dans le décret, qui termine
le dialogue, intitulé l'Assemblée des Dieux,
cette confusion sert-elle de texte aux plaisanteries de Lucien. Chaque divinité, dit Momus,
doit avoir un état fixe. Minerve ne doit pas se
mêler de guérir les maladies, ni Esculape de
prédire l'avenir.

Mais, comme en même temps, les peuples
cherchent à rapprocher les divinités étrangères
de leurs Dieux nationaux, et, pour y parvenir,
donnent souvent aux premières les noms des
seconds, il s'opère encore une autre confusion
en sens inverse; des Dieux, chargés de fonctions très différentes, ont la même désignation.

Les Grecs, par exemple, voulant donner des
noms indigènes aux divinités venues d'Egypte,
réunirent sous celui de Proserpine, Isis parce
qu'elle était la lune, Osiris parce qu'il avait été
enlevé comme la fille de Cérès, et Anubis, à
cause de sa ressemblance avec Hécate. Pluton

---

(1) Neptune Genetius., Ib. Corinth. 58.

de son côté, devint à la fois Typhon, comme le ravisseur d'Osiris, et Sérapis, en sa qualité de Dieu des enfers (.).

Notez ici la marche des idées, et remarquez comme la vieillesse ressemble à l'enfance. Dans le fétichisme, qui est l'enfance du polythéisme, les Dieux n'avaient aucun nom particulier, parce qu'on avait sur tous les mêmes notions confuses. Dans le polythéisme, chaque divinité reçoit un nom spécial, parce que l'homme se fait sur chaque divinité une notion distincte. Dans la décadence du polythéisme, il y a plusieurs noms pour chaque divinité, plusieurs divinités pour chaque nom, par ce que les notions redeviennent obscures et vagues.

Ce n'est pas que l'esprit humain ait rétrogradé : tout au contraire. Cette multiplication des Dieux, cette confusion des idées, conduit les peuples à reconnaître que tout l'univers adore les mêmes êtres sous différens noms. Ce pas important amène, il est vrai, momentanément l'indifférence pour tous les cultes ; mais c'est une crise nécessaire chaque fois que l'intelligence humaine, éclairée sur l'imperfection

____

(1) S.te-Croix, des myst., p. III.

du culte qu'elle professe, éprouvé le besoin d'en découvrir un meilleur.

En attendant, le polythéisme devient un véritable chaos. Les fables se multiplient comme les divinités. Les cérémonies varient encore plus que les fables. Sur chaque cérémonie, sur chaque fête, il y a des traditions opposées, incohérentes et contradictoires.

Les prêtres et les hommes d'état s'opposent vainement à ce bouleversement des croyances, à cette inondation de divinités. Le gouvernail échappe de leurs mains, leurs efforts sont inutiles. L'aréopage d'Athènes, le sénat de Rome promulguent des lois sévères. Le premier défend sous peine de mort l'admission d'un culte étranger; le second charge les Ediles d'astreindre, par la force, tous les citoyens à se contenter des rites de leur patrie. Chaque olympiade, ou chaque lustre, est marqué par la proscription des divinités Barbares, par l'expulsion de leurs prêtres et le renversement de leurs temples. Les hommes les plus distingués opposent leur ascendant à la superstition populaire. Paul Emile arme d'une hache ses mains victorieuses, pour abattre les autels de Sérapis (1).

____

(1) Valer. Max., I. 3, 3.

Mais partout le polythéisme réagit : sa tendance l'emporte, les lois sont enfreintes ou éludées. des temples Egyptiens s'élèvent à Ithome (1) et à Sparte (2) ; des Dieux coiffés du bonnet Phrygien sont révérés à Athènes (3). Le sénat Romain vainqueur du monde ne peut résister à l'opinion, il essaie de transiger avec elle, il permet l'adoration des Dieux étrangers hors de l'enceinte de la ville (4). Mais le torrent surmonte ces barrières impuissantes. Dès le temps de Sylla, un collége de Pastophores, sur le modèle de ceux de Memphis ou de Thèbes, se place à côté du collége des augures (5). Les prêtres chaldéens s'emparent de l'esprit des grands, des consuls, des généraux (6). Encouragé par de tels exemples, le peuple rétablit violemment dans leur sanctuaire les statues d'Anubis, de Sérapis, d'Isis et d'Harpocrate (7).

---

(1) Pausan. Messen. 32.

(2) Id., Lacon. 14.

(3) Plat. *Republ.* Demost., *de coroná.* Strabon, *anach.* III. 145.

(4) Dio. Cass. XL. 47.

(5) Apul. *met. in fine.*

(6) Plutarch. *in Mario.*

(7) Tertul. *adv. nat. et Arnob.* Lib. II.

Rome condescend à emprunter jusqu'à la religion des pirates dispersés par Pompée, et puise dans cette honteuse source le culte de Mithra, qui devait acquérir en peu de temps, par ses sanglans mystères, une célébrité déplorable (1). Les triumvirs, destructeurs de toutes les institutions comme de toutes les vertus antiques, consacrent enfin solennellement toutes les supertitions repoussées. Ils ordonnent la construction d'un temple consacré particulièrement aux objets principaux de l'adoration des Egyptiens (2). Mais avant cette époque les prêtres de cette contrée étaient si nombreux à Rome, qu'un proscrit, Volusius, prit leurs vêtemens pour se dérober aux bourreaux qui l'entouraient (3). Le Judaïsme trouve aussi des prosélytes. Ovide place le sabat des Juifs parmi les fêtes que les Romains célébraient. C'est vainement qu'Auguste veut ramener la religion à sa pureté première (4).

---

(1) Plut. *in* Pomp. Val. Max.

(2) Dio. Cass. VII. 15.

(3) Val. Max. VII. 3, 8,

(4) Ovid. *de art. amat.* I. 76. Ib. 416. *V.* aussi Sénèque, dans St.-Aug. *de civ. Dei.* VI. 11 , et Tac. hist. V. 5. Mull. de Heer. p. 21-26.

On désobéit à l'empereur, comme on avait désobéi au sénat ; les efforts du despotisme sont infructueux, comme ceux de la liberté. Enfin, Rome, pour employer les expressions d'un poète (1), devient le rendez-vous de tous les Dieux de la terre : et cette cité, jadis si pure dans ce qui concernait le culte, si réservée dans ses opinions, si austère dans ses pratiques, et qui avait épuré le polythéisme grec avec tant de sévérité et de scrupule, est l'arène où s'agitent en tout sens les plus discordantes, les plus licencieuses, les plus folles des superstitions, et contient plus de Dieux que d'hommes, plus d'Idoles que d'adorateurs. (2).

Les Dieux sont attaqués dans les livres : ils sont baffoués sur le théâtre (3). L'incrédulité qui se développe, se prévaut de leur nombre qui devient ridicule, de leurs formes qui sont bizarres, de leurs légendes qui sont incompatibles avec la religion nationale pour

---

(1) Suet. I. 53. Mull. de Heer. 3o.
(2) Pitiscus. *V.* Deus.
(3) Aristoph. in Vesp. V. 9. *In Lisistrata.* V. 389. Plaute, Amphyt.

se moquer à la fois et des intrus et des indigènes.

Ainsi l'on voit dans Lucien, Mercure ne sachant plus ou placer ces Dieux qui arrivent en foule (1), et regardant de mauvais œil Atys, Sabazius, les Corybantes, parvenus insolens, dont les titres sont encore douteux (2), Neptune se battant contre Anubis (3), Bacchus fesant entrer dans l'Olympe avec lui les satyres aux pieds de bouc, et jusqu'au petit chien d'Erigone (4), Mithras arrivant de Médie, la tête ceinte d'un turban, promenant un regard stupide sur ses collègues, et n'entendant pas ce qu'on veut lui dire, même quand on boit à sa santé (5).

____

(1) Jupiter tragique.

(2) Icare Ménippe.

(3) Jupiter tragique.

(4) Assemblée des Dieux. Ce petit chien a conservé sa place dans le ciel sous le nom de petit chien.

(5) Ib.

CHAPITRE IV.

*Effet de la multiplication des Dieux sur la morale
du Polythéisme.*

« Depuis que nous sommes en si grand nombre, dit Momus aux Dieux assemblés, le parjure et tous les genres de crime se multiplient (1). »
Cette plaisanterie renferme une idée assez profonde. Chaque homme se choisissant plusieurs Dieux pour protecteurs, obtenait de l'indulgence de l'un ce qu'il ne pouvait arracher à la justice de l'autre. Le polythéisme perdait ainsi la moralité qu'il avait acquise, et retournait au fétichisme. Mais comme ni le fétichisme ni le polythéisme sans morale n'étaient proportionnés à l'état de l'esprit humain, le polythéisme devait tomber.

—

CHAPITRE V.

*De la disproportion qui s'établit entre les dogmes
et les lumières.*

Les mêmes raisonnemens, qui, naguères ont conduit les hommes à faire de leurs Dieux

---

(1) Lucien, dialogue intitulé : L'assemblée des Dieux.

les protecteurs de la morale, les conduisent bientôt à sentir que la morale ne peut être convenablement protégée par de pareils Dieux. Des êtres, entachés de tant de vices, semblent des coupables, qui n'ont plus de droit de s'asseoir au rang des juges. Les esprits, même les plus religieux, s'effrayent de l'influence que l'exemple de ces divinités corrompues menace d'exercer sur leurs sectateurs.

L'esprit humain, dans le polythéisme indépendant de la direction sacerdotale, avait commencé à épurer sa croyance. Il l'avait rendue plus raisonnable, plus analogue à ses besoins du moment. Cependant, malgré ces améliorations progressives, il y trouvait encore quelque chose de trop matériel et de trop grossier. Tout à coup il la voit reculer vers une époque plus grossière et plus matérielle encore. Par un effet naturel de la confusion de tous les polythéismes, confusion décrite au chapitre précédent, celui que nous avons désigné sous le nom de sacerdotal, et qui, toujours immobile et stationnaire, consacre avec scrupule toutes les pratiques des siècles barbares et presque des tribus sauvages, pénètre de toutes parts dans la croyance qui s'était perfectionnée, et de nouveau la défi-

Tome I.

gure et la déshonore. Des cérémonies bizarres, des rites scandaleux, des fictions ridicules, immorales, ou obscènes, que la religion pratique avait rejetés loin d'elle, reviennent y prendre leur place. Les Dieux retournent à leurs mœurs féroces, et revêtent même leur première figure, hideuse et difforme. Ici vous les voyez, monstres amphibies, ou portant sur un corps humain une tête de bête farouche. Là, par des emblêmes révoltans, ils offensent la pudeur et flétrissent l'imagination ; les uns réclament le sang des hommes, les autres commandent le suicide ou les mutilations volontaires.

Ainsi la disproportion s'accroît entre le culte et toutes les institutions, toutes les lumières, toutes les opinions existantes. L'esprit humain, qui, pendant long-temps, avait travaillé sans relâche à rétablir l'harmonie entre les idées qu'il acquérait chaque jour, et ses notions traditionnelles sur la nature et le caractère des Dieux, surpris et mécontent de cette impulsion rétrograde, se rebute de ses tentatives, comme d'efforts infructueux.

Pour arrêter le discrédit du polythéisme, même sous sa forme la plus raisonnable, îl aurait fallu en écarter sans retour tout ce qui contredisait d'une manière trop manifeste les nouveaux principes de tous les hommes éclairés. Mais le sacerdoce ne permet pas cette épuration de la croyance populaire. Il cherche bien à repousser quelques-unes des cérémonies, quelques-uns des rites qui s'introduisent au dehors, mais plus alarmé des attaques de l'incrédulité, toujours son ennemie, que des invasions du fanatisme souvent son allié, il travaille avec bien moins de zèle à l'exclusion des superstitions étrangères, qu'à la défense de la superstition indigène. Son intérêt immédiat et présent lui fait négliger l'intérêt durable et futur de la religion qu'il croit maintenir.

La même chose arrive dans toutes les religions. Elles hâtent leur chute par un faux calcul, pareil à celui de la plupart des gouvernemens, qui, lorsque l'opinion s'élève contre des abus antiques, ne cherchent point à la satisfaire par une réforme, avant qu'elle soit révoltée, mais pensent se consolider contre elle, en consolidant les abus.

—

CHAPITRE VI.

De la tendance de l'Allégorie à détruire la Religion.

Nous avons dit ailleurs que l'allégorie, qui résulte de l'introduction de la morale dans le polythéisme, augmentait le nombre des fables, mais affaiblissait la croyance. C'est néanmoins l'allégorie que tous les esprits encore religieux invoquent, comme une ressource contre la disproportion trop manifeste entre les dogmes et les lumières. On assigne un sens allégorique à toutes les traditions qui semblent puériles ou scandaleuses. L'on parvient de la sorte, en effet, à justifier les dieux du reproche d'immoralité ; mais c'est aux dépens de leur individualité qu'on les justifie. L'allégorie, qui ne fait d'abord qu'expliquer leurs actions, s'étend bientôt à leurs qualités, et finit par attaquer leur nature. Minerve devient la sagesse, Vénus la beauté, Mercure la ruse ou l'éloquence. Il en est de même des attributs physiques de chaque divinité. Vesta n'est que le feu, Cérès que le blé, Bacchus que le vin. Le polythéisme sacerdotal, qui, dès l'origine, a consacré dans sa langue scientifique des emblêmes de cette espèce, les présente ou comme des révélations subites, gages des faveurs célestes, ou comme des monumens vénérables d'une sagesse antérieure, long-temps dérobée aux humains. Tous les esprits, poussés dans cette direction par le mouvement général, adoptent avec ardeur un système qui délivre la religion de ce qui les blesse ; et tel est l'empressement universel, que chaque peuple met son amour-propre à s'approprier, pour sa croyance, la priorité des interprétations symboliques. Chacun croirait faire preuve ou d'ignorance ou de barbarie, s'il s'arrêtait au sens littéral.

Les Dieux ne sont plus enfin que des désignations plus courtes pour les vertus, les qualités et les forces que l'on remarque dans l'univers. Ils n'ont plus d'existence par eux-mêmes, plus de volontés personnelles. Ils ne sont plus des objets de crainte ou d'espérance. La langue mythologique subsiste, mais la religion n'existe plus.

CHAPITRE VII.

De la substitution des causes naturelles aux causes surnaturelles.

Quelque lents et quelque imparfaits que soient les progrès de la physique, il est impossible que l'homme ne remarque pas que des événemens attribués par les traditions anciennes à l'action de forces miraculeuses et incalculables, sont l'effet de causes naturelles, régulières, et susceptibles d'être calculées. Non-seulement il résulte de cette découverte que ces événemens ne servent plus comme autrefois à fortifier dans les esprits l'attachement à la religion ; mais la croyance, privée de cet appui pour le présent et pour l'avenir, se ressent, en outre, d'une manière désavantageuse, d'avoir, dans les temps passés, reposé sur une pareille base. De ce que les éclipses ne sont plus considérées comme des prodiges, il s'ensuit que le retour d'une éclipse ne frappe plus les ames d'une terreur superstitieuse ; et il s'ensuit encore que les hommes, éclairés sur cet article, plaignent ou méprisent leurs ancêtres d'avoir été plongés dans une telle ignorance. Mais si les artifices des prêtres, ou si leur propre crédulité les ont ainsi bercés d'illusions grossières, pourquoi cette crédulité ou ces artifices ne se seraient-ils pas étendus à d'autres objets? Ainsi la foi, ébranlée sur un seul point, s'ébranle sur tous ; et le doute et la défiance, dans leur travail actif et rapide, parcourent en tous sens, et détachent successivement toutes les parties déjà vacillantes de l'édifice religieux.

CHAPITRE VIII.

Des inconvéniens des Religions employées comme moyens politiques.

A mesure que la religion perd de son crédit, l'autorité politique et toutes les factions qui y aspirent s'en font un instrument. Il semble singulier que l'on pense d'autant plus à s'en servir, qu'elle a plus perdu de son influence. C'est néanmoins une conséquence assez naturelle. Tant qu'une religion est une chose divine, qui oserait songer à tirer parti d'une chose divine? Mais quand une religion est jugée, décréditée et déchue, les calculs humains la

trouvent plus à leur portée, et ils s'en emparent. Les peuples se couvrent alors de prétextes
religieux pour s'attaquer les uns les autres par
la force ouverte, ou pour se détruire par la
perfidie. Dans la treizième année de la guerre
du Péloponnèse, dit Thucydide (1), la guerre
s'éleva entre les Épidauriens et les Argiens, à
l'occasion d'une victime que les premiers avaient
négligé d'immoler à Apollon. Les Argiens, continue l'historien grec, avaient l'intendance du
temple ; mais quand ils n'auraient pas eu de
prétexte, ils jugeaient qu'il était important de
s'emparer d'Épidaure. De tous côtés retentis-
sent les accusations de sacrilége. Les Lacédémoniens, raconte l'auteur que nous venons de
citer, reprochaient aux Athéniens d'avoir outragé Minerve en faisant mourir les complices
de Cylon, réfugiés près de ses autels. Les Athéniens reprochaient aux Spartiates d'avoir offensé
la même déesse, en laissant Pausanias expirer
de faim dans son sanctuaire ; et de s'être attiré
l'indignation de Neptune, en condamnant au
dernier supplice des Ilotes chassés de son tem-

____

(1) Thucyd. V. 53.

ple (1). S'appuyant de griefs semblables, l'ambition envahit les provinces, l'avarice dépouille les vaincus, la vengeance massacre les prisonniers.

Dans l'intérieur des États l'anathême est au service de chaque faction, contre la faction rivale. L'une des grandes sources de division dans Athènes, remarque Hérodote, la proscription des Alcméonides, vint de la religion (2), et la religion contribua encore à la perte de cette ville en préparant de nouvelles persécutions contre Alcibiade, dès sa rentrée. Partout on séduit les Pontifes, on achète les oracles. La Pythie, gagnée par Cléomène, déclare illégitime la naissance de son compétiteur Démarate. (3) Lysandre aspirant au trône de Sparte au préjudice de la famille régnante, envoie presque publiquement marchander la vénalité des prêtres de Delphes, de Dodone et de Jupiter

----

(1) Thucyd. 1. 126 — 128.

(2) Herod. V. 70.—72.

(3) Herod. VI- 66. Voir dans le même auteur, encore un exemple de la corruption de la Pythie dont on achète la réponse à prix d'argent. V. 63 .

Ammon. (1) Le respect pour les Dieux sert
de prétexte à la violation des engagemens envers les hommes. L'on invoque les sermens
contre les promesses. Les Corinthiens veulent-
ils motiver aux yeux de la Grèce leur traité
avec Argos contre Athènes et Lacédémone,
traité contraire à la convention qui obligeait
les alliés à se soumettre aux décrets de la majorité, ils objectent la clause d'après laquelle
sont réservés les empêchemens qui provien-
draient de la part des Dieux. Ayant juré aux
Argiens de les défendre, l'empêchement existe,
puisqu'ils ont pris les Dieux à témoin de leurs
sermens. Des principes jusqu'alors sans conséquences, prennent celles que les passions sont
intéressées à leur donner. Des cérémonies indifférentes reçoivent une extension qui les
rend funestes.

Quelquefois aussi, la superstition, sans mélange d'artifice, a ses inconvéniens. Tel général
manque une victoire, ou encourt une défaite,
pour avoir voulu célébrer une fête, vaquer à
une cérémonie, respecter un présage. Les
Athéniens allaient lever le siége de Syracuse;

____

(1) Diod. XIV. 4.

une éclipse de lune survint. Nicias crut devoir devoir différer un départ désapprouvé par les Dieux. Les Syracusains profitèrent du retard, attaquèrent sa flotte et la détruisirent, firent l'armée captive et masssacrèrent les prisonniers. (1) Les choses n'influent pas sur l'opinion, dans un siècle dévot ; mais dans un siècle qui commence à devenir incrédule, elles fortifient l'incrédulité.

Tout concourt donc à affaiblir la puissance d'une Religion à cette époque. Comme les hommes ont plus souvent du mal que du bien à faire, elle est plus souvent employée à faire du mal qu'à faire du bien. L'autorité qui la fait parler dans son sens, réfléchit qu'elle pourrait aussi parler dans un sens contraire, et lui impose silence. Le peuple qui a commencé à s'en détacher et à la prendre en haine, à cause du mal qu'elle a fait, la prend en mépris, à cause du dédain avec lequel il voit que l'autorité la traite : et cette Religion n'est plus qu'une bannière souillée, que les grands déployent sans bonne foi, que

____

(1) Thucyd. VII. 5o — Diod. I. XIII. 7.

la foule suit sans convcition , et que les partis
déchirent en se l'arrachant.

———

CHAPITRE IX.

*De la purification de l'île de Délos par les
Athéniens , durant la guerre du Peloponnèse.*

Un fait, rapporté par Thucydide, nous fournit un exemple curieux de l'extension donnée
par les Grecs à certaines pratiques religieuses,
pour les faire servir à leurs desseins politiques.
Les Athéniens , engagés dans la guerre du
Péloponnèse , découvrirent que les habitans
de Délos avaient contracté une alliance secrète avec les Spartiates. (1) Voulant donner
à leur vengeance une apparence de piété, ils
prétendirent d'abord que la dignité de Diane
et d'Apollon exigeait la purification d'une île
ou les deux enfans de Latone avaient reçu le
jour, et qui leur était consacrée. Les notions
sacerdotales sur l'impureté de tout ce qui

———

(1) Diod. Sic. XII.

tient à la génération, ainsi qu'à la dépouille mortelle de l'homme, s'étant glissées dans la religion Grecque, les Athéniens ordonnèrent qu'à l'avenir personne ne naîtrait ni ne mourrait à Délos et qu'on transporterait ailleurs les malades sans espérance et les femmes près d'accoucher ; puis allant plus loin, ils déclarèrent tous les habitans de cette île indignes d'être consacrés aux Dieux, et les chassèrent de leur patrie, couvrant ainsi leur ressentiment d'un scrupule religieux, et passant de la purification d'un territoire à un arrêt d'exil contre tout un peuple.

—

CHAPITRE X.

De l'influence des conquêtes d'Alexandre sur la décadence du Polythéisme.

Les conquêtes d'Alexandre contribuèrent beaucoup à la chute du polythéisme. Au moment où la croyance nationale s'ébranlait, les Grecs allèrent puiser dans l'étranger des superstitions barbares, qui, d'abord adoptées avec frénésie par des esprits lassés du vague

de leurs propres opinions devenues des doutes, furent une raison de plus, pour tous les
hommes sages, de se détacher d'une Religion
ainsi souillée.

Ajoutez à cela l'apothéose du conquérant
de l'Asie, la servilité des oracles qui proclamèrent sa divinité, l'assentiment auquel il
força les villes grecques. Parmi ces villes, les
unes devancèrent ses désirs : les autres s'y prêtè-
rent de mauvaise grâce. Mais le Polythéisme se
trouva également mal et de la soumission servile d'Athènes et de la répugnance de Lacédémone. Les Athéniens, en décernant au fils
de Philippe la divinité de Bacchus, avilissaient
la religion (1). Les Spartiates, en décrétant
que, puisqu'Alexandre voulait être Dieu, il
n'avait qu'à l'être (2), témoignaient pour la
religion une indifférence qui ne pouvait tarder à lui être funeste.

______

(1) Bayle, art. Olympias.
(2) Ælian. II. 17.

CHAPITRE XI.

Des effets de la lutte du pouvoir temporel contre le pouvoir spirituel.

Nous avons parlé ailleurs de la lutte qui s'établit nécessairement entre le sacerdoce et les dépositaires de l'autorité politique. Il est manifeste que cette lutte est une cause puissante de décadence pour le polythéisme. Toute la conduite des prêtres est soumise à l'inspection malveillante d'une classe ennemie. Leurs ruses sont découvertes, leurs artifices sont dévoilés, et tous les moyens que le pouvoir temporel employe, pour détruire l'influence des ministres de la religion, rejaillissent sur la religion même.

Les trois dernières causes que nous avons assignées à la décadence du polythéisme, les progrès de la philosophie, la publicité des mystères, et les accroissemens de la magie, exigent un travail particulier pour être bien approfondies et bien expliquées.

LIVRE V.

DES RAPPORTS DE LA PHILOSOPHIE GRECQUE AVEC LE POLYTHÉISME POPULAIRE DE LA GRÈCE.

CHAPITRE PREMIER.

Observations préliminaires.

En traitant de l'introduction de la spiritualité dans le polythéisme, nous avons déjà parlé de la philosophie ; mais ce que nous en avons dit alors n'a pu donner l'idée de ses rapports avec la croyance populaire, que sur un seul objet. Nous allons en présenter maintenant le tableau général.

Le seul peuple indépendant de la direction sacerdotale chez lequel nous puissions suivre la marche de la philosophie, ce sont les Grecs ; c'est donc dans l'histoire de la philosophie grecque que nous puiserons tous nos exemples.

Quoique la tendance de l'esprit humain à la progression soit une loi d'une application universelle, il est beaucoup plus difficile de tracer la marche des philosophes que celles des prétres. Ces derniers, soumis à une discipline uniforme et réunis l'un à l'autre par un intérêt commun, suivent, à quelques déviations près qui sont bientôt réprimées, une route vers laquelle ils sont ramenés constamment, par l'ascendant de la corporation dont ils font partie. Les philosophes, au contraire, bien que dominés comme tous les individus par l'esprit de leur siècle, et poussés par cet esprit dans un même sens, jouissent néanmoins d'une indépendance individuelle qui introduit dans leurs hypothèses des variations nombreuses, et des divagations presque impossibles à calculer. On trouve seulement de loin en loin, comme sur une vaste plaine couverte de neige, où chaque voyageur se fraye un sentier à part, quelques points de repos, où tous se rencontrent pour se séparer de nouveau. Ces points de repos seuls sont susceptibles d'être indiqués.

Les hypothèses philosophiques peuvent être considérées sous deux points de vue. Premièrement, elles peuvent être envisagées en elles-mêmes, c'est-à-dire, quant à leur vérité ou leur vraisemblance ; elles peuvent l'être, en second lieu, simplement dans leurs rapports

Tome I.

avec d'autres parties des institutions ou des opinions humaines.

Ce dernier point de vue est le seul qui s'accorde avec la nature de notre ouvrage, et qui se renferme dans ses limites. Nous n'avons à examiner que les relations de la philosophie en Grèce avec le polythéisme. En conséquence, dans la succession des philosophes, nous ne parlerons que de ceux dont les systèmes ont apporté quelques changemens à ces relations. Nous laisserons de côté tous ceux dont les conjectures divergentes peuvent offrir des objets intéressans pour la réflexion, mais n'ont en rien modifié la position respective de la religion et de la philosophie.

Or il faut remarquer que des hypothèses, intrinsèquement très-différentes, peuvent laisser cette position la même. Par exemple, Thalès supposait que l'eau était le principe élémentaire du monde, Héraclite croyait que le feu était la matière primitive; mais, malgré cette opposition fondamentale, Héraclite et Thalès partaient d'une donnée commune, qui établissait entre leurs systèmes et la religion populaire précisément les mêmes rapports. Selon tous deux, l'univers était composé d'une substance première, qui était à la fois celle des Dieux, celle des hommes, celle de tous les êtres existans. Il en résultait, et nous le prouverons plus amplement dans la suite, que pour la croyance grecque, telle qu'elle était publiquement professée du temps de ces philosophes, il n'y avait entre leurs doctrines aucune différence : en traiter séparément n'eût donc été qu'un double emploi. Nous avons appliqué cette règle à tous les cas analogues.

Une dernière observation est encore nécessaire. Les auteurs anciens se contredisent souvent dans leurs assertions sur les systèmes des philosophes les plus célèbres. Pour n'en citer qu'un exemple, Diogène Laërce (1) dit que Thalès considérait Dieu (et il se sert ici de ce mot au singulier) (2) comme le premier être incréé qui voyait les plus secrètes pensées des hommes : voilà bien le théisme pur (3). Cicéron prétend qu'il croyait, au contraire, que des dieux en nombre infini remplissaient le monde : voilà le polythéisme (4). Aristote pré-

----

(1) I. 35-36.

(2) Πρεσβύτατον τῶν ὄντων Θεός.

(3) Valer. Max. VII. 8.

(4) *De legib*. II.

sente une troisième hypothèse, d'après laquelle Thalès aurait affirmé que l'ame de l'univers était répanduc partout, et que c'était dans ce sens que le monde était plein de dieux innombrables (1), ce qui rendrait cette doctrine une sorte de panthéisme. Cet exemple doit nous mettre en garde contre l'inexactitude avec laquelle les systèmes des philosophes anciens nous ont été transmis, inexactitude qui a dû s'accroître, quand il s'est agi de ceux qui avaient mêlé à leurs opinions des portions de philosophie barbare, comme Pythagore, et peut-être comme Aristote lui-même.

—

CHAPITRE II.

De ce que les Philosophes grecs ont emprunté aux Barbares.

En disant que la philosophie grecque avait été indépendante de la direction sacerdotale, nous n'avons point prétendu la représenter comme n'ayant rien emprunté des nations que le sacerdoce dominait. Au contraire, nous

____

(1) *De animâ.* I.

reconnaissons qu'il y aurait à entreprendre, pour distinguer les élémens constitutifs de cette philosophie, un travail analogue à celui par lequel nous nous sommes efforcés de démêler ceux du polythéisme populaire, mais ce travail nous entraînerait à des recherches qui n'auraient qu'un rapport très-indirect avec le sujet de notre ouvrage; nous nous bornerons donc à un petit nombre d'idées générales, nous réservant d'indiquer, en traitant de chaque philosophe en particulier, quelles doctrines étrangères semblent avoir pénétré dans son système; car, dans presque toutes les écoles philosophiques, on rencontre des fragmens non méconnaissables de dogmes qui ne sont point d'origine grecque. Cette vérité n'a pas échappé à ceux des écrivains de l'antiquité qui, n'étant plus de l'époque où l'esprit humain pense par lui-même, mais arrivés à celle de la critique, cherchaient plutôt à connaître et à classer les opinions antérieures, qu'à tirer de leur propre fonds des opinions qui leur appartinssent. Mégasthéne, contemporain de Séleucus Nicanor, (1)

____

(1) Ap. Cyrill. contra Julian. IV. Et Euseb. præp. Evang. IX.

et le péripatéticien Aristobule (1) font remonter presqu'aux Indes les hypothèses hasardées en Grèce sur les principes et la nature des choses.

Ces doctrines étrangères pouvaient s'introduire de deux manières dans la philosophie
grecque.

Premièrement, les philosophes de la Grèce
avaient des communications fréquentes avec
les barbares. Ils parcouraient eux mêmes volontiers les pays lointains, pour y recueillir
des connaissances qu'ils rapportaient dans leur
patrie ; leur disposition était, en général, favorable aux institutions des peuples étrangers.
Elles leur semblaient avoir des avantages qu'ils
ne trouvaient point dans les institutions grecques. Voyageurs bien accueillis, d'ordinaire,
par les monarques, et par les corporations
privilégiées, rien ne les avertissait des vices
inhérens à l'organisation sociale, religieuse et
politique de ces vastes empires, dont les dehors étaient imposans et l'apparence majes-
tueuse. Un despotisme, qui ne pesait point

______

(1) *Ap. Clem. Alex. Strom.*

sur eux, les frappait par un extérieur de repos et de régularité qu'ils préféraient à l'agitation de leurs petites républiques. Ces grands
corps de prêtres qui leur confiaient par fois
des découvertes alors précieuses, et plus souvent les éblouissaient par des hypothèses har-
dies, plaisaient à leurs regards, en leur
offrant le spectacle d'hommes voués exclusivement et pour toute leur vie à la science,
et flattaient leur vanité, en présentant cette
science, comme devant être renfermée dans
un sanctuaire, et non pas abandonnée, comme
en Grèce, aux tâtonnemens et aux profanations du vulgaire.

Disciples dociles, mais volontaires, des sages
de l'Orient et du Midi, ils ne remarquaient
pas les bornes étroites qu'une autorité ombrageuse traçait à l'intelligence humaine, parce
que, de retour chez eux, ils reprenaient leur
indépendance, et façonnaient à leur génie ce
qu'ils avaient recueilli de toutes parts. Il était
de l'intérêt de leur gloire d'exagérer à leurs
concitoyens, et de s'exagérer à eux mêmes la
valeur de ce qu'ils avaient acquis par d'opi-
niâtres études et de longs pélerinages. Les
cosmogonies et théogonies sacerdotales étaient

séduisantes pour eux, précisément parce
qu'elles différaient, d'une manière essen-
tielle, de la mythologie homérique. Cette
mythologie choquait les philosophes, par
son antropomorphisme, par l'individualité
qu'elle attribuait à chaque Dieu, et qui, le
mettant presque sur la même ligne que les
hommes, ôtait à la nature divine ces attributs de grandeur et d'immensité, qui char-
ment l'imagination et confondent la pensée.
Les cosmogonies des prêtres étaient remplies
de figures colossales, à demi-cachées par
d'épaisses ténèbres, qui, ne permettant pas
d'en distinguer les contours, suppléaient à
l'infini par le vague. L'accumulation des attributs attachés à chacune de ces divinités
mystérieuses, les faisait, pour ainsi dire,
rentrer l'une dans l'autre, et leur donnait
une teinte uniforme, qui reposait des yeux
fatigués de la bigarrure perpétuelle et des
couleurs contrastantes du polythéisme grec.
Cette variété paraissait morceler la nature :
l'uniformité des cosmogonies sacerdotales semblait lui rendre l'ordre et l'unité. Si, dans la
partie de ces religions qu'on peut nommer
dramatique, c'est-à-dire, dans les récits où

les divinités agissaient, on rencontrait des fictions du même genre, et plus absurdes encore que celles d'Homère, et si le caractère des dieux était entaché des mêmes imperfections et souillé des mêmes vices, des explications allégoriques, révélées aux philosophes, comme à des initiés, levaient leurs objections et satisfesaient leurs scrupules. Aussi professaient-ils presque tous une admiration profonde pour les doctrines de ces mêmes peuples, qu'en leur qualité de citoyens, ils méprisaient comme des barbares; et chacun d'eux s'efforçait d'introduire quelques fragmens de ces doctrines dans l'édifice qu'il mettait sa gloire à construire et qui devait immortaliser son nom.

Souvent ces fragmens, isolés ou mal compris, n'avaient presque point de liaison avec le reste du système; Thalès, revenu de Lydie où il avait été appelé par le roi Crésus, rapporta peut-être de cette contrée, dont les habitans étaient originaires de Thrace, une certaine préférence, que, dans sa cosmogonie il accordait à la nuit sur le jour (1).

---

(1) Pelloutier, III. ch. 12. note 1.

Mais cette préférence n'influait en rien sur ses hypothèses ultérieures. Il n'est pas impossible qu'Héraclite qui déposa, comme une pieuse offrande, ses livres sur la nature, dans le temple de Diane d'Ephèse, la grande déesse de sa patrie, (1) n'eût, malgré ses protestations d'originalité, emprunté des prêtres éphésiens le fonds de la théorie suivant laquelle le feu était le principe créateur. Les prêtres, imbus des opinions de l'Asie, n'étaient certainement pas étrangers à l'adoration des élémens. La dégradation par laquelle, de celui du feu, le plus subtil de tous, se composent les autres plus grossiers, pour remonter de nouveau jusqu'à lui par une épuration rétrograde, ressemble aux dogmes Indiens et à ceux de l'Egypte. Les deux forces d'Héraclite, la discorde et l'harmonie, se retrouvent dans presque toutes les cosmogonies de l'Orient. Mais il séparait ces hypothèses de toute notion religieuse, en affirmant que le feu éternel, substance de l'univers, obéissait à des lois indépendantes des Dieux et des hommes.

----

(1) Diog. Laert. IX. 6.

D'autres fois les philosophes grecs amalgamaient indistinctement des doctrines opposées.
Nous en avons l'exemple dans Empédocle. Outre que ce qu'il appelait l'antipathie ou la sympathie n'était qu'une idée cosmogonique, comme
la discorde et l'harmonie d'Héraclite (1), sa
philosophie était une mosaïque formée de
dogmes sacerdotaux. Les ames, disait-il, sont
d'une origine céleste : leur descente dans les
corps n'est qu'un exil, suite de leurs fautes,
et qui les tient éloignées des Dieux, dont elles
font néanmoins partie (2). Quand des purifications douloureuses leur ont rendu le droit
de s'élever au ciel, elles quittent la terre, séjour de la souffrance (3) et berceau du mal (4).
Toutes ces expressions appartiennent à la doctrine indienne, et tiennent au désir professé
par les Indiens de ne plus retourner dans un
corps mortel (5). Mais en même temps Empé-

---

(1) Bonamy, Vie d'Empédocle. Mém. de l'Acad. des Insc. X, 54.

(2) Plutarq., *de exilio.* — *Stobœi Serm.* 58.

(3) Plut. de Iside.

(4) Hierocles, *Comment. in Carm. Pyth. ed. Needh.* p. 186.

(5) Empędocles *Sturzii.* p. 448.

docle, bien qu'il donnât le nom de Dieux aux quatre élémens, déclarait le chaos l'unité première et la véritable divinité; et par un entassement de notions incompatibles, il l'appelait à-la-fois un être sans intelligence, qui agissait aveuglément, et un être parfait, souverainement heureux, la seule réalité immuable. C'est que, probablement, il avait pris ces dernières idées dans la cosmogonie chaldéenne ou phénicienne, où l'on a vu que ces forces non intelligentes jouaient un grand rôle. Pour s'expliquer les inconséquences des philosophes grecs et leurs assertions inconciliables, il faut toujours réfléchir qu'ils fesaient entrer dans leurs combinaisons des matériaux de trois espèces : premièrement, la mythologie populaire; en second lieu, les allégories sacerdotales; troisièmement enfin, leurs propres méditations.

Ecoutons maintenant Phérécyde, l'un des fondateurs de l'école Ionienne, et le contemporain de Thalès. Il admettait trois principes du monde, le temps, la matière et l'éther; il appelait le premier Saturne ou Chronos, le second Chronia, le troisième Jupiter. Ces trois principes étaient éternels. Jupiter, pour créer

le monde, avait revêtu la figure de l'amour (1),
et avait formé de la matière un grand chêne,
que deux aîles immenses soutenaient dans les
airs. Sur ce chêne mystique, il avait étendu un
tissu de pourpre, et sur ce tissu, il avait placé
la terre et l'océan. Le sens de ce symbole, rédigé dans le langage des prêtres, est facile à
saisir (2). L'éther, le principe actif, la force
vivifiante, avait condensé la matière, lui avait
donné le mouvement et la forme, et de là
étaient résultées la terre et la mer, demeures
de tout ce qui existe. Mais les trois principes de
Phérécyde (3), sont aussi les mêmes que ceux
de la cosmogonie Orphique, et deux d'entr'eux, le temps et le chaos, sont désignés par
la même dénomination. Le voile dont l'œuf des
Orphiques est enveloppé, enveloppe ce chêne

---

(1) L'Eros cosmogonique, principe de la coalition
des élémens.

(2) *Arist. metaph.* XIV. 4. — *Diog. Laërt.* I. 119—*Max.*
Tyr. Diss. 29. — *Damascius, de princip. ubi supra.*—*Sext.*
Emp. hypotys. III. 30. — *Adv. mathem.* X 260. — *Clem.*
Alex. Strom. VI.— *Suidas, in voce Phérecyd.*—*Tiedemann,*
pag. 172.

(3) *Max. Tyr.* X. 4. — *Clem. Alex,* VI.

de Phérécyde, et les aîles de cet arbre merveilleux sont les aîles d'Ericapée; ajoutons que
Phérécyde parle d'un Dieu sous la forme d'un
serpent (1), qui combat le temps, dans l'arrangement du monde. Ce serpent ressemble à
celui que nous avons vu sur la tête de Phanès.
Peut-être est-il de plus le Typhon des Égyptiens
ou l'Arimane des Perses (2). Dans une autre
cosmogonie des Orphiques, l'éther est le premier principe (3); et suivant Phérécyde, l'éther,
sous le nom de Jupiter, est en effet le principe
actif (4).

Il y a donc une identité parfaite entre les
premieres hypothèses de la philosophie grecque;

---

(1) Ὀφιονεύς.

(2) Josèphe, cont. App., dit positivement que la philosophie de Phérécyde était empruntée des Egyptiens. Philon
de Byblos (dans Eusèbe, Præp. Evang.) prétend que ce
philosophe avait puisé l'idée d'un serpent, mauvais principe, dans la doctrine des Chaldéens.

(3) *V. Suidas, in voce Orpheus.*

(4) *V.* Pour une comparaison de Jupiter dans la doctrine sacerdotale et dans les dogmes orphiques, Creuzer
II. 381-382, etc.

les doctrines barbares et sacerdotales , et la prétendue doctrine Orphique.

Mais il arriva en Grèce , pour ces élémens étrangers ou hétérogènes , ce qui était arrivé pour les dogmes et pour les rites sacerdotaux. Ces derniers pénétrant dans la religion populaire , avaient été refondus , dénaturés, subjugués par le génie national. Les premiers , s'introduisant dans la philosophie, et accueillis d'abord par les philosophes, subirent une transformation analogue. Les Dieux des religions soumises aux prêtres , avaient comme déposé sur les frontières leurs figures monstrueuses et leurs vagues attributs , pour devenir des Dieux semblables à l'homme , et ne différant de leurs adorateurs que par le degré de leur puissance. Ils avaient renoncé , pour la plupart , aux rites licencieux ou féroces, qui , dans leur véritable patrie , déshonoraient leur culte. Les forces cosmogoniques , qui , dans les philosophies sacerdotales , effrayaient l'imagination et troublaient l'intelligence , deviennent , dans les hypothèses grecques, de simples notions abstraites, sans rapport avec la religion. On ne peignit plus le temps, l'espace, l'infini sous des formes bizarres, renfermées dans un œuf, avec des serpens sur la tête. On ne célébra plus des cérémonies, dont le sens était symbolique, mais dont les pratiques étaient révoltantes. Nous lisons, dans un fragment, conservé par Stobée, et qu'il attribue à une femme, élève de Pythagore, une exhortation adressée à tout son sexe, pour l'engager à fuir les orgies de Bacchus et de la mère des Dieux (1). Or, ces orgies appartenaient aux anciennes traditions Orphiques, que les Pythagoriciens avaient adoptées. L'école Ionienne qui avait puisé ses principes dans les mêmes traditions, condamne, par l'organe d'Héraclite, la frénésie des bacchantes, et les processions du phallus.

Nous avons montré ailleurs, comment la religion populaire de la Grèce avait substitué l'allégorie au symbole. La philosophie grecque remplaça le symbole par l'abstraction ; et ses sectateurs se bornèrent à considérer les personnifications des cosmogonies barbares, comme des êtres métaphysiques auxquels seulement ils eurent le tort d'attribuer souvent une existence imaginaire.

Pour indiquer d'un seul trait la double révolution que subirent les dogmes sacerdotaux,

_____

(1) Stob. Serm. 72.

saisis, d'un côté, au nom du peuple, par les poètes, de l'autre, au nom de la science, par les philosophes, nous choisirons un exemple qui nous montre cette révolution, opérée à la fois dans ces deux sens contraires. La force créatrice et la force destructive, parties essentielles de toute religion et de tout système philosophique, parce que cette division est dans la nature de l'esprit humain, passèrent des cosmogonies barbares dans la croyance et dans les doctrines grecques, et devinrent, dans l'une, Mars et Vénus, et dans les autres la discorde et l'harmonie. Mais la religion vulgaire transforma bientôt Vénus et Mars en êtres individuels, et perdit de vue tous leurs attributs métaphysiques, tandis que la philosophie ne voulut plus reconnaître dans l'harmonie et dans la discorde que deux abstractions personnifiées, et repoussa de ces abstractions tout attribut religieux.

Cependant, ces personnifications mêmes ne furent pas sans influence sur la philosophie grecque. Mais ce fut un genre d'influence que l'on n'a point remarqué. Venues de pays lointains, où elles étaient consacrées par une adoration symbolique, elles prirent, par cela seul, une sorte de réalité. C'est peut-être une des

causes des égaremens des philosophes, et c'est
à tort que des modernes, qui, comme Condil-
lac, voulaient juger leurs systèmes, sans avoir
analysé les élémens qui les constituaient, ont
accusé de leurs erreurs l'intelligence de l'homme, et profité de l'occasion pour frapper d'un
dédain superbe cette voix intérieure qui nous
crie, que les enseignemens d'une expérience
bornée et les témoignages de nos sens ne doivent pas être notre guide unique, notre seul
tribunal. L'héritage ou l'adoption des formules
sacerdotales avaient jeté la philosophie dans
une fausse route : elle ne parvint que fort tard,
sous Aristote, à en sortir entièrement.

Il résulte de cet exposé, que les dogmes étrangers ne décidèrent aucunement de l'esprit ou
de la marche de la philosophie en Grèce. Leur
action fut partielle et morcelée. La connaissance de ces dogmes est nécessaire pour comprendre beaucoup d'axiomes qui se présentent
isolément dans divers systèmes. Il est vraisemblable, par exemple, que les hypothèses des
stoïciens (1), sur la destruction du monde par
un incendie, leur venaient, soit de la doctrine

____

(1) Marc. Anton. III. 3.

Orphique (1), soit de quelque doctrine sacerdotale (2). Les Androgynes de Platon ne sont
peut-être qu'une modification des divinités her-
maphrodites. La démonologie dont tous les philosophes se servirent pour modifier la croyance
populaire, sans l'attaquer directement, émanaient de la même source. Plutarque le dit en
termes exprès (3) : et il est possible que le
respect souvent inexplicable que ces sages témoignaient pour la divination tînt, en grande
partie, à cette démonologie transplantée. Il
n'y a pas jusqu'au système des atômistes dont
on ne puisse démêler le germe chez les Indiens,
qui reconnaissent des particules de matière se
combinant pour se séparer, se divisant pour se
réunir (4), mais toutes ces choses n'influèrent
que sur des détails. D'ailleurs, de ce qu'une
opinion ressemble à une autre, il n'en faut

---

(1) *Plut.*, *de Orac. defectu.* — Procl. *in Plat. Tim.* —
Clem. Alex. Strom. V.

(2) Les Indiens, comme les Stoïciens, croyaient à une
conflagration générale. Creuzer, III. 328.

(3) Pythagore, dit-il, Platon, Xénocrate et Chrysippe ont suivi les Théologiens de l'antiquité dans leurs
notions sur les démons.

(4) Schlegel, *Weisheit der Ind.*, ch. 9, p. 116.

pas toujours conclure qu'elle ne puisse pas être originale. Tout ce qui est identique n'a pas été emprunté : la méditation sur les mêmes objets a pu produire les mêmes hypothèses.

La philosophie a donc suivi en Grèce la même marche que la religion ; des élémens sacerdotaux s'y sont glissés de très-bonne heure. Elle a réagi contre eux, s'en est dégagée, et, durant tout le temps de ses développemens et de sa force, elle a secoué le joug étranger ; mais à l'époque de la décadence, elle a voulu, comme la religion, s'emparer de ces doctrines long-temps repoussées. La rédaction actuelle des hymnes orphiques dont nous avons parlé ci-dessus est probablement de cette époque : ces hymnes signalent en quelque sorte la rentrée des notions sacerdotales dans la religion et dans la philosophie.

LIVRE VI.

DE LA PHILOSOPHIE GRECQUE JUSQU'AU MOMENT OU
LE POLYTHÉISME LA PERSÉCUTE.

—

CHAPITRE Ier.

*De la première question dont les philosophes grecs
s'occupèrent.*

La religion populaire de la Grèce laissait,
comme toutes les religions, de certaines questions libres, c'est-à-dire, elle ne s'en occupait
pas. Mais elle en interdisait d'autres. Nous entendons par là qu'elle prononçait dogmatique-
ment sur ces questions. Elle attribuait aux
Dieux l'origine ou plutôt l'arrangement du
monde, et le gouvernement de cet univers ;
mais elle abandonnait aux conjectures philosophiques un problème d'une importance bien
moins immédiate, celui de savoir de quelle
matière cet univers était composé. Tel fut donc
le point de départ de la philosophie. Et l'on
n'aurait pas deviné alors, en la voyant s'occu-

per de recherches si abstraites, si étrangères en apparence à tous les intérêts actifs, à toutes les opinions passionnées de l'espèce humaine, que par l'enchaînement nécessaire des idées, il n'y aurait un jour pas un seul de ces intérêts, pas une seule de ces opinions qui ne comparût devant cette même philosophie, pour se soumettre à son examen.

Ce que nous appelons encore aujourd'hui les élémens, bien que la science nous ait appris qu'aucune des substances qui frappent nos sens ne soit véritablement élémentaire, je veux dire la terre, l'air, l'eau et le feu, parurent d'abord aux philosophes de la Grèce les principes constitutifs de cet univers. Ils se divisaient sur la préférence qu'ils accordaient à l'un de ces élémens sur tous les autres : mais ils convenaient tous que leur réunion, leur mélange, leur combinaison, qui avait eu pour résultat l'ordonnance de toutes choses, était un effet de la puissance des Dieux, dont ils étaient encore si loin de contester l'existence, ou de scruter la nature, qu'impatiens de se débarrasser de toute difficulté à cet égard, ils les déclaraient éternels (1). Telle était même

____

(1) Pherecyd., *apud* Diog. Laërt. I.

l'empreinte profonde qu'avait laissée dans leur esprit la religion populaire, qu'ils se conformaient à ses dogmes dans leurs hypothèses sur la matière de l'univers. Ainsi Thalès, lorsqu'il choisissait l'eau pour le principe constitutif du monde (1), était probablement dirigé par le désir de ne pas s'écarter des idées reçues. Hésiode, dans sa Théogonie, avait fait de l'Océan et de Thétis les parens de tous les Dieux, qui avaient rapport à la nature physique. Aristote placé ce motif parmi ceux du philosophe de Milet (2). Thalès aurait fait dans cette hypothèse, pour la religion populaire de la Grèce, ce que plusieurs savans modernes ont fait pour la Genèse. Il serait parti d'une donnée convenue, pour expliquer seulement ce qu'elle n'expliquait pas. Cette observation est importante, en ce qu'elle rend raison de beaucoup de choses qui nous paraissent inintelligibles dans la philosophie grecque. Nous sommes fréquemment embarrassés de concevoir pourquoi les philo-

---

(1) Cicero, *acad. quæst.* IV. 37. — *De nat. Deor.* I. 10. — Sext. IX. 7. — Arist. Met. I. 3. — Diog. Laërt. I. 24.

(2) Aristot. Métaph. I. 3.

sophes faisaient entrer dans leurs systêmes des opinions qui ne nous semblent nullement satisfaisantes, et que rien, suivant nos idées, ne les obligeait d'adopter : c'est que ces idées tenaient d'une manière que nous n'apercevons plus à la religion dont ces philosophes ne voulaient pas s'écarter. Le même étonnement se reproduira peut-être un jour, lorsqu'on examinera les systêmes philosophiques des plus illustres modernes, de Leibnitz par exemple, de Descartes, ou de Buffon. L'on pensera que c'était librement qu'ils prenaient pour base telle ou telle opinion qui ne paraîtra plus admissible. On leur reprochera comme un acte de leur volonté, comme un choix arbitraire, ce qui n'était qu'un effet de la nécessité dans laquelle les plaçaient ou leur attachement à des opinions antérieures, ou les ménagemens prescrits par les circonstances. Tant il est difficile, pour un siècle, de juger les siècles, ses prédécesseurs.

CHAPITRE II.

De la marche de la Philosophie grecque depuis Thalès jusqu'à Pythagore.

En examinant la question permise, celle qui avait rapport simplement à la substance du monde, la philosophie approchait, sans le savoir, de la question défendue ; elle ne pouvait tarder à se demander comment cette substance avait été mise en œuvre, et dès lors elle se constituait d'abord observatrice, bientôt juge des actes de la puissance divine et de l'arrangement de cet univers. Elle ne suivit pas néanmoins cette route directe. Elle passa, de ses recherches sur la matière élémentaire du monde, à des recherches sur la substance des Dieux. Anaximène, substituant à l'eau, premier principe admis par Thalès, l'air producteur de tout, établit que les Dieux, comme les hommes, comme toutes choses animées, lui devaient leur origine : cette doctrine infirmait

----

(1) Thalès naquit vers la 35ᵉ. Olympiade ; Pythagore, vers la 49ᵉ.

indirectement l'axiôme reconnu d'abord par les premiers philosophes, que les Dieux étaient éternels. L'idée d'une substance implique la priorité du moins possible de cette substance, sur ce qui en est composé. Le système d'Anaximène conduisait de plus à rechercher tôt ou tard comment avaient été formés ces Dieux, puisqu'ils étaient formés des mêmes élémens que le reste du monde. Aussi ce philosophe s'est-il attiré, de la part de beaucoup d'anciens et de presque tous les modernes, l'imputation d'athéisme. Mais rien ne nous annonce qu'il eût tiré de sa théorie cette conséquence positive ; et son hypothèse ne contredisait encore en rien les bases fondamentales du polythéisme, puisque cette croyance admettait parmi ses dogmes, la génération et la naissance des Dieux.

Ce qui vient à l'appui de notre assertion, c'est que Pythagore n'était certainement pas athée. Il pensait néanmoins, comme Anaximène, que les Dieux étaient composés d'une certaine substance éternelle, universelle, qu'il nommait l'éther ou le feu central. Il faisait donc faire à la philosophie le même pas qu'Anaximène (1).

____

(1) Arist. *Phys.* IV. 6. — *De Cœlo.* II. 13.

Nous n'entrons ici dans aucun détail sur la
doctrine de Pythagore, parce que, nous le répétons, nous ne faisons point l'histoire des diverses opinions philosophiques. Dans une pareille histoire, nous aurions eu à parler de plusieurs opinions de Pythagore manifestement
indiennes, et à raconter comment les nombres
lui paraissaient les premiers élémens de toutes
choses, et l'unité le premier principe (1). Mais
comme il tirait de l'unité les nombres, des
nombres les points, des points les lignes, des
lignes les surfaces, des surfaces les corps, et
qu'il supposait les corps animés par l'éther ou
le feu central, qui était l'éther concentré, nous
avons passé tout de suite à ce dernier résultat
de sa doctrine, le seul qui nous intéressât.
Nous devons ajouter qu'en disant que Pythagore avait substitué à l'eau, premier principe
de Thalès, et à l'air, premier principe d'Anaximène, l'éther ou le feu central, nous n'avons
point prétendu décider que Pythagore leur fût
postérieur, ou qu'il eût enté ses hypothèses sur
leurs systêmes. Il était probablement leur contemporain ; mais il paraît avoir cherché moins

____

(1) Diog. Laërt. VIII. 25 et suiv.

à s'enrichir des découvertes des philosophes qui méditaient concurremment avec lui, qu'à puiser des connaissances dans les pays lointains renommés pour leur sagesse. Nous avons simplement voulu établir que sa philosophie, ainsi que celle d'Anaximène, était d'un degré plus avancée que la doctrine de Thalès. Les modernes ont voulu faire de Pythagore un théiste, et par conséquent un ennemi du polythéisme, parce qu'il reconnaissait une substance unique dont tous les Dieux étaient formés (1). Mais il n'appliqua nullement à la religion cette unité du premier principe. Il resta, de même que ses plus anciens, ses véritables disciples, strictement attaché aux dogmes de son pays. Il chercha même à mettre plus d'ordre et de précision dans la classification des Dieux, que ces dogmes enseignaient. Leur culte était l'un des préceptes les plus recommandés par sa philosophie. Les Pythagoriciens ne revêtaient que les vêtemens qu'ils croyaient les plus agréables aux Dieux. Ils s'interdisaient plusieurs alimens pour leur plaire. Ils ne phi-

---

(1) Meiners, *Gesch. der Wissensch.* I. 540–541.

losophaient guère que dans les temples et les
bois sacrés. Ils priaient avec ferveur au pied
des statues, et croyaient, d'après leur maître,
qu'on ne quittait jamais les autels sans être
meilleur qu'avant d'en avoir approché. Ils
chantaient dans leurs festins les louanges des
Dieux, leur faisaient des libations, brûlaient
de l'encens en leur honneur, leur offraient en
sacrifice de la farine, des gâteaux, des parfums,
disant, à la vérité, que la pureté du cœur plai-
sait davantage aux habitans de l'Olympe que la
pompe des cérémonies. Cette assertion renfermait sans doute le principe d'une déviation du
culte populaire ; mais elle était encore vague
et sans résultat dans la bouche de Pythagore
et de ses disciples.

Si l'on cherchait la cause de cet assentiment
à la croyance vulgaire, dans une dissimulation
timide, nous répondrions que cette dissimulation s'accorde mal avec le caractère connu de
la secte pythagoricienne, qui se distingua dès
son origine par l'intrépidité et par le courage.
A peine réunis dans la grande Grèce, les sectateurs de cette philosophie chassèrent les tyrans
de toutes les villes où ils avaient fixé leur séjour. Ils établirent partout le gouvernement

républicain, et donnèrent aux cités qu'ils avaient affranchies des lois équitables, mais austères, et fondées toujours sur le respect pour les Dieux, et sur les hommages qui leur étaient dus (1).

Placer le théisme dans la doctrine secrète de Pythagore serait une autre erreur. Il est vraisemblable que cette doctrine se composait des dogmes que ce philosophe avait recueillis en Phénicie, en Égypte et en Asie, et qu'il avait adaptés à sa manière de raisonner. Or, le théisme n'était le système dominant des corporations sacerdotales d'aucune de ces contrées. Si le théisme eût fait partie de la doctrine secrète de Pythagore, il eût pénétré bientôt dans sa doctrine publique ; car le mystère qu'il imposait à ses sectateurs n'avait point pour but de ménager des préjugés nuisibles, mais d'accoutumer l'homme à la méditation solitaire et au silence. Pythagore ne commandait point à ses disciples de se taire pour échapper à des dangers extérieurs, mais pour s'exercer à l'empire sur eux-mêmes ; et tandis qu'il les invitait à prendre les armes contre les puissances de

____

(1) Meiners, *Hist. doct.*, *de vero deo*, 281.

la terre qui lui semblaient injustes ou oppressives, il ne leur eût point ordonné de courber
le front devant des Dieux innombrables et
imaginaires, s'il se fût élevé jusqu'à la notion
d'un seul Dieu.

CHAPITRE III.

De Xénophane, de ses disciples et d'Anaxagore.

La philosophie, en étendant ses recherches
sur la substance même des Dieux, avait,
comme nous l'avons dit ci-dessus, infirmé
l'axiôme que les Dieux étaient éternels. Elle
était dès lors nécessairement entraînée à examiner quelle avait pu être l'origine des Dieux.
Elle ne pouvait éviter de rompre tôt ou tard
avec la religion populaire sur cette question.
L'idée que l'Être sorte du néant a toujours été
l'une de celles qui répugnent le plus à l'intelligence. L'éternité des Dieux avait éludé jusqu'alors la difficulté; mais la question une
fois posée sur la substance des Dieux et leur
origine, la difficulté se reproduisait dans toute
sa force.

Xénophane de Colophon fut conduit à la trancher, en supposant l'éternité du monde(1). Mais le principe que rien ne se fait de rien le conduisit bientôt à une seconde conséquence, plus irréligieuse que la première. C'est que ce monde éternel avait toujours dû exister dans le même état. Car l'idée de changement implique toujours, à quelques égards, celle de création. Il supposa donc une substance unique, éternelle ; immuable ; il lui donna le nom de Dieu. Mais cette appellation ne faisait pas que sa doctrine se rapprochât davantage de la religion populaire ; car il se mettait en opposition directe avec la mythologie reçue, en niant que les Dieux pussent naître ou mourir (2). Nous ne suivrons pas ce philosophe dans ses subtilités sur l'impossibilité du mouvement. Elles ne rentrent point dans notre sujet. Nous n'avons à rechercher que la naissance de l'incrédulité dans la philosophie grecque. Xénophane fut le premier incrédule de la Grèce. Mais comme aucune expérience ne pouvait l'éclairer encore

---

(1) Arist. *de Xenophane , Zenone et Gorgia. Cap.* 3. — *Buhle de Ortu et Progressu* , etc.

(2) Meiners , *de Vero Deo* , p. 328.

sur le danger de cette déviation des opinions reçues, il la professa simplement, avec une entière franchise, sans se douter des inconvéniens qui devaient en résulter. Ses concitoyens adoptifs, les Grecs d'Italie, furent si loin de le soupçonner d'impiété, qu'ils le consultèrent sur le culte de différentes divinités. Les premiers disciples de Xénophane, plus conséquens peut-être que lui dans le fond de leur doctrine, se rapprochèrent néanmoins du culte public dans leurs expressions. Parménide employa les fables mythologiques dans l'introduction de son systême. Mélissus, qui paraît avoir été plus incrédule que Xénophane, puisqu'il ne combinait point l'idée de l'intelligence avec la substance du monde, donna néanmoins le nom de Dieux aux élémens et aux ames des hommes (1).

Leucippe et Démocrite, bien qu'aggrégés dans l'histoire de la philosophie grecque, à la secte dont Xénophane fut le fondateur, paraissent d'abord s'être écartés de la manière la plus

____

(1) *Stobaeus Ecl. phys.* p. 60. — *Simplicius ad. Arist. Auscult. phys.* I. 22. — *Diog. Laërt.* IX. 24.

directe, de tous ses principes. Xénophane ne reconnaissait qu'une substance unique et indivisible. Leucippe et Démocrite admettaient un nombre infini d'atômes divisés, qui ne se réunissaient que fortuitement. Xénophane niait le vide et le mouvement. Leucippe et Démocrite plaçaient leurs atômes dans le vide, et considéraient le mouvement comme la cause de toutes les combinaisons de ces atômes. Si cependant l'on examine de près les deux systèmes, l'on trouvera que sous certains rapports, ils se ressemblaient. Les atômes pouvaient être considérés comme une seule et même substance; reconnaître le vide, ce n'est pas lui donner une existence réelle, car le vide n'est qu'une négative, et le mouvement était une conséquence de la doctrine du vide. Les résultats des deux systèmes étaient du reste parfaitement semblables. Les Dieux, les hommes, tous les êtres animés, toute la nature, dans les hypothèses de Leucippe et de Démocrite comme dans celle de Xénophane, étaient composés de la même substance. Suivant ce dernier, ils n'étaient que des formes de l'être unique qui seul existait réellement. Suivant les deux autres, ils n'étaient que des combinaisons d'atômes, seuls êtres doués d'une existence réelle. Si l'on ajoute à ces considérations, que Démocrite parait avoir affirmé que les atômes étaient doués naturellement de vie et d'intelligence, on trouvera moins de différence encore entre ces atômes et l'être unique de Xénophane. La privation d'intelligence des atômes (1), et la supposition que l'intelligence est le résultat du mouvement et de la jonction fortuite d'êtres non intelligens, est la plus grande absurdité, peut-être même aux yeux de la raison séparée du sentiment, la seule absurdité bien palpable de la doctrine des atomistes : et c'est Epicure, comme nous le dirons dans la suite, qu'il faut accuser de cette absurdité.

Les rapports de la philosophie avec le poly-

---

(1) *Democritus porrò omnia ait quondam habere animam, etiam cadavera.* Plut. *de Placit. philosoph.* IV. 4. — *Democritus hoc distare in naturalibus ab Epicuro dicitur, quod iste sentit inesse concursioni atomorum vim quandam animalem et spiritalem, quâ vi eum crede et imagines ipsas Divinitate præditas dicere, non omnes omnium rerum, sed Deorum, et principia mentes esse in universis quibus Divinitatem tribuit et animantes imagines quæ vel prodesse nobis soleant, vel nocere. Epicurus verò neque aliquid in principiis rerum præter atomos.* August. Ep. 56.

théisme populaire étaient donc les mêmes dans les opinions de Xénophane et de Démocrite. Les Dieux formés de la même substance que tous les êtres de l'univers, n'occupaient plus qu'une place secondaire, au-dessous de la substance, soit indivisible, soit divisible à l'infini, qui les composait. Le système de Démocrite était toutefois plus susceptible de se combiner avec le polythéisme que celui de Xénophane. Rien n'était moins contraire à ce système que de supposer que le concours de ces atômes doués de vie et d'intelligence pouvait donner naissance à des êtres supérieurs à l'homme, et ces êtres pouvaient facilement être imaginés pareils aux Dieux que le polythéisme révèle à l'espèce humaine. Nous les verrons faire ainsi partie des dogmes épicuriens (1).

La philosophie avait fait trois pas. Sous Thalès, elle avait déterminé la substance du monde. Sous Anaximène et sous Pythagore, elle avait rendu cette substance commune aux Dieux et aux hommes. Sous Xénophane et sous Démocrite, elle avait subordonné les Dieux et les

____

(1) Bühle, *Gesch. der phil.* I. 125.

hommes à cette substance, ou pour mieux dire, regardant tous les êtres partiels comme seul être existant cette substance unique.

Anaxagore, contemporain de Démocrite (1), d'après les meilleurs calculs, fit faire à la philosophie un pas de plus, dans une direction qui la rendit beaucoup plus religieuse, mais qui, par là même, attira sur elle de la part du sacerdoce une haine qui ne finit plus. Xénophane avait rejeté tous les témoignages des sens. Il avait nié la possibilité du mouvement. Il avait considéré l'univers comme un tout indivisible et homogène dans ses parties, si tant est que le mot de partie puisse s'y appliquer; immobile enfin, éternel, et immuable. Le système d'Anaxagore se rapprocha des idées communes. Il ne refusa le mouvement qu'à la matière. Il en plaça le principe dans une intelligence immatérielle (1) : et comme il n'avait créé cette intelligence que pour expli-

____

(1) *Diog. Laert.*, *IX* 54.— *Brucken*. I. 1177. — Anaxagore naquit dans la première année de la 70e olympiade.

(2) *Plat. Phædon.* §. 15. — Diog. Laert. II. 6. — Lucret. I. 85o.—Arist. Métaph. I. 3. 5. Phys. auscult. III. 4. VIII. I. *De anim* I. 2. — Hermias *irrisio* Gent. 176.

quer la première impulsion donnée au monde, et que pour cette explication, il n'avait besoin que d'une seule intelligence, il en proclama l'unité. On peut regarder Anaxagore comme le véritable auteur du Théisme (2). Pour les mêmes raisons que nous avons alléguées ci-dessus, nous ne rapportons rien des autres opinions d'Anaxagore, qui se contredisait fréquemment dans le développement de son système, surtout au sujet de la nécessité, cette idée inséparable de toute hypothèse philosophique, et autour de laquelle l'esprit humain s'agite toujours, et toujours envain, ne pouvant jamais ni s'en affranchir entièrement, ni la concilier d'une manière satisfaisante avec la toute-puissance ou la bonté sans bornes d'un premier moteur intelligent. Nous aurons occasion de revenir sur cette matière en traitant de la partie morale de la philosophie stoïcienne.

Il paraît bizarre au premier coup-d'œil que l'incrédulité, ou si l'on veut, le panthéisme de Xénophane n'ait alarmé ni les prêtres ni les hommes pieux de la Grèce, et que le théisme d'Anaxagore ait excité leur courroux;

______

(1) *Voy.* note précédente.

c'est que la doctrine abstraite de Xénophane,
en opposition directe, à la vérité, avec les dogmes de toute religion, était en même temps
tellement éloignée des opinions populaires, et
semblait confinée dans une sphère si différente,
qu'elle ne pouvait les rencontrer nulle part,
pour entrer en lutte avec elles; le théisme d'A-
naxagore, au contraire, bien que ce philosophe n'en fît qu'une hypothèse métaphysique,
car il ne donnait presqu'aucun attribut moral
à son intelligence motrice, et ne la désignait
pas même sous le nom de Dieu, contenait pourtant le germe d'une religion rivale. Les prêtres
l'aperçurent, et Anaxagore fut persécuté.

Les disciples d'Anaxagore n'ajoutèrent rien
à son système. Ils paraissent même avoir reculé de quelques pas. Les esprits n'étaient encore nullement préparés au théisme. Diogène
d'Apollonie et Archélaüs l'Athénien confondi-
rent l'intelligence immatérielle d'Anaxagore avec
l'air dont ils se composèrent un principe intelligent. Ils rétrogradèrent de la sorte un peu
vers les premiers essais de Thalès, d'Anaximène
et de Pythagore.

CHAPITRE IV.

De Socrate.

Il est difficile de déterminer avec certitude, s'il faut compter Socrate parmi les amis ou les ennemis du polythéisme. Plusieurs savans l'ont regardé, d'après les récits de Platon, comme ayant adopté, tacitement au moins, le théisme introduit dans la philosophie par Anaxagore. D'autres, sur l'autorité de Xénophon, le considèrent comme étant resté toujours sincèrement attaché aux dogmes de la religion de son pays, et ne s'étant proposé que d'en épurer et d'en perfectionner la morale. Socrate, suivant Xénophon, regardait les astres comme des Dieux, et blâmait fortement Anaxagore de leur avoir refusé la nature divine. Il affirmait que les anciens poètes mythologiques des Grecs, Orphée, Homère, Hésiode, avaient parlé par inspiration divine. Il ne puisait ses preuves de l'existence des Dieux, que dans les détails de la nature, dans les apparences qui semblent indiquer un but, et surtout dans la divination à laquelle il accordait une confiance sans bornes, et qu'il appelait le plus grand des biens que les Dieux eussent accordé à l'espèce humaine. Il consultait les oracles, avec autant de crédulité que le grec le plus vulgaire. Il interrogea l'oracle de Delphes, pour apprendre d'Apollon quelle était la meilleure de toutes les religions, et d'après la réponse qu'il reçut, il déclara que le culte de chaque pays était, dans ce pays, le culte le plus agréable aux Dieux. Cette opinion devait, à cette époque de l'universalité du polythéisme, le retenir dans cette croyance. Xénophon nous raconte, qu'étant lui-même incertain s'il entreprendrait son expédition d'Asie, ce fut à ce même oracle de Delphes que Socrate le renvoya pour obtenir une décision (1).

D'après ces renseignemens, si nous accordions à Xénophon une foi implicite, nous appellerions Socrate non-seulement un polythéiste mais un polythéiste direct.

Quelques considérations nous portent à suspendre notre jugement à cet égard. Xénophon pourrait bien n'avoir connu qu'une partie des opinions de son maître, et avoir exagéré ces opinions, parce qu'il en était encore plus imbu

____

(1) Xénoph. , Retraite des Dix Mille III. 1. 5.

que lui. Xénophon était personnellement le plus superstitieux des hommes. La divination, les songes, les signes, les éternuemens, le vol des oiseaux, tout lui paraissait destiné à faire connaître aux mortels les volontés des Dieux.

Il croyait posséder la science d'interpréter ces choses, et il y conformait sa conduite, comme homme public et comme homme privé. Je ne citerai pas, à l'appui de cette assertion, ce qu'il nous raconte de son refus de la dignité de général, que les Grecs lui offrirent après la mort de Cléarque, refus qu'il motive sur la volonté de Jupiter, qui lui fut, dit-il, clairement manifestée (1). L'amour-propre de Xénophon rend à mon avis cette anecdote douteuse. Mais nous le voyons ailleurs, craignant pour sa vie, qu'il croit menacée par les Lacédémoniens, et refusant néanmoins l'asile qui lui est offert par le roi des Thraces, parce que les entrailles des victimes lui commandent de suivre l'armée (2). Une autre fois, il s'obstine à retenir les soldats dans un lieu où ils manquent de vivres, parce que les sacrifices sont défavora-

----

(1) Retraite des Dix Mil. VI. 1.
(2) *Ib*. VI. 6. 32.

bles, affrontant ainsi la famine pour ne pas irriter les Dieux (1). Il n'est pas étonnant qu'un esprit rempli de la sorte de toutes les superstitions populaires, se soit efforcé de les concilier avec les préceptes du philosophe dont il s'honorait d'être le disciple.

Socrate, d'ailleurs, paraît avoir proportionné ses enseignemens aux facultés de ses auditeurs ; et je soupçonnerais assez qu'il n'entretenait Xénophon que de ce qu'il y avait dans sa doctrine de plus applicable à la vie commune.

Le caractère de Xénophon, tel que ses ouvrages, lus plus d'une fois avec attention , nous le font concevoir, fortifie selon nous cette conjecture. Nous ne prétendons point disputer à Xénophon le mérite d'avoir été sincèrement attaché au sage le plus vertueux de la Grèce ; d'avoir conservé pour lui, pendant ses malheurs et après sa mort, une affection courageuse et profonde ; de s'être consacré à venger sa mémoire ; enfin, d'avoir appris dans ses leçons la pratique de beaucoup de vertus publiques et privées. Nous le reconnaissons vo-

____

(1) Retr. des Dix Mille. 8. §. 11. 12. 15.

lontiers pour un écrivain plein de douceur, d'harmonie et d'élégance ; mais nous ne pouvons nous défendre de penser qu'en le comparant aux autres grands hommes de la même époque, il faut lui assigner un rang inférieur, non-seulement quant à l'étendue des conceptions et à la force des facultés, mais aussi relativement à cette simplicité de caractère, l'attribut particulier des anciens. Sous le rapport de la vanité, ce disciple de Socrate est presque un moderne. Il se laisse perpétuellement entraîner au besoin de parler de lui, dans sa *Retraite des dix mille*, monument précieux sans doute, contenant des détails curieux sur une foule de peuples, qui d'ailleurs nous sont peu connus ; et nous transmettant un tableau plein d'intérêt des mœurs, de la discipline et du courage d'un petit nombre de Grecs, qui semblent une île civilisée au milieu d'un océan de barbares, Xénophon se présente comme un homme toujours avide de jouer un rôle. Il nous entretient sans cesse des propositions qu'il a faites et qui n'ont pas été approuvées, des conseils qu'il a donnés et qui n'ont pas été suivis ; il s'agite de mille manières pour arriver au premier rang ; il se dédommage en

nous racontant avec complaisance tout ce qui
le concerne ; on voit qu'il aime par-dessus tout
à s'occuper de lui-même, et que le récit de ses
efforts inutiles a pour lui presque autant de
charmes qu'en aurait eu l'histoire de ses succès. Cette vanité de Xénophon enlève, ce nous
semble, à ses ouvrages, ce qui constitue le
charme distinctif de l'antiquité, ce qui en fait
de nos jours l'asile des esprits élevés et des âmes
fières : c'est-à-dire, une simplicité noble, non-
seulement dans les paroles, mais dans les intentions et dans la conduite ; un dévouement
complet et pur de tout égoïsme ; enfin et surtout, l'absence de cette fureur de faire effet,
qui dégrade tout ce que nous voyons, qui ra-
petisse tout ce qui nous entoure, qui rend
impossible toute association franche, tout concours généreux, toute impulsion désintéressée.
L'on est péniblement étonné, en le lisant, d'a-
voir reculé au-delà de vingt siècles, pour ne
retrouver qu'un contemporain ; et l'on comprend sans peine comment les Spartiates, de
tous les peuples les plus étrangers à la vanité,
les plus disposés à s'oublier eux-mêmes pour
fixer leurs regards sur le but commun, les
plus exempts de cette inquiétude étroite et

personnelle qui se propose mille petits buts et s'agite en tous sens pour les atteindre, conçurent contre cet Athénien une malveillance qu'il a représentée comme de l'envie.

Le caractère de Xénophon se retrouve, avec tous les inconvéniens qui en résultent pour la fidélité historique, dans son apologie de Socrate. Il est toujours occupé à nous apprendre que Socrate lui en a plus dit qu'à tout autre; il se proclame le seul dépositaire fidèle de la philosophie de son maître, le seul qui l'ait entendue, le seul qui soit capable de nous la transmettre exactement.

Platon, de l'autre part, a prêté certainement à Socrate des opinions subtiles que ce philosophe n'avait pas. L'un des disciples de Socrate a fait en plus ce que l'autre a fait en moins.

Xénophon nous a donné, comme l'ensemble de la philosophie socratique, ce qui n'en était qu'une partie, tandis que cette philosophie même n'est qu'une partie du système de Platon. Socrate me paraît avoir été moins superstitieux que l'un de ses élèves, mais, en même temps, moins abstrait que l'autre. Quoiqu'il eût sous les yeux le théisme d'Anaxagore, il

ne s'éleva point au-dessus des notions du polythéisme : son opinion sur la métaphysique
mettait un obstacle insurmontable à ce qu'il
s'enrichît des découvertes de ses prédécesseurs
dans cette science. Il regardait toute recherche, toute investigation , toute hypothèse sur
l'origine ou la matière première du monde ,
comme une témérité et presqu'une folie. Le
mot de Dieu , fréquemment employé au singulier par les écrivains qui ont traité de sa
doctrine, ne prouve nullement qu'il reconnût
l'unité d'un Dieu : ce mot désigne souvent chez
les Grecs et les Romains l'ensemble des Dieux ,
considéré dans les qualités qui leur étaient
communes, et sans égard pour celles qui étaient
particulières à chaque divinité , comme on emploie parmi nous le mot de gouvernement toujours au singulier, soit qu'on parle d'une république ou d'une monarchie. Nous n'avons
pas de mot collectif du même genre dans notre
langue religieuse , parce que nous sommes des
théistes , qui avons conservé de la lutte soute-
nue par nos ancêtres, il y a dix-huit siècles,
l'habitude de prendre des précautions contre le
Polythéisme, bien que détruit depuis long-
temps. Nous ne nous en apercevons pas nous-

mêmes ; mais, dans notre langage, nous parais-
sons avoir encore peur d'un ennemi qui n'existe
plus. Il est impossible de nier entièrement le
respect de Socrate pour la divination et pour
les oracles.

Nous retrouvons des traces de ce respect,
même dans Platon. Les opinions reçues ont un
prodigieux empire. L'esprit de chaque siècle
pèse plus et plus long-temps qu'on ne pense
sur les hommes éclairés qui écrivent pendant
sa durée. Grotius, dans le dix-septième siècle,
cherchait la démonstration de la religion chrétienne dans les merveilles de l'astrologie (1).
On raconte la même chose de Mélanchton, bien
que la qualité de réformateur rende sa crédulité
à cet égard plus singulière encore (2). Il serait
possible que l'hommage rendu par la Pythie à
Socrate, en le déclarant le plus sage des hommes, n'eût pas peu contribué à sa confiance
pour les oracles, et que son amour-propre fût
venu, sans qu'il s'en rendît compte, fortifier sa
conviction.

L'on s'étonnera peut-être de la persécution

---

(1) Grot., *de ver. rel. christianæ.*
(2) Bayle, Art. Melanchton.

de Socrate et de sa mort tragique, en nous voyant convenir ici de son attachement aux opinions populaires. Mais, en leur restant fidèle, quant à la pluralité des Dieux, il se mit en opposition directe avec elle, relativement à la morale.

La partie morale de la religion grecque avait dès l'origine été plus exposée aux attaques de la philosophie que la partie théogonique et cosmogonique. Pythagore avait donné l'exemple de rejeter la plupart des actions attribuées aux habitans de l'Olympe par Homère et par Hésiode (1). Xénophane avait reproché à ces poètes d'avoir prêté aux Dieux ce qu'il y avait de plus criminel et de plus honteux parmi les hommes, le vol, le mensonge et l'adultère. Mais tous les philosophes de cette époque étaient absorbés dans leurs méditations métaphysiques; et leurs regards ne se tournaient qu'avec distraction, et comme en passant, sur ce que la religion avait d'applicable à la vie réelle. Anaxagore lui-même, en reconnaissant une cause immatérielle et intelligente, n'avait

____

(1) Diog. Laert. VIII. 21.

Tome Ier 13

tiré de ce principe aucune conséquence relative à la morale. Peut-être, attaquant déjà la croyance populaire dans ce qui concernait la substance des Dieux, ne voulait-il pas se mettre en lutte avec elle sur ce qui touchait à leur caractère? Métaphysicien moins subtil et moraliste plus zélé, Socrate s'indigna de l'inattention ou des ménagemens du philosophe de Clazomène (1), et tandis qu'il admettait, peut-être de bonne foi, la pluralité des Dieux, il refusa de les concevoir comme des êtres malfaisans, intéressés, livrés à des passions violentes ou licencieuses. Il transmit cette même répugnance à Xénophane, qui, non moins soumis que son maître aux dogmes fondamentaux du polythéisme, sentit néanmoins sa crédulité se briser contre des notions absurdes qui lui semblaient sacriléges. Socrate subit le supplice des impies, pour n'avoir voulu penser que du bien des Dieux (2).

---

(1) *Voy.* le Phédon.

(2) Platon dit positivement dans l'Euryphron, que Socrate ne fut point puni pour avoir nié la pluralité des Dieux, mais parce qu'il déclamait contre les poètes et leurs fables religieuses.

Peut-être aussi quelques causes politiques contribuèrent-elles à sa perte, sous les trente tyrans. Socrate développa le courage qui accompagne la véritable philosophie. Lorsque Théramène, qui, après avoir eu le malheur d'exercer sa portion de despotisme, s'était séparé trop tard de ses complices, et avait tenté de défendre les Athéniens contre l'oppression toujours croissante, fut saisi par les satellites des usurpateurs, et abandonné du peuple qui l'aimait, mais qui n'osait embrasser sa cause, Socrate seul, avec deux esclaves, se présenta pour le secourir; et ce ne fut qu'à la prière de Théramène lui-même qu'il se désista d'une inutile, mais glorieuse résistance (1).

Sa persécution souleva les esprits, et fit entrer en fermentation toutes les têtes pensantes. C'est un effet, quelquefois lent, toujours infaillible de toute persécution. Ainsi, Socrate, s'il n'abjura pas le polythéisme, donna néanmoins à l'intelligence humaine l'impulsion qui devait renverser cette croyance. Toutes les sectes philosophiques, qui l'attaquèrent de diverses manières et la suivirent en différens sens, sortirent de l'école de Socrate.

____

(1) Diod. Sic XIV. 2.

13.

LIVRE VII.

DE LA PHILOSOPHIE GRECQUE JUSQU'A L'ÉPOQUE OU ELLE A ROMPU OUVERTEMENT AVEC LE POLYTHÉISME POPULAIRE.

—

CHAP. I.

De quelques Disciples de Socrate.

L'on doit considérer la mort de Socrate comme l'époque la plus décisive de l'histoire du polythéisme : ce fut alors que la guerre sourde que se livraient la philosophie et la religion depuis Anaxagore devint une guerre ouverte et déclarée.

Antisthène, le fondateur de la secte des cyniques, d'abord disciple du sophiste Gorgias, mais bientôt après l'un des admirateurs les plus zélés de Socrate, et qui faisait chaque jour quarante stades pour l'entendre, déclara, dans un de ses ouvrages, qu'il n'existait qu'un seul Dieu de la nature, Dieu qui n'avait point de forme, et ne pouvait être représenté sous aucune image, mais que les

Dieux populaires étaient en grand nombre (1).

Cette distinction mérite d'autant plus d'être remarquée, qu'elle répond exactement à celle qu'établirent, vers le milieu du dix-huitième siècle, les philosophes qui les premiers attaquèrent la religion. Nous raisonnons, disaient-ils, non comme philosophes, mais comme théologiens. Dans les deux cas, c'était un moyen, pour la philosophie, d'assurer son indépendance intellectuelle. La religion se voyait ainsi renfermée dans des bornes étroites qu'elle ne pouvait franchir. Elle devenait spectatrice impuissante des spéculations de la philosophie. Mille questions qui l'intéressaient essentiellement, puisqu'elles touchaient à sa base, étaient enlevées à sa compétence.

Les disciples d'Antisthène ne restèrent pas fidèles à son idée sur l'unité du Dieu de la nature; dans la plupart des anecdotes qui nous sont parvenues sur Diogène, ce second chef de la secte des Cyniques, il semble admettre par ses discours la pluralité des Dieux. Mais, en même temps, il attaque, avec une grande li-

---

Cicero, *de Nat. Deor.* I. 13. — Lact. Div. inst. I. 5. — Clem. Alex., admon. p. 46.

berté, toutes les opinions populaires, l'interprétation des songes, l'efficacité des expiations, la véracité des oracles, l'utilité des mystères, la sainteté des cérémonies : en un mot, toute l'institution positive qui faisait du polythéisme un culte.

D'un autre côté, la secte de Mégare marchait au théisme, plutôt, il est vrai, par les expressions et en apparence, que réellement et dans la doctrine. Euclide disait, d'après Socrate, qu'il n'existait qu'un seul bien suprême, sous différens noms, et que l'un de ces noms était celui de Dieu. Il y avait beaucoup de vague dans cette expression, puisque le bien suprême dont avait parlé Socrate, n'était pas un être à part, actif et intelligent, mais une situation vers laquelle l'homme devait tendre. C'était, au moins dans les mots, un pas vers l'unité, par conséquent vers le théisme.

Du reste Euclide et ses disciples parmi lesquels il faut surtout distinguer Stilpon, banni d'Athènes pour avoir parlé trop librement sur Minerve (1), insultaient sans détour aux opinions consacrées (2).

____

(1) Diog. Laert. II.
(2) Sext. Emp. adv. Math. 108–109.

A côté de ces deux écoles, venait celle d'A-ristippe, dont la tendance était l'athéisme. Les leçons d'Aristippe formèrent Euhémère (1), l'adversaire le plus dangereux que le poly-théisme ait rencontré. Ce philosophe l'attaqua d'une manière tout-à-fait nouvelle. Il préten-dit dans son histoire sacrée, que tous les Dieux des Grecs avaient dans l'origine été des rois, des héros ou des législateurs, que leur propre imposture ou la reconnaissance des peuples avaient ensuite placés dans les cieux. Cette opi-nion jeta dans tous les esprits des racines pro-fondes. Elle pénétra jusques dans les mystères, comme nous le dirons dans un livre suivant. Quatre siècles après Euhémère, Plutarque croyait encore nécessaire de réfuter ses asser-tions, que les incrédules reproduisaient d'âge en âge sous mille formes diverses, et dont le polythéisme ne se releva jamais.

L'agitation que la persécution de Socrate,

---

1) *Diog. Laërt.* II. 97.—*Cicer. de Nat. Deor.* I. 23. — *Quœst. Tusc.* I. 43. *v.* 40. — *Sext. adv. Math.* IX. 5. 1.— *Diog. Laërt.* 1. 64. — Acad. des Inscript. VIII. XV. VXXIV. — Hissmann, Magazin für Phil. I. II. III.

avait communiquée à toutes les têtes philosophiques, ne fut pas sans inconvénient pour la
philosophie elle-même. Les disciples d'Euclide
se jetèrent dans de vaines disputes de mots et
dans les subtilités les plus sophistiques. C'est
à cette école que nous devons les fameux
sophismes du menteur, du voilé, du sorite,
du cornu, du chauve, qui servent de nos
jours à prouver que l'abus du raisonnement
précipite les hommes dans les absurdités les
plus puériles ; mais qui, lorsqu'ils parurent,
embarrassèrent long-temps les esprits les plus
graves, Aristote et Chrysippe, par exemple.

Peut-être au reste, et nous sommes assez
portés à le croire, peut-être a-t-on méconnu
l'esprit de la secte de Mégare. Il est difficile
de supposer que le but de cette secte fut uniquement d'attacher de l'importance à des
frivolités épineuses. Nous penserions plutôt
qu'elle se proposait de découvrir la meilleure
méthode de raisonner, et qu'elle cherchait à
perfectionner la langue de la logique. Afin d'y
parvenir, elle essayait toutes les formes ; et
les sophismes qu'on lui reproche n'étaient
vraisemblablement que des épreuves qu'elles
faisait subir à ces formes ; pour mieux appré-

cier les ressources que l'intelligence en pouvait tirer. Lorsqu'on rencontre chez des hommes éclairés, méditatifs et studieux, des assertions qui semblent approcher de l'extravagance, il ne faut pas se hâter de croire aux apparences, et de déclarer que ces hommes sont absurdes.

Je n'étendrai pas cette justification jusqu'aux sectateurs d'Aristippe. Ceux ci s'écartèrent fréquemment des lois de la morale, comme des dogmes de la religion. Théodore niait non-seulement l'existence des Dieux, mais celle de la vertu. Il réduisait tout à l'égoïsme le plus grossier. Le sage, disait-il, ne doit rien à la patrie ; il n'est lié par aucune loi, il n'y a pour lui que deux espèces d'actions, celles qui lui sont utiles, celles qui peuvent lui nuire. Le sacrifice de lui-même est toujours absurde. Le châtiment seul constitue la faute. Tout ce qui est impuni, est légitime.

L'on s'étonne que l'esprit humain puisse arriver à cet excès d'une coupable démence. Mais telle est souvent sa déplorable faiblesse, qu'en s'affranchissant du joug des préjugés, il s'élance au delà de toutes les bornes, et méconnaît les règles les plus évidentes et les plus sa-

crées. La faute en est alors, non plus aux vérités qu'il croit découvrir, mais aux préjugés
qu'il secoue. Ces préjugés ont égaré sa raison,
se sont identifiés avec sa morale. Lorsqu'il s'en
délivre, il est trop tard, il ne lui reste ni morale ni raison. L'homme devient furieux dans
les fers : sa fureur se prolonge même après son
esclavage. Ce n'est pas l'effet de la liberté qu'il
a reconquise, mais celui des fers qu'il a trop
long-temps portés.

Les prêtres de la Grèce travaillaient à enchaîner la morale à des croyances et à des pratiques qui s'ébranlaient de toutes parts. Ils in-
quiétaient, tourmentaient, poursuivaient les
philosophes ; et parmi ces derniers se trouvaient des hommes faibles, que l'agitation, le
trouble, la crainte rendaient insensés. Tel fut
Théodore, tel fut encore Hégésias, mais dans
un autre sens, et d'une manière plus intéres-
sante. Adonné, comme Théodore, aux opinions d'Aristippe, il plaçait, ainsi que lui,
le souverain bien dans la volupté, le seul principe de la morale dans l'égoïsme ; mais son
ame mélancolique et profonde se fatigua bientôt d'un système avilissant et aride. Il n'eut pas
la force de se dégager de cette doctrine désas-

treuse ; mais toutes ses facultés, tous ses sentimens lui faisaient remarquer avec douleur
le besoin d'un autre ordre de pensées. Jetant un
long et triste regard sur les peines sans nombre
qui nous menacent et nous assiégent ; sur les
maux physiques dont la présence nous accable et dont l'absence n'est pas un bien ; sur les
souffrances morales, plus diversifiées et plus
infatigables que les maux physiques ; sur cet
avenir incertain qui plane, inconnu, mais terrible sur nos têtes ; sur ce passé, qui ne nous
laisse, s'il fut heureux, que d'inutiles regrets,
et s'il fut malheureux, que des souvenirs lugubres ; enfin sur cette inévitable vieillesse, qui,
semblable aux magiciens dont les fictions de
l'Orient nous parlent, s'assied dans les ténèbres', à l'extrémité de notre carrière, fixant sur
nous des yeux immobiles et perçans, qui nous
attirent vers elle, malgré nos efforts, par je ne
sais quel pouvoir occulte, Hégésias, contre tant
de fléaux et contre l'inquiétude qui s'empresse de les remplacer en nous poursuivant
de leur image, ne vit d'asyle que la mort. Il
consacra toute son éloquence à recommander
le suicide, et plusieurs de ses disciples furent
entraînés par ses ouvrages à jeter loin d'eux

le fardeau de l'existence. Malheur à l'ame élevée, sensible ou profonde, qui se laisse entraîner par ce découragement ou par le sophisme, à repousser également la morale et la religion. Lorsque des esprits, trop exigeans de certitude, se refusent à toute idée religieuse, il leur est possible de se réfugier dans la morale. Il résulte bien, même alors, de la privation de toute espérance au-delà du monde, une grande impression de tristesse, et je ne sais quel atmosphère sombre et sévère se répand sur tous les objets; mais il n'y a pas du moins de dégradation. L'âme souffre, mais elle s'estime : elle se soutient par sa propre force, par l'élévation des idées qu'elle embrasse : il lui reste un sentiment désintéressé, celui du devoir, et ce sentiment la retrempe et la relève. Mais lorsqu'elle abandonne aussi la morale, elle n'a plus d'appui, plus d'estime pour elle-même, plus de recours intérieur contre l'injustice, plus de conscience d'aucune valeur, plus de courage contre la vie. Théodore fut chassé d'Athènes, non pas à cause de ses abominables principes, mais pour avoir plaisanté sur les mystères. Hégésias (1), to-

____

(1) *Diog. Laërt.* II. 64. — *Cicer. Tuscul. quæst.* I. 73.

léré par les Ptolémées, reçut ordre de suspendre tout enseignement de sa doctrine.

—

CHAPITRE II.

De Platon.

Platon parut vers la même époque qu'Aristippe, Euclide et Diogène. La philosophie grecque prit dans ses écrits une marche plus régulière, plus déterminée et plus uniforme.

Je dois observer, pour n'être pas accusé d'inexactitude, que plusieurs des disciples d'Aristippe et d'Euclide furent postérieurs à Platon. Un intervalle d'environ 129 ans, le sépare des derniers de ces disciples. Mais j'ai cru devoir parler d'eux en même temps que de leurs maîtres, parce que j'ai pensé qu'il valait mieux suivre dans ce livre, nécessairement très-incomplet sous le rapport historique, l'ordre des idées que celui des temps.

L'on n'exigera pas que nous présentions ici l'exposé du système de Platon. Ce système, ingénieux dans la plupart des détails, magnifique dans son ordonnance, chimérique peut-être dans quelques-unes de ses bases, est, à

tout prendre, l'une des plus belles productions de l'esprit humain. Son influence sur
toutes les doctrines postérieures, tant religieuses
que philosophiques, depuis le temps de son
auteur jusqu'à notre siècle, a été incalculable;
dès les âges les plus reculés de la doctrine chrétienne, le platonisme y a pénétré; et il est probable qu'il a contribué à imprimer à cette religion la direction spirituelle et spéculatrice,
qui en a fait pour notre espèce une époque
d'ennoblissement et de régénération. Le propre des croyances religieuses, à leur naissance,
est de repousser loin d'elles la philosophie et
de l'étouffer. Mais le platonisme a pour ainsi
dire placé dans le christianisme un germe mystérieux de philosophie qui, bien que long-
temps invisible, n'a jamais été complètement
inactif.

En rendant cette justice à la philosophie
platonicienne, nous ne pensons point dimi-
nuer ou méconnaître la valeur du christianisme. La providence, lors même qu'elle accorde à notre faiblesse des secours célestes,
emploie aussi tous les moyens qui résultent de
notre nature et de nos circonstances, et recti-
fie admirablement les uns par les autres.

De nos jours, les écrivains les plus subtils
du pays le plus studieux, et le plus indépendant de l'Europe dans les recherches intellectuelles, nous voulons dire l'Allemagne, se rapprochent à chaque instant davantage de la
doctrine platonicienne. L'utilité qu'ils en re-
tirent n'est peut-être pas sans quelque mélange.
A une époque où l'intelligence humaine paraissait avoir reconnu la nature de ses moyens et
les bornes qui la circonscrivent, ces écrivains
l'entraînent de nouveau fort au-delà de ses
bornes. Mais ce n'en est pas moins un sujet
d'admiration, que, toutes les fois que l'esprit
de l'homme s'élève à des spéculations hautes
et sublimes, ce qu'il découvre de plus ingénieux, de plus éloquent et de plus profond,
se retrouve dans les ouvrages d'un philosophe
qui vivait il y a deux mille ans. La mode a été
long-temps parmi nous de déclarer Platon in-
intelligible. Il l'est sans doute quelquefois : mais
l'on n'a pas été fâché d'établir qu'il l'était toujours. La vanité se place comme elle peut. Il
y a des gens qui mettent la leur à comprendre
tout. D'autres, surtout en France, la mettent
à ne pas comprendre.

La philosophie de Platon est la réunion de la

métaphysique d'Anaxagore et de la morale de Socrate. Platon eut, sur tous les philosophes qui l'avaient précédé, cet avantage, que ceux-ci paraissent n'avoir point connu les rapports intimes de la morale avec les sciences, et de la politique avec la morale. Socrate repoussant de son système, autant que nous pouvons en juger, d'un côté la métaphysique, et de l'autre la législation, s'était par là même réduit nécessairement à des idées quelquefois vagues, souvent communes, d'une application purement individuelle, et d'une utilité partielle et précaire. Tout se tient dans la nature. La morale, qui se compose de la vérité et de la justice, a besoin d'une métaphysique éclairée, qui la conduise, autant qu'il est possible, à la vérité, ou, pour parler plus exactement, qui, autant qu'il est possible, la préserve de l'erreur. Elle n'a pas moins besoin de bonnes institutions politiques, qui lui garantissent la justice. Toutes les maximes de la philosophie sur nos devoirs envers nos semblables, sont impuissantes sans ce double appui. L'ignorance fausse la morale, une législation vicieuse la pervertit. Si nous voyons un peuple prétendre à des idées justes de morale et de devoir, avec des institutions anarchiques, c'est-à-dire arbitraires, car l'anarchie n'est autre chose que l'arbitraire exercé tour à tour par beaucoup d'hommes qui se le disputent et se l'arrachent, nous dirions à ce peuple qu'il se trompe. Si nous voyions un despote affirmer que, sous son autorité absolue, la morale publique ou particulière se perfectionne ou se rétablit, nous dirions à ce despote qu'il veut nous tromper. Toutes les idées de Platon sur la métaphysique et la politique ne sont pas justes ; mais l'idée fondamentale, celle de faire un tout indissoluble des trois grands intérêts de l'espèce humaine, et de rattacher à un centre unique tout ce qu'elle peut connaître de sa nature, de ses devoirs et de ses droits, est un pas immense dans la science de l'homme. Platon l'a fait le premier entre tous les sages de la Grèce.

Nous sommes obligés, dans cet ouvrage, pour ne pas excéder les bornes qui lui sont propres, de morceler de nouveau la doctrine de Platon. Au commencement de ce chapitre, lorsque nous avions à parler des plus anciens philosophes, de Thalès, par exemple, de Pythagore ou de Xénophon, nous devions traiter

Tome Ier.   14

de leurs systèmes sur la matière première du monde, parce que leurs hypothèses sur ce sujet formaient toute leur philosophie. Nous ne pouvons donc chercher les relations de leur philosophie avec la religion que dans ces hypothèses. Mais à mesure que la philosophie fit des progrès, d'autres objets appelèrent ses recherches, et les relations avec la religion se placèrent ailleurs. Nous avons dû par conséquent abandonner les sujets sur lesquels la philosophie et la religion n'étaient plus en contact, et suivre la philosophie sur le terrain où elle rencontrait la religion. C'est une règle que nous avons commencé d'observer, en parlant d'Anaxagore, et à laquelle nous serons désormais de plus en plus fidèles. Non seulement nous ne dirons rien des idées de Platon sur la matière constitutive de l'univers; mais tout ce qui tient dans ses écrits à la métaphysique générale, à la morale fondée sur des raisonnemens purement humains, ou ses idées religieuses indépendantes du Polythéisme, tout ce qui n'a trait enfin qu'à la politique, nous est étranger.

C'est avec regret que nous passons sous silence cette dernière partie des opinions plato-

niciennes. Au milieu de beaucoup d'idées hasardées et fantastiques , l'on y trouve sur les
caractères inhérens au despotisme, des principes que, dans tous les temps, il est utile de
reproduire. Platon n'écrivait pas sur cette
matière d'après un système entièrement abstrait ; il avait visité trois fois la cour de Syracuse, une fois sous Denis l'Ancien, deux
fois sous le fils de ce tyran. Le premier de
ces princes avait été quelque temps l'espoir
de la Sicile , fatiguée d'être la proie des factions. Subissant bientôt le sort commun à
tous les hommes ivres de puissance, il avait
trompé cet espoir par une conduite tour à
tour tyrannique et ridicule. Despote spirituel et capricieux , il invitait chez lui les philosophes, puis il les faisait vendre ; il cares-
sait les poètes , puis il les envoyait aux car-
rières ; il offrait de la sorte à la Grèce , dont il
ambitionnait l'estime, et dont il n'obtint que
la haine et le mépris, le spectacle d'un pouvoir sans bornes, voulant jouer sans cesse
avec les lumières, et perpétuellement blessé
par elles, les rappelant par vanité , les repoussant avec colère , parvenant à les avilir chez
quelques individus dégradés, triomphant alors

en croyant dominer sur la pensée, et tout étonné de la retrouver fière, sensible et indépendante, quand il s'applaudissait d'en avoir conquis la propriété. Son fils, d'une nature plus flexible et peut-être meilleure, mais, élevé sous ses yeux, formé par ses exemples, marcha sur les traces de son père, avec cette différence seulement que la naissance l'ayant placé sur le trône, il n'eut pas l'énergie nécessaire pour conserver ce qu'il n'avait pas acquis; avili par la débauche, il voulut vainement se défendre par la cruauté; tombé de la puissance, il se réfugia dans l'infamie; perdu dans les rangs de la populace de Corinthe et flatteur de la lie du peuple, lui qu'avait tant flatté sa cour, on le vit s'enrôler parmi les prêtres de Cybèle; pratiquer avec eux les rites obscènes qui lui retraçaient les plaisirs passés, mendier de porte en porte une subsistance qu'on lui jetait avec dédain, mourir enfin ivre et aveugle, digne mort d'un tyran déchu. Ainsi finit la dynastie des Denys, qu'un demi-siècle vit naître et périr. Ce fut donc sur des faits que se fonda l'horreur de Platon pour le despotisme. Il l'avait vu, dans un vieillard, s'entourer de soupçons,

s'encourager au crime, verser des maux sans
nombre et sur le maître et sur les sujets. Il
l'avait vu, dans un jeune homme, corrompre
des dispositions heureuses, flétrir une âme
encore neuve, et ne laisser au malheureux,
victime de ses funestes faveurs, ni modération dans le pouvoir, ni courage dans l'infor-
tune. Il l'avait enfin vu, dans deux hommes
d'esprit, pervertir les dons de la nature, transformer la prudence en machiavélisme, l'expérience en mépris de l'espèce humaine, l'a-
mour et la gloire en démence, l'amour-propre
en férocité. Nul ne pouvait mieux que lui juger de ses effets.

L'on a douté si Platon devait être rangé
parmi les philosophes dogmatiques, ou parmi
les philosophes sceptiques (1). Une phrase de
Cicéron semble annoncer que cet écrivain penchait vers la dernière opinion. Mais l'incertitude qu'il avait remarquée dans les livres de
Platon ne ressemble en rien au scepticisme
tel qu'on le conçoit dans l'acception commune du mot. Platon croyait que l'intelli-

---

(1) In Platonis libris nihil affirmatur, quæritur de
omnibus, nil certi dicitur. CICER. *Acad. Quæst.* l. I.

gence de l'homme s'obscurcissait en s'unissant avec la matière ; qu'en conséquence, l'esprit perdait, par leur amalgame avec le corps, la connaissance de toutes choses, connaissance inhérente à la nature, et résultant de son origine immortelle et céleste ; qu'ainsi la science qui lui venait par les sens et l'expérience, n'était pas une science véritable, qu'elle était seulement une réminiscence mêlée de beaucoup d'erreurs. Mais il ne niait point, comme les sceptiques, l'existence de la vérité ; il ne disait point, comme eux, que l'homme devait renoncer à la découvrir.

Si l'on rassemblait les assertions religieuses de Platon, répandues dans ceux de ses ouvrages qu'on peut appeler théologiques, l'on y trouverait beaucoup de contradictions : tantôt il semble raisonner en conséquence de ses principes abstraits, tantôt conformément à la croyance reçue. Ces contradictions s'expliquent par les motifs qu'il avait de ne s'exprimer sur les questions relatives à la religion qu'avec ambiguïté et réserve. Ce n'était pas seulement à cause des difficultés du sujet, difficultés dont il connaissait toute l'étendue. Il est malaisé, dit-il dans le Timée, de découvrir l'auteur et

le père de l'univers, et, après l'avoir découvert, il est impossible de le faire concevoir au
peuple. Mais de plus, l'ascendant du sacerdoce empêchait la philosophie de s'énoncer
en liberté. Les écrits de Protagoras, brûlés sur
la place publique d'Athènes ; Anaxagore, mort
dans l'exil, l'olympiade même de la naissance
de Platon ; Socrate, enfin, victime plus ré-
cente des persécutions sacerdotales, et l'objet
des inutiles regrets d'un peuple mobile : tous
ces exemples, accumulés dans le court espace
d'un même siècle, et dans les murs de la
même ville, faisaient sentir à Platon la nécessité de la prudence. Son but fut donc, en
exposant, avec la clarté permise, ses sentimens véritables, et en suppléant à ce qui manquait à cette clarté par des insinuations détournées et des ironies fréquentes, d'entourer
son système d'une sorte de rempart, emprunté de la mythologie populaire. Il supposait un Dieu suprême, éternel, immuable,
exempt de tout vice et de toute erreur, source
de toute connaissance et de toute perfection,
le plus juste et le plus heureux des êtres, se
suffisant à lui-même, unique enfin, parce
qu'il aurait, disait-il, été contradictoire de

supposer plus d'un être investi de ces attributs. Ce Dieu, créateur de l'univers, par un
motif de bonté, avait délégué à des dieux
inférieurs qui lui devaient la naissance, les
détails de la création. Les hommes n'avaient
de relations immédiates qu'avec ces dieux
subalternes, ou même avec les démons,
seconde espèce d'intelligences intermédiaires.
Les âmes des hommes étaient immortelles ;
existant avant leur entrée dans les corps terrestres, elles devaient survivre à la dissolution de ces corps. Elles étaient soumises à des
châtimens, ou recevaient des récompenses,
suivant leurs actions dans cette vie ; et Platon
racontait, d'après une tradition probablement
orientale, qu'habitantes des astres, avant d'a-
voir été renfermées dans une enveloppe matérielle, elles remontaient vers ces brillantes
demeures, si elles avaient travaillé avec succès
à se rapprocher de leur pureté primitive, ou
passaient dans des corps plus grossiers encore,
si elles n'avaient fait sur cette terre que s'éloigner davantage de leur antique dignité.

Certes, nous ne croyons pas avoir, en si
peu de mots, exposé d'une manière satisfaisante, même la moindre partie du sys-

tème de Platon. Nous n'avons rien dit de la théorie des idées, prototypes de tout ce qui existe, ni du monde idéal, pensée du Grand Etre et modèle du monde visible. Ce sont là sans doute les deux bases essentielles de sa philosophie tout entière. Mais nous espérons cependant qu'on pourra saisir, dans ce qu'on vient de lire, les points de ressem-blance qui existaient entre la doctrine de Platon et la religion populaire de la Grèce. C'est là, nous le répétons sans cesse, pour échapper à des reproches de négligence et d'oubli, c'est là tout notre but. Nous serions coupables d'une foule d'omissions, si nous nous en proposions un autre. Mais, n'ayant que cet objet en vue, tout ce que nous dési-rons de plus serait déplacé.

L'on ne peut méconnaître dans les hypo-thèses de Platon plusieurs condescendances pour le Polythéisme national. Il créait un nouvel ordre de divinités intermédiaires qui remplaçaient assez bien l'Olympe d'Homère. Il affirmait que des dieux sans nombre rem-plissaient tout l'univers. Il donnait à ces dieux inférieurs le nom des dieux populaires, réin-troduisant ainsi dans sa doctrine, comme un

hommage aux opinions reçues, les appellations de Jupiter, de Junon, de l'Océan, de
Thétis. Les premiers ancêtres des Grecs étaient,
selon lui, descendus de ces dieux. Il fallait
croire ce qu'ils racontaient sur l'origine de
leurs pères. Malgré toutes ces condescendances, sa philosophie n'était rien moins
qu'un véritable Polythéisme. Ses assertions
étaient formelles sur l'unité du Dieu suprême.
Les dieux inférieurs en étaient séparés par un
intervalle immense. Ils n'étaient pas immortels par leur nature. L'Être infini, leur créateur, leur avait accordé l'immortalité comme
un bienfait. Rien de plus opposé que cette
hypothèse à la religion admise par le peuple,
enseignée par les prêtres, et professée dans
les temples. Platon ne s'en rapprochait que
sur un seul point, le même qui a pu exciter
notre étonnement, quand nous avons parlé
ci-dessus de Socrate et de Xénophon ; Platon
croyait à la divination, aux songes, aux pres-
sentimens et aux oracles (1). Cette crédulité
le conciliait facilement avec sa supposition de
dieux secondaires qui, veillant sur les hommes,

---

(1) Phædon ; Critias ; Apol. ; Socrat. ; Cratyl.

et présidant à leur destinée, portaient leurs vœux et leurs besoins aux pieds du Maître unique du monde, et leur rapportaient, dans une langue mystique, les volontés ou les conseils de cet Être infini, que les regards des mortels ne pouvaient atteindre, et qui ne communiquait avec eux que d'une manière médiate, insensible et détournée ; mais les avantages que les pratiques du culte établi auraient pu retirer de cette croyance, disparaissaient de nouveau par les principes de Platon sur la prière. Il admettait à la vérité que les dieux daignaient écouter souvent et quelquefois exaucer les supplications des hommes ; mais il interdisait toute demande déterminée. L'exemple d'Œdipe lui servait à penser que le courroux des dieux n'était jamais plus terrible que lorsqu'ils satisfaisaient des vœux imprudens ou des désirs aveugles (1). Il voulait que les supplians n'offrissent aux autels que des cœurs purs et des mains innocentes ; il repoussait avec indignation l'idée d'un marché, d'un trafic, et ces conditions récipro-

______

(1) Second Alcibiade.

ques (1) sur lesquelles reposent toujours, tacitement au moins, les religions populaires.

En comparant maintenant ce que nous
connaissons du système de Socrate avec celui
de Platon, il est facile de s'apercevoir que
dans les écrits de ce dernier, la philosophie,
malgré quelques formules convenues, quelques désignations empruntées des opinions
dominantes, s'était au fond séparée pour jamais du Polythéisme. Les hypothèses de Platon, bien qu'elles donnassent encore le nom
de Dieu à des intelligences subordonnées,
partaient toutes d'un Dieu suprême et unique : elles étaient donc un véritable théisme.
Il ne manquait plus, pour leur en imprimer
la forme extérieure que de désigner ces intelligences par une appellation plus convenable à leur situation secondaire ; et c'est
peut-être ce que Platon lui-même voulait in-
sinuer, en se servant fréquemment des mots
de démons et de génies. Ceci n'est pourtant
qu'une conjecture ; car il établit d'ailleurs des
différences assez marquées entre ces génies
et les dieux du second ordre.

____

(1) Eutyphron.

CHAPITRE III.

D'Aristote.

La doctrine d'Aristote, plus austère que celle de Platon, et très différente de cette dernière, sur plusieurs articles, arriva, si j'ose me servir d'une expression triviale, à point nommé, pour donner au mur de séparation qui s'élevait entre la philosophie et la religion, un degré de solidité hors de toute atteinte.

Ce philosophe, né à Stagire, ville sur les frontières de la Macédoine et de la Thrace, dans la 99ᵉ olympiade (1), vint à Athènes, la quatrième année de la 102ᵉ, environ seize ans après la mort de Socrate. Il étudia pendant vingt ans sous Platon ; il se retira ensuite chez Hennius, tyran d'Atames, dans la Mysie, où il passa trois ans. Il fut appelé par Philippe pour présider à l'éducation d'Alexandre. Lorsque ce prince partit pour son expédition d'Asie, Aristote revint à Athènes. Il enseigna treize ans dans le Lycée ; il mourut

(1) L'an 354 avant Jésus-Christ.

enfin la troisième année de la 114ᵉ olympiade.

Ce court exposé de sa vie annonce suffisamment qu'il fut plus favorisé par les circonstances, qu'aucun des philosophes ses prédécesseurs. La munificence d'Alexandre lui procura facilement une quantité de livres beaucoup plus considérable que n'en aurait pu réunir un individu réduit à des moyens ordinaires. La bibliothèque qui porta, depuis, le nom de Bibliothèque d'Alexandrie, était, en grande partie, composée des ouvrages rassemblés par Aristote.

Moins enthousiaste que Platon, il ne fut pas moins universel. Il poursuivit avec autant de zèle et plus de méthode, l'idée de faire un ensemble de toutes les connaissances humaines, et il répandit une admirable clarté sur la classification des diverses parties de ce vaste ensemble. (1) Il divisa d'abord la philosophie en deux branches, celle qui se bornait à la théorie et celle qui comprenait la pratique: la première se rapportait à la connais

____

(1) Arist., *Analyticor.*, I. 233 ; *Sub fine metaph.*, IV. 2. ef. X. 6; *Ausc. phys.*, I. 2; *Rhetor.* I. 4.

sance, la seconde à l'action. La philosophie théorique se subdivisait en physique, ou connaissance des qualités, en mathématique, ou connaissance des quantités, et en métaphysique, ou connaissance des causes. La philosophie pratique était subdivisée en mécanique, ou connaissance de l'emploi des moyens matériels, soumis à des lois nécessaires, sans volonté ou liberté intérieure, et en morale, ou connaissance de la valeur des actions humaines, d'après le principe de la liberté de l'homme. La philosophie mécanique renfermait tous les arts, sans en excepter la poésie. La philosophie morale se partageait de nouveau en politique et en morale particulière. Enfin la philosophie, soit théorique, soit pratique, supposant la pensée qui avait ses règles, la science de ces règles, était la logique qui se subdivisait encore. C'est à Aristote que nous devons l'admirable découverte du syllogisme, de cette méthode qui, assujettissant la pensée à des formes fixes, a porté dans les opérations les plus subtiles de l'esprit, la régularité des mathématiques et à laquelle il a été impossible, depuis ce philosophe, de rien ajouter ou de rien changer.

Il n'est toutefois pas rigoureusement vrai qu'Aristote soit le premier auteur de la logique. Il s'est servi d'abord des Catégories d'Archytas : il a appris de Démocrite et de Socrate l'usage de la définition. Il a tiré du Cratyle de Platon la distinction des termes par leur propre signification. Il a pris du Dialogue de l'Euthydème une partie de ses observations sur les sophismes : il a emprunté de Zénon d'Elée la connaissance des dilemmes. Timée de Locre lui a fourni l'idée du syllogisme qui fut encore perfectionné par Zénon : enfin il a trouvé le premier trait des démonstrations évidentes dans le Timée et le Théétète.

Nous avons déjà dit que l'idée d'une classification semblable, partant du même point et y revenant, était à elle seule une grande idée, quelque imparfaite que pût d'ailleurs en être l'exécution. En conséquence, des erreurs partielles, et des erreurs nombreuses sans doute en physique, en astronomie (1),

---

(1) Aristote croyait, par exemple, que le ciel et les astres tournaient autour de la terre ; il prétendait que la terre ne pouvait être habitée sous l'équateur.

et même en métaphysique, ne diminuent le mérite ni de Platon ni d'Aristote. Le principe d'après lequel l'esprit humain devait raisonner était découvert, le but vers lequel il devait tendre était indiqué. Il est à remarquer néanmoins que, pour arriver à ce but, Aristote prit une marche tout-à-fait inverse de celle de Platon. Ce dernier croyait, comme nous l'avons dit, que l'âme possédait, par sa nature, toutes les connaissances. Ce qu'elle pensait apprendre sur cette terre était, à son avis, le vague et imparfait souvenir d'une science simple, complète, que son alliance avec un corps matériel lui avait fait perdre. Aristote, au contraire, prétendait que l'âme, entrant dans le corps, n'avait aucun principe de connaissance, qu'elle n'apprenait rien que par les sens, et que la science n'était que le résultat des expériences qu'ils lui transmettaient, et dont elle faisait un ensemble, en les réunissant et les généralisant. Aristote est l'auteur de cet axiome célèbre, qu'il n'y a rien dans l'intelligence qui n'ait été auparavant dans les sens, axiome qu'on peut regarder comme le principe de la philosophie moderne, mais dont elle a peut-être abusé, lorsqu'elle est allée jusqu'à refuser à l'intelligence toute force intérieure, et que, méconnaissant sa réaction nécessaire sur les impressions qui l'affectent, elle l'a transformée en une table rase, en un être passif, sans réfléchir qu'elle modifie en même temps qu'elle est modifiée.

Aristote n'a laissé aucun objet sans l'examiner, aucune portion de la nature sans y porter un regard curieux. Ses recherches, comme Cicéron l'observe (1), se sont dirigées tout à la fois sur tous les phénomènes du ciel, de la terre et de la mer. Nous laisserons de côté la plupart des questions qu'il a soumises à son infatigable génie. Nous avons parlé trop souvent des limites de notre ouvrage, pour qu'il puisse être nécessaire de les retracer encore.

La définition que donne Aristote de la cause suprême, de ses relations avec le monde et avec les hommes, sont les seuls objets qui nous intéressent.

Le Dieu d'Aristote (2) n'est pas très diffé-

____

(1) Natura ab eo ita investigata est ut nulla pars cœli, maris, terræ, pretermissa sit.

(2) Arist. *de Nat.*, I. 12 ; — Ethic. *ad Nicom.* X. 8. — Ethic. *ad Eud.* VII. 12.

rent au premier coup d'œil du dieu de Platon ;
il est éternel, immatériel et immuable. Il est
la raison pure qui ne peut être comparée avec
la raison humaine. Son action est la pensée,
sa pensée est l'action. Il est l'intelligence souverainement parfaite et par-là même l'être souverainement heureux. Cependant Aristote se
sert en même temps de plusieurs expressions
qui semblent aboutir à une espèce de panthéisme. Dieu est la substance de toutes les
substances ; il ne fait qu'un avec la nature,
avec le monde, avec le ciel, pris dans le sens
le plus général. D'autres fois Aristote va plus
loin encore, et dans ses termes au moins il
se rapproche de l'athéisme. Tantôt disant que
tout est composé de deux choses, de la matière et de la forme, il ne parle nullement
de Dieu ; tantôt il donne pour principe au
mouvement une force aveugle et non intelligente ; tantôt il assigne enfin pour cause de
ce qui existe et de ce qui arrive, non seulement la nature, mais le hasard. Il paraît
toutefois ne s'exprimer avec cette inexactitude, que lorsqu'il sagit de quelques détails ;
et le résultat le plus vraisemblable de sa doctrine, lorsqu'on en compare les diverses par-

ties, c'est qu'il entend par le mot de nature les règles d'après lesquelles le monde est gouverné, et qui étant fixes, sont susceptibles d'être précisées ; tandis qu'il désigne, sous la dénomination de hasard, les événemens qui résultent de certaines causes inopinées, inconnues, se dérobant à notre prévoyance. Mais toutes les fois qu'il revient à des idées plus générales, il répète que le mouvement ne peut avoir lieu sans une cause unique, intelligente, et conservatrice.

La différence fondamentale qui distingue son système de celui de Platon, c'est que repoussant de l'idée de ce dieu tout anthropomorphisme, il le dépouille de toutes les vertus que les hommes lui prêtent, en lui appliquant des qualités empruntées d'eux-mêmes, et il n'admet aucune providence particulière, aucune relation médiate ou immédiate, entre ce dieu et l'espèce humaine, toute relation semblable lui paraissant une déviation des lois générales, et, par conséquent, une hypothèse inconciliable avec l'immutabilité de la nature divine. C'est néanmoins l'espérance de ces déviations qui sert de première base, de mobile unique, de condition nécessaire

à toutes les pratiques, à toutes les cérémonies, à toute la partie constitutive, en un
mot, des religions populaires. L'on extrairait
bien à la rigueur quelques passages d'Aristote (1), dans lesquels il semble ne pas rejeter absolument l'idée que les dieux s'occupent
des affaires humaines, mais il y joint toujours
l'expression du doute, « il se pourrait, il ne
serait peut-être pas déraisonnable d'admettre
que les choses fussent ainsi (2). » L'on voit qu'il
parle de la sorte plutôt pour ne rien affirmer
de trop positif, que par aucune conviction formelle, et qu'il permet tout au plus des conjectures dont tout le reste de son système pré-
suppose la fausseté.

Les raisonnemens d'après lesquels Aristote
refuse à Dieu toute vertu, proprement dite, sont
dignes d'être pesés attentivement (3). Quelle
que soit la vertu que vous imaginiez, dit-il,
vous la trouverez au-dessous de Dieu et inapplicable à la nature. Lui attribuerez-vous le
courage ? il n'est exposé à aucun danger.

----

(1) Ethic. ad Nicom. II. 7.
(2) *Ib.* X. 7.
(3) *Ib.* X. 8.

L'amitié ? il se suffit à lui-même. La tempérance ? il n'a point de désirs. La bienfaisance? mais ces bienfaits seraient ou le résultat des lois générales, ou des exceptions à ces lois. Dans le premier cas, ce ne sont pas des bienfaits, mais des règles fixes, qui tiennent au grand ensemble, et n'ont point l'homme en particulier pour but. Dans le second cas, la supposition serait subversive du caractère immuable du Dieu suprême et de sa dignité. Quand nous rapporterons les opinions d'Aristote sur l'immortalité de l'âme, nous verrons que dans son système la justice divine disparaît également. Les raisonnemens de ce philosophe sont d'autant plus remarquables, que dans plusieurs de ces passages, il parle des dieux au pluriel, complaisance trompeuse pour le Polythéisme, et qui ne rend les principes d'Aristote que plus destructifs de toutes les bases de cette croyance.

Lorsqu'Aristote veut ensuite définir l'existence divine qu'il a dépouillée de tous les attributs que l'homme peut concevoir, il n'est pas bien sûr qu'il s'entende clairement. Placé au-dessus de la circonférence du monde (1),

____

(1) Phys. VIII. 15.

différent des quatre élémens, et différent encore de cette cinquième nature qui anime les astres et constitue l'âme humaine, Dieu, dit Aristote est le premier moteur, mais on ne peut dire néanmoins qu'il produise le mouvement; il met en mouvement l'univers, comme l'objet met en mouvement la faculté, et, pour me servir des paroles d'Aristote, comme la vue d'un aliment met en mouvement la faim (1). C'est ici visiblement un abus de mots; la faculté existe indépendamment de l'objet, la faim indépendamment de l'aliment. D'après ces expressions d'Aristote, Dieu serait le but et non pas la cause. Enfin Dieu est éternel, parce que le mouvement est éternel (2). Il est unique (3), parce que le mouvement est unique. Il n'a point de parties, il n'a point de grandeur finie (4) ni infinie. Si l'on combine, avec cette définition ténébreuse, ce qu'Aristote dit ailleurs de la nature, du monde et du ciel, on se perd dans

____

(1) De Cœlo. I. 3.
(2) Metaph. XIV. 6. 8.; De ausc. III. 10.
(3) Phys. VIII. 1 et 7.
(4) Metaph. XIV. 9.

mille contradictions; l'obscurité redouble lorsqu'Aristote veut déterminer quel est le mode
d'exister de cet être inconcevable. Son existence, dit-il, consiste purement en spéculation.
Quel est l'objet de cette spéculation divine ?
Aristote ne l'indique pas. Il dit seulement
que ce n'est point le monde, parce que le
monde étant inférieur au Dieu suprême, celui-ci ne peut s'occuper d'un objet au-dessous
de lui. Aristote, dans cet endroit, reconnaît
donc une différence entre Dieu et le monde ;
il dit encore que l'objet de cette spéculation
n'est pas Dieu lui-même, et il en allègue une
raison fort ridicule (1) : c'est qu'il serait
assez indécent, même dans un homme, de se
prendre pour l'objet de ses propres spéculations. Deux observations nous frappent ; la
première, c'est qu'Aristote, en suivant la
route indiquée par la philosophie, pour parvenir à la connaissance de l'Être infini, et en
repoussant toutes les notions circonscrites,
toutes les conceptions que l'antropomorphis-
suggère, a très bien déterminé ce que Dieu

---

(1) Phys. VIII. 15.
(2) Mag. mor. II. 15.

n'était pas, mais qu'il n'a pas été plus heureux que d'autres, lorsqu'il a voulu conjectu-
rer ce que Dieu était. La seconde de nos
réflexions, c'est que, tout en luttant contre
l'antropomorphisme, Aristote n'a pu lui échapper. Ceci demande quelque attention, la vie
et les écrits de ce philosophe prouvent qu'il
plaçait dans la spéculation le bonheur suprême. Les facultés intellectuelles, les plus
vastes peut-être qu'aucun homme ait jamais
possédées, paraissent n'avoir existé qu'aux dépens de toute sensibilité, de toute imagination.
Si, dans la lecture de ses ouvrages, nous ne
nous apercevons pas sans cesse de cette lacune,
c'est que son esprit immense suppléait à tout.
Il ne parle qu'à notre pensée, mais il parle avec
une telle autorité, il parle de si haut qu'il nous
subjugue. Cette disposition particulière a une
existence uniquement spéculative, le dirige,
a son insu, dans ses conceptions sur l'Être
suprême. Le bonheur, dit-il, est dans la spéculation, plus un être s'y livre, plus il est
heureux, non par les résultats qu'il découvre,
mais par la spéculation elle-même; elle a une
valeur absolue (1), indépendante, qui met en

____

(1) Ethic. ad Nicom. X. 8.

elle sa propre jouissance, et son propre but. Quoi de plus simple, d'après ce principe, que de placer la félicité du souverain Etre dans une spéculation éternelle, infinie, sans interruption et sans limites ? Aristote ne remarquait pas que, dans cette définition du bonheur divin, il faisait, comme tout le monde, Dieu à son image. Nous ne pouvons nous empêcher d'abandonner ici, pour quelques instans, la régularité chronologique, afin de montrer la même tendance dans Epicure. Les hommes, suivant ce dernier, ne faisaient rien que par intérêt, ils ne se mettaient en peine que des choses qui leur procuraient du bien, ou qui leur évitaient des maux. Il déclarait en conséquence que les dieux, n'ayant rien à espérer, rien à craindre des hommes, n'avaient aucun soin de la race humaine. Le méditatif Aristote faisait les dieux méditatifs. L'égoïste Épicure faisait les dieux égoïstes.

L'immortalité de l'âme, cette opinion qui n'occupe que le second rang parmi les dogmes que les religions enseignent à l'homme, mais qui néanmoins est le plus puissant des motifs de l'homme, pour le livrer aux enseignemens de la religion, est présentée par Aristote d'une

manière tellement métaphysique, tellement
abstraite, qu'elle en devient tout-à-fait stérile, tout-à-fait impropre au parti que les
croyances populaires veulent en tirer. Les
idées de ce philosophe sur la nature et l'origine de l'âme ne sont pas d'une précision
complète. Il semble quelquefois la regarder
comme un produit immédiat de la substance
divine, comme une émanation de la divinité (1) ; mais il déclare ailleurs la substance
divine nécessairement et rigoureusement indivisible, ce qui rend impossible de penser
que l'âme en soit émanée ; alors il lui suppose une nature particulière, différente à la
fois de Dieu et de tous les élémens. Quand
il veut définir cette nature, les expressions la placent de pair avec la nature divine.
C'est la cinquième essence commune aux
astres (2), et aux êtres humains, immuable,
inaltérable ; elle est simple, indissoluble, innée ; rien ne peut lui porter atteinte, elle n'est
susceptible d'aucun changement. L'on ne
peut démêler, enfin, s'il ne fait pas de cette

-----

(1) De Anim. III. 5.
(2) De Cœlo. I. 2. 3.

cinquième essence une substance indivisible, de manière à ne supposer, dans tous les hommes, qu'une seule et même âme raisonnable, en la distinguant de l'âme végétale et sensitive. Cette conjecture, favorisée par quelques passages de ses écrits, est détruite par d'autres passages; nous ne reprocherons pas à Aristote des contradictions si manifestes. Il est possible, en premier lieu, que l'obscurité des questions qu'il traitait se soit renforcée chez lui d'une obscurité volontaire. Il avait ses motifs pour n'être pas clair. Mes leçons secrètes sont publiées, écrivait-il à son élève Alexandre (1); mais elles sont loin d'être publiques : ceux qui ne m'auront pas entendu, n'en pourront comprendre le sens. Nous verrons plus loin que, malgré ses précautions, la persécution atteignit le philosophe à la fin de sa carrière. De plus, ses ouvrages ne nous sont parvenus que mutilés par le temps, et défigurés par les copistes, dont les additions, surtout, leur ont été funestes; enfin, seul il ne peut éviter de se contredire sur des sujets que nul ne peut concevoir. Il nous suffit que

____

(1) Aulugelle. X.

l'opinion d'Aristote, flottante et diverse sur la nature de l'âme, ait été positive sur le genre de son immortalité. Il distingue l'âme sensitive de l'âme pensante. La première lui paraît mortelle comme le corps ; la seconde est immortelle, mais elle n'est immortelle que comme entéléchie pure, comme pensée absolue ; elle n'a ni mémoire, ni connaissance des choses individuelles, ni sentiment d'individualité ; elle existe après la mort, sans aucune conscience d'une existence antérieure. Dans le système d'Aristote s'évanouissent simultanément, et tous les avantages directs qui peuvent résulter pour la morale de la croyance d'une autre vie, et toutes les espérances dont le cœur, séparé pour jamais de ce qu'il aime, éprouve l'impérieux besoin. Plus de châtimens, plus de récompense, plus de vengeances pour la vertu, plus de réparation assurée contre l'injustice et la force, de même plus de souvenirs, plus de réunions au-delà du tombeau ; plus de ces reconnaissances tardives, mais désirées, que l'âme au désespoir croit, dans son trouble, pressentir quelquefois sur cette terre, et sans lesquelles nous la verrions reculer, déçue et mécon-

tente , devant la félicité des cieux. Le système d'Aristote n'accorde rien à la faiblesse,
rien au sentiment, rien à l'amour. Son immortalité de l'âme n'est qu'une conséquence
sèche et rigoureuse d'un principe abstrait ;
elle est sans rapport avec tout ce que nous
connaissons ; elle transporte une âme qui
n'est plus la nôtre dans un monde qui nous
est complétement étranger. Tout ce qui constituait cette âme se trouve anéanti : toute
identité disparaît. Que l'âme soit mortelle ,
ou qu'elle soit immortelle, à la manière d'A-
ristote, cela est d'une indifférence absolue
pour l'individu.

D'après ce que nous venons de dire, on
voit, ce me semble, à n'en pouvoir douter,
qu'Aristote avait coupé tous les fils qui liaient
encore , sous Platon , la philosophie avec la
religion populaire. Les idées de Platon sur
l'autre vie ne sont guère que des idées prises
dans le Polythéisme, et rendues plus spirituelles et plus épurées. L'opinion d'Aristote
sur le même sujet n'est susceptible d'être mis
en œuvre par aucun système religieux. Vainement on la retourne, on la soulève, on
l'agite en tous sens ; elle ne présente aucune

prise. L'esprit découragé se rebute, et la laisse retomber. Le théisme de Platon, bien qu'interrompant toute communication entre les hommes et l'Etre suprême, les dédommage au moins par la supposition des dieux ou génies intermédiaires, qui veillent sur eux et s'intéressent à leur destinée. Aristote, s'il parle fréquemment des dieux au pluriel, paraît n'avoir employé cette expression que par habitude ou par prudence. Il ne s'explique point sur cette pluralité des dieux , lors même qu'il semble l'admettre ; il ne la combine point, comme Platon, avec une providence particulière ; il ne reconnaît de dieux subalternes que les astres qu'il suppose animés par des intelligences de même nature que l'âme des hommes (1) ; il ne donne à ces dieux aucune fonction qui se rapporte aux actions humaines. Son Dieu suprême, tout spéculatif , et dont les spéculations ne sont plus dirigées vers ce monde , auquel il se contente d'avoir imprimé un mouvement général , qu'il maintient et qu'il conserve, ne peut être le Dieu d'aucune religion , mais seulement la clef

---

(1) De Cœlo. II. 12.

d'un système. C'est le mot de la grande
énigme: mais ce mot ne peut trouver place
que dans la langue philosophique, non dans
celle des passions, ou de la morale ou de l'espérance.

Aristote cependant ne rejeta point les formes
extérieures de la religion; il consacra même
l'établissement du culte public, en proposant,
dans sa politique, divers réglemens qui s'y
rapportaient. Ces réglemens sont, il est vrai,
d'assez peu d'importance, et ne tiennent nullement aux grandes idées qui rendent la religion chère au cœur de l'homme. Il veut que
les biens des criminels soient réservés aux
dépenses des cérémonies sacrées, de peur que
si ces biens étaient confisqués au profit de
de l'état, les dépositaires du pouvoir ne multi-
pliassent le nombre des crimes pour multiplier
les confiscations. Aristote paraît n'avoir pas
senti qu'en désintéressant les magistrats, il
intéressait les prêtres, et que l'inconvénient
pouvait être égal ou même plus redoutable.
Il conseille aux rois le respect pour la religion, comme moyen d'imposer au peuple.
Mais, d'après ses principes, n'était-ce pas les
inviter à l'hypocrisie; et comment n'a-t-il pas

pas réfléchi que rien n'est plus dangereux
qu'un homme puissant, feignant d'honorer
une religion qui, n'étant pour lui qu'un objet
de mépris, devient, entre ses mains, l'instrument terrible de sa volonté ? Enfin, descendant jusqu'aux plus petits détails, il recommande aux femmes grosses, comme un
exercice salutaire, d'aller chaque jour prier
dans les temples.

La différence que nous avons établie entre
Aristote et Platon se remarque encore ici.
Dans tous les préceptes du premier, il n'y a
rien pour le cœur, rien pour le sentiment religieux. La religion descend du rang qu'elle
occupait; elle devient, d'une chose enthousiaste et toute divine, une institution factice
et subalterne, qu'on fait servir, en la dégra-
dant, à quelques usages d'une application
circonscrite et d'une utilité secondaire ; les
hommes d'une piété sincère sont beaucoup
plus blessés par les imperfections des croyances
religieuses que ceux qui , repoussant ces
croyances, les considèrent sans intérêt. On
veut améliorer ce qu'on aime ; on abandonne
facilement à son sort ce que l'on n'aime pas.
Aristote parle avec bien plus de prudence que

Platon des dieux et des fables de la mythologie grecque ; celui-ci revient sans cesse sur
un sujet qui le pénétrait d'une douleur véritable. L'autre n'insinue qu'une seule fois,
avec assez d'indifférence , que la religion populaire avait été corrompue par des fictions
postérieurement à son origine (1).

Cependant les prêtres du Polythéisme ,
malgré la réserve et les ambiguités d'Aristote,
démêlèrent dans ses écrits un dangereux adversaire. Ils le firent dénoncer, ils le poursui-
virent. Aristote , sexagénaire, sortit d'Athènes
pour épargner , dit-il , à la philosophie un second outrage. Ses disciples, pour la plupart,
restèrent fidèles à son système. Le seul Stra-
ton de Lampsaque (2), trouvant que son premier moteur était une supposition superflue,
prétendit expliquer l'origine et l'ordonnance
de l'univers par des causes purement physiques. L'on ne peut nier qu'il n'eût quelque
raison en partant des principes d'Aristote.

---

(1) Métaph. IX. 7.
(2) Cicer. *Acad. Quæst.* IV. 38. — *De Nat. Deor.* I. 15.

LIVRE VIII.

De la marche ultérieure de la philosophie grecque.

—

CHAPITRE I.

D'Epicure.

Après Aristote, il n'y eut plus d'originalité dans la philosophie grecque; les principes fondamentaux, ou, pour mieux dire, les hypothèses fondamentales étaient épuisées; tous les philosophes postérieurs ne pouvaient que se partager entre ces hypothèses, les combiner entre elles, en diversifier les formes. Nous en parlerons en conséquence très rapidement.

Epicure (1) ne fit que gâter le système de Démocrite (2); il supposa que les atomes étaient

______

(1) Epicure, né l'an 3 de la 105ᵉ olympiade, mort l'an 2 de la 127ᵉ.

(2) Cicer. *de Nat. Deor.* I. — *Plut. advers. Colot.* — Il est bon d'observer qu'Epicure, en empruntant son

par eux-mêmes dépourvus d'intelligence, et
que l'intelligence n'était que le résultat de
certaines combinaisons de la matière, passagères et partielles. On aurait très bien pu de
la sorte concevoir toutes les créatures intelligentes disparaissant de ce monde, et ce
monde n'en eût pas moins subsisté. Rien n'est
plus absurde. Xénophon, en donnant l'intelligence à sa substance unique, Démocrite, en
faisant de cette intelligence une partie essen-
tielle, indestructible, inséparable de ses atomes, avaient évité cette absurdité.

Du reste, Epicure, au milieu de la mauvaise métaphysique, fut peut-être de tous les
philosophes de l'antiquité le plus soumis en
apparence à la religion de son pays; et je ne
serais pas éloigné d'attribuer son orthodoxie
précisément à sa mauvaise métaphysique.

Il admettait l'existence des dieux d'après le
raisonnement le plus vulgaire, d'après l'assentiment général de tous les peuples (1). Il

---

opinion fondamentale de Démocrite et de Leucippe,
déclara l'avoir inventée et n'avoir point eu de maître.
Cicer. *Loc. cit.*

(1) Cic. *de Nat. Deor.* I. 16.

attribuait plus de force à cette preuve que n'a-
vait fait Socrate lui-même; il croyait que cet
assentiment prouvait que les hommes ont des
dieux une idée innée. Il avait écrit plusieurs
livres sur la piété et le respect que les hommes
doivent aux dieux, et s'était exprimé, dans
ces livres, de la manière la plus religieuse et
la plus austère (1). Ces êtres invisibles, disait-il, étaient revêtus de la forme humaine,
parce que nous ne pouvons concevoir la vertu
ni la raison sous une autre forme (2). Il recommandait vivement à ses disciples la profession du culte établi. Dans une lettre rap-
portée par Diogène Laërce (3), il affirmait que
les dieux aimaient le bien, haïssaient le mal,
récompensaient la vertu, punissaient le crime.
Quand on révoquerait en doute l'authenticité
de cette lettre, il faudrait cependant encore
lui reconnaître autant d'autorité qu'aux autres
détails que Diogène Laërce nous transmet sur
Epicure, puisque cet historien, qui possédait

---

(1) Cicer. *de Nat. Deor.* I. 41.

(2) Ib. I. 18. 19. 37-39. — Diog. Laërt. V. 149. X.
139.

(3) Diog. Laërt. X. 27.

plusieurs écrits de ce philosophe et de son disciple Apollodore, avait choisi cette lettre pour nous donner une idée de leur système (1). Enfin, sa description des demeures célestes est conçu à peu près dans les mêmes termes qui avaient servi jadis à Homère pour peindre l'Olympe (2).

D'où vient donc qu'Epicure a toujours été considéré comme un ennemi de la religion ? Sa doctrine était moins irréligieuse que celle d'Aristote. Il niait l'immortalité de l'âme. Mais nous avons vu qu'Aristote, en la reconnaissant, rejetait toutes ses conséquences, et rendait impossible toute application de cette hypothèse. Epicure déclarait plusieurs fables reçues inconciliables avec le bonheur parfait des dieux. Mais Socrate et Platon s'étaient élevés contre ces fables avec bien plus de force. Epicure ne croyait point aux causes finales.

---

(1) Lucret. III. 16. — Cic. *de Nat. Deor.* I. 12. II. — 23. Senec. *de Benef.*, etc.

(2) V. dans *Lucrèce* la description de ces demeures qu'il appelle *intermundia*, de *Rer. nat.* III. 6. — Cicer. *de Nat. Deor.* II. 23. 1. 12. — Seneca; de Benef. IV. 9.

Mais tous les hommes qui réfléchissent savent que cet argument, le plus spécieux aux yeux du vulgaire, est de tous le plus faible, quand une logique sévère le soumet à l'examen. La dénégation des causes finales ne se lie point essentiellement avec l'incrédulité. Un philosophe, beaucoup plus ancien qu'Epicure, Empédocle (1), combinait cette dénégation, non seulement avec l'existence de plusieurs natures divines, mais avec des châtimens et des récompenses après cette vie : et le chancelier Bacon, le même qui a dit énergiquement qu'un peu de science conduisait à l'athéisme, et qu'une science plus approfondie ramenait à la religion, a parlé très dédaigneusement des causes finales. Enfin, la philosophie d'Epicure avait pour la religion cet avantage qui la distinguait de toutes les autres sectes, qu'elle ne déviait point de ses principes en reconnaissant le libre arbitre, et en re poussant loin d'elle toute notion de la nécessité, de cette doctrine la plus subversive des idées religieuses et morales, quand elle est admise, avec toute la série de ses conséquences.

_____

(1) Diog. Laërt. . VIII. 77.

Que si l'on accusait Epicure de dissimulation et d'hypocrisie, cette imputation me paraîtrait réfutée par la franchise qu'il déployait contre la partie de la mythologie grecque opposée à son système sur la béatitude divine, et par la hardiesse avec laquelle il rejetait la divination que tous ses prédécesseurs avaient reconnue. Cette franchise n'annonçait point dans ce philosophe une complaisance timide pour les opinions communes. Les chances de persécution ne se proportionnent pas à la distance où l'on se place des dogmes reçus. Le premier pas en ce genre est d'ordinaire aussi dangereux que le dernier : j'affirmerais volontiers que la philosophie, sous Epicure, se rapprocha du Polythéisme populaire, loin de s'en écarter, et qu'elle reperdit, par une marche rétrograde, une grande partie du terrain qu'elle avait gagné jusqu'à lui. Cette observation ne s'applique pas moins à la morale qu'à la métaphysique. Sous le rapport moral, l'épicuréisme était beaucoup plus susceptible de s'allier avec les fables mythologiques qu'aucun système antérieur.

Epicure déclarait que tous les êtres n'obéissaient qu'à leurs intérêts ; et, fidèle à la loi générale de l'esprit humain, il faisait les dieux égoïstes comme les mortels. On trouvait donc dans la morale de cette philosophie l'hypothèse nécessaire pour motiver toutes les pratiques de la religion populaire ; mais il faut reconnaître aussi que la possibilité de cette alliance résultait uniquement des imperfections, des vices et du défaut d'élévation qui caractérisait cette doctrine.

La morale d'Epicure a trouvé dans le dernier siècle beaucoup de défenseurs, et l'on compte dans ce nombre des hommes estimables. Nous dirons toutefois, en premier lieu, que cette morale est fondée, en théorie, sur une équivoque puérile, et secondement que, dans l'application, sa tendance est pernicieuse.

Elle est fondée sur une équivoque puérile, car elle consiste à dénaturer la signification d'un mot dont le sens est clair dans toutes les langues. Le mot d'intérêt désigne toujours le motif qui nous fait préférer notre avantage à celui des autres. L'on entend par égoïsme l'habitude de se constituer le centre de ses calculs : celui qui se propose les autres pour but n'est pas égoïste ; et, lors même que le résultat de ses efforts serait une jouissance personnelle,

comme il n'aurait pas eu en vue cette jouissance, on donnerait à tort le nom d'égoïsme
au principe qui le fait agir. Ainsi, quand on
prétend démontrer, par l'analyse subtile des
diverses causes qui déterminent toutes nos
actions, que les plus désintéressées en apparence prennent leur source dans un sentiment,
dans une impulsion, dans une sympathie à
laquelle il nous est doux de céder, et quand
on veut conclure du plaisir que nous éprou-
vons à conquérir notre propre estime, à sauver un ami qui nous est cher, à délivrer une
patrie opprimée, qu'en faisant toutes ces
choses, nous agissons pour notre intérêt,
loin d'apporter plus de netteté sur les notions
de la morale, l'on y répand l'inexactitude
et la confusion. L'on désigne, par un même
terme, deux motifs d'une nature très différente; l'on ne simplifie pas, l'on fausse les idées.

La morale d'Epicure ne repose donc point,
comme on le dit, sur une découverte triste,
mais vraie; elle n'a pour base qu'un jeu de
mots, sans vérité comme sans noblesse; et,
de plus, la tendance de ce jeu de mots est
pernicieuse.

L'intérêt est corrupteur, beaucoup plus

encore par les sentimens qu'il inspire, que par
les actes immédiats dont il est la cause. L'habitude de tout calculer pour son propre avantage, est bien plus immorale que telle action
particulière, quelque coupable qu'elle paraisse. L'homme qui s'immole à son devoir
ne croit point en agir ainsi pour son intérêt,
et par cela même qu'il ne croit pas le faire,
il ne le fait pas. Si vous lui persuadez qu'il
s'aveugle, et que l'égoïsme seul le dirige,
vous lui causez un mal réel, un mal positif,
car vous l'encouragez dans une habitude avi-
lissante, en lui persuadant qu'il ne peut s'affranchir de cette habitude. Lorsque l'usage
et la raison commune attachent à un mot
une signification déterminée, il n'est point
indifférent de changer cette signification. L'on
explique vainement ensuite ce qu'on a voulu
dire : le mot reste et l'explication s'oublie.
Employer la même expression pour indiquer
le principe des actions nobles et celui des actions basses, c'est délivrer le vice de son opprobre, c'est arracher à la vertu sa fierté,
c'est ôter à l'âme la partie la plus propre à l'é-
lever au-dessus d'elle-même, celle qu'elle est
capable de sacrifier. C'est enfin tout niveler,

tout dégrader, tout flétrir. Voilà, ce me semble, un jeu de mots chèrement payé.

Le Polythéisme ne retira point des imperfections de la méthaphysique et de la morale épicurienne les avantages qu'il aurait dû naturellement en retirer, parce que cette morale et cette métaphysique ne se présentèrent sous une apparence philosophique, que lorsque les bases du Polythéisme étaient ébranlées. Le principe que tous les êtres intelligens sont nécessairement dirigés par des vues intéressées, aurait pu suggérer une réponse plausible à toutes les objections des incrédules contre l'exigence et la corruption des dieux, mais ses objections avaient passé du caractère des dieux à leur réalité même. Il n'était plus temps d'expliquer les motifs de leurs actions lorsque leur existence était contestée. Parmi les opinions, comme parmi les hommes, tout tourne au profit de la puissance. Lorsqu'une opinion est dominante, elle force toutes les idées contemporaines à se grouper autour d'elle et à la servir. L'incrédulité s'empara de l'hypothèse d'Epicure sur les atomes, comme plus à sa portée que le Polythéisme de Xénophon, bien que beaucoup plus absurde. La chute de la religion parut de la sorte aux siècles postérieurs l'ouvrage d'Epicure, tandis que cette chute ne fut qu'un effet nécessaire, inévitable de la progression naturelle des idées. Son résultat fut, d'une part, un matérialisme grossier, le seul vraiment absurde, dont les doctrines grecques nous donnent un exemple; de l'autre part, une morale étroite, ignoble, fondée sur un sophisme propre à détruire toute générosité, à représenter tout dévoûment comme chimérique, à priver l'homme de l'appui même de son estime intérieure.

L'école d'Epicure occupe un rang funeste dans les annales de l'esprit humain; tandis que toutes les autres sectes travaillaient à fournir à l'homme de nouveaux motifs de vertu, pour suppléer à ceux qui s'affaiblissaient avec la religion ébranlée, cette école vient répandre le soupçon, la défiance, le découragement, la sécheresse dans toutes les âmes. Tous les hommes avides ou fatigués des plaisirs, tous les cœurs sans force, tous les esprits insouciants, tous ceux qui cherchaient une excuse plausible pour se détacher de la cause de l'espèce humaine, se précipitèrent dans cette doctrine, fiers d'avoir des argumens à produire, en faveur de l'avilissement et de l'apathie, et charmés de se dire philosophes, tandis qu'ils n'étaient qu'usés, faibles, et flétris.

—

CHAPITRE II.

Des Sceptiques et des Stoïciens.

On peut considérer les travaux d'Epicure comme les dernières tentatives de l'esprit systématique dans la philosophie grecque, pour établir un corps de doctrine qui eût des prétentions à la nouveauté : car les stoïciens, de leur propre aveu, n'avaient, dans leur métaphysique, rien qui leur appartînt en propre, ou qui fût de leur invention. L'originalité véritable n'étant plus possible, il ne restait que deux moyens d'en reconquérir l'apparence, le premier consistait à concilier, tant bien que mal, toutes les opinions antérieures ; le second à rejeter indistinctement toutes ces opinions. L'un de ces moyens fut embrassé par les stoïciens, l'autre par les sceptiques. Nous parlerons d'abord de ceux-ci, parce qu'ils furent antérieurs aux stoïciens.

L'esprit humain s'était agité pendant près de trois siècles, adoptant et repoussant tour à tour les suppositions les plus opposées ; des hommes studieux, ingénieux, savans, lui avaient présenté comme des vérités incontestables des opinions que, peu de temps après, d'autres hommes, non moins studieux, non moins ingénieux, non moins savans, avaient combattues comme de misérables chimères ; plus la pensée avait redoublé d'efforts, plus l'incertitude avait augmenté. Les assertions s'étaient multipliées, mais avec les assertions les doutes s'étaient accrus. Les formes mêmes de la langue avaient acquis une facilité merveilleuse à confondre toutes les idées. Le premier objet des recherches des plus anciens philosophes, la matière élémentaire du monde, était devenu beaucoup plus difficile à concevoir que lorsque ces recherches avaient commencé. La terre de Phérécyde ; l'eau de Thalès ; l'inconnu d'Anaximandre ; l'air d'Anaximène ; les nombres de Pythagore ; le feu d'Héraclite ; l'infini de Xénophon ; le feu et l'eau d'Hip-

pon de Rhégium ; le feu et l'air d'OEnopide ;
le feu, l'eau et la terre d'Onómacrite l'orphique ; l'eau, la terre, l'air et le feu d'Empédocle ; les atomes animés de Démocrite ;
les atomes inanimés d'Epicure ; les élémens
homogènes d'Anaxagore ; les corpuscules in-
divisibles de Diodore de Carie ; les molécules
sans forme d'Aclépiade ; les idées prototypes
de Platon, et mille autres hypothèses dont
l'énumération serait fastidieuse, effrayaient,
étourdissaient l'imagination.

Je ne rapporte point ici ce long catalogue
d'opinions discordantes, pour jeter du ridicule
sur les méditations de l'antiquité : des esprits
superficiels en jugeront de la sorte ; ils ap-
pelleront hardiment cet emploi de l'intelligence, absurde et puéril, sans jeter sur
eux-mêmes un regard qui leur rappelle l'emploi qu'ils en font. Quant à moi, je me suis
forcé d'estimer des hommes qui se vouaient
à des travaux désintéressés ; des hommes,
qui, se proposant des découvertes impossibles, recueillaient sur leur route beaucoup
de connaissances précieuses ; des hommes
qui, s'ils avaient un but chimérique, n'avaient
pas au moins pour but un ignoble égoïsme ;

enfin, des hommes qui mettaient souvent, il est vrai, les mots à la place des choses, mais qui renfermaient cet abus de l'esprit dans une sphère toute idéale. Il a existé dans d'autres siècles des sophistes plus dangereux, qui, transportant leurs subtilités sur le terrain de la vie réelle, en ont fait une espèce de milice invisible et mercenaire, auxiliaire, avide et zélée du pouvoir juste ou injuste, et marchant à sa suite, comme les chanteurs payés dans les cérémonies publiques, pour entonner, au signal donné, des hymnes et des cantiques. C'est contre ces derniers, ce me semble, qu'il faut réserver notre indignation.

Mais, en nous refusant à prononcer un jugement injurieux contre la portion la plus éclairée de la nation la plus ingénieuse, nous conviendrons sans peine que les travaux des philosophes grecs devaient conduire au doute l'esprit qu'ils promenaient depuis si longtemps de conjectures en conjectures. Ce fut ce résultat que les sceptiques proclamèrent (1).

Leur école ne fut d'abord qu'une subdivision du platonisme. Les disciples de Platon

***

(1) V. Sexte l'Empirique, Diogène Laërce, et, pour

s'étaient partagés de bonne heure en plusieurs sectes. Le nombre de ces sectes n'est pas exactement connu. Sextus Empiricus en compte cinq. Mais cet écrivain ne demandait pas mieux que d'exagérer le nombre des doctrines opposées, parce que, sceptique lui-même, il puisait ses argumens les plus forts dans la diversité des opinions. Cicéron, plus impartial, et saint Augustin, mieux instruit que Sextus, ne parle que de deux académies, de l'ancienne et de la nouvelle. En effet, la division qui eut lieu entre les sectateurs de Platon dut reposer naturellement sur la séparation de deux principes qu'il avait réunis. Parmi ses disciples, les uns s'emparèrent de ses idées sur la certitude des vérités connues à l'intelligence, les autres firent valoir ses raisonnemens sur les erreurs de nos sens.

Ces raisonnemens sont assez connus. Les sceptiques postérieurs les renforcèrent par des considérations non moins frappantes sur l'insuffisance de la raison, démontrée par la

---

mieux juger les raisonnemens des sceptiques, la réfutation du scepticisme par le péripatéticien Aristoclès dans Eusèbe, *Præp. Evang.* XIV. 8.

flexibilité désespérante des formes de la dialectique. Le grand défaut de ce genre d'argumentation est de prouver trop. Admis dans
toute son étendue, elle se détruit par sa propre force. Arcésilas affirmait le doute ; mais
Pyrrhon révoquait en doute le doute lui-
même. Le scepticisme devient alors un composé de simples jeux de mots, de pures chicanes, dont toute la difficulté, comme tout
le mérite, réside dans les expressions que l'on
emploie et dans les relations convenues et
factices que l'on suppose entre ces expressions.

Le scepticisme, produit par les contradictions des systèmes philosophiques entre
eux, dirigea d'abord ses attaques uniquement
contre ces systèmes. Il n'aurait jamais regardé
la religion comme de sa compétence, s'il
ne l'eût rencontrée dans les hypothèses des
philosophes. Mais les dieux se trouvant partie
de ces hypothèses, le scepticisme attaqua les
dieux, tels que les différentes philosophies les
avaient conçus, laissant quelque temps ceux
de la religion populaire de côté, parce qu'il
les considérait comme l'objet d'une croyance
historique ou politique, d'une autre nature
que celle qu'il combattait dans ses adver-

saires. Mais les sceptiques remarquèrent bientôt dans les dogmes religieux des différens
peuples, les mêmes oppositions que dans les
doctrines philosophiques. Or, comme l'observation, que les hommes n'étaient d'accord sur
rien, les avaient conduits à douter de tout,
leurs doutes durent se porter sur la religion,
dès qu'ils virent que les hommes se divisaient
sur la religion comme sur autre chose (1).

Cependant, il ne paraît pas que le scepticisme ait, dans l'origine, été pour le culte national un ennemi redoutable. L'inquiétude
sacerdotale ne se tourna point contre les adhérens de cette secte subtile, et la raison en est
simple : les prêtres voyaient dans ce nouveau
genre de philosophie l'antagoniste le plus redoutable de toutes les écoles dogmatiques qui,
depuis Xénophon jusqu'à Aristote, avaient
attaqué, de mille manières, les opinions consacrées; miné, sous toutes les formes, la crédulité du peuple; bravé toutes les persécutions, et réduit les hommes les plus religieux
et les plus zélés à capituler sur leurs croyances;
à modifier leur profession de foi, à céder, enfin,

____

(1) Cicer. *de Nat. Deor.* III. 16-25.

à l'examen d'une raison téméraire une grande portion du territoire qu'ils possédaient jadis tout entier : triste présage pour celle qui leur restait à défendre. Les sceptiques établissaient de plus, que, dans la vie commune, il fallait agir d'après les apparences, et se conformer en conséquence aux institutions et aux usages reçus (1). Ils ne contestaient que les assertions qu'on voulait appuyer des démonstrations de la dialectique. Ils accordaient tout à quiconque renonçait à leur rien démontrer par des argumens : de là leur résistance inflexible contre les philosophes, leurs rivaux, qui prétendaient forcer leur assentiment par une série de syllogismes, et leur indulgence pour les prêtres qui n'exigeaient d'eux que des complaisances extérieures. Ils s'y prêtaient sans répugnance. Pyrrhon, de retour dans sa patrie, qu'il avait quittée, pour accompagner Alexandre dans son expédition contre la Perse, fut créé grand-prêtre par ses concitoyens, et s'acquitta convenablement des devoirs de cette charge. Les sceptiques et les prêtres pouvaient vivre en paix. La tran-

____

(1) Sextus Empir. III. 1.

saction n'était point difficile entre l'amour-
propre des uns et l'intérêt des autres. Les
religions sont moins menacées par l'axiome,
que rien ne peut se prouver, que par la dé-
termination de ne rien croire sans preuves.
Le scepticisme et la religion partent d'un principe qui leur est commun, c'est que la raison
est insuffisante pour arriver à la vérité. Le
scepticisme y renonce. La religion la fait descendre des cieux. Arcésilas louait Hésiode d'a-
voir dit que les dieux tenaient l'esprit humain
enveloppé d'un voile qu'aucun effort ne pouvait percer. Ce n'était qu'indirectement que
le scepticisme pouvait devenir nuisible à la
croyance publique, en accoutumant l'esprit,
par l'incertitude, à l'indifférence, et en frois-
sant, par des agitations brusquement contraires, cette partie délicate de notre imagination qui répond à l'âme, et qui nous sert
à nous élever, par le sentiment, au-dessus
des formules sèches et sans vie qui ne sont
qu'une invention de l'esprit. Le scepticisme
avait ce danger, que les hommes superficiels
s'en pouvaient enorgueillir, partir du principe que l'examen amène le doute, pour se
dispenser de l'examen, présenter comme le

fruit d'une méditation profonde, ce qui n'était le fruit que de la frivolité et de la paresse ; en un mot, si l'on me permet cette comparaison familière qui rend mon idée, rester au gîte au lieu d'y revenir.

La philosophie sceptique avait été le résultat de la fatigue de l'esprit humain découragé par beaucoup de tentatives inutiles : la métaphysique stoïcienne fut le résultat de sa répugnance à demeurer dans le doute.

Le nom seul des stoïciens nous rappelle à de grandes idées. Nous devons à cette secte admirable tout ce qui nous console dans l'histoire des siècles les plus avilis, et par conséquent les plus malheureux de l'espèce humaine ; mais nous n'avons point à l'envisager ici sous le point de vue qui commandera bientôt notre respect et notre enthousiasme. Le triomphe des stoïciens est dans la morale ; nous ne traitons maintenant que de leur métaphysique, et nous la trouverons confuse et défectueuse.

Le but des stoïciens était de combiner entre elles les doctrines nombreuses des philosophes qui les avaient précédés, en choisissant dans ces doctrines les parties susceptibles d'être améliorées ou modifiées, et en les séparant du reste. Ce droit d'élection qu'ils s'arrogeaient rend l'exposition de leur système assez difficile (1). Il est douteux, non seulement que ce système ait existé d'une manière uniforme dans la majorité de la secte, mais encore que le même individu y ait conservé toujours les mêmes opinions. L'on a dû remarquer que, dans l'antiquité, le mot de Dieu ou de nature divine s'appliquait tantôt à un objet, tantôt à un autre, souvent à plusieurs, quelquefois à tous ensemble. Les stoïciens, composant leur philosophie de toutes les philosophies précédentes, y transportèrent cette confusion. Ils appelèrent Dieu tour à tour l'univers, la matière élémentaire dont il était formé, le principe actif auquel il devait sa formation, l'âme du monde, la loi de la nature par laquelle les êtres existent, la loi morale enfin, le soleil, les astres, et la destinée (2). En même temps ils ne reje

____

(1) Cicer. *Acad. Quæst.* IV. 6.

(2) Tiedemann, *Syst. de la Phil. stoïcienne.* II. 186. Lactance et Diogène Laërce, écrivant dans un temps où la tendance au théisme était dominante, prétendent

tèrent point les dieux consacrés par la religion populaire, car ils employaient fréquemment pour ces dieux les dénominations usitées.

L'on a cru démêler dans leur philosophie un véritable théisme ; mais on aurait pu remarquer que, s'ils parlaient quelquefois d'un Dieu unique, ce n'était qu'en le confondant avec l'univers (1). On a cité Plutarque en faveur de ce théisme supposé ; mais, si l'on étudie à fond les expressions de Plutarque, on verra que l'espèce d'unité qu'il attribue à ces philosophes était d'un genre assez singulier. Ils reconnaissent, dit-il, un seul Jupiter, un seul Apollon, un seul Neptune (2), c'est-à-dire que le Polythéisme, ayant multiplié les dieux jusqu'à l'infini, comme nous l'avons expliqué plus haut, et les objets de l'adoration des différens peuples s'étant rencontrés, il était arrivé que, sous la même dénomina-

---

que les stoïciens n'entendaient par tous ces noms qu'un seul et même être. LACTANT. *Div. Inst.* I. 5. —DIOG. LAERT. VII. 135.

(1) Antonin. VII. 9.

(2) Plutarch. *de Defect.* Or.

tion, se trouvaient désignées des divinités différentes. Les stoïciens, dans leur système de
conciliation universelle, profitaient de cette
identité de désignation pour réunir en un seul
Dieu, les dieux étrangers les uns aux autres;
par exemple, la Minerve de Saïs à celle d'A-
thènes, la Diane taurique à la Diane grecque,
la Vénus assyrienne à la Vénus d'Homère, et
ainsi des autres dieux. Ce travail ne tendait
point à l'établissement du théisme, mais à
une certaine réduction et classification du
Polythéisme.

Les stoïciens suivirent, relativement aux
allégories, le même système qui les dirigeait,
dans leur amalgame de toutes les opinions.
Aucune interprétation ne leur parut trop subtile, aucune ne leur sembla devoir être admise
exclusivement. Ils considérèrent les dieux
comme la personnification, tantôt des forces
physiques de la nature, tantôt des qualités
morales de l'homme (1). Ils virent à la fois,
dans les antiques théogonies, la lutte des
élémens et celle des passions; et cette double
explication ne leur suffisant pas encore, ils

____

(1) Cicer. *de Nat. Deor.* II. 25.

y joignirent les interprétations historiques.
dont Euhémère avait le premier donné
l'exemple (1).

Il est facile de concevoir quelle impénétrable obscurité devait résulter de ce mélange
informe, non seulement d'hypothèses, mais
de locutions contradictoires (2); ajoutez que
les écrits des fondateurs de la secte stoïcienne
ayant tous été perdus, nous ne connaissons
la métaphysique de cette école que par des
philosophes qui avaient cessé d'attacher à la
métaphysique une grande importance ; car
l'histoire de la secte stoïcienne se divise en
deux époques distinctes : dans la première, les
stoïciens, professeurs avoués, enseignaient
publiquement leur doctrine ; leur considération dépendait de leurs succès polémiques
contre les philosophies rivales ; ils devaient,
en conséquence, combattre avec des armes
pareilles, suivre la méthode convenue, se

____

(1) Les stoïciens adoptèrent avidement la doctrine
des hommes déifiés. V. Balbus le Stoïcien *Ap.* Cicer.
loco cit. et *de Offic.* III. — C. Villoison, dans *Sainte-
Croix des Myst.* p. 242.

(2) Meiners, *de Vero Deo.* 458.

livrer aux disputes usitées (1), et la métaphysique devenait ainsi leur principale occupation (2). Dansla seconde époque du stoïcisme,
les stoïciens étaient des hommes d'état, jetés
dans le tourbillon de la vie active, quelquefois puissans, souvent proscrits, presque toujours menacés. Aussi, verrons-nous, quand
nous serons arrivés à cette époque, que cette
situation leur inspira un profond dédain pour
des questions abstraites, sans applications
immédiates, et dégénérant à chaque instant en subtilités et en logomachies inintelligibles.

Enfin les stoïciens éprouvèrent le sort inévitable de quiconque veut concilier des opinions opposées. Ils déplurent également à tous
les partis et tous s'efforcèrent, en défigurant

---

(1) Chrysippe fit des efforts extraordinaires pour
trouver la solution du sophisme appelé sorite. BAYLE.

(2) La plupart des paradoxes que Plutarque, ou
celui qui a écrit sous ce nom, reproche aux stoïciens
dans le Traité sur les contradictions de ces philosophes
sont tirés des ouvrages de Chrysippe. Il fit beaucoup
de tort à son parti par ses paradoxes. Senec. *de Benef.*
— Epict. Enchirid. I. 10. II. 16. le traitent très mal.
Bayle, *Voy.* article *Chrysippe.*

leurs hypothèses, de les rendre plus absurdes.

Si, malgré ces difficultés, on veut se faire une idée du système métaphysique des stoïciens, l'on trouvera que, partant de l'axiome universellement reconnu, que rièn ne se fait de rien, ils établissaient une substance éternelle qu'ils nommaient le monde ; ils n'admettaient que cette seule substance, se rapprochant en cela de Xénophon; ils la faisaient matérielle et se servaient à cet égard des argumens des épicuriens, avec lesquels ils étaient d'ailleurs constamment en guerre (1). Cette substance contenait deux principes, l'un actif, l'autre passif (2). Les stoïciens empruntaient d'Héraclite ou de Pythagore la supposition que le principe actif était le feu (3), et donnaient à ce feu céleste, qu'ils considéraient comme raisonnable, les attributs et l'appellation de Dieu. Ils auraient dû convenir, en conséquence, que Dieu n'était qu'une partie du monde : mais ils appliquaient au monde entier la même dénomination. Le principe

---

(1) Diog. Lacrt. VII.
(2) Ib.
(3) Brucker. I. 902. 19.

actif agissait sur le principe passif, d'après
des lois fixes, déterminées, immuables. Les
lois avaient été des idées dans l'esprit divin
avant d'être appliquées à la nature. Mais, de
leur définition de la nature divine, découlait
une fatalité plus invincible dans la doctrine
stoïcienne que dans aucune autre ; cependant
les stoïciens s'épuisaient en sophismes pour
concilier avec cette fatalité la liberté de
l'homme et la liberté de Dieu (1). Dieu, disaient-ils, n'obéit pas aux lois immuables,
parce que ces lois et la volonté ne sont qu'une
même chose : et, bien que l'homme n'ait au-
aucun moyen de se dérober a la nécessité qui
pèse sur lui, l'homme peut être libre néanmoins, parce qu'il peut vouloir ce que la nécessité commande. Ces sophismes se reproduisent dans tous les systèmes. Les modernes
n'ont pas le droit de reprocher aux stoïciens
leurs mauvais raisonnemens, car ils ont à
lutter contre les mêmes difficultés dans leurs
hypothèses ; et tant qu'ils recourront aux raisonnemens, ils n'en trouveront pas de meil-

---

(1) Senec. *de Provid.*—Cleanth. *Ap. Epict. Enchir.*
cap. 52. — Senec. *Epist.* 107 et *de Benefic.* VI. 23.

leurs. Malgré la fatalité qui découlait nécessairement de leur système, les stoïciens répugnaient à abandonner l'idée d'une providence particulière, à laquelle ils tâchaient d'arriver par une route qui semble conduire à un terme tout opposé. Ils prétendaient conclure de ce que les dieux gouvernaient le monde par des lois générales, qu'ils présidaient aussi au sort des villes et même à celui des individus, ajoutant que les grands hommes ne seraient jamais devenus tels, sans une assistance divine. Mais il est probable que cette opinion, qui contrastait avec leurs premiers principes, était plutôt celle de quelques philosophes, que celle de la secte entière, car ceux mêmes qui la professaient retournent sans cesse au dogme de la nécessité, de la destinée, à laquelle tout ce qui existe doit se soumettre sans murmure.

Les stoïciens n'étaient pas d'accord entre eux sur l'immortalité de l'âme (1). Quelques-uns considéraient l'âme comme mortelle ; d'autres

____

(1) Diog. Laert. VII. — Cicer. *Quæst. Tusc.* I. 31. —Senec. *Epist.* 50. *de Ira.* I. 3. — Plutarch. *de Decret. Phys. Philos.* IV. *de Rep. Stoic. Adv. Stoic.*

ajournaient sa destruction jusqu'à l'embrasement général du monde ; d'autres supposaient, après cet embrasement, le retour des âmes dans leurs anciens corps, et des purifications, des punitions et des récompenses. Nous trouvons souvent, sur ce point, dans le même philosophe, des opinions contraires. Sénèque semble quelquefois ne s'exprimer qu'avec tristesse et incertitude (1) ; d'autres fois il présente ses espérances comme des assertions positives (2). Il est difficile dans tous les temps, il était difficile, surtout dans le siècle de Sénèque, de ne pas céder au besoin, de s'élancer vers un autre monde.

Les rapports de la métaphysique stoïcienne avec le Polythéisme populaire ne sont pas très différens de ceux du platonisme avec la même croyance. Les stoïciens pensaient que du feu primitif s'étaient formés beaucoup de dieux, de génies et de démons subalternes (3). Les

---

(1) Fortasse, si modo sapientium fama vera est, recepitque nos locus aliquisuem putamus, etc. *Epist.* 63.

(2) In Consolat. passim.

(3) Plut. de Stoic. Repugn.

astres étaient, à leurs yeux, des divinités (1) ;
ils assignaient le même rang à toutes les parties de la nature. L'allégorie enfin venait à
leur secours. Les dénominations de la religion
publique leur servaient à désigner les divers
attributs de l'Etre suprême (2) ; mais on doit
appliquer aux conformités apparentes de la
métaphysique stoïcienne avec le Polythéisme
ce que nous avons dit des conformités du
même genre qui se remarquent dans les Hypothèses de Platon : celles-ci tendaient au
théisme. Le panthéisme était le résultat nécessaire de la philosophie des stoïciens.

Cette tendance ne peut être contestée ,
malgré les efforts de quelques sectateurs de
cette philosophie , pour s'élever au théisme
d'une part, et pour conserver, de l'autre, ces
déterminations du Polythéisme : la définition
que Chrysippe donne de Dieu montre qu'il
ne le distingue pas de l'univers. Presque tous
les argumens que Cicéron met dans la bouche
des stoïciens procurent plutôt la Divinité du
monde en lui-même que celle d'un être séparé

____

(1) Cicer. *de Nat. Deor.*
(2) Diog. Laert. VII.

du monde, et qui en serait l'auteur. Les stoïciens se rapprochaient encore plus du panthéisme, lorsqu'ils essayaient de rendre compte en détail de la manière dont cet univers avait été formé. Ils représentaient l'Être suprême, ou, pour mieux dire, le feu primitif, comme ayant existé, d'abord solitaire et de toute éternité, puis s'étant condensé par un refroidissement graduel, de manière à former les quatre élémens dont il aurait enfin compensé toutes les existences partielles.

Tous leurs dieux rentraient dans un seul qui lui-même, n'étant que la partie active du monde, rentrait dans ce monde, dont toutes les parties ne formaient qu'un même tout. A de certaines périodes, toutes les différences ostensibles entre ces parties devaient disparaître. Les stoïciens avaient emprunté, probablement des traditions sacerdotales qui avaient pénétré dans tous les polythéismes à l'époque dont nous parlons, l'idée d'une destruction générale de l'univers (1). Cette destruction, effet terrible d'un incendie dévo-

----

(1) Just. Lips. *Dissert.* XXII. — Senec. consol. ad Marc. — *Quæst. nat.* III. 27. — *Epist.* 9 et 71.

rant, devait envelopper les dieux, les astres, les hommes, les animaux; tous les êtres devaient se perdre dans la substance du feu primitif, qui, se condensant de nouveau, devait reproduire d'autres mondes (1).

La morale des stoïciens n'était pas moins opposée au Polythéisme reçu que leur métaphysique : non seulement ils représentaient la nature divine comme ne pouvant ni vouloir, ni faire, ni même concevoir le mal ; mais ils furent conduits, par la série de leurs raisonnemens, à regarder cette nature divine moins comme un être distinct, que comme la loi première, éternelle et inaltérable de cet univers, comme l'ordre moral du monde, plutôt que sa cause. Une manière de raisonner analogue a produit le même résultat dans les écrits d'un philosophe célèbre de l'Allemagne, qui s'est vu, en conséquence, accusé d'athéisme (2).

Dans les détails de leur doctrine morale, les stoïciens déviaient, comme cela ne pou-

---

(1) Meiners, *de Vero Deo*. 524. Tout ce système a beaucoup de ressemblance avec les systèmes indiens.

(2) Fichte. Il consent à joindre à cette idée celle de

vait manquer d'arriver, de la rigueur de leurs abstractions. La Divinité suprême n'était plus le feu primitif condensé, élément ou matière, et par conséquent partie de cet univers, mais un être séparé de lui, père des dieux et des hommes, et doué des perfections les plus hautes. La raison humaine était une émanation de la raison divine. Cette hypothèse fournissait un moyen d'appuyer la morale sur la religion, sans la jeter dans sa dépendance. Les stoïciens ne croyaient pas que nos devoirs ne fussent obligatoires que comme étant les ordres des dieux ; ils en cherchaient l'origine dans notre jugement propre. Mais notre jugement, formé sur le modèle de l'intelligence universelle, était d'accord, par sa nature, avec cette intelligence. Ainsi, la religion, sans être revêtue du privilége dangereux de créer arbitrairement le bien et le mal, agissait néanmoins comme le motif puissant, comme imitation noble et efficace. Mais en

---

l'action et de la volonté, et il croit utile pour l'usage commun de la personnifier et d'attribuer à cette personnification des qualités humaines. Ce n'est pas sur une telle base qu'une action religieuse peut se fonder.

se rapprochant ainsi, dans l'application, des dogmes qui peuvent servir de base aux religions positives, le stoïcisme n'en restait pas moins incompatible avec l'autropomorphisme du Polythéisme populaire. Le dieu métaphysique des stoïciens n'était que le monde. Leur dieu moral était sans passion, soumis, par sa volonté propre, il est vrai, mais soumis irrévocablement à des lois qu'il ne modifiait jamais. L'homme dépendait, pour l'extérieur, d'une fatalité irrésistible ; pour l'intérieur, de la force de son âme, et de sa vertu personnelle. Ces idées sont les matériaux d'une philosophie mâle, fière, à la fois magnanime et résignée. Mais il n'y a rien là qui ne soit destructif de toute religion positive. Aussi Zénon ne voulait-il point de temples, point de statues, point de prêtres (Clément d'Alexandrie). A l'instant où la métaphysique des stoïciens se produisit en public, elle fut attaquée par tous les partis. Le scepticisme avait fait de tels progrès dans toutes les têtes, que les sectateurs mêmes des opinions les plus dogmatiques employèrent contre la secte stoïcienne les armes du scepticisme, armes contre lesquelles ils étaient sans défense, mais qu'ils avaient appris à manier pour l'attaque. L'esprit de système était décrédité. Lorsque l'intelligence humaine sort des ténèbres de l'ignorance, elle ne veut rien admettre qui ne lui soit présenté sous une forme systématique, et comme elle n'a point encore de pierre de touche pour les assertions, elle les reçoit sans résistance, pourvu qu'elles paraissent s'enchaîner régulièrement les unes aux autres. Mais lorsqu'elle a épuisé beaucoup d'opinions, toute forme systématique la révolte, et la régularité de cette forme lui semble une présomption d'erreur.

FIN DU PREMIER VOLUME.

TABLE

DES CHAPITRES DU PREMIER VOLUME.

Tome Ier. 19

LIVRE IV.

De la décadence du Polythéisme.

LIVRE V.

*Des rapports de la Philosophie grecque avec le
Polythéisme populaire de la Grèce.*

LIVRE VI.

*De la Philosophie grecque jusqu'au moment où
le Polythéisme la persécute.*

LIVRE VII.

De la Philosophie grecque jusqu'à l'époque où elle a rompu ouvertement avec le Polythéisme populaire.

LIVRE VIII.

De la marche ultérieure de la Philosophie grecque.

FIN DE LA TABLE DU PREMIER VOLUME.

ERRATA.

Page 9, note 2 : Hom'es, *lisez :* Henry Home.
Page 10, note 1 : somnitis, *lisez :* temnitis.
        Disc. d'Ion, *lisez :* Discours d'Ilioneus.
        Après *recti*, mettez une *virgule* au lieu d'un *point*.
Page 14, note 1 : Cum tanto veritas, etc., *lisez :* veritus.
Page 15, note 1 : Sagred, *lisez :* Sagredo.
Page 16 : Plut. in Camillo tit. Liv, *lisez :* — Titus Livius.
Page 20 : la traduction, *lisez :* la tradition.
Page 25 : Winkel, *lisez :* Winckelmann.
Page 26 : Pyntrique, *lisez :* Pyrrhique.
Page 40 : Sybillins, *lisez :* Sibyllins.
Page 43, note 2 : Véojvis, *lisez :* Véjovis.
Page 73, note 1 : recherch., *lisez :* researches.
Page 92, ligne 9 : j'enchante, *lisez :* j'enchaîne.
Page 93, note 1 : Marrabia, *lisez :* Marrubia. Viperes, *lisez :* Vipereo. Spargereque, *lisez :* Spargere qui. Muliebat, *lisez :* Mulcebat. Œn., *lisez :* Æneid.
Même page, note 2 : Æliac. II, *lisez :* Ælian. Hist.
Page 96, note 1 : sinitat, *lisez :* sint, ita.
Page 99, note 2 : Standlin, lib. Mag., *lisez :* Stæudlin, relig. Magaz.
Page 102, note 3 : Creutz, *lisez :* Creuzer, Symbolik.
Page 103, note 2 : de seva, *lisez :* de sera.
Page 105, note 3 : Bourdelesch, *lisez :* Boundehesch.
Page 106, note 4 : Standl, *lisez :* Stæudlin.
Page 107, note 1 : Anaxitas, *lisez :* Anaxilas.
Page 110, ligne 2 : Nix, *lisez :* Nixes.
Page 118 : Voy. Elide, *lisez :* Voyage en Elide.
Page 120, note 3 : Limeni, *lisez :* Limenia.
Page 181, ligne 2, *après* particls, *ajoutez* comme des formes, elle avait reconnu.
Page 272, note : aliquisuem, *lisez :* aliquis quem.
Page 273, ligne 22 : procurent, *lisez :* prouvent.

DU

POLYTHÉISME

ROMAIN.

IMPRIMERIE DE Me Ve POUSSIN

RUE ET HÔTEL MIGNON, N° 2, F. S.-G.

DU
POLYTHÉISME
ROMAIN,

CONSIDÉRÉ DANS SES RAPPORTS AVEC LA PHILOSOPHIE GRECQUE
ET LA RELIGION CHRÉTIENNE ;

OUVRAGE POSTHUME

DE BENJAMIN CONSTANT;

PRÉCÉDÉ

D'UNE INTRODUCTION
DE M. J. MATTER,

INSPECTEUR GÉNÉRAL DE L'UNIVERSITÉ DE FRANCE.

« L'époque où les idées religieuses disparaissent de l'âme
des hommes est toujours voisine de la 'perte de la liberté ;
des peuples religieux ont pu être esclaves, aucun peuple
incrédule n'a pu être libre. » B. C.

TOME II.

PARIS,

CHEZ BÉCHET AINÉ, LIBRAIRE,

QUAI DES AUGUSTINS, N° 21.

1833.

LIVRE IX.

CHAPITRE UNIQUE.

*Que la philosophie, bien qu'elle ne se propose
point, à son origine, d'attaquer la religion
populaire, y est nécessairement entraînée.*

Si nous cherchons maintenant à résumer
un peu les faits, et à prononcer un résultat
sur la route que suit la philosophie et sur
le terme où elle arrive, nous trouverons qu'à
son origine elle n'est opposée en rien à la religion.

Chez tous les peuples, les premiers philosophes essaient de placer leurs systèmes sous
la croyance de leurs pays. Ils travaillent à
concilier les idées que la méditation leur suggère, avec les notions religieuses universellement adoptées; loin de nourrir l'envie de
les attaquer, ils voudraient les trouver satisfaisantes, et pour leurs conceptions morales,

Tome II.   1

et pour leur raison. Quand ils s'écartent de ces notions reçues, ils ne le font qu'avec beaucoup de ménagement. Ils cherchent assez long-temps à se le déguiser à eux-mêmes, et lorsqu'ils sont forcés de se l'avouer, ils s'efforcent encore long-temps de le déguiser aux autres. Partout c'est la religion qui prend ombrage, c'est le sacerdoce qui rompt le premier l'alliance, et qui contraint la philosophie à livrer des combats publics qu'elle n'a ni désirés ni prévus.

La religion déclare, la philosophie recherche. Mais elle ne recherche pas, d'abord, si ce que la religion a déclaré est ainsi. Elle admet que cela soit, et elle recherche seulement pourquoi cela est ainsi. Ce n'est qu'après s'être agitée long-temps inutilement autour de cette dernière question qu'elle arrive par degrés à l'autre, encore ne l'aborde-t-elle pas directement. Elle propose à la religion des explications, des modifications, des transactions, qui lui semblent jusque-là tout-à-fait innocentes.

Ne pouvant concevoir que le chaos soit l'origine de toutes choses, elle propose l'éternité, au moins pour les substances divines, ordonnatrices de l'univers ; ne concevant pas mieux ensuite, comment ces substances divines auraient tiré l'être du néant, elle propose aussi l'éternité pour la matière de l'univers, ne laissant plus aux dieux que le mérite de l'ordonnance. Bientôt, frappée de la différence qui doit exister entre les êtres puissans et intelligens qui impriment la forme et les êtres qui la reçoivent, et qu'il est naturel de supposer non intelligens et passifs, la philosophie propose une différence de substance entre ces deux classes d'êtres. Mais dès ce moment les conjectures commencent à se multiplier, et quelques-unes à se contredire.

Parmi les philosophes, il en est qui considèrent la division en deux substances comme chimérique et superflue. Cette opinion est assez orthodoxe dans le Polythéisme populaire, qui, presque toujours, représente les dieux comme d'une substance homogène avec celle de l'univers. Mais, pour faire triompher cette opinion, les philosophes sont poussés à considérer l'intelligence comme n'étant qu'un des attributs de la substance unique. Alors cet attribut lui est-il essentiel ? S'il ne l'est pas, quelle en est la cause ? Cette cause doit être au-dessus des dieux. Est-ce la nécessité, est-ce le hasard? L'univers ne peut-il pas être conçu comme privé de cette intelligence? On voit que l'opinion, d'abord orthodoxe, lorsqu'elle est une fois soumise à l'examen philosophique, est bien voisine de l'impiété. D'autres philosophes sont entraînés insensiblement, par leurs recherches sur la nature des êtres actifs et intelligens qui ont formé le monde, à n'admettre, au moins comme nécessaire, qu'une seule cause intelligente. Cette hypothèse menace le Polythéisme de le remplacer par le théisme.

D'autres, en méditant sur l'incertitude des témoignages d'après lesquels nous admettons l'existence partielle des êtres dont nous n'apercevons que les formes, sont tentés de ne reconnaître en eux que des modifications de l'intelligence qui les a formés, et reviennent de la sorte, par un détour, à l'unité de substance sous un autre nom. Le panthéisme s'introduit alors, ennemi caché, mais redoutable de la croyance reçue.

Si, descendant de ces hautes régions spéculatives où elle veut prononcer sur la nature des dieux, la philosophie vient à s'occuper de leurs rapports supposés avec les hommes, elle n'est pas moins irrésistiblement attirée, malgré qu'elle en ait, loin du Polythéisme populaire; l'idée de lois et de règles fixes, qui est inséparable de tout système philosophique, sur la formation et le gouvernement de cette union, semble militer contre le dogme de la providence particulière des dieux, providence qui viole ces règles et s'écarte de ces lois. La notion d'une nécessité immuable, d'un enchaînement perpétuel et forcé des causes et de effets, notion qui s'appuie de tous les raisonnemens d'une logique plus rigoureuse peut-être qu'elle n'est solide, mais qui néanmoins est restée sans réponse durant bien des siècles, vient troubler l'espérance qui sert de base à toutes les pratiques des cultes, et briser les liens qui unissent la terre au ciel.

L'immortalité de l'âme, lors même qu'elle est admise par les philosophes, conformément à la doctrine du Polythéisme, ne reste pas long-temps telle que cette croyance la consacre. Aucun d'entre eux ne veut d'un autre monde, imitation puérile de celui-ci. Les uns, par une épuration progressive, dépouillant la vie future de tous les traits dont la religion vulgaire l'avait revêtue ; les autres, plus abstraits encore, enlèvent à l'âme elle-même toute conscience d'une existence antérieure, et rendent par-là son immortalité indifférente pour le sentiment, et sans effet pour les actions et pour la conduite de la vie. Mais si la philosophie est ainsi destructive par la marche nécessaire et comme à son insu, de ce qu'on peut nommer la partie métaphysique du Polythéisme, elle est encore dans une opposition bien plus directe avec la partie morale de cette croyance. Forcée à délivrer les dieux des passions qui les dégradent, elle ne peut se dispenser de déclarer presque toutes les fictions des mythologies impies et corruptrices. Toutes les légendes se voient frappées de réprobation. Les hymnes sont des libelles, les cantiques sacrés des calomnies. Les événemens qui ont donné lieu à des fêtes ou à des cérémonies commémoratives, ne méritent qu'un profond dédain. Tout ce que le Polythéisme raconte, la philosophie le révoque en doute ; tout ce que le Polythéisme célèbre, la philosophie en rougit.

Ce n'est pas tout. Cette religion, qui, de-

puis ses perfectionnemens, s'enorgueillissait
de sanctionner la morale, la philosophie arrive nécessairement à la mettre dans la dépendance de cette morale qu'elle croyait protégée. Dès qu'on affirme que la volonté des
dieux est toujours d'accord avec ce qui est
juste, on place ce qui est juste au-dessus de
la volonté des dieux. S'y conformer est pour
eux un devoir, et leur perfection ne se prouve
que par leur obéissance. C'est en quelque
sorte les priver de toute liberté, car la liberté,
telle que la comprend l'intelligence humaine,
ne consiste qu'à pouvoir choisir entre deux
partis. Or, deux partis n'étant jamais également justes, tout être, forcé de se déterminer
par la justice, n'a plus la faculté de choisir.
Chaque homme alors est juge de la religion,
chaque individu, portant dans son cœur les
règles de la morale, peut comparer à ces règles les dogmes religieux qui doivent leur être
conformes. Ces dogmes n'ont plus qu'une va-
lidité conditionnelle. Enfin cet attachement
inviolable des dieux pour la morale conduit à
l'idée d'une immuable volonté. Sur cette volonté ne peut s'élever aucun doute. Tous les
moyens de la religion pour la connaître sont

superflus; tous les moyens pour la modifier sont inutiles. L'homme n'a qu'à descendre dans son propre cœur pour apprendre ce que les dieux veulent. Étrange conséquence de la marche des idées! Les hommes, à cette époque, trouvent leurs dieux tantôt au-dessus, tantôt au-dessous de leurs besoins. Ces dieux sont trop grossiers, si l'on s'en tient aux fables anciennes; ils sont trop abstraits si l'on adopte les hypothèses philosophiques. Les prêtres et les philosophes se disputent ainsi l'espèce humaine indécise, lui présentant, les uns, ce qui ne lui convient plus, les autres, ce qui ne saurait lui convenir encore.

Cependant, malgré l'opposition fondamentale qui existe entre ces divers systèmes et la croyance publique, celle-ci n'en souffre dans l'opinion que d'une manière encore indirecte et presque insensible. De la pensée à l'action, de la spéculation à la pratique, l'intervalle est immense; et l'esprit, long-temps incertain, se replie sur lui-même, avant d'essayer de le franchir. L'habitude, les souvenirs, les liens innombrables et variés qui rattachent aux institutions religieuses tout le reste de l'ordre social, continuent à rendre ces institutions respectables pour le peuple, et leur donnent, aux yeux de leurs ennemis secrets, l'apparence d'une solidité inébranlable. Mais l'inquiétude des défenseurs mêmes du Polythéisme, en devinant ses conséquences, qui n'ont pas encore été prononcées, les force à se montrer au grand jour. Ils veulent réprimer la philosophie ; ils la persécutent, et l'irritent ; alors, pour repousser une attaque imprudente, elle appelle à l'appui de ses principes les résultats qu'elle en avait séparés. Une nouvelle question s'élève, plus directe et plus dangereuse que les précédentes. A quel titre la religion possède-t-elle l'autorité qu'elle réclame pour imposer silence aux opinions qui lui sont contraires ? Cette question, ainsi proposée, enfante une secte qui prend pour son but ce que les autres n'avaient considéré que comme une nécessité fâcheuse, et qu'elles s'efforçaient d'éluder. Détruire la croyance nationale paraissait aux premiers philosophes un inconvénient de leurs systèmes. Il s'en présente maintenant pour qui cette destruction devient un triomphe. Le scandale qu'excite cette philosophie audacieuse, et les périls qui entourent ses chefs augmentant l'irritation qui l'a fait naître, rendent ses assertions plus téméraires à la fois et plus dogmatiques. L'athéisme se déclare, conception étroite et misérable qui ne peut être excusée que par la persécution qui la provoque et qui l'ennoblit, en lui donnant le mérite du courage.

Au reste, il ne faut pas diriger contre la philosophie un reproche qui n'est mérité que par un petit nombre d'esprits médiocres et fanatiques ; car le fanatisme se place partout. Eux seuls se jettent dans l'excès d'un athéisme grossier ; et, pour combattre leur triste doctrine, beaucoup de philosophes reculent jusque dans l'enceinte des croyances populaires ; c'est ce qui arrive à cette époque, relativement au Polythéisme. Beaucoup d'hommes, frappés d'ailleurs de ses imperfections, s'efforcent toutefois de s'en rapprocher, en redoublant d'efforts pour rendre ses imperfections moins révoltantes ; mais, par-là même, le Polythéisme, comme institution, est loin de gagner à l'assistance philosophique. C'est une observation dont la vérité est frappante dans l'histoire de toutes les croyances, que, lorsqu'une certaine philosophie a dirigé ses attaques contre les opinions jusqu'alors respectées, ceux des philosophes qui reviennent, sous quelques rapports, à ces opinions, ne les reprennent néanmoins qu'en partie, et s'autorisent de la partie qu'ils reprennent pour traiter avec d'autant moins de ménagement celle qu'ils rejettent ; leur zèle même ajoute à la rudesse de leurs procédés envers la croyance qu'ils défendent : en la dépouillant de ce qui les choque, ils ont la conscience qu'ils ne veulent point lui nuire.

De là se forme une espèce de Polythéisme philosophique, qui n'admet plus les traditions consacrées, et qui même révoque souvent en doute l'efficacité des rites, des cérémonies, en un mot, du culte public.

Le sacerdoce ne peut se contenter d'une telle alliance. Ces auxiliaires, qui, pour défendre la citadelle, brûlent et dévastent les faubourgs, lui sont plus dangereux que des adversaires déclarés. Ceux-ci voilent quelquefois leur impiété sous des expressions abstraites, qui l'éloignent de la portée du vulgaire. Mais les philosophes qui, en persistant dans le Polythéisme, prétendent le modifier et l'épurer à leur gré, font d'autant plus de mal à cette croyance que leurs coups portent de plus près.

En conséquence, les prêtres les persécutent avec un redoublement de haine. C'est ainsi que ces peuples se battent d'ordinaire avec plus d'acharnement contre leurs voisins et sur leurs frontières.

La marche de la philosophie est déterminée par la nature, d'une manière qui ne peut varier. Il lui est impossible, dans cette marche, de ne pas se séparer de la croyance du peuple : et il lui est impossible encore de se rapprocher de cette croyance, lors même qu'elle tente ce rapprochement.

LIVRE X.

DE LA PHILOSOPHIE A ROME.

—

CHAPITRE I.

Que les rapports qui existèrent entre la philoso-
phie et le Polythéisme à Rome, furent différens
de ce qu'ils avaient été chez les Grecs.

LE tableau de la philosophie grecque à
Rome est très différent de celui de cette philosophie dans son pays natal. Chez les peuples, comme chez les individus, les mêmes
opinions ne produisent point les mêmes effets,
lorsque la raison les découvre graduellement
par sa propre force, et les méditations assi-
dues, et lorsque, les empruntant du dehors,
elle parvient, sans travail, à des résultats
qu'elle reçoit sur parole. La philosophie grecque fut toujours chez les Romains une plante
exotique. Elle ne fut transportée à Rome,
que lorsqu'elle avait déjà pris tout son accroissement. Il est donc possible d'y observer son

introduction, mais non de remonter jusqu'à
sa naissance, ou de suivre ses premiers progrès. On peut, tout au plus, soumettre sa
marche ultérieure à de certaines divisions,
qui forment autant d'époques. Les époques
nous paraissent être au nombre de quatre.
Mais elle furent amenées plutôt par les circonstances extérieures que par le travail et le
développement intérieur de l'esprit humain.

La première de ces époques commence à
l'introduction de la philosophie à Rome, et
finit au règne d'Auguste; la seconde commence au règne d'Auguste, et finit à peu près
à celui d'Adrien, bien que, postérieurement
à cet empereur, il y ait eu encore quelques
philosophies qui appartiennent à cette seconde
époque; la troisième se compose du règne
d'Adrien et de ses deux successeurs qui forment une si honorable et si étonnante exception dans le nombre des Césars; la quatrième
embrasse enfin l'intervalle qui s'écoula depuis
le dernier des Antonins jusqu'à l'extinction
de toute lumière et à la mort de toute pensée.

CHAPITRE II.

De la première époque de la philosophie à Rome.

Il n'est pas étonnant que, durant plusieurs siècles, les Romains n'aient pris aucun intérêt à la philosophie, ou, pour mieux dire, qu'ils n'aient pas su ce que c'était. Occupés d'abord à se défendre, puis à conserver leur puissance sur les voisins qu'ils avaient subjugués, la sagesse que leur fournissait l'expérience était toute pratique. Un bon sens admirable résulta pour eux des difficultés de leur situation extérieure et de la jouissance d'une liberté politique, toujours agitée, mais qui, par ses agitations mêmes, fortifiait et agrandissait les âmes. On a voulu attribuer à la philosophie pythagoricienne quelque influence sur les institutions de Numa, et l'on a pu d'autant plus facilement rassembler à cet égard quelques vraisemblances, que nous avons vu que Pythagore avait inséré dans sa Philosophie plusieurs fragmens de doctrines sacerdotales, auxquelles Numa n'était pas étranger ; mais là se borne probablement tout ce qu'il y a de

commun entre le philosophe grec et le second
roi de Rome (1) ; même après l'époque où les
Romains formèrent des liaisons avec les Grecs
d'Italie et de Sicile, ils n'aperçurent que légèreté, mollesse et corruption chez ces peuples qui, de leur côté, les traitaient de barbares (2).

Vers la fin de la première guerre punique,
les Romains acquirent la connaissance de la
littérature dramatique de la Grèce; des tra-
gédies grecques, traduites par Livius Andronicus, qui mit aussi en vers latins l'Odyssée,
remplacèrent les vers fescennins, les jeux scé-
niques des Étrusques et les grossières farces
atellanes (3).

Ennius, que Caton l'Ancien ramena de Sar-
daigne à Rome, non content des succès que
lui procuraient des imitations pareilles, voulut
en puiser de nouveaux dans une traduction de
l'Histoire sacrée d'Euhémère (4).

C'eût été chez un autre peuple un très grand

---

(1) V. Cicer. *de Orat.* 37.
(2) Cicer. *pro Flam.* cap. 14.—*Dion. Hal.* VII. 70.
(3) Horat. *Ep.* II. I. 140. VII. 1.
(4) Lactant. *de fals. Rel.* I. II.

pas dans la route philosophique, et peut-être en était-ce un dans l'intention de l'auteur latin ; car on trouve dans les fragmens de ses autres poésies plusieurs traces d'incrédulité. Mais il paraît que les Romains ne virent d'abord dans les hypothèses d'Euhémère qu'un objet de curiosité assez frivole. Ils étaient moins scrupuleux que les Athéniens, parce qu'aucune expérience ne les avertissait des conséquences de la philosophie pour la religion. Il en fut de même de l'Exposition du système d'Epicure par Lucrèce. Ces deux ouvrages étaient des germes jetés sur une terre qui n'était pas encore préparée à les recevoir. Bientôt les conquêtes des Romains leur ouvrirent un mode plus efficace de communication avec la Grèce. Ils transportèrent à Rome des esclaves grecs, parmi lesquels il y avait des rhéteurs et des grammairiens, auxquels ils confièrent l'éducation de leurs enfans. Cet usage devint général, malgé la désapprobation de quelques Romains austères, parmi lesquels il est assez curieux de compter le grand-père de Cicéron (1).

____

(1) Nostros homines, *disuit-il*, simules esse Syrorum venalium ut quisque gra.ce sciret, ita esse nequiorem. Cicer. *de Orat.* II. cap. 6.

Tome II. 2

Comme ces rhéteurs enseignaient l'éloquence,
objet d'une si grande importance dans un
pays libre, les craintes et les soupçons cé-
daient toujours à l'avantage immédiat que
leurs élèves pouvaient retirer de leurs leçons.

C'était ainsi que la philosophie avait commencé de se glisser à Rome, d'une manière
partielle, isolée, et presque insensible, lors
de la fameuse ambassade des trois philosophes
parmi lesquels on distingue surtout Carnéade (1). Cette ambassade était composée
de trois hommes, que l'on pouvait considérer
comme les représentans de la philosophie
grecque, de Carnéade l'académicien, du péripatéticien Critolaus et du stoïcien Diogène.

Avide de briller, et flatté de l'effet qu'ils produisaient sur un peuple peu accoutumé à des
recherches aussi subtiles, ces philosophes, et
particulièrement Carnéade, déployèrent toute
la profondeur ou toute la dextérité de leur dia-

---

(1) V. Tiedemann, p. 39. — L'époque de cette
ambassade est fixée par Cicéron à l'an de Rome 598.
Acad. Quœst. IV. 45. *Tusc. Quœst.* IV. 2. Il y a quelques raisons de douter de l'exactitude de cette date.
Mais il est certain qu'elle eut lieu vers la fin du 6e siècle de Rome. BRUCKER. II. 7-8.

lectique, et les jeunes Romains furent saisis d'enthousiasme, en voyant cet usage inconnu de la parole : car les hommes encore simples n'ont aucune idée de s prodigieuse flexibilité.

Mais le gouvernement s'alarma de cette commotion subite. Les vieux sénateurs s'armèrent de toute l'autorité des usages, pour repousser des spéculations qu'ils déclarèrent non moins dangereuses que frivoles. Caton l'Ancien, avec son âpre éloquence, obtint d'une assemblée convaincue, qu'on éloignerait de la jeunesse romaine de perfides rhéteurs qui travaillaient à la destruction de toutes les traditions révérées et au bouleversement de tous les principes de morale. Les sophismes de Carnéade, qui se faisant un mérite du talent méprisable d'attaquer et de défendre indifféremment les opinions les plus opposées, parlait en public, tantôt pour, tantôt contre la justice, durent fournir à Caton des argumens plausibles. La philosophie, dès son début, se présentait sous des apparences défavorables. Caton ne savait pas qu'en les jugeant d'après un sophiste, il les jugeait mal, et qu'un siècle après lui, cette philosophie qu'il voulait proscrire, mieux approfondie et mieux connue, serait le seul asile de son petit-fils contre les trahisons de la destinée et la clémence insolente de César.

L'on ne peut toutefois se défendre d'un vif sentiment de sympathie pour des vieillards vénérables, opposant au torrent qui leur paraissait mettre en danger le salut de la patrie, leurs cheveux blanchis et leur expérience antique; évoquant, pour repousser des doctrines qui leur semblaient menaçantes, les mânes de leurs ancêtres, et de quels ancêtres! des Fabius, des Cincinnatus et des Camille; levant au ciel leurs bras fatigués de victoires, pour appeler à leur aide, d'une voix débile, mais prophétique, les souvenirs de six cents années de gloire et de liberté. Cette sympathie doit s'accroître encore, si l'on compare ce sénat auguste à cette arrogante et folle jeunesse, avide de s'emparer d'une terre qu'elle ne foule que depuis hier; se croyant appelée à tout renouveler, parce qu'elle se sent une race nouvelle; insultant, dans sa force impétueuse et qu'elle rêve éternelle, à la faiblesse honorable de ses pères, et presque impatiente de voir disparaître ces guides qui ralentissent sa marche, ces représentans des temps écoulés.

Si néanmoins nous faisons succéder à cette impression naturelle une réflexion calme et impartiale, nous serons obligés de reconnaître que, pour arrêter les progrès de la philosophie et même des sophismes de la Grèce, le sénat prenait le mauvais moyen.

Tout ce qui est dangereux contient un principe de fausseté, déguisé peut-être avec artifice, mais qu'il est toujours possible de découvrir. Affirmer le contraire serait le plus grand blasphème contre cette providence, dont les partisans de l'erreur prétendent embrasser la cause, tandis que les seuls amis de la vérité sont dignes de la défendre.

C'est donc à démontrer la fausseté des opinions pernicieuses qu'il faut travailler, et non point à proscrire un examen qui, lorsqu'il est proscrit, ne s'en fait pas moins, mais se fait imparfaitement, avec trouble, avec passion, avec ressentiment et avec violence.

Etait-il donc si difficile de répondre au sophiste d'Athènes ? était-il si difficile de prouver que ses raisonnemens contre la justice n'étaient que de misérables arguties ? était-ce une entreprise téméraire que d'en appeler, dans le cœur de la jeunesse romaine, aux sentimens indélébiles qui sont dans le cœur de tous les hommes ; de sauver, dans ces âmes encore neuves, les élémens primitifs de notre nature, et de diriger leur indignation contre une théorie qui, consistant tout entière en équivoques et en chicanes, devait, par la plus simple analyse, devenir bientôt couverte et de ridicule et de mépris. L'on sourira de pitié peut-être à l'idée d'un gouvernement si confiant à la raison, au lieu d'employer les prohibitions et les menaces. L'on ne veut aujourd'hui de communications habituelles entre les gouvernans et les gouvernés que par des édits, des soldats. Les moyens sont commodes, et paraissent sûrs. Ils ont l'air de tout réunir, facilité, brièveté, dignité ; ils n'ont qu'un seul défaut, celui de ne jamais réussir.

Le sénat de Rome en fit l'expérience. Ce ne fut pas faute d'autorité qu'il échoua dans ses efforts contre la philosophie grecque. Caton s'applaudit sans doute du triomphe passager qu'il remporta. Les députés d'Athènes furent renvoyés précipitamment ; pendant près d'un siècle, des édits sévères, fréquemment renouvelés, luttaient contre toute doctrine étrangère, lutte inutile ; l'impulsion était

donnée : rien ne la pouvait arrêter. Les jeunes
Romains conservèrent d'autant plus obstinément dans leur mémoire les discours des sophistes, qu'on leur semblait avoir injustement
éloigné leurs personnes. Ils regardèrent la dialectique de Carnéade moins comme une opinion qu'il fallait examiner que comme un bien
qu'il fallait défendre, puisqu'on menaçait de
le leur ravir. L'étude de la philosophie grecque
ne fut plus une affaire d'opinion, mais, ce qui
paraît bien plus précieux encore, à l'époque
de la vie où l'âme est douée de toutes ses forces
de résistance, un triomphe sur l'autorité. Les
hommes éclairés, d'un âge plus mâle, réduits
à choisir entre l'abondance de toute spéculation philosophique ou la désobéissance au
gouvernement, furent forcés à ce dernier parti
par le goût des lettres, passion qui, lorsqu'une
fois elle a pris naissance, s'accroît chaque jour,
parce que la jouissance est en elle-même. Les
uns suivirent la philosophie dans son exil d'A-
thènes ; d'autres y envoyèrent leurs enfans.

Enfin la philosophie, lorsqu'elle revint de
son bannissement, eut d'autant plus d'influence, qu'elle arrivait de plus loin, et qu'on
l'avait acquise avec plus de peine. Les géné-

raux eux-mêmes, que leur éducation belli-
queuse et leur vie active auraient dû préserver
naturellement de la contagion des lumières,
s'y livrèrent au contraire avec empressement.
Le métier des armes apprend à l'homme à
mettre un grand prix à l'opinion, et cette
habitude, une fois contractée, se reporte ensuite sur des objets étrangers au métier des
armes. C'est pour cela que l'on voit souvent
des hommes, nés ou élevés dans les camps,
imiter la mode, autant que possible, et, lorsque le siècle est doux et policé, choisir ou affecter des manières douces et des occupations
élégantes. Ainsi le farouche et grossier Mum-
mius, voyant qu'il était d'usage à Rome d'aimer les statues, crut se devoir d'en envoyer
de Corinthe, en exigeant du navigateur qui
s'en chargeait de remplacer celles qui seraient
perdues. De même, la philosophie étant à
la mode, les plus illustres capitaines se firent
suivre dans leurs expéditions par des philosophes, qu'ils ramenèrent à Rome après leurs
victoires. Antiochus l'académicien fut le compagnon de Lucullus. Sylla fit transporter dans
la capitale la bibliothèque d'Appollicon de
Téos, qu'Andronicus de Rhodes fut chargé de

mettre en ordre, et ce fut à cette bibliothèque que les Romains durent la connaissance
des ouvrages d'Aristote, dont Andronicus suivait la doctrine. Caton d'Utique, tribun militaire en Macédoine, fit un voyage en Asie,
dans le seul espoir d'obtenir du stoïcien Athé-
nodore qu'il abandonnerait sa retraite de Pergame, et viendrait le consoler des ennuis et
du tumulte des camps. Enfin Cicéron, pendant sa longue, active et glorieuse carrière,
ne cessa de consacrer à la philosophie tous les
momens qu'il put dérober à ses devoirs d'ora-
teur, de soldat et de citoyen. Dès son enfance,
intime ami de Diodore, disciple ensuite de
Posidonius et de Panétius, et protecteur de
Cratippe, il répétait qu'il devait ses talens et
son éloquence même, bien plus à la philosophie qu'à la réthorique (1). Mais les esprits
qui se livraient ainsi avec enthousiasme à la
philosophie n'étaient point préparés, pour
la plupart, à des spéculations abstraites, par
des études antérieures; il en résulta que la
philosophie pénétra dans la tête de ces nou-

---

(1) Fateor me oratorem, si modo sim, aut etiam
quicumque sim, non ex rhetorum officinis, sed ex
Academiæ Spatiis extiisse. *Orat.* ch. 3.

veaux disciples, pour ainsi dire, en masse et dans son ensemble. Elle ne s'identifia pas avec le reste de leurs opinions, et son influence fut à la fois plus forte et moins continue qu'en Grèce ; plus forte dans les circonstances importantes, dans lesquelles l'homme, jeté loin de la routine et des habitudes, cherche des appuis, des motifs ou des consolations extraordinaires ; moins continue, parce que la philosophie, lorsque rien ne troublait l'ordre accoutumé, redevenait pour les Romains une science qu'ils avaient apprise, plutôt qu'une règle de conduite applicable dans tous les instans de la vie sociale. Nous n'apercevons à Rome aucun individu qui se soit uniquement occupé de spéculations philosophiques, comme les principaux sages de la Grèce, mais, de l'autre part, nous ne voyons en Grèce presque personne qui ait su tirer de la philosophie des secours aussi puissans que les illustres citoyens de Rome, au milieu des camps, des guerres civiles, des proscriptions et de la mort. Ce n'est pas que plusieurs philosophes grecs n'aient supporté les persécutions avec un grand courage ; mais ce courage était une partie des devoirs de leur

état, et de la carrière qu'ils avaient exclusivement embrassée : au lieu que les Romains,
qui s'appuyaient de la philosophie pour combattre ou pour mourir, étaient des guerriers,
des magistrats, des sénateurs et des conjurés.

CHAPITRE III.

De la manière dont les Romains se partagèrent
entre les différentes sectes philosophiques.

Les Romains se partagèrent plutôt entre
les systèmes qui se présentèrent à eux qu'ils
ne les analysèrent. Cependant toutes les
sectes ne trouvaient pas auprès d'eux une
faveur égale. Bien que l'épicuréisme eût eu
l'avantage d'être exposé en très beaux vers
par Lucrèce, il fut d'abord repoussé par un
sentiment presque universel, ce fut moins à
cause de la morale dont on ne prévoyait pas
encore toutes les conséquences, que parce
qu'il recommandait à ses disciples une vie
spéculative et retirée, libre de la fatigue et
du danger des affaires. C'est en effet le principal reproche que Cicéron adresse à la phi-

losophie épicurienne, qu'il poursuit d'ailleurs, dans ses ouvrages, d'un blâme sévère (1). Les citoyens d'une république ne peuvent concevoir l'oubli de la patrie, parce qu'ils en ont une. Ils considèrent comme une faiblesse coupable cet éloignement pour toute carrière active, qui, sous le despotisme, devient le besoin, le salut et la vertu de tous les hommes indépendans et intègres.

La philosophie épicurienne eut cependant pour élève un Romain illustre. Je ne veux pas parler d'Atticus (2), caractère équivoque et double, sans principes et sans opinions, délicat dans ses relations privées, mais insouciant sur les intérêts publics, plaçant son impartialité dans l'indifférence, sa modération dans l'égoïsme, production d'un siècle qui s'affaiblissait, avant-coureur certain d'une dégradation peu éloignée, et donnant un exemple d'autant plus funeste que, sous des formes élégantes, il apprit à la foule, encore indécise et vacillante, comment chacun pouvait

---

(1) Recubans in hortulis molliter et delicatule nos avocat Epicurus rostris, à judiciis, à curia, *de Orat.* III.

(2) Corn. Nepos, in Attico.

s'isoler avec adresse, et manquer décemment à tous les devoirs. Le Romain dont je veux parler, c'est Cassius, qui se voua dès son enfance à la cause de la liberté ; qui, repoussant tous les plaisirs et toutes les douceurs de la vie, n'eut qu'une pensée, qu'un intérêt, qu'une passion, la patrie ; qui fut l'âme des conspirations contre César ; qui voulait, dans sa prévoyance, étendre sur Antoine la vengeance d'un peuple opprimé ; qui combattit en regrettant de ne pouvoir appeler les dieux à la défense de Rome ; qui mourut en s'affligeant de ne pas espérer une autre vie, et dont la carrière fut toujours de la sorte dans une honorable opposition avec sa doctrine (1).

Les sectes de Pythagore, d'Aristote et de Pyrrhus rencontrèrent à Rome des obstacles d'une autre espèce. La première, par une conséquence fâcheuse, mais naturelle du secret dont elle avait enveloppé sa doctrine depuis sa naissance, avait contracté des liaisons intimes avec plusieurs superstitions étrangères. C'est un des inconvéniens du mystère que, lors même que l'intention primitive en est

(1) Plutarch. in Bruto.

pure, l'imposture finit toujours par s'en emparer, la plupart des prêtres et des astrologues, si souvent chassés par les décrets du sénat et méprisés toujours par tous les hommes
d'une éducation cultivée, se disaient disciples
de Pythagore. Nigidius Figulus est le seul
philosophe pythagoricien qui paraisse avoir
joui chez les Romains de quelque considération. L'obscurité d'Aristote avait peu d'attraits
pour des esprits étrangers aux spéculations
abstraites et plus curieux que méditatifs; enfin
l'exagération du pyrrhonisme devait révolter
des raisons droites plutôt que subtiles, et qui
ne trouvaient rien d'applicable dans un doute
poussé jusqu'à l'extravagance, et contraire
aux témoignages des sens. Le platonisme, qui
n'était point encore ce qu'il devint deux siècles après, entre les mains des platoniciens
nouveaux ; le scepticisme modéré de la seconde académie ; le stoïcisme, furent les systèmes entre lesquels les Romains se partagèrent. Lucullus Brutus et Varron furent
platoniciens. Cicéron, qui fit ses délices de
l'examen et de la comparaison de toutes les
doctrines diverses, pencha pour l'indécision
de l'académie. Dans ses livres sur la Nature des

dieux il a merveilleusement saisi l'esprit du scepticisme de la nouvelle académie et ses doutes sur la religion. Le stoïcisme seul eut des droits sur la grande âme de Caton.

Une observation nous frappe ici : on répète machinalement de siècle en siècle par une facilité merveilleuse à redire ce qui a été dit, que la philosophie a fait la perte de Rome. Cependant tous les hommes qui défendirent la république furent philosophes. Varron mérita d'être proscrit par les triumvirs (1). Brutus chérissait tellement les doctrines grecques, qu'il n'existait pas de son temps, nous dit Plutarque, un sage qu'il n'eût entendu, une secte qui ne lui fût connue. Caton, qui nous a laissé un exemple vers lequel les regards se tournent, quand les bouches sont muettes, mourut en lisant Platon (2). Cicéron, qui, moins fort de caractère, mais non moins sincère dans ses opinions, présenta pourtant à Popilius une tête fière, se punissant ainsi d'avoir espéré d'Octave, s'était consolé par la

____

(1) Il échappa à leurs poursuites, mais il perdit sa bibliothèque et ses propres écrits.

(2) In Bruto.

philosophie de son exil et de toutes ses adver-
sités. L'histoire ne nous apprend pas que les
destructeurs de la liberté romaine eussent
pour la méditation un pareil amour. Nous
n'avons pas de grands renseignemens sur la
philosophie de Catilina. César, à l'entrée de sa
funeste carrière, professa dans le sénat quelques principes d'une irréligion triviale, axiomes grossiers et confus, que probablement ce
jeune conspirateur avait recueillis dans les
rares intervalles de ses débauches et de ses
complots. Le voluptueux Antoine, l'imbé-
cille et lâche Lépide, et tous ces sénateurs
avilis et tous ces centurions féroces, dont les
uns trahirent, dont les autres déchirèrent
Rome expirante, ne s'étaient, que nous sa-
chions, formés dans aucune école.

Nous croyons avoir jugé, sans trop d'indulgence, plusieurs sectes philosophiques ; nous
nous sommes exprimés sur quelques-unes avec
une réprobation forte et sentie ; mais il faut
distinguer cette réprobation de l'anathème
que voudraient prononcer contre la pensée
des hommes qui ont à gagner à ce que la
pensée soit proscrite. Au milieu de ses erreurs
mêmes, la méditation désintéressée agrandit

l'esprit et ennoblit l'âme ; et la philosophie, tout en se trompant, a cet avantage qu'elle détache ses sectateurs de ces intérêts ardens et avides, pour lesquels des ambitieux, ignobles malgré leur pompe et vulgaires malgré leur gigantesque grandeur, bouleversent ce monde et dévorent les générations qu'ils ont asservies.

CHAPITRE IV.

Des rapports de la philosophie romaine à cette époque avec le Polythéisme.

La philosophie, dès son arrivée à Rome, dut contraster beaucoup plus avec le Polythéisme, qu'elle n'avait contrasté en Grèce avec la même croyance. La religion et la philosophie s'étaient l'une et l'autre modifiées chez les Grecs progressivement. Il n'y avait point chez ce peuple de corps de doctrine, contenant la profession de foi nationale. L'influence légale du sacerdoce était fort limitée. Son influence accidentelle, très puissante quelquefois, était néanmoins toujours vague et incertaine.

Tome II. 3

Il n'en était pas de même à Rome. La religion romaine, défendue par un sacerdoce fortement constitué, n'était point assez flexible pour se plier aux changemens graduels de l'opinion. La philosophie, armée de toutes pièces et forte de trois siècles de méditations, se plaça d'un côté : la religion resta de l'autre ; et, bien qu'elle fût, comme nous l'avons déjà remarqué, plus raisonnable à Rome qu'en Grèce, elle contenait toutefois assez de choses qui donnaient prise pour que la chute fût infaillible.

L'on croirait d'abord qu'il est avantageux pour une religion d'avoir des défenseurs enrégimentés, qui combattent vigoureusement contre la plus légère attaque. Elle y gagne sans doute de maintenir ses formes plus invariables ; et, pour la masse du peuple, pendant long-temps les formes sont le fond. L'opinion, pénétrant de toutes parts, bien qu'invisible, à travers la garde qui veille aux frontières, n'est pas précisément repoussée, mais tellement dispersée, qu'elle se divise, pour ainsi dire, en atomes presque imperceptibles, qui, ne pouvant se réunir, ne composent point un corps ; rien ne fait pressentir la présence de l'ennemi : mais il en résulte que , lorsqu'une opinion contraire à la religion dominante arrive de l'extérieur, tous les fragmens homogènes se réunissent autour de cette opinion , comme les brouillards qui flottent dans l'air, autour du premier objet solide qu'ils rencontrent. Alors, chacun comparant avec l'opinion nouvelle ce qu'il avait pensé plus d'une fois sans y réfléchir et sans s'y arrêter , est tout étonné de s'apercevoir qu'elle ne fait que rassembler les pensées éparses , et que , longtemps avant que la religion fût attaquée sous une forme méthodique, il ne croyait plus à sa religion.

Cependant les Romains, qui avaient toujours uni leur culte à la politique, cherchèrent à conserver, malgré les progrès de l'incrédulité, ce moyen puissant d'influer sur les hommes. Le pontife Mucius Scévola, que Cicéron reconnaissait pour son maître , distinguait trois espèces de dieux, ceux des poètes , ceux des philosophes et ceux des législateurs. (1). Il regardait les uns comme ab-

____

(1) Aug. Civ. Dei. IV. 7.

surdes, les autres comme impropres à une
religion populaire, et les derniers seuls comme
admissibles. Varron divisait la théologie en
fabuleuse, en physique et en civile. Cette distinction de Varron rappelle, à certains égards,
celle que les philosophes du dix-huitième siècle
avaient établie entre la philosophie et la religion, et grâce à laquelle ils pouvaient répondre
à toutes les accusations d'impiété : nous raisonnons comme philosophes, non comme théologiens. Ces deux distinctions avaient la même
source et le même motif. L'imagination se
jouait de la première. La sagesse avait inventé
la seconde ; la troisième était un instrument
de l'état (1). Cotta séparait, en matière de
religion, les preuves historiques des preuves
philosophiques. J'ai le droit, disait-il, d'exiger
d'un philosophe la démonstration de ses hypothèses ; mais je dois admettre sans preuve les
assertions de nos aïeux. Le stoïcien Balbus,
après avoir déclaré que tous les dieux du Polythéisme étaient des personnifications de la
force divine répandue dans la nature, voulait

----

(1) Aug. Civ. Dei. *loc. cit.* VI. 5.

que l'on révérât ces dieux, comme transmis par la coutume de génération en génération (1). Enfin Cicéron, dont les ouvrages portent d'ailleurs tant de coups mortels à la croyance de la patrie, disait qu'il était du devoir d'un homme sage de rester fidèle aux institutions et aux cérémonies que l'antiquité avait consacrées (2), et que, pour dominer le peuple et pour la plus grande utilité de la république, il fallait conserver en tout la discipline de la religion (3).

Mais c'était vainement que ces hommes, en lutte avec eux-mêmes, et peu d'accord sur leurs propres intentions, s'efforçaient de retenir le simulacre du Polythéisme sur le penchant de l'abîme qui en avait englouti la réalité. Au milieu des ménagemens qu'ils se commandaient, ils trahissaient leur propre sentiment et celui de leur siècle. Si l'on me chargeait, disait Varron, de donner une religion au peuple romain, je la lui donnerais bien différente de celle qui existe ; mais, puisqu'elle est établie et consa-

____

(1) Cicer. *de Nat. Deor.* II. 28.
(2) Id. *de Divin.* II. 72.
(3) Id. *Ib.* II. 33.

crée, j'en veux parler de manière à ne pas
attirer sur elle le mépris public. Vainement
ils se fatiguaient en distinctions subtiles entre
les diverses espèces de théologie. Ils cherchaient, ils adoptaient toutes les explications
des écrivains qui les avaient précédés, et ne
sentaient pas qu'un peuple, qui ne croit plus
ce qu'on lui révèle de la part des dieux,
croira moins encore ce qu'on lui veut enseigner de la part de quelques écrivains dont
il ignore les noms, et dont il ne comprend
pas les systèmes. Lorsque la faculté religieuse
est attaquée dans son centre, dans l'âme de
l'homme, et que l'on prétend faire de la religion une science, la partie scientifique peut
rester, mais tout ce qu'on veut y joindre de
religieux tombe.

Aussi verrons-nous dans peu de temps les
antagonistes du Polythéisme foudroyer vic-
torieusement ces distinctions impuissantes.
Vous inventez, diront-ils, des dieux que vous
nommez fabuleux, pour être en liberté d'exprimer le dédain qu'ils vous inspirent. Mais
ce dédain rejaillit sur les dieux populaires qui
portent les mêmes dénominations; ces dieux
fabuleux, selon vous, appartiennent au

théâtre, et les dieux civils à la cité. Mais le théâtre et la cité sont également l'ouvrage des hommes : et les dieux dont vous riez sur la scène, ou que vous insultez dans vos livres, ne sont pas différens de ceux à qui vous dressez des autels (1).

—

CHAPITRE V.

De la seconde époque de la philosophie à Rome.

Avec Auguste, commença, pour la philosophie comme pour l'espèce humaine, une époque nouvelle, mais dont les symptômes devinrent remarquables, surtout sous Tibère.

Durant le règne d'Auguste, les âmes, qui étaient fatiguées des discordes civiles, mais qui n'étaient pas façonnées au joug, s'occupèrent d'abord d'un travail intérieur que l'homme fait sur lui-même, pour retrouver une assiette fixe et tolérable, dans une situation qui le blesse, travail plus ou moins long, sui-

______

(1) Aug. *Civ. Dei.* VI. 6. 7. 9.

vant que les peuples sont plus ou moins dégradés. Malgré la corruption presque universelle, les souvenirs et les habitudes de la liberté avaient conservé sur les Romains assez
de pouvoir, pour qu'il leur fallût quarante-
cinq années pour parvenir à une dégénération
complète. D'autres peuples ont marché plus
vite. Au milieu de cette lutte entre ce qu'il y
a de noble dans l'homme et ce qu'il doit être
pour vivre doucement sous la tyrannie, on a
voulu chercher dans cette philosophie, la
cause de la chute de la liberté; mais les dates
nous prouvent qu'elle fut au contraire un de
ses effets. Nous voyons les Romains les plus
distingués du temps d'Auguste, se faire en
quelque sorte violence pour se courber jusqu'à elle.

Horace qui, bien que poète, peut être rangé
parmi les épicuriens les plus illustres, nous
offre un exemple assez curieux de cet effort
de l'âme contre elle-même. Avant d'être le
flatteur d'Auguste, il avait combattu sous
les drapeaux de Brutus (1). Il avait été très
bon militaire sous ce dernier défenseur de la

____

(1) Bruto militiæ duce.

iberté romaine ; et puisque, fils d'un affranchi, il avait obtenu une dignité dispro-
portionnée avec sa naissance, il est vraisemblable qu'il s'était distingué dans les armées
de la république, avant la bataille de Philippe (1). Il jeta son bouclier, nous dit-il, et
prit la fuite à cette bataille (2); et, de ce bon
mot d'un vaincu, l'on s'est empressé de conclure qu'il s'applaudissait de sa lâcheté, et
qu'il avait vu succomber sans regret la cause
qu'il avait servie ; mais savons-nous jusqu'à
quel point il se croyait forcé par le despotisme à exagérer la honte de la défaite et
l'excès de la terreur? Le despotisme condamne les honneurs à déguiser leurs vertus,
comme les gouvernemens libres les obligent
à cacher leurs vices. Horace nous dit ailleurs
que, par zèle pour la cause républicaine, il
avait quitté les douces retraites d'Athènes,
sacrifié sa fortune et risqué sa vie (3). Pauvre,
proscrit, fugitif, il revint à Rome; et, cédant

---

(1) Quem rodunt omnes libertino patre natum
    Nunc, quia sum tibi, Mæcenas, convictor ut olim,
    Quod mihi pareret legio romana tribuno.
(2) Relictâ non bene parmulâ.   Od. II. 7.
(3) Dura sede movere loco me tempora grato,

avec l'univers, il se courba devant Octave et
mendia la protection de Mécène. Alors il
commença le travail de dégradation volontaire, auquel un seul homme condamne
quelquefois toute une génération. Menacé
dans sa sûreté, il s'efforça de la regagner, en se
rendant agréable à la puissance. Trompé dans
les espérances de sa jeunesse, il se réfugia
dans le plaisir, étourdissement passager d'une
vie que la liberté n'animait plus; et, comme
les esprits d'une certaine trempe ont besoin
de rattacher leur conduite, et jusqu'à leurs
faiblesses à des idées générales, il vanta l'é-
picuréisme qui justifiait sa résignation. Cependant Horace, devenu épicurien, semble
regretter fréquemment qu'une plus noble doctrine lui soit interdite; il rappelle sans cesse
la brièveté de la vie, comme sa consolation
secrète, et son excuse à ses propres yeux; il
renonce à la liberté publique; mais il ressai-
sit obstinément son indépendance indivi-

Civilisque rudem belli tulit æstus in arma,
Cæsaris Augusti non responsura lacertis :
Unde simul primum me dimisère Philippi,
Decisis humilem pennis, inopemque paterni
Et laris et fundi. —

duelle. Il cherche la retraite ; il fuit le crédit , il échappe à Mécène au risque de lui déplaire. Il fait mieux encore. Tout ce qu'il est possible, sous un usurpateur hypocrite et soupçonneux, de dire d'honorable pour les derniers soutiens de la liberté, il le place dans ses odes. Deux fois il chante la gloire et la mort de Caton, et ces deux passages sont au nombre de ses morceaux les plus sublimes ; s'il loue Auguste, ce n'est jamais comme ayant détruit la liberté romaine, c'est comme ayant dompté les peuples ennemis du nom romain. Il a célébré sa victoire contre Antoine, son compétiteur de tyrannie. Il se taît sur celle qu'il a remportée sur Brutus. Toutes les fois que son sujet le ramène aux souvenirs qu'il repousse, ses élans subits et involontaires le portent à prononcer anathème contre la tyrannie même devant laquelle il baisse le front. Tantôt il représente l'homme juste, inébranlable devant le maître qui le menace ; tantôt, dans une ode à la Fortune, composée manifestement dans le dessein de flatter Auguste , il peint tout à coup les tyrans vêtus de pourpre, craignant que la destinée ne renverse leur colonne d'un pied injurieux, et que le peuple assemblé ne crie de toutes parts aux armes et ne brise leur empire (1). On voit que les souvenirs de la liberté ne furent ni étrangers à son âme, ni inutiles à son talent. On sent que son génie ne se fût jamais élevé si haut, si, dès sa jeunesse, il eût vécu dans un tranquille esclavage, et que c'est au compagnon de Brutus que le courtisan de Mécène doit une partie de la pompe de ses expressions et toute la hauteur de ses pensées.

Ce que fit Horace, d'autres le firent avec plus de facilité, parce qu'ils avaient moins de talent et plus de bassesse. La philosophie d'Epicure devint la doctrine dominante. Les Romains apprirent qu'il ne suffit pas, sous l'arbitraire, d'être soumis pour vivre paisibles, ni d'être vils pour être épargnés. L'oppression, quand elle s'enveloppe de formes douces et hypocrites, énerve et avilit l'espèce humaine; mais quand elle est suffisamment féroce, elle en redevient la rigoureuse et utile institutrice.

----

(1) Purpurei metuunt tyranni,
  Injurioso ne pede proruas
  Stantem columnam, neu populus frequens
  Ad arma cessantes, ad arma
  Concitet, imperiumque frangat.   I. 35.

C'est à la cruauté sombre du fils de Livie, à la démence de son successeur, à l'imbécillité du mari d'Aggrippine, et à la dépravation sanguinaire et capricieuse de son fils, que Rome dut la renaissance du stoïcisme. Ces stoïciens, retrempés par le malheur, ne s'égarèrent plus dans une métaphysique obscure et inapplicable; ce n'était point leur esprit qui cherchait un exercice : c'était leur âme qui demandait un asile ; elle ne pouvait le trouver que dans la morale.

Nous avons parlé de la morale des stoïciens en traitant de la philosophie grecque. Comme cette morale ne fit à Rome que se développer et s'étendre, nous pouvons, pour ce qui regarde les principes, renvoyer nos lecteurs à à cette partie de notre ouvrage. Mais les stoïciens de Rome tirèrent des conséquences sublimes de quelques axiomes qui n'étaient en Grèce que des sophismes et des arguties. L'on a vu qu'afin de concilier la liberté humaine avec la nécessité, les disciples de Zénon avaient prétendu que l'homme, pour être libre, n'avait qu'à vouloir ce que la nécessité lui commandait. Le stoïcisme romain partit de cette idée pour créer un genre de liberté qu'il plaça dans le fond des cœurs, comme dans un sanctuaire. Ne pouvant sortir l'individu de la grande chaîne des événemens, sans rompre cette chaîne, et sans renverser ainsi l'ordre de la nature et les notions de cause et d'effet, ils imaginèrent de le rendre indépendant des événemens par le sentiment et par la pensée : et cette hypothèse, qui n'avait été en Grèce qu'un moyen d'éluder de pressantes objections, devint un principe de force, de fierté, d'héroïsme, qui défia toutes les fureurs des tyrans (1). Il en fut de même des maximes adoptées par cette secte sur la prière. Pour obtenir des dieux ce que nous voulons, avait-on dit, il faut ne leur demander que ce qu'ils veulent. C'était là presque une raillerie contre la bonté divine, et l'efficacité de nos vœux. Cette subtilité néanmoins servit merveilleusement à déterminer quelles sollicitations nous devons adresser aux dispensateurs des destinées. Le sage n'attend

---

(1) Il n'y a point de philosophes, observe un écrivain distingué, qui ait parlé plus fortement de la fatale nécessité des choses, ni plus magnifiquement de la liberté de l'homme que les stoïciens.

point que les dieux lui confèrent des faveurs extérieures et visibles. Il ne les invoque pas contre les événemens, mais contre sa faiblesse. Il implore d'eux, non la possession, mais le mépris des richesses, non la prolongation de la vie, mais le courage dans la mort (1).

Il en fut de même encore des raisonnemens sur l'existence du mal. L'impossibilité de résoudre ce problème d'une manière satisfaisante avait suggéré plus d'une fois aux stoïciens grecs l'assertion hardie que le mal n'existait pas. Les stoïciens romains donnèrent à cette assertion une forme plus raisonnable, moins absolue, et surtout plus fertile en résultats élevés. Il n'existe, dirent-ils, d'autre mal que le vice, ni d'autre bien que la vertu. Il est donc libre à tout homme d'éviter le mal, puisque tout homme est libre d'être vertueux (2).

Fortifié par un tel système, Cassius Julus attendit la mort sans crainte sous Caligula, et tournant sur lui-même, à cette époque solennelle, un regard curieux, observa les grada-

____

(1) Anton. V. 21. IX. 40. — Arrien. I. 16.
(2) Senec. *Epist.* 66. *de Provid.* 5.—Anton. IV. 39.

tions par lesquelles le principe de vie dépose
les organes et se sépare du corps (1). Thra-
séas imprima, par son exemple, aux âmes les
plus affaiblies un ébranlement passager, mais
salutaire, et qui se renouvela d'âge en âge,
à des époques semblables (2). Le courage tar-
dif de Sénèque lui rendit quelques droits à une
estime mêlée de pitié. Marc Aurèle remporta une victoire plus difficile, et c'est au
stoïcisme que nous devons l'exemple unique
d'un homme qui, revêtu d'un pouvoir sans
bornes, ait su ne pas en abuser.

Dans ces efforts pour entourer l'homme
d'un rempart impénétrable à tous les événemens du dehors, qui ne pouvaient lui apporter
que de la souffrance ou de l'opprobre, le
stoïcisme ne s'occupa guère de la religion
publique, soit pour l'attaquer, soit pour la défendre. Il n'avait rien à en redouter, et elle ne
pouvait lui prêter nulle assistance; mais les
croyances sont plus menacées lorsqu'on les
croit inutiles, que lorsqu'on veut les démontrer fausses. Sénèque, en disant qu'il est su-

____

(1) Senec. *de Tranq.* 14.
(2) Tacit. *Annal.* XV. 20.

perflu d'élever au ciel des mains suppliantes,
et que ce Dieu qui doit nous protéger, réside
en nous-mêmes (1); Lucain, en indiquant,
comme l'unique flambeau qui nous puisse
éclairer la révélation éternelle et innée que
l'auteur de l'âme a gravée dans l'âme de chacun de nous au moment de sa naissance (2),
attestent mieux la chute du Polythéisme populaire, que s'ils avaient encore daigné lui accorder l'honneur d'une objection, ou la distinction d'une attaque.

—

CHAPITRE VI.

De la troisième époque de la philosophie à Rome.

Nous venons de voir la philosophie s'élever
à la plus grande hauteur à laquelle l'esprit

---

(1) Non sunt ad cœlum levandæ
    Manus, etc.
(2) Quid quæri, Labiene, jubes ?....
    Scimus, et hoc nobis non altius
        Inseret Ammon.
    .... Nec vocibus ullis
    Numen eget, dixitque semel nascentibus auctor
        Quidquid scire licet.   PHARS. IX. 570.

humain l'eût encore portée, sous les princes
les moins faits pour l'apprécier, les plus disposés à la prescrire. Elle va décliner de ce
rang, sous des empereurs qui l'honoraient de
faveurs spéciales ; tant il est vrai que ce n'est
pas des faveurs du pouvoir que l'intelligence
de l'homme a besoin, et que, s'il fallait choisir, il vaudrait encore mieux pour elle être
proscrite que protégée.

Adrien, fier ou plutôt vain de ses connaissances dans la littérature grecque, rassembla
près de lui tout ce qui pouvait faire de sa cour
une académie, et combla de bienfaits tous les
grammairiens et tous les rhéteurs qui accou-
rurent au premier signal pour lui composer
un cortége philosophique. Il leur prodigua,
non seulement des trésors et des places, mais
l'honneur plus précieux de son intimité, et
cette familiarité des grands, qui jette, dit-on,
la plupart des hommes dans une ivresse si
douce. Assis à sa table, ils agitaient avec
lui ou devant lui des questions abstraites. Il
aimait à les contempler, s'acharnant les uns
sur les autres, et se poursuivant de syllogismes ; et l'idée de plaire au maître du
monde enflammait leur zèle. Souvent il se

mêlait à leurs discussions; il accablait ces doctes convives d'interrogations captieuses et d'objections frivoles. Mais on sait que trente légions donnaient du poids à ses raisonnemens et de la finesse à ses railleries (1).

Alors la philosophie changea de caractère, le stoïcisme disparut, l'esprit de secte sembla prendre une activité qu'il n'avait eue jamais à Rome. Mais ce ne fut pas l'esprit des sectes grecques, persévérant dans son investigation, sincère dans sa ténacité, et ne se livrant des combats à mort sur des questions de peu d'importance, que parce qu'il leur prêtait de bonne foi une importance imaginaire. Ce fut un esprit de secte factice, calculé par des sophistes avides, pour amuser un sophiste couronné.

Ce que les plus célèbres ou les plus heureux faisaient à sa cour, d'autres, moins connus, le firent plus obscurément dans tous les palais des riches. L'imitation créa simultanément deux classes, les protégés et les protecteurs. On vit de toutes parts des hommes

____

(1) Spartian. *in Hadrian.* c. 15.

couverts de manteaux déchirés, ou de robes superbes, affecter les uns la rudesse de Diogène, les autres la méditation de Pythagore ou la gravité de Zénon, mais se ressemblant tous en ce point, qu'ils dévoraient l'outrage, prodiguaient la louange et mendiaient des présens et même des repas, but passager d'une ambition bien modeste.

A cette époque, les rapports de la philosophie et de la religion seraient difficiles à fixer : car il n'y avait plus ni religion ni philosophie.

CHAPITRE VII.

De la quatrième époque de la Philosophie à Rome.

Nous ne décrirons point dans ce livre la quatrième époque de la philosophie romaine. Cette époque commença lorsque les âmes, toujours plus abâtardies, eurent perdu tout moyen de se relever par elles-mêmes, et que le cours naturel des événemens, interrompu par quatre règnes modérés et sages, eut replacé sur le trône des despotes dignes de leurs peuples. Alors l'homme, jeté sans abri comme sans espoir sur la terre, éprouva le besoin de rétablir une communication entre cette terre et le ciel; la philosophie reprit les formes du Polythéisme, et voulut, par un sens nouveau et par des interprétations symboliques, lui rendre quelque vie, lui redonner quelque chaleur. Nous raconterons bientôt cette révolution singulière, qui nous montrera l'esprit humain, convaincu de son impuissance, s'élançant au secours de la croyance qu'il avait superbement dédaignée, et s'efforçant en vain de retarder une chute dont il avait été le premier auteur.

LIVRE XI.

DES MYSTÈRES DANS LE POLYTHÉISME INDÉPENDANT DE LA DIRECTION DU SACERDOCE.

———

CHAPITRE I.

Objets de ce livre.

LES causes de décadence que nous avons exposées dans nos derniers livres, seraient suffisantes pour opérer la chute du Polythéisme. Mais nous avons encore à en indiquer une autre, qui naît de la conduite même du sacerdoce, et de ses efforts pour conserver et augmenter son pouvoir. Nous avons dit dans un précédent livre de cet ouvrage, que les prêtres du Polythéisme indépendant de la direction sacerdotale transportaient dans les mystères plusieurs des caractères du Polythéisme sacerdotal, et cherchaient à s'y arroger la puissance dont les institutions politiques et civiles les privaient à l'extérieur : nous sommes appelés maintenant à prouver cette assertion, et nous expliquerons en même temps comment les mystères, institués par les soins du sacerdoce, contribuent à la chute de la religion qu'il est dans l'intérêt de ce sacerdoce de défendre.

L'auteur des *Recherches sur les Mystères du Paganisme* (1) est parti, ce nous semble, d'un principe faux, en faisant remonter l'institution des mystères à des guerres religieuses, entièrement contraires à l'esprit du Polythéisme et à la disposition de l'espèce humaine dans les âges contemporains de la formation des sociétés. Nous avons tâché de montrer le peu de fondement de cette hypothèse. Mais nous aimons à reconnaître que, dans tout ce qui regarde le contenu véritable des mystères, et leurs modifications progressives, cet académicien célèbre s'est, plus qu'aucun autre, rapproché de la vérité.

L'auteur de *la Symbolique des Anciens* (2) est l'un des hommes de l'Allemagne les plus versés dans la connaissance non seulement de l'antiquité proprement dite, mais de cette partie de

(1) Sainte-Croix.
(2) Creuzer.

l'antiquité qu'on a récemment trop dédaignée,
peut-être parce que l'on avait long-temps attaché
trop d'importance aux hypothèses souvent hasardées qu'elle nous a transmises : nous voulons
parler des écrivains qui, lors de la décadence
et après la chute de la religion grecque, ont
cherché à en pénétrer le sens occulte, et leur
ont par-là même prêté plus d'une fois un sens
occulte qu'elles n'avaient point. Cet auteur a
démêlé, avec une sagacité merveilleuse, jusqu'aux moindres vestiges des opinions primitives. Il a rapproché, avec un bonheur et un
talent remarquable des fragmens de traditions
séparées en apparence par un vaste intervalle
de pays et de siècles. Bien qu'il n'ait pas
évité l'écueil ordinaire, bien qu'il ait été sub-
jugué par les dehors imposans et l'énonciation
mystérieuse des doctrines sacerdotales, et
qu'il ait négligé de mettre dans son travail
l'ordre nécessaire pour le rendre clair et facile à la majorité des lecteurs, il n'en a pas
moins répandu, sur la cosmogonie et la théologie secrète des peuples anciens, un jour entièrement nouveau, et tiré d'une ruine obscure et délaissée des trésors inappréciables.

CHAPITRE II.

Des opinions introduites successivement dans les mystères.

La tendance du sacerdoce à faire entrer dans les mystères tous les dogmes et tous les rites barbares, n'est pas la seule à laquelle ils obéissent. Ils sont poussés en même temps dans une direction qui semble opposée, et qui n'est cependant pas moins conforme à leurs intérêts et à leurs calculs.

Il a été dit plus d'une fois que le Polythéisme sacerdotal était stationnaire, tandis que le Polythéisme indépendant de la direction sacerdotale était progressif. Les mystères, destinés qu'ils sont à réconcilier la classe éclairée avec la religion dont elle se détache, doivent suivre cette progression. Il en résulte que tout ce que nous avons vu s'introduire par degrés dans la religion grecque pénètre dans les mystères, avec cette différence qu'ils ne se modifient pas, comme la religion publique par cette introduction ; tout ce qui s'y trouvait demeure ; tout ce qui survient se place à côté. Leurs ministres ajoutent toujours , et ne retranchent jamais (1).

A mesure que le Polythéisme alla se perdre dans l'allégorie, les mystères abondèrent en explications allégoriques. La physique, la morale, la métaphysique eurent leur vocabulaire énigmatique, et souvent les mêmes emblèmes prirent tour à tour trois significations différentes.

Lorsque les terreurs de la magie eurent suggéré au peuple l'idée d'une classe rivale des prêtres, ceux-ci firent entrer la magie dans leurs rites secrets. Des apparitions terribles effrayèrent les candidats ; des communications surnaturelles vinrent les flatter et les surprendre (2). Nous rencontrons dans les mystères de Samothrace et dans plusieurs autres imités de ces derniers, en divers lieux de la Grèce, des talismans, des amulettes, qu'on distribuait comme préservatifs contre les maladies ; et les hiérophantes employaient, pour étonner leurs auditeurs, ces facultés bizarres, qui distinguent aujourd'hui des char-

____

(1) Sainte-Croix. p. 2.
(2) Origin. contra Celsum. IV.

latans d'une classe ignoble (1). Le sacerdoce prouvait de la sorte qu'il possédait les moyens de ses rivaux.

—

CHAPITRE III.

De l'introduction des systèmes philosophiques dans les mystères.

Cependant la philosophie continuait, à côté de la religion, sa marche non interrompue et régulière ; ses hypothèses devenaient trop importantes pour ne pas attirer l'attention du sacerdoce. Il dut se conduire à leur égard, comme il s'était conduit envers les religions étrangères. En effet, l'histoire nous le montre, proscrivant en public la philosophie, et s'enrichissant en secret de ses dépouilles. Les différens systèmes philosophiques devinrent simultanément, mais séparément, partie des mystères.

On a vu que tous ces systèmes étaient subversifs de la croyance publique. L'irréligion

______

(1) Suidas in V. Τελεσφορος ; *les Ventriloques*, ᾿Εγγαςτριμυθος. V. Creuzer.

s'introduisit en conséquence dans les institutions mêmes destinées à frapper les hommes d'une terreur et d'un respect religieux. Non seulement les apothéoses des héros déifiés furent révoquées en doute, mais ce doute se porta jusque sur la divinité des dieux supérieurs. Tantôt on enseigna, comme Euhémère, que ces dieux n'étaient que des mortels ; tantôt, comme Varron, qu'ils n'étaient que les élémens personnifiés. Les anciens, dit ce dernier, (1), ont tellement arrangé dans les mystères les simulacres, les marques extérieures et les ornemens des dieux qu'on reconnaît, au premier coup d'œil, l'âme du monde et ses parties, les véritables divinités. Le théisme dépeupla le ciel de ses habitans innombrables pour les remplacer par un seul être incorporel, ineffable et tout-puissant, ou le panthéisme, ôtant même au dieu du théisme son existence séparée, le fit entrer dans la substance dont tous les êtres sont formés.

Ce qui paraît, au premier coup d'œil, inexplicable et contradictoire, c'est que ces

----

(1) Ap. Aug. *Civ. Dei.* VII. 5.

hypothèses irréligieuses sont présentées aux
initiés avec toute la pompe des solennités
sacrées. Le phénomène d'une classe qui,
vouée au maintien et à la célébration du culte,
appelle autour d'elle, au milieu des fêtes,
dans le sanctuaire même des dieux, sous le
prétexte de la religion, des hommes en grand
nombre, pour leur révéler que cette religion,
prise à la lettre, n'est qu'un tissu de fables
puériles, ce phénomène paraîtra moins surprenant, si l'on réfléchit que cette révélation
n'était ni le but primitif, ni le but unique,
ni même à aucune époque le but général
des mystères.

Deux motifs engageaient les prêtres a recevoir, dans leur doctrine cachée, des opinions
qui chaque jour acquéraient plus de crédit,
d'un côté l'intérêt de leur ordre, de l'autre,
l'amour-propre individuel. En laissant entrer
la philosophie dans les mystères, ils la rendaient plus indulgente, pour les pratiques
extérieures, qu'il leur importait de conserver.
Ils pouvaient se flatter de s'en faire une alliée,
car rien ne réunit plus les hommes que la communauté d'une prérogative qui les sépare du
reste de leur espèce. Ce n'était donc pas

un mauvais calcul pour le sacerdoce que de
s'associer une classe redoutable , en reconnaissant que, dans la réalité, rien n'était moins
éloigné de la philosophie que la religion bien
expliquée. Il ajoutait ensuite que ces explications devaient être soigneusement dérobées
au peuple : et le cœur humain recèle je ne
sais quel orgueil insolent et absurde, qui per-
suade à chaque individu qu'il possède seul
une raison suffisamment forte , pour ne pas
abuser de ce qu'il sait. Chacun pense que les
autres seraient éblouis par la lumière qui ne
fait que l'éclairer. Chacun voudrait faire de
l'égalité comme de la liberté un privilége , ne
réfléchissant pas qu'il y a contradiction entre
ces idées. Ainsi les prêtres qui , par état,
poursuivent l'irréligion, cherchent, par politique, à l'immoler sous leurs étendards, en ne
lui demandant pour prix du traité que le silence. L'athéisme lui-même peut devenir ainsi
partie de la révélation mystérieuse, comme une
communication dernière, comme une marque
de confiance intime , comme le résultat d'une
étude profonde, enfin comme un secret qui ne
se transmet qu'à un si petit nombre d'êtres,
avec tant de cérémonies, après de telles pré-

parations, qu'il s'entoure d'une obscurité presque sacrée.

En même temps l'amour-propre individuel favorisait la transaction entre l'incrédulité et les mystères. Les prêtres sont soumis, comme tous les hommes, à l'impulsion irrésistible imprimée par la nature à l'intelligence humaine. Lorsque le doute s'est glissé dans tous les esprits, il se fait jour aussi dans l'ordre sacerdotal, et à l'époque de la décadence du Polythéisme, beaucoup de prêtres sont philosophes. Or, dans tous, les opinions ou la vanité sont plus fortes que les intérêts. N'avons-nous pas vu, vers la fin du dernier siècle, l'incrédulité professée par les ministres mêmes des autels? N'avons-nous pas vu, plus tard encore, des hommes qui travaillaient à relever une religion qui semblait déchue, craignant de paraître convaincus, de peur d'être pris pour des dupes, mettant le public dans la confidence de leur arrière-pensée, consacrant leur première phrase à recommander la foi, mais destinant la seconde à reconquérir, pour eux, les honneurs du doute?

Les prêtres du Polythéisme obéissent de même, à ce penchant naturel, et l'insti-

tution des mystères rend leur double rôle
moins embarrassant, en les dispensant d'en
remplir les deux parties contrastantes, sur le
même théâtre, devant les même spectateurs.

—

CHAPITRE IV.

*Résultat relatif à l'influence des Mystères sur
la décadence du Polythéisme.*

D'après tout ce que nous venons de dire,
il nous semble facile de voir que les mystères
étaient, pour le Polythéisme, d'une utilité
momentanée, mais que leur effet durable lui
devait être désavantageux. Leur utilité momentanée consistait en ce que chacun de ceux
qui se détachaient plus ou moins de la religion reçue, pouvait l'interpréter à son gré, et
par conséquent y trouver ce qu'il préférait.
Mais il en résultait en même temps l'opinion
universelle, que la religion populaire, telle
qu'elle était publiquement professée, était
dénuée de vérité. Plus le Polythéisme se décréditait, plus le sacerdoce encourageait cette
conjecture, heureux de gagner du temps et
d'éluder des objections pressantes, en répon-

dant aux profanes, cette religion, que vous attaquez, vous ne la connaissez pas. Mais ces moyens devaient s'user à travers toutes les obscurités qui entourent les doctrines philosophiques, saisies et tourmentées par les prêtres. L'admission de ces doctrines dans les mystères se répandait au dehors, et le peuple apprenait ou devinait que dans le même temps où les philosophes attaquaient publiquement le culte qu'il professait, le sacerdoce, secrètement, en enseignait le mépris. Les mystères étaient donc, dans l'intérieur du Polythéisme, comme à l'extérieur la philosophie, une cause puissante de dissolution.

LIVRE XII.

DE L'ÉTAT DE L'ESPÈCE HUMAINE AU MOMENT DE LA CHUTE DU POLYTHÉISME.

—

CHAPITRE I.

De l'État général de l'Opinion.

Nous venons de voir le Polythéisme se décréditer, les dieux se multiplier à l'infini, et
devenir ridicules par leur multiplicité seule;
l'allégorie leur enlever toute réalité, les
dogmes contraster avec les idées, les causes
naturelles remplacer les causes surnaturelles,
et repousser au rang des fables tout le merveilleux de la religion; les pratiques consacrées traitées, soit par l'autorité, soit par les
factions qui se disputent l'autorité, comme
des moyens de tromper le peuple; la philosophie attaquer d'abord à regret, puis avec
audace, la croyance populaire; les prêtres recevoir dans leur sanctuaire le plus intime
les opinions philosophiques; divers systèmes
enfin se former, qui ne sont pas tous également irréligieux, mais qui sont tous égale-

ment destructifs du Polythéisme. Les philosophes se sont divisés entre ces systèmes ; mais l'agitation des hommes qui réfléchissent se communique par une contagion rapide aux hommes mêmes qui ne réfléchissent pas : et une nouvelle division s'opère.

Par une singularité que nous expliquerons tout à l'heure, cette division semble n'avoir lieu qu'entre les trois opinions les plus irréligieuses, entre l'athéisme, le panthéisme et le scepticisme. Celle qui dès lors est destinée à un triomphe complet et prochain, paraît avoir le moins de partisans déclarés. Nous voulons parler du théisme, c'est que toujours au moment où une forme de religion tombe, tout ce qui tient à la religion est frappé d'une grande défaveur; l'impulsion qui porte l'homme à renverser la forme existante, le pousse au-delà du terme où il doit s'arrêter; mais la loi même qui donne de la sorte à l'incrédulité un triomphe éphémère sur la forme qui s'écroule, doit ramener l'esprit humain à une forme nouvelle de religion.

Le panthéisme demeure la doctrine abstraite de quelques têtes méditatives. Mais le grand nombre se partage entre la négation et le doute; la classe opulente, oisive et frivole, trop paresseuse pour examiner, mais trop vaine pour ne pas se mettre à la tête de l'incrédulité lorsqu'elle domine, passe alternativement de l'une de ces opinions à l'autre; l'athéisme la séduit, par une hardiesse apparente qui suppose de la force; le scepticisme l'attire, par l'espèce d'élégance avec laquelle il se joue de toutes les doctrines et semble ainsi se placer au-dessus d'elles.

Les écrivains qui ne traitent pas directement de la religion dans leurs ouvrages, les savans, les antiquaires, les historiens, les poètes, se montrent néanmoins dans l'occasion, quelques-uns athées, la plupart sceptiques. Ceux qui veulent être profonds, cherchent dans l'incrédulité des maximes générales qui ressemblent à la profondeur. Ceux qui veulent être légers puisent, dans les fictions révérées, comme dans une source intarissable de plaisanteries. Ovide, dans un poëme destiné à chanter les dieux de Rome et les fêtes nationales, met dans la bouche d'un marchand des prières ironiques à Mercure (1),

____

(1) Fast. V.

et quand il raconte d'anciennes traditions, il s'amuse à recommander un respect dérisoire. L'antiquité, s'écrie-t-il, est un irrécusable témoin ; gardons-nous d'ébranler la foi reçue (1). C'est à peu près le ton de Voltaire, quand, dans sa *Jeanne d'Arc*, il rapporte un miracle. Juvénal, à qui l'amertume tient lieu de gaîté, dit que les enfans seuls croient encore à la durée des mânes et à l'empire des morts (2). Pline commence son grand ouvrage par rejeter l'existence de la divinité (3), et consacre un chapitre à démontrer la mortalité de l'âme (4). Ces principes sont produits sententieusement sur le théâtre. Rien n'est après la mort, et la mort même n'est rien, dit l'auteur de la *Troade,* attribuée à Sénèque. C'est le dernier terme d'une rapide et courte carrière. Nous retom-

---

(1)   Pro magna teste vetustas
Creditur : acceptam parce movere fidem.

Fast. IV.

(2) Esse aliquot manes et subterranea regna
Nec pueri credunt, nisi qui nondum aere lavantur.

Juv. *Sat.* V. vers 149.

(3) Hist. nat. I, 1.

(4) Ib. VII. 5.

berons dans le néant où nous étions avant d'être nés (1).

Les mêmes axiomes sont rappelés dans les discours des orateurs, dans les plaidoyers des avocats. César les invoque en défendant ses complices (2); et Cicéron, dont les doutes philosophiques sont toujours modestes et les désirs toujours religieux, arbore dans le Forum l'étendard de l'incrédulité la plus complète lorsqu'il veut obtenir du peuple l'absolution de Cluentius (3).

Si l'on garde encore quelques ménagemens envers la religion, c'est par mesure, par convenance. C'est pour ainsi dire le bon goût qui réclame contre toute démonstration trop violente. Les formes trouvent une protection dans ce même affaiblissement des âmes, qui fait que le fonds est détruit. Pourquoi proclamer des vérités inutiles à dire, puisque tout le monde les sait? pourquoi renverser avec impatience ce qu'il ne faut que laisser choir?

La superstition ne perd pas ses droits,

---

(1) Troas, Act. III. Scen. ult.
(2) Sallut. *de Bell. Catilin.* cap. 5o.
(3) Cicero, *pro Cluentio.*

mais en s'y livrant, on s'y cache, et si l'on est découvert, on se relève du ridicule en se moquant de soi-même. César, que nous avons vu en plein sénat insulter aux terreurs de la vie future, hésitait à sortir à cause d'un songe de Calpurnie : il priait les dieux avant de livrer bataille à Pompée, et lorsqu'il montait en voiture, il récitait un formulaire dont l'influence merveilleuse devait le garantir de verser (1). Les hommes d'état, vieillis dans la routine de l'administration des affaires, voudraient maintenir, comme partie des institutions existantes, dont eux-mêmes font aussi partie, le Polythéisme, avec quelques - uns des perfectionnemens qu'il a reçus : mais ces perfectionnemens ne sont que des transactions de la religion jadis révérée avec l'opinion devenue irrésistible, et ces transactions doivent être rejetées, comme toutes celles que la faiblesse propose à la force. C'est en vain que ces hommes d'état recommandent la religion comme utile. Elle ne se laisse re-

____

(1) Plin. XXVIII. 2. *Il ajoute* : Quod nunc plerosque facere scimus, *ce qui prouve que cette superstition s'était conservée jusqu'à son temps.*

commander avec fruit que comme sainte et
comme divine. Mais ils ne peuvent et n'osent
la présenter ainsi. L'idée de l'utilité devient
tellement dominante, que Cicéron, lorsqu'il
rapporte quelque pieuse hypothèse d'un philosophe ancien, ne l'appuie jamais sur sa vérité ou sa vraisemblance, mais sur la nécessité
d'inculquer aux hommes quelque persuasion
pareille. C'est le seul motif qu'il attribue aux
législateurs. Une classe d'écrivains toutefois
cherche à résister à l'impulsion générale, et
prête un honnête et insuffisant appui à des
opinions qu'elle regrette sans les conserver.
Rien n'est curieux comme les ouvrages de
ces écrivains, envisagés sous ce point de vue.
Le même Polybe qui attribue à l'irréligion
les mauvaises mœurs et les parjures des
Grecs, dit que s'il existait un peuple de sages,
toutes les cérémonies religieuses seraient su-
perflues (1). Tite-Live ne peut s'empêcher
de parler avec un sourire involontaire des
pratiques relatives aux poulets sacrés. Mais
tout à coup il se le reproche, et reprenant
une gravité forcée, c'est en ne méprisant pas

____

(1) Lib. VI. ch. 54.

ces pratiques, dit-il, que nos ancêtres ont rendu la république glorieuse. On voit qu'il aimerait à rendre hommage aux institutions de Numa. Mais, après les avoir décrites avec éloge, il les fait redescendre malgré lui jusqu'au rang subalterne d'un calcul. Il appelle la religion un moyen efficace de subjuguer une multitude ignorante et féroce (1). La crainte des dieux, dit-il, ne peut s'emparer des âmes, sans quelque supposition de miracle (2). Numa feignit donc des entrevues secrètes avec Egérie; et, comme il est beau de pouvoir à volonté suspendre les assemblées populaires, et frapper le peuple d'immobilité, il inventa les jours fastes et néfastes (3). Ainsi chaque pratique, chaque rite, chaque tradition, chaque article de foi est analysé, expliqué, dépouillé de tout prestige. On croit défendre la religion, en indiquant son but, et l'on ne sait pas qu'en lui donnant un but hors d'elle-même, on porte la hache à la ra-

____

(1) Rem ad multitudinem imperitam et illis seculis rudem efficacissimam.

(2) Sine aliquo commento miraculi.

(3) Liv. I. 19.

cine de l'arbre dont on veut sauver les rameaux.

Diodore et Pausanias, moins judicieux que Tite-Live, ne s'aperçoivent pas comme lui qu'ils sont dans une position fausse, et ils accumulent les contradictions sans les remarquer. Le premier raconte avec une édifiante crédulité les effets immédiats de la vengeance divine, la mort de cinq cents Phocéens brûlés dans un temple d'Apollon et la punition sévère de tous les profanateurs de ce temple (1). Mais ailleurs il adopte le système d'Euhémère, voit dans tous les dieux des hommes déifiés (2), et, à l'occasion du jugement des morts en Egypte, insinue assez clairement qu'il ne reste rien de l'homme dans cette vie (3). Dans le discrédit des opinions religieuses, la médiocrité, qui est toujours inattentive, témoigne son attachement direct à la religion quand elle en traite d'office, parce qu'alors elle est avertie; mais, lorsqu'elle traite d'autres sujets et n'est plus sur ses gardes, elle tombe par inadvertance

____

(1) Diod. XVI. 20.
(2) Liv. III. 29-32.
(3) Liv. I. 2.

dans une incrédulité indirecte. Pausanias, qui s'abandonne plus que Diodore à ses réflexions, parce qu'il n'écrit pas une histoire, mais raconte ses voyages, ne nous offre pas des preuves moins frappantes de cette confusion d'idées. Rien n'étant l'objet de sa conviction sincère, rien ne lui inspirant un intérêt profond, il recueille tout indistinctement : jusqu'aux métamorphoses des hommes en animaux et en pierres, lui paraissent probables. Si l'on rejette celles de Lycaon en loup et de Niobé en rocher, c'est, selon lui, parce qu'on a défiguré par des fables ces faits authentiques, et c'est ainsi, continue-t-il, que l'on nuit à la vérité (1). Son respect pour les mystères ne serait pas déplacé dans Hérodote. La religion des Cabires, dit-il, et la sainteté de leurs cérémonies n'ont jamais été violées impunément. Des habitans de Naupacte ayant voulu pratiquer dans leur ville ces rites mystérieux, ils furent punis à l'instant de leur témérité. Les soldats de Xerxès, commandés par Mardonius, entrèrent un jour dans le temple de ces divinités redoutables. Aussitôt frappés de frénésie, les

____

(1) Arcadica, 2.

uns se jetèrent dans la mer, les autres se précipitèrent du haut des rochers. Quelques Ma-
cédoniens, à la prise de Thèbes par Alexandre,
n'ayant pas respecté ce même temple, tous
périrent par le feu du ciel (1): et, depuis que
les Mégariens ont osé s'approprier des terres
consacrées aux déesses d'Eleusis, ils n'ont pu
jamais apaiser leur colère (2). Les dogmes fondamentaux du Polythéisme sont néanmoins
l'objet des doutes de Pausanias. Je sais, dit-il,
que les Chaldéens et les Mages ont prétendu
que l'âme de l'homme était immortelle ; et plusieurs philosophes grecs, Platon, par exemple,
ont adopté cette opinion (3); mais je ne puis
croire qu'un Dieu tienne son empire sous la
terre, ni que nos âmes obéissent à ses lois (4).
Cependant les détails rapportés par les Thébains, sur l'apparition d'Aristomène, qui avait
combattu à Leuctres huit cents ans après sa
mort, ébranlent Pausanias dans son scepticisme (5), et il est curieux d'observer com-

---

(1) Baeotic. 25.
(2) Lacon. 4.
(3) Messen. 32.
(4) Lacon. 25.
(5) Messen. *loc. cit.*

ment, dans un siècle irréligieux, la croyance que ne peuvent obtenir les espérances en faveur desquelles déposent l'évidence intérieure et le sentiment naturel, rentrent dans les têtes humaines, lorsqu'on s'y attend le moins, par des routes détournées. Au milieu de ce chaos de notions confuses, Pausanias ne néglige point de reprendre l'air de la supériorité qui est à la mode : Je n'ai garde de croire aux fables, dit-il, mais je ne laisse pas d'en faire mention (1). Pour ce qui concerne les dieux, il faut s'en tenir à ce qui est établi et en parler comme le vulgaire (2).

Antérieur à Pausanias, d'un siècle à peu près, et plus admirateur que lui des Romains, chez lesquels la religion fut jusqu'à sa chute, une chose plus grave que chez les Grecs, Denys d'Halicarnasse ne tombe pas dans des inconséquences aussi manifestes. Il attaque souvent avec force l'incrédulité ; il prononce des imprécations contre les incrédules (3) ; mais, à côté de ce zèle hostile, il affecte une impar-

----

(1) Corinth. 17.
(2) Arcad. 8.
(3) Antiquit. Rom. II. 17. VIII. 5.

tialité qui n'est guère orthodoxe entre les opinions diverses sur la nature de l'âme, et finit par laisser indécises les questions relatives à sa destinée future, et de les abandonner, comme presque indifférentes (1). Les mots d'a-théisme et d'impiété réveillaient sa ferveur; mais il était familiarisé avec la chose.

Nous ne nous étendrons pas ici sur Plutarque, parce que nous aurons à revenir sur cet écrivain, dont les diffus, mais importans ouvrages doivent être lus avec attention par quiconque veut connaître cette époque de l'histoire. Remarquons seulement que, sectateur zélé des doctrines mystérieuses de l'Égypte, implacable ennemi de toutes les explications historiques ou physiques qui dépouillaient les fables antiques de leur sens miraculeux, il fut conduit toutefois à proposer une question singulièrement hardie, à comparer l'athéisme avec la superstition, et à prononcer en faveur de l'athéisme. Lorsqu'une question pareille est admise, agitée et décidée de la sorte, plus l'homme qui la propose et qui la résout est un homme religieux, plus le siècle

---

(1) Antiq. Rom. VIII. 8.

sous l'influence duquel il écrit est un siècle incrédule.

Les auteurs que nous avons passés rapidement en revue se fatiguaient d'efforts impuissans, pour rester dévots. L'irréligion les pressait de toutes parts, modifiait, à leur insu, toutes leurs opinions, et changeait, malgré qu'ils en eussent, jusqu'à leur langage. Lucien, plus adroit ou plus sincère, se constituant l'organe de ses contemporains, se prépara des succès brillans et faciles. L'époque à laquelle un écrivain paraît, décide quelquefois pour jamais de sa réputation. Lucien n'a point la gaîté d'Aristophane, la grâce ou la profondeur d'Horace, l'indignation de Juvénal, il est superficiel dans ses raisonnemens, il est lourd et diffus dans ses plaisanteries, il est de mauvais goût dans ses tableaux licencieux. Quel fut donc son mérite? de dire, sans ménagemens et sans retenue, ce que tout le monde pensait : chacun se reconnaissait en lui, s'admirait dans son interprète.

On a beaucoup vanté son courage, mais il l'exerçait contre une ombre. Ne voulant avoir à combattre que ce qui ne pouvait opposer de résistance, il dirigeait toujours ses attaques contre le Polythéisme homérique, qui, depuis long-temps, avait cessé d'être la croyance des Grecs et qui n'avait jamais été celle des Romains. En prenant ce poste, il ajoutait à la disproportion entre les dogmes et les lumières, et par-là même au ridicule qui résultait de cette disproportion. L'anthropomorphisme est un moyen sûr de décréditer la religion, quand le temps de l'anthropomorphisme est passé. Les infirmités de Vulcain, la captivité de Saturne, les ruses de Mercure, les blessures de Mars, présentées dans l'Iliade, ne faisaient rire personne. Lucien les transmet mot à mot (1) : elles font rire tout le monde. Son dialogue de Prométhée a pour scène les mêmes lieux, et pour interlocuteur les mêmes personnages que la tragédie d'Eschyle : mais, par cela seul que, du temps du tragique, la religion était dans sa force, tout paraît grave, austère et terrible. Dans Lucien, tout devient burlesque, par cela seul que la croyance n'existe plus. Le siècle et non pas l'écrivain est l'auteur de la parodie. Hérodote, lorsqu'il nous raconte l'époque à laquelle Crésus voulut sou-

____

(1) Jupiter convaincu.

mettre Apollon, parle avec respect du résultat de cette épreuve bizarre ; il y reconnaît l'infaillibilité divine. Lucien n'est frappé que du genre de l'épreuve (1). Hérodote n'aperçoit que le côté religieux, Lucien n'aperçoit que le côté ridicule.

Des savans ont comparé l'acharnement de ce dernier contre Homère à celui de Voltaire contre la Bible (2). La comparaison n'en sera que plus exacte, si on l'étend aux contemporains ; le public des deux époques était incapable du travail nécessaire pour concevoir des mœurs, des sentimens et même des expressions dont il n'avait pas l'habitude : plus l'homme est insouciant et frivole, plus il soumet tout à sa propre mesure, sans égard pour la différence des idiomes, des lieux et des temps. Il se trace alors une espèce de règle étroite et personnelle, qu'il appelle la raison par excellence, et d'après laquelle il ravale ce qu'il ne peut apprécier. Moïse était pour les lecteurs de Paris ce qu'était Homère pour

---

(1) Bien en prit à Phébus, dit-il, d'avoir eu l'odorat fin.

(2) Hemsterhuys in Lucian.

les lecteurs de Rome ou d'Alexandrie. Les uns et les autres n'avaient plus rien au fond de l'âme qui pût comprendre l'antiquité. Les uns et les autres faisaient honneur à leur raison de leur impuissance.

Le plus célèbre des Dialogues de Lucien (1) repose sur une supposition qui sert aussi de base à un poëme connu de nos jours (2). Les dieux s'y montrent effrayés de ce que les hommes nient leur existence, comme si cette existence dépendait de la négation ou de l'assentiment des humains. Nous n'avons point à examiner ici lequel est supérieur du satirique grec ou du poète français. Ce qui nous intéresse, c'est de remarquer que les rapports qui existent entre l'esprit humain et les religions ébranlées étant nécessairement les mêmes, l'esprit humain se trouve conduit à employer, contre des adversaires qui ne se ressemblent pas, des armes semblables.

Sous tous les rapports, Lucien est le représentant d'une époque où l'on a perdu la faculté de croire, celle de réfléchir, celle d'es-

____

(1) L'Assemblée des Dieux.
(2) La Guerre des Dieux de Parny.

timer. Le rire du moment est tout ce que les lecteurs recherchent, et tout ce que les auteurs ambitionnent. La moquerie est la seule forme qui produise encore quelque effet. On rit de sa propre sottise, de son propre esclavage, de sa propre corruption, sans être moins esclave, moins sot ou moins corrompu, et cette plaisanterie sans discernement comme sans borne, espèce de vertige qui s'empare d'une race abâtardie, est elle-même le symptôme ridicule d'une incurable dégénération.

Ce n'est pas la religion seule que Lucien outrage. Il veut avilir tout ce qui a quelque valeur, réduire en poudre tout ce qui conserve quelque consistance. La philosophie est donc également attaquée. La même plume qui insulte aux dogmes flétrit les opinions. La même ironie qui détrône Jupiter calomnie Socrate.

Ces inconséquences ne sont plus remarquées, ces contradictions ne choquent personne. Les âmes n'ont plus la force de rien retenir ni par conséquent de rien comparer. Les impressions les traversent, fugitives et insaisissables. Nul ne s'aperçoit que celle d'hier contraste avec celle d'aujourd'hui. Lors de la formation des religions, il y a aussi des contradictions nombreuses; mais elles luttent, elles combattent : c'est qu'alors elles sont un résultat de la vie. Maintenant elles existent paisiblement à côté l'une de l'autre, et cette paix qu'elles observent est un signe de mort.

Cette dissolution intellectuelle et morale ne se borne pas aux rangs élevés. La classe laborieuse se ressent aussi de la révolution qui s'opère. Le peuple, bien que la réflexion ne l'éclaire pas sur les causes, n'est point insensible aux effets. Il ne prend point part aux divers systèmes de philosophie. Il n'est pas admis dans les mystères : il ne lit pas les ouvrages incrédules. Mais il est averti par un instinct infaillible de ce qui se passe sur sa tête. La cause de cet instinct est la même que celle de la pénétration des enfans et de toutes les classes dépendantes. Leur intérêt leur dévoile la pensée secrète de ceux qui disposent de leur destinée. Le peuple sait donc vaguement que presque personne de ceux qu'il regarde comme capables de juger ne croit à la religion publique : et dès que le pauvre découvre que les riches sont irréligieux, il les imite. Il ne discute pas comme eux, d'une manière plus ou moins brillante et toujours superficielle, parce qu'il n'a point, comme eux, son éloquence à déployer. Il ne plaisante pas comme eux, avec plus ou moins de grâce, parce qu'il est étranger à cet amusement de l'esprit, mais il nie, comme eux, avec des formes plus directes et moins nuancées. Il saisit au vol les paroles qui échappent à ses supérieurs, et il les traduit sans examen dans une langue plus grossière. Il faut, s'écrie-t-on de toutes parts, il faut une religion au peuple : mais quand on dit qu'il faut une religion au peuple, ce peuple est bien près d'avoir abjuré toute religion.

Les antiques usages, les vieilles formules subsistent encore, mais se pratiquent mécaniquement : aucun sens n'y est attaché. On brûle sur les bûchers des vêtemens précieux, et l'on ne croit plus à un monde futur où ces vêtemens servent aux mânes (1). Les citoyens prêtent des sermens, et ils les violent. Les généraux immolent des victimes, et ils dépouillent les autels. Prusias offre à Pergame un sacrifice pompeux dans le temple d'Esculape ; le jour suivant il fait piller le temple et charge lui-

______

(1) Lucien. *Nigrinus* et *le Menteur*.

même sur ses épaules la statue du dieu qu'il a honoré la veille (1). Ainsi le sacrilége succède à l'hommage : celui-ci n'empêche pas l'autre et personne n'en est surpris. Quelquefois on voit reparaître une superstition populaire , parce que, dans un moment donné, les chefs des peuples en ont besoin. Archagate, pour rassurer son armée , rassemble des hiboux, qu'on met en liberté durant la bataille. A l'apparition de l'oiseau de Minerve, les soldats se croient protégés par la déesse et remportent la victoire (2).

Mais ce sont des commotions passagères, qui ne laissent aucune trace, et dont se moquent, après le succès, et ceux qui en ont été les dupes, et ceux qui en ont été les auteurs.

Les grandes calamités reportent aussi, pour quelques instans, les nations vers les anciens rites, parce que le malheur confond les époques et sort l'homme de sa route habituelle ; mais la cause passée, l'effet cesse ; l'on a eu peur, l'on a invoqué les dieux ; on n'a plus peur , on les oublie.

---

(1) Polyb. in excerpta. Valesio ed. p. 169. art. Pergame.

(2) Diod. Sicul.

Les ministres de ce culte ainsi déchu sont quelquefois embarrassés de leur rôle, mais plus souvent flattés de paraître au-dessus de leurs fonctions. Ils sourient quand ils se rencontrent, et ne sont pas fâchés quand des profanes les voient sourire. Ils continuent à jouir, comme prêtres, des priviléges de leur état ; et, quand ils peuvent abjurer confidentiellement la doctrine dont ils profitent encore, ils croient réunir tous les avantages.

Plus bas encore, la populace sacerdotale achève de dégrader le Polythéisme ; par des efforts ignobles et maladroits, elle promène les simulacres des divinités dans les bourgs et dans les villages. Les cheveux épars ou la tête rasée, le corps déchiré, la poitrine sanglante, privés de leur sexe qu'ils ont abjuré, de leur raison qu'ils ont étourdie, danseurs indécens, prophètes fanatiques, mendians importuns, ces prêtres vagabonds remplissent l'air de leurs hurlemens ; puis, faisant le tour de l'assemblée qu'ils ont divertie ou révoltée, ils recueillent des oboles, des dragmes, du vin, des alimens, des haillons, qu'on leur jette avec mépris (1) ; on dirait une irruption de jongleurs sauvages au milieu de peuples civilisés.

CHAPITRE II.

Du despotisme, comme circonstance nécessairement contemporaine de l'incrédulité.

Avant d'aller plus loin, il est nécessaire de développer ici l'effet d'une circonstance qui, d'ordinaire, est contemporaine de l'époque à laquelle les croyances publiques s'écroulent, et qui complète le discrédit de toute idée religieuse ; cette circonstance c'est le despotisme. Il est certain que l'époque où l'incrédulité se glisse dans les esprits étant celle où le besoin de tout examiner se fait sentir, l'examen se porte sur les institutions politiques ainsi que sur les institutions religieuses. L'homme réclame sa juridiction sur les unes comme sur les autres ; et il en résulte, pour

______

(1) V. la Description des prêtres de Cybèle dans *l'Ane* de Lucien.

tous les abus comme pour tous les dogmes, beaucoup de chances de réforme et même de renversement. Sous ce rapport, l'incrédulité peut servir un instant la cause de la liberté et de la raison. Nous conviendrons même que, lorsqu'elle trouve le despotisme établi contre elle, elle est plus-propre à le détruire qu'aucune des armes que peut soulever la main de l'homme. En s'exerçant à juger les dieux, il s'affranchit d'un respect aveugle pour ceux qui occupent le rang des dieux sur la terre. Si nous pouvions limiter l'effet des dispositions de l'âme ; si nous pouvions surtout nous résoudre à payer un bien passager du sacrifice de ce qu'il y a de meilleur en nous, nous dirions que l'incrédulité est utile quand il est bon de renverser.

Mais, envisagée sous un point de vue plus universel et plus véritablement philosophique, l'incrédulité n'a aucun avantage, ni pour la liberté politique, ni pour les droits de l'espèce humaine; au contraire, elle peut frapper de mort des institutions abusives, mais plus infailliblement encore elle doit mettre obstacle à la renaissance de toutes celles qui préserveraient des abus.

D'un autre côté, nous ne trouvons dans la religion ni un élément ni un principe qui soit favorable à l'esclavage. La notion d'un tribunal supérieur à toutes les puissances de la terre devant lequel tous les mortels sont égaux, et qui les attend à l'entrée d'un monde invisible pour leur faire subir les lois immuables de cette juste égalité, na rien, ce nous semble, qui divise les hommes en sujets et en maîtres, en oppresseurs et en opprimés. Telle est même la tendance de la religion à réagir contre l'injustice que les gouvernemens iniques sont forcés sans cesse de briser ce ressort dans l'âme des peuples ; tout en feignant de le respecter. Si, par impossible, vous trouviez un tyran de bonne foi , il vous dirait qu'il aime bien mieux avoir à lutter avec l'incrédule qu'il se flatte toujours d'acheter, qu'avec l'homme religieux dont le salaire est un autre monde.

Sans doute , dans plusieurs pays et durant plusieurs siècles, on a imposé , sous ce prétexte, un joug de fer à l'espèce humaine. Mais ce n'étaient pas des hommes religieux qui le lui imposaient. Les membres des corporations sacerdotales qui tyrannisaient les peuples qu'elles gouvernaient : les prêtres qui, dans une situation inférieure, prêtaient leur sanction au despotisme, ne regardaient point comme une chose divine le culte qu'ils professaient, car, pour employer la religion comme un instrument, il faut n'avoir pas de religion.

Que si l'on objectait qu'elle transforme la soumission en devoir, nous répondrions que ce devoir prétendu peut être un précepte inséré dans une religion particulière, mais n'est point inhérent à l'esprit religieux en général. Le précepte opposé a été souvent inculqué dans les cultes des peuples libres : le Polythéisme romain inspirait l'amour de la république; et, plus d'une fois, l'Angleterre a vu sa religion s'élever en faveur de cette constitution, l'écueil des tyrans et l'espoir du monde. Si l'on parlait de la coalition qui a souvent existé entre le sacerdoce et le pouvoir arbitraire, nous dirions, et nous le prouverons tout à l'heure, qu'il peut exister entre l'incrédulité et le despotisme une coalition cent fois plus terrible.

Nous l'affirmerons donc hautement : l'époque où les idées religieuses disparaissent de l'âme des hommes est toujours voisine de la perte de la liberté; des peuples religieux ont pu être esclaves, aucun peuple incrédule n'a pu être libre.

Un gouvernement libre a besoin de religion, car il a besoin de désintéressement; et l'incrédulité même, avec les intentions les plus pures, réduit tout et doit tout réduire à l'intérêt bien entendu pour défendre la liberté; il faut savoir immoler sa vie : et qu'y a-t-il de plus que la vie, pour qui ne voit au-delà que le néant?

Lorsqu'un peuple a été long-temps religieux, des incrédules peuvent avoir de grandes vertus. Lorsqu'un peuple a souffert long-temps d'une religion fautive en elle même ou défigurée par ses ministres, des incrédules peuvent être les hommes les plus distingués parmi ce peuple; lorsqu'un gouvernement vexatoire a maintenu par la force la superstition sur laquelle s'appuyaient ses injustices, des incrédules peuvent être des héros et des martyrs : le même élan qui soutient leur courage contre une double tyrannie, les préserve d'ordinaire des calculs honteux et des tentations ignobles; mais cet élan lui-même est une tradition d'une autre doctrine; c'est dans leur système une inconséquence, c'est un héritage de la religion : et leur force intérieure s'affaiblit à mesure qu'elle s'éloigne de sa source.

Le despotisme, qui peut donc être menacé par l'incrédulité naissante, est toujours favorisé par l'incrédulité, lorsqu'elle domine, et il la favorise à son tour sans le savoir et contre sa volonté même. Car il voudrait bien retenir de la religion ce qui sanctionnerait son empire. Des gouvernans athées avec des sujets supertitieux, sont, nous le savons, le beau idéal de certains hommes d'état; mais cette chimère flatteuse ne peut se réaliser; on compte trop sur notre bonhomie lorsqu'on espère que nous croirons long-temps ce que nos maîtres refusent de croire : chez un peuple éclairé, le despotisme n'est-il pas d'ailleurs l'argument le plus fort contre l'existence des dieux, contre la réalité d'une providence? Nous disons chez un peuple éclairé; car on a vu, dans le cours de notre ouvrage, les peuples que les prêtres asservissent dès l'enfance de la civilisation, gémir sous leur empire, sans que leur conviction religieuse en fût diminuée; mais lorsqu'une fois l'esprit humain

est entré dans la route du raisonnement, et
que le raisonnement l'a conduit au doute,
le spectacle de l'iniquité qui l'environne et
qui le presse doit le plonger plus profondément dans ce doute, que tout semble justifier.

Il disait que les dieux ne veillaient pas sur
la destinée des hommes ; et, en effet, sous le
despotisme, la destinée des hommes est abandonnée aux caprices ou des plus ineptes, ou
des plus féroces, ou des plus vils des humains.
Il disait que ces récompenses de la vertu, ces
châtimens du crime, promesses de son ancienne croyance, n'étaient que les illusions
vaines d'imaginations faibles et timides. En
effet, sous le despotisme, le crime, la bassesse sont récompensés, la vertu est proscrite.
Il disait que ce qu'il y avait de mieux à faire
durant cette vie d'un jour, durant cette apparition bizarre, sans passé comme sans avenir,
et tellement courte qu'elle paraît à peine réelle,
c'était de profiter de chaque moment, d'ac-
cueillir chaque jouissance, afin de fermer les
yeux sur l'abîme qui nous attend pour nous
engloutir. Le despotisme prêche, par chacun
de ses actes, une doctrine pareille. Il invite

l'homme à la volupté , par l'insécurité qu'il fait planer sur sa tête. Il faut s'enivrer de plaisirs aussi long-temps que les plaisirs sont possibles ; il faut s'étourdir sur le sort inévitable ; il faut saisir chaque heure , incertain qu'on est de l'heure qui suit. Une foi bien vive serait nécessaire pour espérer encore , sous le règne visible de la cruauté et de la folie , le règne invisible de la sagesse et de la bonté , et pour répéter l'expression connue d'un poète qui écrivait dans un temps semblable , ce n'est que par sa chute qne le despotisme absout les dieux.

Lors donc qu'il essaie de maintenir une forme quelconque de religion, comme il ébranle toutes les bases , les tentatives sont infructueuses.

L'appui qu'elle lui prête n'étant qu'une affaire de calcul , tout ce qui tient au sentiment, à la conviction, au raisonnement, lui reste étranger. Il n'envisage le culte ancien que dans les formes et dans les pratiques. Sous ce point de vue, il les rétablit toutes indistinctement, qu'elles soient absurdes, indécentes ou cruelles. Nous voyons, à Rome, aux époques de l'incrédulité la plus complète ,

l'autorité des empereurs s'exercer en faveur
d'usages barbares, et ajouter, par la barbarie
de ces usages, au discrédit du Polythéisme.
On immole des victimes humaines, on enterre
des vestales, sous des princes athées, au milieu de peuples impies.

Mais il y a plus : le despotisme ne sait pas
respecter ce qu'il protége ; tout ce qui est indépendant l'effarouche, parce que tout ce qui
est libre le menace. Les malheureux sur lesquels il pèse pourraient invoquer contre lui
la religion ; ils pourraient consulter les dieux
pour savoir quand doit finir le règne des oppresseurs, peut-être pour apprendre s'il est
un moyen d'abréger ce règne. Les Romains,
sous Néron, fatiguaient le ciel de questions
pareilles, plongeant dans le sein des victimes
le fer qui aurait pu les délivrer. Complices
présumés des hommes, les dieux alors deviennent suspects ; l'autorité qui les avait fait
parler leur impose silence. Le défiant Tibère
voulut bannir les oracles du voisinage de
Rome ; mais il est plus sûr de dégrader un
culte que de le proscrire, et la servitude qui
surpasse toujours l'attente de la tyrannie la
seconde merveilleusement dans cette entre-

prise. Il n'est point de bassesse qu'elle n'imagine, point de profanation qu'elle n'impose à la religion par elle traînée aux pieds du pouvoir.

Le Polythéisme lui offre des moyens qu'heureusement le théisme lui refuse. Les ministres du théisme, dans quelque avilissement qu'ils tombent, sont forcés toujours de placer leur Dieu au-dessus de leur maître; mais le Polythéisme, qui dès l'origine admet les apothéoses, permet à ses flatteries sacerdotales d'élever ses maîtres au rang de ses dieux.

Ainsi, comme nous l'avons précédemment observé, les formes du Polythéisme parcourent un cercle. L'apothéose des héros préside à sa naissance; l'apothéose des tyrans consomme sa chute. Enfin des caprices désordonnés ajoutent à l'effet de l'oppression régulière. Peindre ces caprices serait impossible : qui peut calculer les aberrations de la force frénétique ? L'homme que rien n'arrête est saisi quelquefois d'un soudain délire, par cela seul qu'aucune résistance ne le rappelle à sa raison. Il demande des obstacles pour les briser et se convaincre de sa puissance. Tous les mortels sont pros-

ternés : les dieux lui semblent encore debout.
Il se jette sur eux comme un animal sauvage ;
il jouit de fouler aux pieds ce que l'homme res-
pecta long-temps ; il insulte l'espèce humaine
dans le passé même ; il savoure ce nouveau
triomphe. D'autres fois il retourne aux superstitions les plus grossières. Plusieurs empereurs
cherchent les objets de leur dévotion hors des
souvenirs et des habitudes. Ils aiment tout ce
qui est bizarre, et comme bizarre tout ce qui
est hideux ; ils repeuplent les temples de dieux
animaux. Leur encens fume devant les serpens, les chiens et les crocodiles de l'Egypte.
On dirait que, suivant l'instinct primitif de
l'homme, ils adorent des monstres pour avoir
des dieux faits à leur image.

La religion doit succomber momentanément sous tant de coups redoublés. Aussi
voyons-nous, à cette époque, les idées religieuses rejetées avec mépris par toute la classe
qui se prétend éclairée. Cette classe cherche,
même dans l'impiété, un misérable dédom-
magement de sa servitude. Parce qu'elle brave,
avec l'apparence de l'audace, un pouvoir qu'elle
ne craint plus, elle se croit moins méprisable
dans sa bassesse envers le pouvoir qu'elle re-

doute, et l'on dirait que la certitude qu'il
n'existe pas d'autre monde lui est une consolation des opprobres et des malheurs de celui-ci.

—

CHAPITRE III.

*Des rapports de la morale avec la religion, à
cette époque de la décadence du Polythéisme.*

Nous avons distingué, dans nos recherches
sur ces questions, deux espèces de morale,
sur lesquelles la religion peut influer; l'une,
nécessaire sans doute mais vulgaire et commune, qui se borne à défendre les délits grossiers et les actions qui troublent l'ordre public; l'autre, d'un genre plus délicat et plus
relevé, qui pénètre jusqu'au fond du cœur
et qui prévient le crime, non par des terreurs
grossières et imminentes, mais en inspirant
à l'homme une disposition d'âme qui ne lui
permet plus de le commettre.

Nous avons dit que, relativement à la première espèce de morale, la religion, bien
qu'utile, pouvait n'être pas indispensable, et

nous avons essayé de prouver qu'en attachant une importance exclusive à ce genre d'utilité dans la religion, on la faisait descendre du rang qu'elle doit occuper, en méconnaissant sa sainteté, sa dignité et sa plus noble influence.

Enfin nous avons démontré que c'était surtout dans ses rapports avec l'autre espèce de morale intérieure, qui change l'homme tout entier au lieu de ne faire qu'arrêter son bras dans quelques circonstances isolées, que la religion était précieuse, que son influence était nécessaire, et qu'elle devenait la plus belle faculté comme le plus grand bonheur que la Divinité nous ait accordé.

Mais quand une forme de religion, au lieu d'être l'objet du respect, est devenue celui du doute, du ridicule, du mépris universel, cette forme de religion, non seulement perd à la fois tous les avantages, mais nuit à la morale loin de la servir.

Elle nuit à la morale que nous avons nommée commune et vulgaire, en ce que cette morale, ayant été appuyée sur elle, s'écroule avec l'appui qu'on lui avait donné.

Lorsqu'on a dit à l'homme que les dieux le

puniraient, s'il commettait des actions coupables, et qu'on lui apprend ensuite que ces
dieux n'existent plus, il en conclut que s'il
devient coupable il ne sera pas puni.

Mais la religion, dans sa décadence, ne
nuit pas moins à cette morale d'un ordre supérieur, qu'elle seule crée et qui ne saurait
exister sans elle. Elle nuit à cette morale, en
fournissant à l'homme l'occasion de se moquer de ce qu'il a respecté long-temps ; il contracte, par cette habitude d'employer l'ironie
contre une chose sérieuse, une disposition
non seulement frivole, mais étroite et basse ;
et l'élégance apparente de la plaisanterie ne
remédie pas à ce qu'il y a d'ignoble au fond.
L'outrage qu'on dirige contre un souvenir, jadis révéré, est une sorte d'effronterie d'âme
qui ravale celui qui s'y livre. En insultant à la
religion de son pays, même quand cette religion est tombée, l'on a presque toujours intérieurement, nous l'affirmions, une sensation d'impudeur et d'indécence ; et, se familiariser avec cette sensation, c'est briser une
fibre délicate, dont l'anéantissement détériore
la moralité.

Cet inconvénient existe dans toutes les religions. Mais le Polythéisme y prête, plus qu'aucune autre, et par ses dogmes et par ses rites.

Aussi long-temps que les mœurs sont pures et la croyance intacte, les fables qui pourraient servir d'autorisation au crime ou à la licence sont peu dangereuses. L'homme ne jugeant point les dieux qu'il adore, ne se comparant point avec eux, songe à leur obéir, à leur plaire, et nullement à les imiter. Mais quand les mœurs se dépravent et que la croyance s'ébranle, les traditions mythologiques étant soumises à l'examen, l'homme est frappé de ce qu'on a révéré le crime, encensé l'impudicité. Il découvre que ces choses, quand elles sont accompagnées de la force, n'inspirent pas autant d'horreur qu'il le supposait, et par une combinaison singulière, moins il croit à ses dieux, plus il les imite.

La mauvaise influence des fables licencieuses commence avec le mépris et le ridicule versé suer c fables.

Il en est de même des cérémonies. Des rites indécens peuvent être pratiqués par un peuple religieux avec une grande pureté de cœur. Mais quand l'incrédulité atteint ce peuple, ces rites sont pour lui la cause et le prétexte de la plus révoltante corruption.

Il n'est pas toujours certain qu'une religion soit utile, pendant qu'on y croit; mais il est indubitable qu'une religion est funeste, quand on n'y croit pas.

—

CHAPITRE IV.

De la disposition intérieure de l'espèce humaine à cette époque.

A cette époque, la situation de l'espèce humaine est déplorable. L'esprit avait travaillé durant des siècles à perfectionner, puis à détruire une croyance qui contrastait avec les lumières. Les moyens de défense que cette croyance lui avait opposés, toujours vexatoires et souvent odieux, n'avaient servi qu'à redoubler son activité et son courage. Le désir de briser ce joug avait été l'unique objet vers lequel s'étaient dirigés les efforts de la pensée. Elle sort enfin victorieuse du combat périlleux qu'elle a livré. La religion déchue, réduite à des rites extérieurs, est dépouillée de toute force réelle. Mais que l'homme est alors étonné de la victoire! L'agitation de la lutte, l'idée du danger qu'il aimait à braver, la soif de reconquérir des droits contestés, toutes ces causes d'exaltation ne le soutiennent plus; son imagination, naguère toute occupée d'un succès qu'on lui disputait encore, maintenant désœuvrée et comme déserte, se retourne sur elle-même. Le monde est dépeuplé de dieux; des êtres d'un jour se trouvent seuls sur une terre qui déjà s'entr'ouvre pour les engloutir. Des générations passagères, fortuites, isolées, naissent, souffrent, disparaissent; quelques ambitieux se les disputent, se les arrachent, les froissent, les déchirent; elles n'ont pas même la consolation d'espérer qu'une fois ces monstres seront jugés, qu'elles verront luire enfin le jour de la réparation et de la vengeance. Nul lien n'existe entre ces générations, dont le partage est ici la servitude, plus loin le néant; toute communication est brisée entre le passé, le présent et l'avenir. Aucune voix ne retentit des races qui ne sont plus aux races vivantes, et la voix des races vivantes doit s'abîmer bientôt dans le même silence éternel. L'homme promène ses tristes regards sur cet univers sans vie ; ses invocations ne sont plus écoutées ; les prières restent sans réponse ; ce qu'il prenait autrefois pour une réponse n'était que l'écho du rocher qui lui répétait ses propres paroles. Il a repoussé tous les appuis dont ses prédécesseurs s'étaient entourés. Il a répudié l'héritage de ses pères, il s'est réduit à ses propres forces ; c'est avec elles qu'il doit lutter contre la satiété, contre le malheur, contre la vieillesse, contre le remords, contre la foule innombrable de maux qui l'assiégent ; il sent maintenant combien ses forces sont insuffisantes. Frappé, dans l'objet de ses affections, le sceptique gémit sur le doute dont il s'enorgueillissait jadis ; il accuse avec amertume, bien qu'avec une sorte de pudeur philosophique, les importunes lumières qui l'entourent sans cesse et qui le gênent dans sa douleur. Que je voudrais, écrit Cicéron, pleurant sur la cendre de Tullie, que je voudrais éviter tout ce qui ressemble à un tombeau ; que je voudrais lui décerner une apothéose ; que j'aurais besoin de lui ériger un temple ! Ah ! au moins autant que le per-

mettra ce siècle si éclairé, j'éterniserai sa mémoire par tous les genres de monumens (1).

L'ami de la liberté, trompé dans ses espérances, et se voyant trahi par les hommes,
regrette l'alliance des dieux. Cassius, nourri
des maximes d'Épicure et rejetant avec lui
toute existence après cette vie, invoque, en
levant le bras sur César, les mânes du grand
Pompée. Dans ses derniers entretiens avec
Brutus : Ami, s'écria-t-il, il serait beau qu'il
y eût des génies qui prennent intérêt aux
choses humaines ; il serait beau que nous
fussions forts, non seulement de nos fantas-
sins et de notre flotte, mais aussi de l'appui
des immortels, dans une entreprise si noble
et si sainte. Le crime lui-même, quand l'ad-
versité l'entraîne à son tour, cherche à saisir
dans son angoisse la branche qu'il dédaignait
du haut du rivage, et le fils parricide d'A-
grippine, au moment qui précède sa mort,
redemande le bracelet que lui avait donné sa
mère.

C'est en vain que l'homme veut suppléer
par des jouissances passagères aux conso-

---

(1) Cicer. *ad Attic.* XII. 35. 36. 45.

lations qu'il a repoussées. Ces jouissances lui échappent. On dirait que son âme, à laquelle il dispute une vie future, méprise les ignobles dédommagemens qu'il lui offre dans cette vie. Tout sentiment s'éteint. Il n'y a plus de poésie, plus d'éloquence, plus de beaux-arts ; les artistes, depuis qu'ils ne croient plus aux dieux, ne savent plus embellir la figure humaine, les poètes ne savent plus chanter la beauté, l'héroïsme ou la vertu. On est incapable même d'admirer les monumens des siècles passés. Lisez ce froid Pausanias, lorsque, promenant dans la Grèce sa minutieuse curiosité, il décrit les chefs-d'œuvre de Phidias. Vous le voyez mesurer la hauteur et la largeur des statues, évaluer l'or qui brille sur leurs vêtemens, analyser les emblêmes qui prêtent à ses explications érudites; mais tout ce qu'il y a de grand, tout ce qu'il y a de sublime, cette majesté du Jupiter-Olympien, cette empreinte céleste d'un génie élevé par la religion au-dessus des bornes mortelles, et qui fait passer dans l'âme du spectateur un rayon de la divinité qui l'anime, il ne paraît pas s'en douter.

CHAPITRE V.

Désespoir de l'homme dans cette situation.

De quelque opinion abstraite que l'homme se pénètre, il ne peut se dissimuler qu'une force invisible pèse sur lui. Il est contre sa nature de la croire aveugle; le raisonnement peut le conduire à ce résultat; mais le sentiment lutte contre une conclusion qui le révolte, et pour l'immense majorité, pour tous, peut-être, c'est le sentiment qui triomphe.

En conséquence, lorsque vous arrachez à l'homme la persuasion qu'il existe entre lui et cette force invisible des moyens de communication réguliers et salutaires, vous le privez d'une conviction qui est un besoin de son âme. Il ne peut se croire affranchi de cette force qui sans cesse l'entoure, le presse et le subjugue, mais il s'en croit abandonné, il tombe alors dans une sorte de désespoir qui le précipite dans les superstitions les plus effroyables.

C'est le spectacle que nous offre l'empire

romain du temps de Plutarque, c'est-à-dire à une époque où le Polythéisme était détruit sans être remplacé. Partout, dit cet écrivain, on voit des hommes se déchirant le visage, se prosternant dans la poussière, ou restant immobiles, couverts de lambeaux, ou se roulant dans la fange pour obtenir d'être réconciliés avec la divinité. Ces hommes, lorsqu'ils éprouvent quelques infortunes, n'en recherchent pas la cause dans leurs fautes ou dans leurs erreurs; ils n'en accusent pas les circonstances, ils supposent qu'un être ennemi s'acharne sur eux et les frappe. Les infirmités, l'indigence, les calamités ou publiques ou privées, leur paraissent l'effet de la colère d'un dieu, de la malveillance d'un démon; ils ne se nomment pas malheureux, mais haïs des immortels; ils se complaisent dans leur misère; le malade repousse le médecin, l'affligé fuit le consolateur; ils se reprocheraient de porter quelque remède à leurs maux, de peur de résister à la volonté céleste.

Certes, un pareil état ne peut s'expliquer que par une disposition extraordinaire: on l'a considéré comme une maladie de l'esprit humain particulière à ce siècle; mais cette maladie avait sa cause. Ces hommes, à d'autres époques, ont été malheureux, opprimés, avilis et corrompus. Le monde n'a jamais manqué de tyrans et d'esclaves, de conquérans et de peuples conquis, de bourreaux et de victimes. Cependant, à aucune autre époque, nous ne voyons un égarement aussi profond, une démence aussi universelle : et ce fut au sein des lumières, long-temps avant que le genre humain fût retombé dans la barbarie, cinq siècles après Aristote, deux siècles après Cicéron, dans un moment où les ouvrages de tous les sages de l'antiquité étaient dans les mains de tout le monde, que des hommes de toutes les classes se montrèrent atteints de cet étrange délire, dont nous ne trouvons aucun autre exemple.

Même chez les nations chez lesquelles des corporations toutes puissantes prolongeaient l'ignorance et encourageaient la superstition, l'on ne remarque point cette agitation désordonnée. La masse de ces nations suit paisiblement la route qui lui est tracée ; elle porte avec docilité un joug qui l'abrutit sans doute, mais qui ne la jette point dans une inquiétude convulsive. C'est qu'au sein de la servitude, elle possède une croyance fixe, sur laquelle son âme peut se reposer.

Lors de la chute des religions, l'homme est privé de cet appui : c'est pour cela qu'il se débat au hasard. Comme la religion lui est naturelle, l'absence de la religion lui devient une privation douloureuse, et bientôt insupportable. La terre, séparée du ciel, lui semble une prison, et il frappe de sa tête les murs du cachot qui le renferme.

De là, ces superstitions qui se répandirent par torrens sur tout l'empire, vers le deuxième siècle de notre ère ; de là, ce recours à toutes les religions, cette confusion de tous les rites, ces invocations adressées à tous les dieux. Ces superstitions n'étaient que l'effet inévitable de la soif qu'éprouvait le genre humain de renouveler ses relations avec la Divinité. Il la recherchait partout dans les ténèbres, cette Divinité qu'il avait perdue ; il redemandait à grands cris une croyance en place de celle qu'on lui avait ravie. Ces superstitions, qu'on a regardées comme une preuve de l'excès de la religion, étaient au contraire un effet de son absence.

CHAPITRE VI.

De la magie à cette époque de la décadence du Polythéisme.

A cette époque, la magie prend un accroissement subit et incalculable. Elle marche de pair avec l'incrédulité. Le règne de l'une est le triomphe de l'autre. Rivale de la religion, dès son origine, elle envahit le terrain que celle-ci délaisse, et s'enrichit de toutes ses pertes. On a cru voir dans la croyance accordée aux astrologues une des causes du discrédit des oracles : mais le discrédit de ces oracles avait été la première cause du crédit dés astrologues. Les promesses des prêtres sont remplacées par celles des sorciers, et la passion, qui se défie des premiers, s'adresse et s'abandonne aveuglément aux seconds. C'est que, malgré les progrès du scepticisme, la nature de l'homme n'est point changée. Le même besoin religieux que nous avons remarqué, dans l'état sauvage, se reproduit à l'autre extrême de la civilisation. Le recours à la magie n'est que l'expression de ce besoin religieux dans ses égaremens et dans sa souffrance. On peut appeler la magie le fétichisme de l'état civilisé. Le fétichisme est l'effort de l'homme pour découvrir la Divinité, quand rien ne lui en a donné l'idée. La magie est l'effort de l'homme pour retrouver cette idée, quand il l'a perdue. Tant il est vrai qu'à toutes les époques, elle lui est nécessaire, et qu'il ne peut jamais s'en passer.

L'on a vu les conquêtes d'Alexandre porter au Polythéisme une atteinte mortelle. Aussi la magie devint-elle dès lors populaire en Grèce (1). Des sorciers babyloniens s'introduisirent dans toutes les villes grecques, à la suite des généraux sortis de Macédoine ou revenus d'Asie; le magicien Osthanès, que le fils de Philippe traînait à sa suite, fit connaître aux Grecs la magie des Perses (2). Ce fut dans le même temps que cette science ténébreuse se répandit en Egypte. Une frénésie semblable se déclara chez les Romains, aussitôt que leur foi religieuse fut ébranlée. Le peuple jusqu'alors croyait à la magie, mais ne la pratiquait pas. Aussi long-temps qu'il

______

(1) Theocrit. *Idyll*. 2.
(2) Plin. XXX. 1. — Euseb. Præp. *Evang*. V.

Tome II.   8

est satisfait des moyens que son culte lui
présente de communiquer avec le monde invisible, l'homme n'en cherche pas de nouveaux. Quand il est privé de ces communications faciles et consacrées, il veut se frayer
une autre route, et ne pouvant plus lever les
yeux vers le ciel, c'est au fond de l'abîme que
sa misère évoque des protecteurs. Vatinius,
l'ennemi de Cicéron(1), et Figulus, son ami,
se livraient également à ces sombres et chimé-
riques recherches. L'on raconte de ce dernier,
qu'il avait rédigé l'astrologie en système (2),
et qu'il prédit à Octave, père de celui qui devint Auguste, que son fils serait le maître de
Rome (3). Sur cette prédiction, le père or-
donna que ce fils fût mis à mort(4). Figulus
éluda l'exécution de cet ordre. Il y a des cas
où l'on ne peut s'empêcher de souhaiter aux
hommes plus de logique dans leurs erreurs.
Nous ne rapportons au reste cette anecdote,
probablement fausse, que parce que l'asser-

---

(1) Cicer. *in Vatin.* 6.
(2) Aug. *Civ. Dei.* V. 3.
(3) Dio Cass. XLV. *in initio.*
(4) Suéton. *in Aug.* cap. 94.

tion de Suétone, qui en parle comme d'un
fait public (1), et la réputation de Figulus,
certifiée par Lucain (2), prouvent la crédulité
des Romains à cet égard (3).

Ce que l'irréligion avait commencé à Rome,
la chute complète de la liberté vint l'achever.
Sous Auguste, dont on a vanté les dernières
années comme une période de raison, de
calme et de lumières, des philosophes donnaient des cours de magie (4). Deux mille
volumes de prédictions étaient entre les mains
des particuliers (5). Les Romains erraient
dans les sépulcres, ramassant pour des cérémonies prohibées les ossemens des morts
et les herbes qui croissaient sur les tombeaux (6). Ces détails sont attestés par Horace, et il est inutile d'ajouter que nous ne
lisons rien de pareil dans les auteurs contemporains de Rome libre et religieuse (7).

_____

(1) Nota et vulgata res est.
(2) Lucan. Phars. I. 639.
(3) Bayle. *Art. Nigidius.*
(4) Brucker. II. 86. — Tiédem. III. 105.
(5) Sueton. *in Aug.* cap. 31.
(6) Horat. *Sat.* I. VIII. 22.
(7) Tiedem. *de Mag.* p. 161.

Les successeurs d'Auguste combattirent quelquefois cette démence par leurs règlemens, mais avec d'autant moins de succès qu'ils l'encourageaient par leurs exemples. Tibère proscrivit les magiciens, mais c'est qu'il redoutait leur puissance (1). Il avait lui-même à sa cour des astrologues (2), et tout l'empire l'accuse d'avoir employé la magie, pour se délivrer du spectacle incommode des vertus de Germanicus (3). Néron fit venir à Rome Tiridate et d'autres enchanteurs moins fameux, pour être initié dans tous leurs secrets, aspirant, dit Pline, à régner sur les dieux comme sur les hommes (4). Après son parricide, il se réfugia derrière la magie contre l'ombre d'Agrippine (5). Vespasien chassait les devins par ses édits et les rappelait par ses largesses (6). Le timide et cruel Do-

----

(1) Dio Cass. IV. 7.
(2) Sueton. cap. 19.
(3) Tacit. *Annal.* II. 69. — Dio Cass. IV. 7.
(4) Plin. *Hist. nat.* XXX. 1-2.
(5) Suet. *in Neron.* c. 34. — Plin. *Hist. nat.* XXX. 2. — Muller de Hierarch. 32.
(6) Dio Cass. LXVI. cap. 9.

mitien les consultait (1). Adrien, malgré son affectation de philosophie, leur accorda sa confiance (2); et, comme il luttait d'éloquence avec les rhéteurs et de sophismes avec les sophistes, il lutta de sorcellerie avec les sorciers et voulut prédire lui-même ce qui devait lui arriver durant une année (3). Le stoïcien Marc-Aurèle ne fut pas garanti de cette faiblesse par la doctrine d'Épictète. Arnuphis l'Égyptien l'accompagnait en qualité d'astrologue (4). Nous ne parlerons ni de ce Didius-Julien qui acheta l'empire mis à l'enchère par les gardes prétoriennes, et qui consomma son règne de deux mois à chercher des moyens surnaturels de se maintenir sur le trône qu'il avait payé et qu'il ne pouvait défendre (5); nous ne parlerons ni de Caracalla ni d'Héliogabale, qui étaient préparés à la folie par le crime (6).

---

(1) Suet. *in Domit.* 14.

(2) Xiphil. *in Adrian.*

(3) Spart. *in Adr.* 20. — *In Ælio Vero.* 5.

(4) Xiphil. *Abrégé de Dio Cassius.*

(5) Dio Cass. LXXIV. cap. 16. — Xiphil. *in Div. Jul. Spart.* cap. 7.

(6) Herodian. IV. 12. — Dio Cass. LXXVII. — Xiphil. et Spart. *in Carac.* — Lamprid. *in Heliog.*

Mais le père de Caracalla, prince rusé et général habile, poussa la crédulité jusqu'au point de se marier avec une femme à laquelle on avait annoncé qu'elle épouserait le souverain du monde. Alexandre-Sévère, assez éclairé pour rendre justice au caractère de Jésus-Christ, institua néanmoins des chaires publiques d'astrologie. Dioclétien, qui introduisit dans l'empire la régularité de l'étiquette et la pompe de l'Orient, tua de sa propre main, sur la prédiction d'un druide, un homme dont le nom lui semblait réaliser la prophétie qui l'appelait au pouvoir (1) ; et Constantin lui-même, avant sa conversion, avait sacrifié, suivant des rites magiques, des lions amenés avec soin dans ce but du fond de la Libye (2).

Si telle était la conduite des maîtres de la terre, on peut prévoir celle de leurs esclaves. La magie devint la passion universelle. Les villes étaient remplies, les grands chemins étaient couverts de sorciers qui se disputaient

---

(1) Vopiscus *in Numeriani Vitâ.*
(2) Euseb. *in Vitâ Constant.* I. 3o.

les passans (1). Chaque bourg, chaque village
avait sa statue, son image, ou sa caverne
miraculeuse. Chaque individu possédait quelque talisman, qu'il portait sur sa poitrine ou
à ses doigts, en forme de bague (2). Les philosophes et les rhéteurs grecs ne pénétraient
dans les familles riches qu'en qualité de fai-
seurs de prestiges (3); de simples particuliers
en entretenaient à leur solde, parmi leurs pa-
rasites ou leurs serviteurs (4). La fausseté des
prédictions ne nuisait point aux moyens dont
l'incertitude avait été déjà démasquée. Des
devins avaient prédit à Pompée, à Crassus, à
César, qu'ils mourraient dans une vieillesse
paisible (5). Ce souvenir n'empêchait pas
Tibère de consulter d'autres devins. La magie
devint la base de toutes les sciences; la méde-
cine ne consista plus qu'en formules mystérieuses et en mots barbares. Xénocrate d'A-

---

(1) Lucien.

(2) Plin. *Hist. nat.* XXV-XXXII. — Suet. *in
Ner.* c. 56. et *ibid.* Casaub. — *L'image d'Alexandre le
Grand passait pour un talisman très puissant.*

(3) Præstigiatores.

(4) Schmidt, *de sacrif. et sacerd. Ægypt.* p. 116-123.

(5) Cicero *de Div.* II. 47.

phrodisium, dans son livre sur l'art de guérir,
n'indiquait pour remèdes que des incantations et des amulettes (1). Ceux à qui l'on
dérobait quelque objet précieux, recouraient
aux sorciers plutôt qu'aux magistrats (2). Les
gouverneurs des provinces interrogeaient des
devineresses sur le sort de l'empire. Les empereurs appuyaient d'enchantemens les armées
qu'ils envoyaient contre les barbares. Les philosophes faisaient des miracles pour démontrer la
justesse de leurs syllogismes. Nous apprenons
de Lucien que les seules preuves qui fussent
admises en faveur de l'existence des dieux,
étaient des apparitions et des prodiges (3). Un
ennemi de la religion devait applaudir à cette
manière de la défendre. Les ouvrages roma-
nesques qui prirent naissance à cette époque
de la littérature déchue, assignent à toutes les
passions humaines des causes surnaturelles.
Xénophon d'Éphèse, dans ses Amours d'An-

______

(1) Fabricii *Bibl. græc.* XIII. 452.—Galen. *de simpl.
medic. Facultat.* VI. et X. Proœm.

(2) Chrysostom. *Opp.* X. 669. XI. 447.

(3) Dialogue du Menteur.

thia et d'Abrocome (1), nous peint son héroïne prête à mourir d'amour. Aussitôt l'on cherche des prêtres ; ils déclarent que les dieux infernaux se sont emparés d'elle, et ils l'exorcisent. On voyait dans ce temps les démons partout et l'homme nulle part.

Cette soif de faire violence aux puissances inconnues, toujours irritée devint féroce faute de pouvoir être satisfaite. La magie fut souillée de sacrifices humains (2). L'on se servit, dans ses rites affreux, de membres encore palpitans, et dépécés avec art, suivant des règles prescrites (3). On enterra vifs des enfans. On les fit expirer de faim, pour examiner leurs entrailles (4), ou dans l'idée que leurs âmes, transformées en mauvais génies, seraient soumises à leurs bourreaux (5).

L'état de l'univers contribuait à précipiter les hommes dans ces tentations insensées et criminelles. Un despotisme sans frein pesait

____

(1) Ephesiac. lib. I.
(2) Juvenal. *Sat.* V. 55 1.
(3) Horat. *Epod* V. 37.
(4) Ib. 30.
(5) Chrysost. I. 727. VI. 27. X. 669. XI. 44. 603.

sur le monde. Toutes les existences étaient
menacées ; l'obscurité offrait à peine une
garantie précaire. La crainte du désespoir
excitait une ambition forcenée. Il n'était
guère plus dangereux d'usurper l'empire que
d'être opulent, vertueux, distingué en un
mot, de quelque manière. Chacun devait aspirer à tout, parce que personne n'était assuré de rien. Le trône était le désir universel,
parce qu'il était l'unique asile; de là des conspirations toujours renaissantes. Et quoi de plus
simple que d'appeler au secours de ces conspirations ces forces invisibles que nul ne révoquait plus en doute, et qui seules pouvaient
lutter contre les forces immenses dont la tyrannie était revêtue ? Les tyrans eux-mêmes
semblaient inviter leurs sujets à s'armer de
cette ressource; en poursuivant les meilleurs
citoyens sous le prétexte de la magie (1); ils
paraissaient rendre hommage à sa puissance.

A ces motifs de terreur et d'inquiétude se
joignait la nécessité de remplir une vie que
l'esclavage avait dépouillée de tout intérêt.
L'on ne sait pas assez, malgré mille exem-

____

(1) Tacit. *Ann.* XII. 22 et suiv.

ples, dans combien d'égaremens la servitude
plonge les humains, et que de douleurs elle
leur impose. Il ne s'agit pas seulement des
peines positives, des dangers, des humilia-
tons, des spoliations et des supplices; mais
les facultés inoccupées, les nobles dons de la
nature condamnés à languir stériles, à périr
obscurs; la pensée et le sentiment refoulés
sur l'âme inactive qu'ils oppressent; ce souffle
de mort qui glace le monde intellectuel; ce
vaste linceul étendu par une main de fer sur
la partie morale de toutes les existences qui
ne sont pas dégradées : ce sont là les maux véritables, d'autant plus cruels, qu'il faut les
supporter en silence, et que les victimes ignorent, au milieu de l'univers muet et morne,
s'il est des cœurs qui les plaignent, des esprits
qui les comprennent et qui leur répondent.
De là ces plaisirs sensuels, ces raffinemens de
voluptés, ces excès de tous genres, effets du
mépris que l'homme conçoit sur lui-même,
et qui, épuisant ce qui lui reste encore d'énergie, le livrent sans défense à tous les désordres d'une imagination partagée entre la fatigue et l'effroi. La magie s'empare ainsi des
deux extrémités des sociétés, des grands, que

la corruption énerve ; du peuple, que l'oppression poursuit et accable. Le vice, au milieu d'une prospérité passagère, demande aux démons des plaisirs, tandis qu'au sein d'un malheur durable la faiblesse leur demande des secours hors de la nature.

Les seuls écrivains qui ne s'abandonnèrent pas sans réserve à cette impulsion furent Plutarque, Apulée et Lucien ; encore les deux premiers la combattirent plutôt qu'ils ne lui échappèrent. Ce qui préserva Plutarque des erreurs les plus grossières, c'est qu'il désirait, comme on le verra plus loin, rester fidèle à la religion publique. Apulée, dans son Ane d'or, montre l'intention de se moquer de la magie ; mais les détails dans lesquels on le voit s'engager avec complaisance ; ses citations exactes d'un grand nombre de formules, d'évocations et d'imprécations ; les renseignemens qu'il nous transmet sur la nature des esprits, leur hiérarchie et leur action sur les animaux et les hommes ; les longs voyages qu'il entreprit pour se rapprocher des enchanteurs les plus célèbres ; l'accusation de sorcellerie que lui attira son mariage avec une veuve qu'il fut soupçonné d'avoir séduite par un art coupable :

toutes ces choses trahissent un esprit qui n'avait pas été toujours exempt des préjugés de son siècle, ou qui du moins ne les avait surmontés qu'après s'être éclairé par son expérience personnelle et par des essais infructueux.

Les attaques de Lucien furent plus franches ; mais, comme il attaquait la magie en incrédule et n'offrait rien à sa place, il eut des succès et point d'influence : pour que la magie disparût, il fallait que la religion revînt. On s'exagère beaucoup l'efficacité du ridicule ; il n'est puissant que contre un ennemi faible ; il détruit les religions usées et les gouvernemens qui chancèlent. En politique, voyez ces esclaves se courber d'autant plus devant le pouvoir, qu'ils s'en moquent en son absence ; ils croient s'être justifiés par quelques railleries, et se sentent plus en fonds pour s'avilir. Il en est de même en fait d'opinion : on tremble, et l'on plaisante ; et la vanité d'une part, et la crédulité de l'autre, se trouvent à leur aise. Le même public, qui applaudit aux sarcasmes de Lucien, prodigue sa vénération et sa confiance à l'imposteur Alexandre, à cet impudent Paphlagonien, qui promène dans l'Asie un serpent apprivoisé, avec une tête de carton, comme Esculape qui rend des oracles. Les villes où il réside ne peuvent contenir la foule qui s'empresse sur ses pas. Soixante à quatre-vingt mille pélerins se rendent annuellement auprès de lui. Les généraux s'arrêtent au milieu de leurs expéditions pour apprendre de sa bouche s'ils doivent combattre ou se retirer (1). Les sénateurs l'accablent d'hommages et de présens ; l'un d'eux épouse en pompe sa fille, née de son mariage mystérieux avec la lune, dont il brigue le consentement à force d'hécatombes (2). Les familles les plus illustres lui envoient leurs fils pour lui servir de ministres. Les femmes se font gloire de lui déclarer leur amour, et de s'exposer en public entre ses bras. Les maris s'honorent des caresses qu'il veut bien accorder à leurs épouses. Il indique les auteurs des crimes secrets, et des innocens sont mis à mort sur son ordre. On brûle solennellement les livres qu'il con-

----

(1) Sévérianus, un des généraux envoyés contre les Parthes.

(2) Rutilianus, sénateur romain.

damne ; on repousse comme immondes ou sacriléges les hommes qu'il déclare ennemis des dieux. Les habitans des cités que la peste ravage attachent ses prophéties à la porte de leurs demeures , comme des préservatifs infaillibles. Il donne des avis à Marc-Aurèle, et le vœu des peuples force l'empereur à s'y conformer. Il trompe ainsi l'empire romain, c'est-à-dire la moitié du globe, pendant trente années ; et des médailles (1), frappées en son honneur, nous transmettent encore l'image de son serpent miraculeux (2).

Tel est donc l'état de l'espèce humaine; l'incrédulité s'applaudit d'avoir délivré l'homme des préjugés, des erreurs et des craintes, et toutes les craintes, tous les préjugés, toutes les erreurs semblent déchaînés. On a proclamé l'empire de la raison, et tout l'univers est frappé de délire; tous les systèmes se fondent sur le calcul, s'adressent à l'intérêt, permettent le plaisir, recommandent le repos et jamais les égaremens ne furent plus hon-

____

(1) Spanh. *Diss. de præst. et usu Numism. antiq.* T. 214-215.

(2) Lucian. *in Alex.*

teux, les agitations plus désordonnées, les douleurs plus poignantes : jusque-là enfin qu'une race misérable paraît vouloir descendre aux enfers, pour fuir une terre d'où l'on a banni la divinité.

LIVRE XIII.

DES EFFORTS DE L'HOMME POUR SE RATTACHER A LA RELIGION TOMBÉE.

—

CHAPITRE I.

Du besoin qu'éprouve l'homme de retrouver une religion fixe et positive.

L'ESPÈCE humaine ne saurait demeurer dans la situation que nous venons de décrire; elle éprouve chaque jour plus vivement et avec plus de douleur le besoin d'une croyance, autour de laquelle puissent se grouper ses espérances, maintenant éparses, et comme errantes et effrayées. La forme de cette croyance doit être stable; l'homme doit pouvoir y compter; il faut qu'il la retrouve aujourd'hui ce qu'elle était hier, et qu'elle ne lui semble pas à chaque instant prête à s'évanouir et à lui échapper comme un nuage. Il faut de plus qu'il la voie appuyée du suffrage de ceux avec lesquels il est en rapport

Tome II.   9

d'intérêt, d'habitude et d'affection; car, destiné qu'il est à exister avec ses semblables et à communiquer avec eux, il ne jouit de son propre sentiment que lorsqu'il le rattache au sentiment universel. Il aspire, pour sa pensée comme pour sa conduite, à l'approbation des autres, et la sanction du dehors est nécessaire à sa satisfaction intérieure. De là son penchant à prêter à l'antiquité les opinions qu'il professe, de là encore cette violence qui l'entraîne souvent à persécuter les opinions opposées aux siennes, comme si l'existence de ces dernières infirmait les vérités qu'il chérit : de sorte que l'intolérance que l'on attribue à l'orgueil de l'homme a plutôt pour principe la défiance de lui-même et une espèce d'humilité.

Plusieurs des causes qui avaient concouru le plus activement à la décadence de la religion, se réunissent pour favoriser sa renaissance.

Les progrès de la morale avaient décrédité le Polythéisme, en rendant insupportables à l'adorateur éclairé les vices et les imperfections de ses dieux. Mais l'expérience a dévoilé les résultats plus terribles de l'absence

de toute croyance; on peut souhaiter encore
que les dieux soient plus parfaits, mais il
n'est plus possible de s'applaudir de ce que les
hommes sont impies.

Le scepticisme avait sapé toutes les bases
de la conviction; mais, en déclarant la raison
humaine incapable de parvenir sur aucun
objet à la certitude, le scepticisme désarme
l'incrédule comme l'homme religieux. Il en
résulte que lorsque la tendance de l'espèce
humaine est à l'incrédulité, c'est l'incrédulité que le scepticisme favorise; mais quand
cette tendance est à la religion, il prête à la
religion des armes contre le raisonnement
qui veut l'attaquer, et en prouvant à l'esprit
que tout ce que la philosophie lui présente
comme démontré n'est qu'illusoire, il le porte
à chercher une certitude plus haute qui ne
se fonde pas sur la dialectique, et que le
doute ne puisse atteindre. Du temps de Carnéade, le scepticisme était un motif de tout
nier; deux siècles plus tard, c'était une raison
de tout croire, preuve manifeste que l'effet isolé de toute opinion particulière est
toujours soumis à l'esprit général de chaque
époque.

Le retour de l'homme à la religion n'est donc pas moins infaillible que la chute de la religion ne l'était précédemment. Aussi voyons-nous dès ce moment l'incrédulité disparaître. Tous les écrivains qui vont nous occuper sont des hommes religieux, qui se jettent dans différentes routes, qui se divisent, qui s'égarent, mais qui tous ont un même but. Lucien et Sextus Empiricus sont les deux derniers auteurs incrédules.

CHAPITRE II.

Du désir qu'a l'homme de se rapprocher de l'ancienne religion qu'il a rejetée.

Le besoin que l'homme éprouve de retrouver une forme de religion positive est tellement impérieux qu'on le dirait prêt à reprendre celle qu'il vient de briser avec dédain. Il en oublie tous les inconvéniens ; il s'en exagère tous les avantages.

Ecoutez Plutarque décrivant les jouissances du culte public pour qui le pratique avec une conviction sincère. Aucune fête, aucune cérémonie, aucun spectacle, dit-il, n'a pour l'homme un charme égal à celui qu'il trouve dans l'adoration des dieux, dans la participation aux danses solennelles, aux sacrifices et aux mystères. Son âme alors n'est plus abattue, triste et découragée, comme si elle avait à redouter des puissances malignes et tyranniques. Elle est au contraire délivrée de toute crainte, de toute douleur, de toute inquiétude, et s'enivre de joies ineffables. Ces joies sont étrang ères à celui qui ne croit pas à la Providence. Car ni la magnificence des ornemens, ni la profusion des parfums, ni l'abondance des vins et des mets ne plaisent à l'âme dans les rites sacrés. Ce qui lui plaît, ce qui l'enchante, c'est la persuasion que les dieux assistent au sacrifice et acceptent avec bonté ce que la piété leur consacre. Pour qui n'a point cette persuasion, le temple est un désert; la cérémonie, une pompe vaine et lugubre; les prières, des paroles que la raison désavoue; le sacrificateur, un vil mercenaire qui égorge un animal sans défense.

Minucius Félix, dans son Apologie du Christianisme, prête au païen Cécilius, son ad-

versaire, des discours qui n'indiquent pas
avec moins de force l'esprit d'un siècle avide
de repasser du doute à une croyance fixe. Cécilius peut être un interlocuteur supposé, et
le dialogue, un cadre adopté par l'écrivain;
mais il est impossible de méconnaître dans les
paroles la disposition caractéristique de l'é-
poque. Quels ne sont pas, s'écrie Cécilius,
les bienfaits de la religion! Pleins de la divinité, avec laquelle ils vivent dans l'union la
plus intime, les ministres des dieux nous dé-
voilent l'avenir, nous donnent des préservatifs contre les dangers, des remèdes contre
les maladies, des espérances dans nos douleurs, des secours dans nos misères, des consolations dans tous les accidens de la vie.
Même durant notre sommeil, nous voyons,
nous entendons, nous reconnaissons ces dieux
que nous nions pendant le jour, ou que nous
offensons par nos parjures. Aussi la conviction
universelle de tous les peuples, relativement
aux dieux immortels, est-elle inébranlable et
profonde, bien que les idées et les raisonnemens qui se rapportent à la religion soient
frappés d'incertitude. Loin de nous donc ces
hommes qui, remplis d'une témérité sacrilége,

cherchent à détruire ou à ébranler une opinion si salutaire (1) !

L'on reconnaît dans ces transports des
cœurs qui aspirent à se rouvrir à l'espoir, à
la confiance, à la douceur de se sentir protégés, fatigués qu'ils sont du découragement et
de l'abandon où les retiennent, depuis trop
long-temps, les doctrines irréligieuses. Naguère on apercevait dans les écrivains une
sorte d'irritation contre les entraves dont la
religion garrotait leur pensée. Maintenant
cette irritation se tourne contre la philosophie
qui veut étouffer leurs espérances. Lucrèce
décrivait avec enthousiasme le calme et le repos du sage, foulant aux pieds les terreurs
d'un autre monde. Plutarque et Cécilius dé-
crivent avec non moins d'enthousiasme le
bonheur de l'âme religieuse, retrouvant cet
autre monde qu'on avait voulu fermer devant
elle.

Ce n'est plus l'utilité de la religion que
l'on analyse, c'est son charme qu'on vante.
On n'en parle plus comme d'un instrument qui sert à gouverner les autres, mais

______

(1) Neander, 36-59-62.

comme d'un plaisir qu'on réclame pour soi-même.

CHAPITRE III.

Des hommes qui veulent reprendre le Polythéisme tel qu'il a existé précédemment.

Le premier mouvement de l'homme, dans son retour à la religion, est donc un effort pour se rattacher à celle de ses ancêtres. Mais lorsqu'il s'agit de revenir à une institution déjà décréditée et tombant en décadence, ceux-mêmes qui désirent lui rendre de l'autorité ou de la faveur, se divisent sur ce qu'il est utile ou possible d'en conserver ou d'en rétablir. Nous avons vu autrefois les philosophes se partager entre différens systèmes, tous également opposés à la croyance publique. Un nouveau partage s'opère, mais tous les systèmes actuels tâchent de se rapprocher de cette croyance.

Un parti se présente, qui veut qu'on retourne au Polythéisme, tel qu'il a été professé, dans les temps d'une piété docile, avant les doutes et les objections philosophiques. Transmis de générations en générations, antérieur à toutes ces spéculations abstraites qui n'aboutissent qu'à de vagues conjectures, n'a-t-il pas, durant une longue suite de siècles, assuré la pureté des mœurs, la tranquillité des états, le bonheur des peuples ? Au lieu de s'abandonner aux tâtonnemens de prétendus sages, qui se démentent et se contredisent, ne vaut-il pas mieux que l'homme adopte, comme règle de la vérité, les enseignemens de ses pères, et qu'il prenne pour guides ces hommes favorisés, illustres ancêtres de la race humaine et disciples des dieux dès l'origine du monde (1) ?

Aucun ouvrage contenant ce système d'orthodoxie dans le Polythéisme ne nous est parvenu. Mais Plutarque nous apprend par un exemple quelle était la logique de ses partisans. Les incrédules avaient puisé des objections contre la divinité des oracles dans le style souvent barbare de la Pythie, à peu près comme les incrédules de nos jours ont puisé des objections

____

(1) Neander, 32-34. — V. le Discours de Cécilius dans Minucius Félix.

contre la Bible dans certaines expressions qui paraissent révoltantes. Les polythéistes orthodoxes, loin de convenir que le style de la Pythie fût barbare, répondaient qu'il ne paraissait tel qu'à une génération indigne d'en sentir les beautés simples et primitives, et que ce n'était pas le langage des dieux qu'il fallait changer, mais les hommes qu'il fallait de nouveau rendre capables d'en apprécier la sublimité (1). Ainsi, loin de capituler avec l'incrédulité sur les imperfections et la grossièreté supposée des notions précédentes, ils affirmaient que ces accusations n'étaient dictées que par le caprice de l'opinion pervertie. Ne courbons pas la religion, disaient-ils, devant des modifications arbitraires; faisons au contraire plier sous son joug les esprits rebelles que l'habitude d'un examen téméraire a corrompus et qui prétendent sacrifier les traditions saintes à leurs vaines et fausses délicatesses. Ce parti voulait qu'on brûlât les livres de Cicéron. Il repoussait les interprétations des philosophes; il prouvait, par des faits incontestables, que les mœurs avaient été d'autant plus sévères qu'on avait

---

(1) Neand. 74-76.—Plut. *de Pyth. Oracul.* c. 5 et suiv.

adopté avec une foi plus littérale les fables
qu'une raison dédaigneuse affectait de repousser ; il se fortifiait de l'autorité du temps ;
il répétait ce qu'avaient affirmé les grands
hommes des siècles passés, et il avait cet
avantage, qu'il présentait quelque chose de
fixe, tandis que ceux qui s'écartaient de son
orthodoxie rigoureuse n'offraient rien que de
vague et d'indécis. Ses efforts toutefois ne
pouvaient obtenir aucun succès. L'homme
ne reprend pas du respect pour ce qui a cessé
de lui sembler respectable. Au fond de l'enthousiasme apparent pour l'ancien Polythéisme, il y a du calcul. On désire y croire,
parce qu'autrefois il rendait heureux, comme
naguère on s'efforçait de le maintenir, parce
qu'on regardait comme utile que d'autres y
crussent ; mais sa faiblesse est trop dévoilée,
les outrages qu'il a subis sont irréparables. Ces
souvenirs planent autour des autels qu'on
tâche d'entourer de la majesté qu'ils ont
perdue. L'incrédulité n'est plus une preuve
de lumières, un sujet de gloire, mais elle est
devenue une habitude ; et, de même que
dans les commencemens de la décadence des
croyances, des réminiscences religieuses im-

portunaient les incrédules, des réminiscences incrédules importunent maintenant les hommes qui voudraient redevenir religieux.

Il faut un culte nouveau, une doctrine jeune et forte, mieux d'accord avec les opinions du moment, une doctrine dont l'étendard n'ait point encore été profané, et qui, remplissant les âmes d'une exaltation réelle, étouffe les doutes au lieu de les discuter, et triomphe des objections en ne leur permettant pas de naître.

—

CHAPITRE IV.

De ceux qui veulent modifier le fond du Polythéisme, pour en conserver les formes.

Avant de faire ce pas décisif, des partis mitoyens viennent s'offrir. L'un d'eux tente de faciliter la conservation des formes du Polythéisme, en le modifiant pour le rapprocher de l'état de l'opinion, et pour l'affranchir de tout ce qui la blesse.

L'espèce de modification qui se présente le plus naturellement à la pensée, c'est le remplacement de l'anthropomorphisme décrédité

qui fait la base du Polythéisme populaire, par
la doctrine plus mystérieuse et plus imposante
du Polythéisme sacerdotal.

Nous avons développé les raisons pour lesquelles les religions sacerdotales avaient eu de
tout temps beaucoup d'attraits pour les philosophes, même avant la décadence du Polythéisme indépendant. Mais alors la philosophie était trop occupée de sa lutte contre ce
dernier Polythéisme, pour avoir le temps de
travailler à lui substituer une autre croyance.
Elle ne sentait que le besoin de détruire et non
le besoin de remplacer. Maintenant qu'elle
est dans une disposition contraire et qu'elle
voudrait remplir le vide qu'elle a creusé, elle
essaie d'accréditer les doctrines des sacerdoces
étrangers. Elle commence, dans ce but, par
établir que ces doctrines furent de tout temps
la véritable et unique religion de tous les peuples. Elle affirme ainsi, d'une part, leur antiquité reculée, de l'autre, leur universalité;
elle rassemble soigneusement et ce que le
Polythéisme grec avait pu conserver du
culte sacerdotal des Pélasges, et ce qu'il
avait emprunté des doctrines de l'Orient, doctrines répandues à cette époque dans toute la

Grèce (1). Elle prend donc en réalité pour point de départ le mélange et la confusion des deux espèces de Polythéisme.

Plutarque le déclare expressément : nous ne voyons pas, dit-il, qu'il y ait des dieux différens chez les différentes nations, qu'il y ait des dieux grecs et des dieux barbares, des dieux du nord et des dieux du sud ; mais comme le soleil, la lune, le ciel, la terre, et la mer, sont des choses universelles, et seulement désignées par des noms divers, suivant les pays, il y a aussi, suivant les lieux, différens noms et divers modes d'adoration pour la même sagesse suprême et la même providence (2).

Il est à remarquer que Plutarque, qui vante partout les pratiques du Polythéisme, le bonheur dont l'homme jouit dans les temples, la nécessité et l'utilité des sacrifices, s'exprime ici comme un théiste décidé. C'est qu'en effet, comme nous le prouverons, la tendance de tous les esprits était au théisme ; mais aussi c'était vainement que l'on se flattait de

____

(1) Creuzer, I. 219.
(2) Plutarch. *de Isid.* ch. 23.

conserver les formes d'une religion en lui préférant les bases d'une autre.

Remarquons encore que la philosophie suit dans ses raisonnemens une route tout-à-fait nouvelle. A l'époque précédente, elle avait été conduite à rejeter la vérité de toutes les opinions religieuses, par la considération de ce qu'elles avaient de contradictoire; à présent, elle cherche à démêler, par-delà toutes les contradictions de détail, un assentiment universel, dont elle puisse appuyer la religion (1). Et ce n'est pas seulement dans les cultes divers, mais dans tous les systèmes, dans tous les codes de lois, dans tous les ouvrages de science, d'histoire et de poésie, qu'elle prétend retrouver certaines idées premières, dont les auteurs sont inconnus, mais qui portent en elles une évidence intrinsèque, indépendante de toute démonstration. C'est visiblement l'esprit humain fatigué des chicanes de la dialectique, et appelant le sentiment à son aide pour reconstruire ce que la dialectique avait renversé. Mais le sentiment n'est encore ni assez fort ni assez profond pour triompher

____

(1) Neand. 47-48.

sans assistance étrangère. Plutarque invoque l'autorité des anciens et surtout le témoignage des faits historiques, parce que l'époque antérieure n'attachait de l'importance qu'aux faits. Nous verrons plus tard le sentiment, plus sûr de son empire, dédaigner ces faits, et vouloir découvrir toutes les vérités par lui-même. Platon, non moins instruit que Plutarque, fait de l'érudition un usage beaucoup moins fréquent que lui.

Cependant la philosophie ne peut adopter le Polythéisme sacerdotal sous la forme populaire; cette forme, avec ses sanglans sacrifices, ses orgies bruyantes, ses licencieuses pratiques, est plus révoltante mille fois que celle que la philosophie à cru devoir rejeter. On se tourne donc vers la partie occulte des religions soumises aux prêtres. Révolution singulière! La religion publique du sacerdoce, lorsqu'elle avait pénétré en Grèce, était devenue dans les mystères un culte secret; et voici que les philosophes essaient de rendre la doctrine secrète un culte public.

Cette réforme du Polythéisme ne ressemble point à celle qui avait eu lieu, lorsque cette religion était encore dans sa force. Alors l'esprit humain, principalement occupé des relations des hommes entre eux, avait travaillé surtout à perfectionner la partie morale de la religion. Actuellement habitué à l'abus des abstractions, et en même temps imbu des allégories des prêtres, il fonde ses améliorations sur ses subtilités de métaphysique et ses hypothèses de science.

Plutarque, que nous avons déjà cité, peut être regardé comme l'organe de cette école philosophique ; les historiens de la philosophie le placent d'ordinaire parmi les nouveaux platoniciens. Son admiration pour Platon et son attachement au platonisme, de préférence à toutes les autres sectes, peuvent le ranger dans cette catégorie. Néanmoins la naissance du nouveau platonisme proprement dit est postérieure de plus d'un siècle à la mort de Plutarque (1). On trouve en lui le germe de tout ce que Plotin, Porphyre et Jamblique enseignèrent ensuite. Il croit aux

----

(1) Plutarque mourut l'an 120 de Jésus-Christ, et Ammonius Saccas, réputé d'ordinaire le fondateur du nouveau platonisme, l'an 243 de Jésus-Christ. Bruc-ker, II. 180 et 205.

Tome II. 10

songes, aux prophéties ; il détermine avec réflexion et gravité les différens ordres des dieux et des démons, les qualités particulières à chacun d'eux et leur action salutaire ou malfaisante (1). Mais il n'admet toutes ces notions que comme plusieurs philosophes antérieurs les avaient admises, et comme les professait la majorité des polythéistes. S'il en parle plus fréquemment que les écrivains qui l'ont précédé, s'il montre une conviction plus ferme, c'est que son siècle agissait sur lui. Il ne fait point du commerce des génies ou démons avec les hommes le fondement de toute sa doctrine, la règle unique de sa conduite et le seul but de la vie. Partis des mêmes principes que lui, les nouveaux platoniciens ne tardèrent pas à suivre une autre route, et furent entraînés à des résultats dont il n'avait eu aucune idée.

L'on ne peut regarder Plutarque comme un philosophe distingué. Il avait un grand talent d'historien, un jugement sain dans les choses pratiques et un sens moral, noble et pur. Il

____

(1) *De Gen. Socr.* — Consol. *ad Uxor.* — *De Iside et Osiri.* — *De Oraculorum Defectu.*

joignait à ces qualités une grande expérience,
résultat d'une carrière entière et variée. Pro-
fesseur de philosophie à Rome et versé dans
la littérature et les usages romains, élevé au
consulat par Trajan, ensuite préfet d'Illyrie,
nommé par Adrien procurateur de la Grèce,
et, dans sa vieillesse, prêtre d'Apollon, il put
réunir aux recherches de l'érudition la connaissance des hommes. Mais, comme philosophe, il n'est guère que compilateur, et sa
prétention à former des combinaisons qui lui
fussent propres le rend compilateur, inexact
et interprète fantastique des doctrines qu'il
rapporte. L'objet favori de ses études fut toujours la religion égyptienne, et toutefois il
n'est pas d'accord avec lui-même sur la manière dont il en envisage les premières bases.
Tantôt les divinités de l'Égypte sont pour lui
les dieux de tout l'univers, adorés jadis par
tous les hommes, et considérés à tort par les
Grecs comme particuliers à l'Egypte ; d'autres fois, ce sont les symboles des élémens et
des forces physiques de la nature; d'autres fois
encore, il applique leurs désignations aux
diverses abstractions de la philosophie platonicienne. Ses ouvrages renferment beaucoup

de faits précieux et d'idées intéressantes ; mais tout est isolé, rien ne forme un ensemble, il n'y a point d'accord, point de relations entre les parties.

Malgré ces défauts, Plutarque devient pour nous, par les circonstances, d'une importance extrême. Il est, ainsi que nous l'avons dit, le seul représentant du parti qui voulait rallier les hommes autour du Polythéisme, en donnant à cette croyance un sens plus profond et une tendance plus épurée.

Ce parti se trouve dans une singulière situation. Il a conservé tous les souvenirs de l'école précédente, le mépris pour l'anthropomorphisme, la répugnance pour les fables scandaleuses, la haine pour la superstition. Cette haine se fortifie même des exemples qu'il a sous les yeux, car il appelle superstition le délire qui précipite ses contemporains dans la magie. Mais il éprouve en même temps le besoin dominant de l'époque actuelle et la soif d'une croyance fixe. Il voudrait même que cette croyance eût quelque chose de plus positif, et que ses formes parlassent plus aux sens que ne le voulaient les philosophes les plus religieux des âges antérieurs, parce que

l'expérience lui a prouvé qu'une religion purement abstraite ne peut avoir aucune influence. C'était en repoussant de la religion
tout anthropomorphisme qu'on lui avait ôté
toute vie et toute force (1). L'idée d'une providence particulière s'occupant de tous les
détails ayant paru de l'anthropomorphisme,
l'on avait imaginé que la Divinité ne s'intéressait qu'à la conservation de l'ensemble, et
que le monde roulait éternellement dans un
cercle tracé par une nécessité inflexible. A
quoi bon, dans cette hypothèse, un culte, des
vœux, des sacrifices, qui ne changent rien à
cette nécessité? A quoi bon des prières, dont
le sort est de n'être jamais exaucées? L'action
de confier aux dieux une forme ou des attributs quelconques n'étant encore que de l'anthropomorphisme plus ou moins déguisé, l'on
avait séparé la définition de la Divinité de tout
ce qui pouvait tenir à ses attributs ou à sa
forme ; mais on avait retranché par-là tout ce
qui servait de base à la religion du peuple,
tout ce qui l'aidait à s'en faire une idée, tout
ce qui motivait enfin ces actes d'adoration,

---

(1) La même marche des idées se remarque ailleurs.

soit aux pieds des autels, devant les simulacres divins, soit en présence des astres,
simulacres éternels, représentans visibles
des souverains célestes du monde. C'était
saper à la fois les deux espèces de Polythéisme.

La secte nouvelle marche donc péniblement
entre deux écueils, entre l'anthropomorphisme
qu'elle dédaigne, et l'abstraction qu'elle re-
doute. Elle veut que la nature divine, dont elle se
fait les idées les plus métaphysiques, ait pourtant des symboles visibles qui frappent les regards et captivent l'imagination. Elle avait rem-
porté une grande victoire et facilité sa marche
en substituant au culte des simulacres de bois,
de pierre ou d'airain, les hommages rendus à
ces flambeaux magnifiques, qu'une main puissante a suspendus dans l'immensité des airs,
et soumis à des mouvemens harmonieux et
réguliers. Elle remplace ainsi le Polythéisme
par l'astrolatrie, en mettant néanmoins, au-
dessus des astres, des dieux invisibles dont ces
astres ne sont que les éclatans symboles. Elle
commande à l'homme de ne pas oublier dans
l'adoration de ces symboles les êtres supérieurs qu'ils ne font que représenter, oubli fu-

neste, confusion déplorable qui, dit-elle, a plongé les esprits faibles dans la superstition et précipité les têtes fortes dans l'athéisme (1). Mais elle veut en même temps que ces symboles soient adorés, car elle craint toujours de voir le genre humain retomber dans la froide indifférence qui est le résultat d'une trop grande abstraction. Elle reconnaît donc en eux une certaine nature divine, qui motive et qui mérite un culte; et, pour colorer cette combinaison de deux assertions contradictoires, elle suppose des relations secrètes et en quelque sorte symétriques entre les symboles et les dieux.

Laissons ici parler Plutarque : si nous ne l'entendons pas complètement, c'est qu'il ne s'est pas bien compris lui-même ; comme nous savons le but qu'il se propose, il en sera d'autant plus instructif de le voir se débattre et se perdre dans les efforts pour y atteindre.

Le symbole d'Apollon, nous dit-il, c'est le soleil. L'action d'Apollon sur le monde des esprits est représentée par l'action du soleil sur le monde des corps. Ce soleil met en activité la

____

(1) Plut. *de Isid. et Osir.* cap. 67.

faculté de la vue. Apollon exerce la même influence sur les facultés de l'âme les plus élevées et les plus faibles ; mais le soleil distrait
l'homme de la connaissance d'Apollon, dont
il est le symbole, en ce qu'agissant sur l'âme
par les sens, il captive son attention et la dé-
tourne de l'idée de la Divinité principale (1).
Cependant nous devons aimer et estimer ceux
qui rendent un culte à la nature divine dans
ce qu'ils connaissent de plus précieux et de
plus parfait. Ils sont à quelques égards dans
l'illusion d'un songe, mais c'est le plus noble
des songes. Il faut les élever, si nous le pouvons, jusqu'à l'adoration de la Divinité, de
manière qu'ils vénèrent, comme ils le doivent, la force inaperçue et vivifiante, à côté
du symbole visible qui, dans une sphère inférieure, représente et remplace cette force (2).
On voit ici la philosophie incertaine entre
deux directions opposées, s'agiter dans un
mouvement double et destructif de lui-
même.

La même distinction reparaîtra à une épo-

____

(1) Plut. *de Pyth. Oracl.* c. 12.
(2) Opinions de Plutarque.

que encore plus voisine de la chute du Polythéisme ; les mêmes subtilités se reprodui-
ront, mais comme le danger sera plus grand,
l'on insistera plus fortement sur l'adoration
des symboles visibles, que Plutarque paraît
plutôt permettre que recommander.

Tout le reste de ce système porte l'empreinte de cette double intention. Ces philosophes veulent que les dieux veillent sur le
monde, non seulement en le gouvernant par
des lois générales, mais en en dirigeant les
détails, par une providence spéciale et particulière. Ils admettent les communications
immédiates du ciel avec la terre, les apparitions, les inspirations, tout le merveilleux,
en un mot, que l'ancien Polythéisme consa-
crait ; mais ils n'ont pas oublié à combien
d'allégations et de railleries amères, ce merveilleux a été en butte, de la part des philosophes leurs prédécesseurs, comment les ruses
des prêtres ont été dévoilées, leurs réponses
ambiguës livrées au ridicule, leur style même
et leur poésie soumis à une analyse malveillante et à des critiques grammaticales. Ils
recourent, pour résoudre ces objections et
pour désarmer ces railleries, à de nouvelles

distinctions non moins recherchées que les premières.

C'est un spectacle curieux de voir la raison déclarant elle-même qu'elle n'est éclairée que par ses propres lumières, et s'exerçant néanmoins sur des objets qui d'ordinaire sont considérés comme au-dessus d'elle, traitant, suivant les règles de la dialectique et de la logique, les révélations, les inspirations et les prodiges, et soumettant ces choses à des règles de critique et à une série de syllogismes purement humains.

Il faut distinguer, dit Plutarque, entre la divinité et son organe. Chaque être, dont la divinité se sert pour se révéler à l'homme, transmet l'inspiration divine, conformément à sa nature. L'individualité de cet être n'est pas détruite et c'est à cette individualité, et non pas à la divinité qui se manifeste en elle, qu'on doit attribuer ce qui peut être défectueux dans la manifestation (1). Le propre d'un organe consiste à exprimer ce qu'il est destiné à faire connaître, aussi exactement qu'il le peut. Mais

____

(1) *De Pyth. Orac.* cap. 21.

cette expression ne saurait être complètement pure. Il s'y mêle toujours quelque
chose d'étrange qui provient de l'imperfection
de l'organe ; la nature des dieux est par
elle-même invisible et impalpable ; pour se
dévoiler à nous, elle emprunte un intermédiaire et la nature de cet intermédiaire se
mêle à la nature divine. Plutarque prouve
cette distinction par les convulsions de la
Pythie, effet de la lutte de l'individualité mortelle et du principe céleste, qui veut soumettre
cette individualité pour en faire son instrument. C'est ainsi qu'il justifie la rédaction
des oracles, rédaction souvent fautive, quelquefois barbare, et que nous avons vue
décréditée comme telle. Ce qui vient du
dieu, dit-il, c'est l'inspiration, la lumière,
la connaissance de l'avenir ; le langage,
l'expression vient des hommes, et peut en
conséquence être tour à tour sublime ou
défectueuse (1).

A cette justification, il en ajoute une
autre, que nous ne pouvons passer sous
silence, parce qu'elle nous paraît singuliè-

---

(1) Plut. *in* l. l.

rement caractéristique de l'époque. Dans les
âges reculés, dit-il, les hommes aimaient dans
leurs habitudes, dans leurs vêtemens, comme,
dans leur style, la magnificence et l'éclat. La
poésie était le langage de la vie. Les choses
symboliques et énigmatiques avaient par cela
seul une apparence sainte et divine. Aujour-
d'hui, au contraire, les hommes préfèrent la
simplicité; tout ce qui est emphatique et mystérieux leur inspire de la défiance (1).

Les efforts du Polythéisme pour éblouir
ses sectateurs devenaient inutiles. Les dieux
étaient forcés de modifier leurs paroles, par
déférence pour le progrès des idées. Plutarque
exprimait ainsi, sans le savoir, le besoin d'une
religion nouvelle.

C'est particulièrement lorsqu'ils traitent des
oracles, des auspices, des divers genres de
divination, que ces philosophes se trouvent
embarrassés. Ils savent que l'espérance d'être
initiés aux choses futures est l'un des plus
puissans motifs qui rattachent l'homme à la
religion. Ils sentent que, dans l'affaiblissement
universel de toute croyance, aucun motif n'est

----

(1) *De Orac. Pyth.* cap. 25.

à négliger, et ne peuvent se résoudre à renoncer au plus efficace. Mais ils ne se déguisent pas que leur génération est trop éclairée pour croire qu'à chaque instant, pour chaque individu, dans chaque sacrifice, les lois de la nature soient bouleversées, et l'enchaînement des causes et des effets suspendu. Ils essaient donc de concilier deux choses tout-à-fait incompatibles : l'une, l'observance des lois générales et régulières de cet univers; l'autre, le sens attaché aux phénomènes particuliers, comme signes de ce qui doit arriver, et comme réponses faites par les dieux aux questions de ceux qui les viennent consulter. Les plus anciens théologiens et les plus anciens poètes, dit Plutarque, n'apercevaient pourtant que l'action de la Divinité et ne comptaient pour rien les causes naturelles et nécessaires; les philosophes qui vinrent après eux, et qui avaient découvert ces causes, voulurent tout expliquer par elles et ne reconnurent nulle part l'action d'un principe divin. Mais ce sont deux sphères d'idées tout-à-fait différentes, et dont l'une ne nuit point à l'autre (1).

____

(1) *De Defect. Orac.* cap. 48.

Le physicien enseigne l'origine et l'enchaînement des phénomènes. L'augure y démêle l'intention spéciale qui est renfermée dans ces choses, considérées comme signes. La connaissance de la nature n'est donc en aucune contradiction avec la croyance dans les auspices et les augures. Ceux qui prétendent qu'aussitôt que la cause naturelle d'un phénomène est dévoilée, ce phénomène ne peut être un signe, ne remarquent pas qu'avec cette manière de raisonner, rien de ce que l'homme crée d'artificiel ne pourrait lui servir de signe, dès qu'on en aurait connu la cause (1).

C'est un sophisme assez ingénieux, bien que sa réfutation soit aisée. Les signes artificiels que l'homme se crée ne sont assujettis à aucun ordre, indépendamment de leur qualité de signes, au lieu que les phénomènes naturels, étant soumis à des lois générales, ne peuvent à la fois obéir à ces lois et se diversifier néanmoins de manière à être des signes applicables aux événemens de chaque

---

(1) Les philosophes n'ont pas ignoré ces inconvéniens.

jour. Une éclipse de soleil ne saurait être le signe précurseur de la perte d'une bataille ou de la mort d'un prince dès qu'il est reconnu que cette éclipse a pu être calculée vingt siècles auparavant.

Les philosophes composent ainsi une religion tout entière de distinctions insaisissables et de notions incompatibles, une religion qui ne peut avoir ni la faveur de la popularité comme l'ancien Polythéisme, ni l'appui du raisonnement comme les systèmes philosophiques. Il est clair que leurs tentatives doivent être infructueuses. Leur doctrine, trop absurde pour les esprits qui raisonnent, est trop abstraite pour ceux qui ne réfléchissent pas (1). L'état de l'opinion reste donc le même. Elle continue à flotter entre l'incrédulité comme théorie, et la superstition comme pratique.

Aussi Plutarque se consume-t-il en vains combats contre ces deux ennemis, et ces combats le jettent dans de nombreuses inconséquences, parce que, suivant que ses efforts

---

(1) La philosophie peut corriger la religion, mais elle ne peut la remplacer.

se dirigent contre l'un , il traite l'autre avec plus d'indulgence. Dans son Traité contre la superstition, il dit qu'elle est plus funeste que l'athéisme ; et , dans ses attaques contre les Épicuriens , il déclare l'athéisme plus dangereux que la superstition.

LIVRE XIV.

DE LA TENDANCE UNIVERSELLE VERS L'UNITÉ A CETTE ÉPOQUE DE L'ESPÈCE HUMAINE.

—

CHAPITRE I.

Preuves de l'universalité de cette tendance.

LES vacillations, les contradictions, les in-conséquences des philosophes que nous avons peints dans le livre précédent ne sont pas toutefois les seules ou les principales causes qui s'opposent à leurs succès. Ils ont à lutter contre une cause d'une nature plus générale et contre laquelle leurs efforts sont inutiles ; c'est la tendance universelle de cette époque vers l'unité.

Nous avons montré que la tendance vers l'unité avait été de tout temps une partie es-sentielle du sentiment religieux. Les peuples, polythéistes eux-mêmes, tâchent de réunir en une seule idée l'ensemble de leurs divinités multipliées pour les adorer avec plus de fer-

Tome II.   11

veur et de zèle ; ils en font une masse indivisible, afin que leur vénération ne soit pas
distraite par une notion de diversité qui mor-
cèle leur impression et la rend moins complète
et moins profonde. Les Romains, lorsqu'ils
parlaient des dieux immortels, réunis et pour
ainsi dire confondus par la pensée, éprouvaient
un tout autre respect que lorsqu'ils énumé-
raient leurs divinités partielles. Il en était de
même lorsqu'ils imploraient le Jupiter très
grand et très beau, devant lequel disparaissaient momentanément tous les autres dieux.

Diverses causes s'opposent long-temps au
triomphe de cette tendance : l'ignorance qui
assigne à chaque effet de détail une cause à
part; l'égoïsme dont l'effort, contraire à celui
du sentiment, divise la puissance divine pour
la mettre plus à sa portée ; le raisonnement
même qui se fonde sur les témoignages trompeurs des apparences extérieures.

Mais l'ignorance s'est dissipée, l'égoïsme
s'est éclairé malgré lui, le raisonnement s'est
perfectionné par l'expérience. Plus la régularité des effets est évidente, plus l'unité de
la cause devient vraisemblable. La vue des
désordres, des bouleversemens, des excep-

tions en un mot à la règle générale, avait procuré au Polythéisme sa priorité. Il est connu maintenant que ces exceptions ne sont qu'apparentes. Le Polythéisme perd donc à la fois tous ses appuis.

En même temps le besoin du théisme se fait sentir plus fortement que jamais à l'homme. Il est parvenu au dernier terme de la civilisation. Son âme, rassasiée, fatiguée, épuisée, s'inflige à elle-même ses propres souffrances, plus amères que celles qui lui viennent du dehors. Que ferait-il contre ces souffrances des dieux grossiers, dont la protection toute matérielle suffisait à ses ancêtres ignorans, à ses pères absorbés dans les intérêts actifs d'une civilisation naissante ? Que ferait-il du fétiche qui ne procurait au sauvage qu'une chasse ou une pêche abondante ? Que ferait-il de ces divinités de l'Olympe qui, ne sévissant que contre les crimes, ne préservent leurs protégés que des malheurs extérieurs ? Il lui faut d'autres dieux qui le comprennent, le raniment, lui rendent une force qu'il n'a plus, le sauvent de lui-même, sondent ses plus secrètes blessures, et sachent y verser d'une main secourable les bienfaits d'une indulgente

pitié ; il lui faut des dieux pareils , ou plutôt
il lui faut un dieu semblable : or plusieurs
divinités bornées dans leurs facultés, divisées d'intérêts, imparfaites par cette division
même , ne sauraient remplir ces fonctions
délicates.

Aussi l'unité devient-elle l'idée dominante
de tous les systèmes, tant religieux que philosophiques. Cette idée pénètre partout; elle
est célébrée par les poètes ; elle est réclamée
par les érudits, comme la découverte oubliée
de l'antiquité la plus reculée; elle est enseignée par les moralistes; elle se glisse jusque
dans les ouvrages des écrivains, sans réflexion propre, et se reproduit sous la plume
des simples compilateurs.

Quand cette doctrine d'unité ne compose
pas la partie principale et avouée d'une philosophie, elle est annoncée comme résultat.
Quand elle n'est pas sur le devant du tableau,
vous l'apercevez en perspective. Ici vous la
voyez réunie aux systèmes incrédules; là,
combinée avec la croyance populaire; plus
loin, présentée comme l'explication de cette
croyance.

CHAPITRE II.

Traces et causes de cette tendance dans les religions soumises aux prêtres.

Avant de montrer comment le besoin d'unité, que les philosophes s'efforçaient vainement de satisfaire, a été satisfait, et par quelle route une grande partie de l'espèce humaine a passé du Polythéisme au théisme, nous devons traiter de ce même besoin d'unité dans les religions sacerdotales.

Lorsqu'une opinion devient dominante, toutes les notions éparses qui erraient confusément, sans direction fixe et sans lien commun, se groupent autour d'elle et la fortifient. Or, nous avons dit que le théisme était une des opinions qui, dans les religions soumises aux prêtres, font toujours partie de la philosophie occulte du sacerdoce. Le Polythéisme, qui également en fait toujours partie, conduit à l'unité par une autre route. La notion de la suprématie d'un Dieu sur les autres, suprématie plus ou moins absolue, mais toujours très marquée et inhérente aux religions sacerdotales, les prépare aussi à passer du Po-

lythéisme à la doctrine de l'unité. La spiritualité a le même effet ; par l'opposition sourde
dans laquelle elle se trouve avec le Polythéisme dès qu'on l'y introduit, opposition
dont nous avons expliqué la cause.

En conséquence, même dans les religions
sacerdotales, il vient une époque où le besoin
de l'unité se faisant universellement sentir à
l'homme, et son cœur et son esprit étant d'accord sur cette matière, les prêtres sont obligés de modifier la doctrine qu'ils enseignent,
suivant le progrès des idées.

Ceci n'est point en contradiction avec nos
assertions précédentes sur le penchant du sacerdoce à retenir les opinions comme les pratiques religieuses dans une éternelle immobilité. Il en résulte seulement que les progrès
sont plus lents et les changemens plus imperceptibles dans les religions sacerdotales. Elles
changent intérieurement, et leur extérieur
reste le même, tandis que les religions indépendantes des prêtres se modifient extérieurement, et que chaque modification partielle
est visible.

Il ne fallait que huit siècles à l'esprit humain en Grèce pour arriver à l'époque où il

devait s'affranchir du Polythéisme. L'Inde a probablement employé des milliers d'années pour faire le même chemin, et bien que près du but aujourd'hui, les symptômes de la révolution qui s'opère dans la doctrine indienne, sont infiniment moins manifestes qu'ils ne l'étaient dans la religion grecque à la même époque.

Ce qui confirme à nos yeux cette conjecture, c'est que nous voyons à la même époque, à Rome, quelque chose de pareil dans cette folie d'Héliogabale, dans cette fureur intolérante, avec laquelle il voulut établir le culte du soleil comme Dieu unique, déclarer tous les autres dieux serviteurs de celui-là, lui attribuer tout ce qui leur appartenait, le palladium de Minerve, le feu de Vesta, les fonctions sacrées de Mars, lui consacrer toutes les cérémonies mystérieuses dans lesquelles il s'était fait initier pour les connaître ; en un mot, fondre dans cette religion unitaire toutes les religions, y compris le judaïsme et le christianisme (1). Il y avait là une tendance frénétique, mais incontestable vers l'unité ; c'était la démence même obéissant à l'esprit du siècle.

____

(1) Lamprid. *Vita Heliog.*

CHAPITRE III.

De la conduite des prêtres relativement à la tendance vers l'unité.

Plusieurs écrivains ont prétendu que le but de l'ordre sacerdotal, tant dans les religions qu'il a dirigées que dans les mystères du Polythéisme indépendant, avait de tout temps été l'établissement du théisme. C'était attribuer aux prêtres un projet qu'ils n'ont pu former; toutes les corporations religieuses qui existaient à l'époque où le théisme a conquis la terre, se sont opposées à son établissement, et en ont été victimes.

Il y a néanmoins dans cette hypothèse une vérité que ses auteurs n'ont pas démêlée; les choses humaines ont une marche progressive, indépendante des hommes, et à laquelle ils obéissent sans la connaître. Leur volonté même y est comprise, parce qu'ils ne peuvent jamais vouloir que ce qui est dans leur intérêt, et que leur intérêt dépend des circonstances coexistantes. Prenez quelque classe que ce soit; suivez jusqu'au bout l'ensemble de son histoire. Cette classe vous paraîtra, presque dès son origine, avoir agi d'après un plan, parce qu'elle aura suivi la marche que les progrès environnans lui imprimaient. Ainsi les philosophes français semblaient, depuis Bayle, avoir prémédité la révolution française ; ainsi l'on a célébré les Romains, comme ayant aspiré, dès la fondation de leur bourgade, à la conquête du monde.

Il en est de même du sacerdoce relativement au théisme.

Comme il est dans la nature des choses que l'homme se rapproche de cette opinion, les prêtres cherchent à la concilier avec leurs doctrines antérieures. Ils y répugnent d'autant moins qu'il leur paraît facile de les plier à leur intérêt.

Le théisme, dominé par le sacerdoce, est plus avantageux à son autorité que le Polythéisme.

En conséquence, les prêtres s'emparent volontiers de la tendance de l'homme vers l'unité ; ils en font une partie de leur doctrine secrète, et graduellement ils la laissent s'introduire sous divers déguisemens dans la religion publique, mais sans avouer au peuple

la modification qui s'opère, et tout en com-
battant d'autres classes d'hommes qui marchent dans le même sens, car les prêtres ont
ici deux écueils à craindre : le premier, d'encourager l'irreligion déjà trop répandue, en
accréditant le doute ou le mépris des anciennes divinités ; le second, de favoriser les
philosophes qui introduisent dans le Polythéisme un esprit très différent de l'esprit sacerdotal.

La marche des prêtres est donc incertaine
et embarrassée. Ils arrêtent de temps en
temps l'impulsion que d'autrefois ils accélè-
rent. Mais en dépit de leur mouvement double et de leurs précautions ombrageuses, l'o-
pinion croît et se fortifie.

Ce que nous disons ici des religions sacerdotales s'applique également aux mystères,
et aux ministres qui y président, puisque les
mystères ne sont autre chose, ainsi que nous
l'avons démontré, qu'une imitation du Polythéisme sacerdotal dans le Polythéisme indépendant.

Il résulte encore de l'action des prêtres,
sur la tendance vers l'unité, une différence
qui porte sur la forme que cette notion revêt

dans les religions sacerdotales., et qui ne ressemble ni à celle qu'elle reçoit de la main des
philosophes, ni à celle que le zèle religieux
lui inspire.

Les prêtres du Polythéisme sacerdotal, lors
même qu'ils laissent augurer aux profanes que
le théisme est le sens caché de la religion populaire, ne présentent point ce théisme comme
une erreur dans laquelle l'esprit humain était
tombé, mais au contraire, comme l'une des
manifestations de la Divinité en faveur de
l'homme. Le Dieu unique n'est point l'ennemi des dieux qui l'ont précédé. Ces dieux ne
sont ni des êtres malfaisans, qui ont usurpé
son rang et son nom, ni des idoles imaginaires, devant lesquels l'homme a brûlé un
encens ridicule et sacrilége ; chacun d'eux est
une portion de la Divinité suprême. Ils ont
existé réellement, parce qu'elle a daigné paraître sous leur figure, dicter leurs prédictions, animer leurs simulacres. Les adorer,
loin d'être un crime, est une action méritoire (1), inférieure en valeur, peut-être, à l'a-
doration de l'Etre tout-puissant et infini, mais

____

(1) V. les Livres sacrés des Indoux.

procurant néanmoins à l'homme des récompenses proportionnées à la nature des hommages qu'il leur rend. La doctrine de l'unité,
lorsqu'elle vient du dehors, cherche à terrasser le Polythéisme, mais lorsqu'elle se forme
au sein des corporations sacerdotales, elle
s'efforce de le ménager, parce que l'intérêt
de ces corporations leur fait une loi de ne pas
déclarer mensonger et obscur le culte qu'elles
ont enseigné long-temps, qu'elles enseignent
encore. De là, tantôt des explications subtiles
qui aboutissent au panthéisme ; tantôt des retours apparens à la pluralité des dieux.

LIVRE XV.

D'UNE SECTE QUI CHERCHE A CONCILIER LE BESOIN
D'UNITÉ AVEC DES FORMES DE POLYTHÉISME.

—

CHAPITRE I.

*D'une secte qui cherche à satisfaire le besoin
d'unité qu'éprouve l'espèce humaine, sans
renoncer complètement aux formes du Polythéisme.*

UNE secte cherche à satisfaire ce besoin
d'unité, sans repousser les réminiscences du
Polythéisme. C'est la dernière dont l'histoire
de la philosophie fasse mention. Son système
est le dernier effort de l'esprit humain, pour
ne pas rejeter tout ce qu'il a cru, et pour atteindre en même temps ce qu'il a besoin de
croire. Cette secte est celle des nouveaux platoniciens. Ils ont été jugés toujours d'une manière défavorable par les partis les plus opposés. Les chrétiens les ont décriés comme
les défenseurs du Polythéisme. Les incrédules

des temps modernes, voyant en eux des en-
thousiastes et des fanatiques ont profité de
l'occasion pour déclamer contre l'enthousiasme et le fanatisme. Nous convenons avec
les premiers que cette secte a eu le malheur
de défendre quelques-unes des formes d'une
religion qui n'était plus susceptible d'être défendue. Nous convenons avec les seconds que
les nouveaux platoniciens se sont jetés dans
un système d'exaltation et d'extase qui en a
fait des visionnaires. Mais a-t-on suffisamment examiné jusqu'à quel point ce tort et
cet excès étaient le résultat naturel de leur situation et l'erreur inévitable de l'esprit humain, lorsque l'absence de toute croyance l'a
livré à l'agitation et à la douleur du sentiment
religieux condamné au vague et cherchant en
aveugle une forme dont il puisse s'appuyer?
On n'a voulu reconnaître dans cette secte que
la conception de ce qui avait existé jusqu'alors
et non l'effet de la tendance universelle vers ce
qui devait exister ensuite. On lui a reproché
de s'être obstinée à maintenir, par des abstractions inintelligibles, une religion déchue, sans
considérer que les progrès des lumières l'a-
vaient poussé sur l'extrême frontière de cette

religion. Elle y rencontrait des ennemis qui, d'accord avec elle, sans le savoir, sur plus d'un objet, ne voulaient pas s'entendre, et elle était forcée de combattre avec les armes qu'elle avait en main.

—

CHAPITRE II.

Point de vue sous lequel nous envisageons les nouveaux platoniciens.

L'exposition complète du platonisme nouveau nous sortirait des bornes de notre ouvrage, comme l'aurait fait celle des autres systèmes de philosophie dont nous avons eu à traiter précédemment. Elle aurait même pour nous un inconvénient de plus; les partisans de ce système, fondés sur la métaphysique la plus abstraite, et néanmoins, ayant pour but de ramener l'homme à l'enthousiasme religieux le plus exalté, ont dû, pour arriver au résultat qu'ils se proposaient, par une route si peu propre à les y conduire, se permettre de fréquens sophismes, recourir à d'excessives subtilités, et changer quelquefois, sans en

avertir, la signification toujours équivoque
des expressions qu'ils employaient. Nous aurions à examiner chacun de leurs argumens à
part, à relever une foule de raisonnemens
d'une inexactitude imperceptible, mais progressive, et à définir chaque mot, pour remarquer les déviations graduelles par lesquelles ces philosophes faisaient successivement un pas de plus vers le terme qu'ils
voulaient atteindre. Ce travail nous jeterait
dans des subtilités que personne aujourd'hui
n'est disposé à voir approfondir, même quand
c'est pour les réfuter.

Nous ne rapporterons donc des hypothèses
du nouveau platonisme que ce qui est indispensable pour montrer en quoi elles composaient une véritable religion ; c'est-à-dire
en quoi elles étaient un effort pour rétablir la communication interrompue entre la
terre et le ciel, et pour rendre à l'homme
l'accès auprès de la Divinité dont il se trouvait séparé par la chute de la croyance publique.

Nous suivions autrefois les anciens philosophes de la Grèce dans tous les pas qu'ils faisaient pour s'éloigner de la religion, nous

suivrons les nouveaux platoniciens dans tous
ceux qu'ils font pour s'en rapprocher.

CHAPITRE III.

Élémens du platonisme nouveau.

Les élémens du platonisme nouveau étaient,
d'une part, les principaux dogmes que nous
avons trouvés dans les religions sacerdotales ,
le système d'émanation, la chute de l'homme,
la démonologie ; de l'autre, les abstractions
les plus insaisissables de la philosophie grecque ; et , de la troisième , la croyance la plus
absolue dans tout ce que l'astrologie , la divination et la magie offraient de merveilleux.

La réunion de ces trois élémens , qui nous
paraissent incompatibles , avait déjà été essayée par les nouveaux pythagoriciens. L'abstraction les avait conduits au panthéisme , car
ils n'admettaient qu'une substance unique,
qu'ils appelaient Dieu , et qui , à l'origine du
monde, s'étant divisée en matière et en forme,
avait cessé d'exister par elle-même. Cependant
leur passion pour le merveilleux s'était emparée
de ce panthéisme , en supposant que la Divi-

nité , ainsi transformée était, pour ainsi dire,
en état de chrysalide, et se développait sous
mille apparences successives (1), ce qui ouvrait
un vaste champ à la magie , et à ces opérations surnaturelles qui influaient sur cette série de métamorphoses divines. Bientôt les nouveaux pythagoriciens se fatiguèrent de la partie
abstraite de leur doctrine , et, se livrant exclusivement à sa portion merveilleuse, fini-
rent par n'être que de vulgaires sorciers , qui
n'appuyaient presque d'aucune théorie leurs
pratiques individuelles et isolées. Les nouveaux platoniciens, au contraire, cherchèrent
la théorie de cette pratique. Ils essayèrent de
rester fidèles à la fois au merveilleux et à la
métaphysique , et de combiner l'un et l'autre.
Le but certes était chimérique. Mais c'était le
seul qu'à cette époque l'esprit humain pût admettre ; le seul qui pût lui inspirer de l'intérêt et le réveiller de son apathie. Quand
l'homme éprouve un besoin impérieux, moral
ou physique, toute philosophie qui lui parlera
contre ce besoin, ne sera pas écoutée. Ce n'est
pas que les nouveaux platoniciens, ayant senti

____

(1) Apollon. Tyan. *Ep.* 59.

cette vérité, eussent adopté une philosophie comme moyen de succès : ils éprouvaient ce besoin comme tout leur siècle, et ce fut de bonne foi qu'ils entreprirent de le satisfaire.

—

CHAPITRE IV.

Que le nouveau platonisme ne fut pas le résultat de circonstances accidentelles.

L'on a , de nos jours, attribué la tendance au merveilleux , à l'extase , aux communications surnaturelles , et tout ce qui caractérise d'une manière si remarquable le platonisme nouveau à une philosophie qu'on a représentée comme particulière à l'Orient , antérieure de beaucoup à l'époque où elle s'est répandue dans l'empire romain , et qui n'y aurait pénétré que par le mélange des peuples et la connaissance que les Grecs auraient acquise des dogmes de cette partie du monde (1). Cette question est très importante ; car, s'il était prouvé que ce système eût été transporté en entier de l'étranger chez les Grecs, habitans

____

(1) Opinion de Brucker et de Mosheim.

d'Alexandrie, il ne serait plus une suite nécessaire de la marche des idées ; mais l'esprit
humain se serait vu troublé dans cette marche
par une circonstance purement accidentelle.

Sans doute, tous les élémens du nouveau
platonisme, tels que nous les trouvons dans
Plotin, dans Porphyre et dans Jamblique,
se rencontrent dans les philosophies et dans
les religions orientales : on y voit les émanations, l'immobilité et l'impassibilité du premier principe, la hiérarchie des esprits, les
moyens de communication de l'homme avec
eux, et, parmi ces moyens, l'extase, les
jeûnes, les macérations ; mais ces choses, que
nous avons montrées répandues dans toutes
les religions soumises aux prêtres, étaient
connues des Grecs long-temps avant la confusion de toutes les opinions dans le grand
empire. Nous en retrouvons des traces dans
les premiers fondateurs de l'école ionienne ;
Pythagore en était instruit. Platon, bien qu'il
ne les présente que comme des allégories ou
des traditions, indique suffisamment qu'il
n'aurait pas eu de répugnance à les adopter.
Les mystères révélaient aux initiés la chute
des âmes et leur retour vers la Divinité. Les

Grees auraient donc eu de bonne heure l'occasion de se livrer à ce système enthousiaste, si leur croyance, encore dans sa force, et leur philosophie, qui suivait une direction tout opposée, ne les avaient retenus. Ce ne fut qu'après que cette croyance se fut écroulée, et que cette philosophie fut tombée dans l'épicuréisme et le scepticisme, que l'esprit humain, dans sa misère, saisit avec avidité tous les dogmes sacerdotaux qui se présentaient et qu'il s'en composa un système (1).

Chaque dogme du platonisme nouveau remonte donc à une époque antérieure et appartient à une religion étrangère; mais la combinaison de ces dogmes, l'action d'avoir réduit en principe philosophique un merveilleux emprunté de toutes parts, d'en avoir fait une suite de syllogismes, d'avoir recouru à la dialectique pour motiver l'enthousiasme, d'avoir enfin, au lieu de prétendre imposer silence au raisonnement, afin de recommander la croyance, déclaré au contraire le raisonnement la base de la croyance et le moyen du surnaturel : voilà ce qui caractérise parti-

______

(1) Tiedemann, Geist. *der Specul. Phil.* III. 96-100.

culièrement les nouveaux platoniciens, ou
plutôt le siècle dont cette secte ne fut que
l'expression ou l'organe. C'est en cela qu'elle
mérite une attention sérieuse. Ce n'est pas ici
une religion, qui vient, avec des miracles,
terrasser la raison, et lui ordonner le renon-
cement à elle-même ; c'est la raison qui redemande à croire, la raison exercée sans
interruption pendant huit cents ans (car,
depuis Thalès jusqu'à Plotin, il n'y avait pas
eu de lacune dans la philosophie grecque).
Et cette raison exercée, après avoir employé
la dialectique la plus subtile à détruire tous
les anciens dogmes, se sert de cette dialectique, son seul instrument, pour se refaire
des dogmes nouveaux.

CHAPITRE V.

*Des besoins intellectuels et moraux de l'espèce
humaine à l'époque du platonisme nouveau.*

Si nous recherchons quels étaient les principaux besoins de l'esprit et de l'âme à cette
époque, nous trouverons parmi les plus im-

périeux celui d'abord dont nous avons parlé tout à l'heure, c'est-à-dire celui d'une unité absolue, ensuite celui d'une excessive abstraction, reste des habitudes de la philosophie ; en troisième lieu celui de la spiritualité la plus raffinée (parce que les âmes étaient soulevées contre les doctrines qui représentaient l'intelligence comme un produit fortuit et passager des combinaisons de la matière) ; enfin le besoin d'un merveilleux qui fournit de nouveaux moyens de communiquer avec la Divinité, à la place de ceux que l'ancien culte avait offerts, et dans lesquels on n'avait plus de confiance.

Ce fut à satisfaire ces besoins divers que s'appliquèrent les nouveaux platoniciens.

CHAPITRE VI.

De Plotin comme le représentant et l'organe du platonisme nouveau.

De tous les partisans du nouveau platonisme, Plotin est celui qui a donné à ce système la forme la plus régulière et la plus complète. Plusieurs de ses disciples le considéraient comme le véritable fondateur de leur secte , et nommaient leur doctrine la doctrine de Plotin (1). C'est aussi de tous ces philosophes le seul dont les ouvrages se soient conservés en entier. Nous le prenons donc pour représentant de cette époque de la philosophie comme nous avons pris Plutarque pour représentant de la précédente , et nous n'indiquerons ses prédécesseurs que lorsque nous y serons obligés , pour remarquer, entre eux et lui , quelque différence importante.

Plotin naquit en Egypte, vers le commencement du troisième siècle de notre ère (2). Après avoir fréquenté plusieurs écoles philosophiques, sans avoir été satisfait d'aucune, il tomba dans une mélancolie et dans un découragement absolu. Il assigna dans la suite,

______

(1) Proclus , *in Theol.* Plotin. I. 1. Ib. 10.

(2) Sous le règne de Septime Sévère. Le lieu de sa naissance n'est pas précisément connu. Il cachait tout ce qui y avait rapport, ayant honte, disait-il, pour la partie immatérielle de lui-même de la dégradation qu'elle avait subie en descendant sur la terre et en revêtant un corps mortel. Porph. *Vita Plot.* c. I. V. — Fabric. *Bibl. græc.* IV. I. 91.

à cette disposition, des causes surnaturelles ; mais elle était l'effet de l'état général où l'espèce humaine se voyait plongée. Sa dégradation, sa privation d'espérances, le malheur de la terre, l'absence du ciel, accablaient les esprits même sans qu'ils s'en doutassent. Ce qui le prouve, c'est que cette tristesse, cet accablement, se reproduisent à la même époque chez presque tous les hommes qui conservaient encore quelque valeur morale ou quelque force intellectuelle. Les uns veulent fuir dans le désert, les autres jettent loin d'eux le fardeau de la vie ; et pourquoi la vie leur était-elle devenue insupportable (1)? Plusieurs d'entre eux étaient dans l'opulence. Presque tous pouvaient compter sur des récompenses et même sur des honneurs ; tous vivaient au milieu d'une civilisation raffinée, au sein du luxe, entourés des découvertes qui rendent l'existence plus facile et qui diversifient le plaisir. Mais ils avaient perdu les deux grands intérêts sans lesquels tout est vide, mort et sans charme, la religion et la liberté.

Plotin crut renaître, lorsqu'il entendit les

______

(1) Porphyre raconte lui-même qu'il avait pris la

premières leçons d'Ammonius (1). Ce dernier
était sorti par ses talens et son éloquence de
l'état le plus abject, car il avait été porte-
faix (2). Il enseignait une philosophie composée d'opinions grecques et de dogmes juifs,
égyptiens et orientaux. Il réclamait des inspirations surnaturelles ; des extases le sai-
sissaient au milieu de ses leçons, et le respect et la confiance de ses auditeurs étaient
sans bornes.

Ce n'est pas le jugement qu'on doit porter
sur Ammonius qui nous intéresse. Qu'il ait
été fourbe ou enthousiaste, la chose est indifférente ; mais il est remarquable que la philosophie qui avait travaillé avec tant de zèle
à détruire la religion, et qui s'était applaudie
avec tant d'orgueil d'y avoir réussi, fut réduite à prendre les apparences de la religion
pour être écoutée.

Après avoir suivi durant onze années les

---

résolution de se tuer. Ce fut Plotin qui l'en empêcha.
Vita Plot. cap. II.

(1) V. sur Ammonius Saccas et ses disciples. CREUZER.
I. 220. — Matter, Ecole d'Alexandrie, I. 3o5. II. 262.

(2) Suidas in V. Ammonius.

leçons d'Ammonius, Plotin résolut d'aller en Orient contempler lui-même cette sagesse et ces prodiges des Mages et des Brames que son maître vantait à ses auditeurs (1).

Les particularités ultérieures de sa vie ne nous concernent pas. On prétend que, de retour de ses voyages, que les mauvais succès de l'armée à la suite de laquelle il était parti l'avaient forcé d'interrompre (2), il obtint de l'empereur Gallien, une ville ruinée de la Campanie pour y fonder une république sur le modèle de celle de Plotin, mais que les ministres du prince s'effrayèrent de cette résurrection apparente des formes républicaines et y mirent obstacle (3). Ils auraient pu se rassurer; le temps où l'on forme de pareils projets n'est jamais un temps où ils réussissent. Tout le talent de Plotin n'aurait pu donner une vie réelle à un état dont les membres auraient manqué des deux élémens nécessaires à son existence, de l'énergie indivi-

____

(1) Porph. V. Pl. c. 2 et 3.

(2) Cette armée était dirigée contre les Perses et commandée par l'empereur Gordien.

(3) Porph. V. Pl. c. 12.

duelle et de la liberté politique. Le despotisme n'avait rien à craindre d'une république permise par un des successeurs de Caligula et de Domitien.

Les ouvrages de Plotin se formèrent de ses réponses aux questions de ses disciples. De là résultent de nombreuses lacunes, des répétitions fréquentes, et beaucoup d'incohérence dans la rédaction.

Ces défauts et l'exaltation de ce philosophe l'ont fait tomber dans un grand discrédit chez les modernes. Mais ces erreurs mêmes, que nous ferons assez ressortir, nous semblent d'un vif intérêt, lorsqu'on les considère sous leur vrai point de vue, c'est-à-dire comme des preuves du sentiment religieux renaissant de ses cendres, par la nécessité de notre nature. Plotin avait étudié les ouvrages de tous les philosophes anciens. Ce fut lui qui transforma des fragmens en un tout régulier, et quelque opinion que l'on conçoive de son point de départ, de sa route, et de son but, on ne peut, quand on l'étudie, ce dont, à la vérité, se sont dispensés pour la plupart ceux qui l'ont jugé, lui refuser une grande force de méditation, beaucoup de pensées originales, et une finesse extrême dans les aperçus.

———

CHAPITRE VII.

De l'idée de l'unité dans le nouveau platonisme.

Aucune philosophie ne fut plus fortement empreinte de l'idée de l'unité que le nouveau platonisme. Plotin non seulement ne reconnaissait qu'un premier principe, mais il ne voulait accorder à aucun être une existence individuelle et séparée, différente de cette unité.

Ce qu'il appelait l'intelligence primitive était une émanation du premier principe, mais cette émanation ne faisait qu'un seul et même être avec celui dont elle émanait. Dans cette intelligence primitive étaient contenues les formes de toutes choses, formes produites par l'action de cette intelligence sur elle-même; mais ces diverses formes étaient tellement liées les unes aux autres, et toutes à l'intelligence primitive, qu'aucune séparation ne

pouvait avoir lieu en réalité. Cette intelligence
était l'image de l'univers, le prototype de toutes
les espèces, de tous les genres, de tous les
individus. Les âmes particulières, les races,
les générations, les forces de la nature n'é-
taient que ses formes, et comme l'intelligence
primitive, tout en émanant du premier principe, ne s'en séparait point, les formes qui
émanaient de cette intelligence n'en sortaient
pas réellement et ne prenaient point une
existence à part. Cette intelligence contenait
toutes les formes, comme une âme possède
des connaissances multipliées, sans être pourtant un être multiple.

L'idée que toutes les âmes particulières
étaient émanées de l'intelligence suprême ou
de l'âme du monde, était déjà reçue dans le
stoïcisme et dans l'ancien platonisme. Mais
Plotin la pousse beaucoup plus loin que ces
sectes ne l'avaient fait. Elles reconnaissaient
dans les âmes partielles une multiplicité, une
différence numérique. Plotin déclare toute
multiplicité, toute différence numérique, inconciliable avec la nature indivisible de l'âme
du monde; et, à travers beaucoup de logomachies et de subtilités inintelligibles, il veut

prouver et il conclut que toutes les âmes particulières font une avec la grande âme, non
pas seulement comme ses parties, ce mot
impliquant une division qui ne peut avoir
lieu, mais comme la même substance, la
même nature, le même être. Il se retourne
de mille manières. La multiplicité des êtres
qui existent dans l'intelligence universelle
n'implique point de séparation, dit-il, mais
une simple différence dans les qualités. Ces
êtres n'en forment qu'un, comme autant de
pensées qui existent ensemble, sans nuire à
l'unité de l'être pensant; comme la force employée à porter un fardeau, lors même que
le fardeau se compose d'objets d'espèces diverses, n'est qu'une seule et même force;
comme un corps lumineux qui répand sa lumière sur mille autres corps, sans que cette
lumière cesse d'être une et la même; comme
un son entendu de plusieurs, un objet aper-
çu par plusieurs, sans que le son ni l'objet
soient multipliés; comme un cachet et plusieurs empreintes, une race et plusieurs individus. Nous rapportons à dessein toutes
ces comparaisons, qui toutes sont défec-
tueuses, parce que la multitude et leurs vices

mêmes prouvent le besoin d'unité qui tour-
mentait Plotin, besoin caractéristique de son
siècle.

—

CHAPITRE VIII.

*Du besoin d'abstraction qui forçait les nou-
veaux platoniciens à prendre pour point de
départ des notions métaphysiques presque inintelligibles.*

A ce besoin d'unité était joint celui d'une excessive abstraction (1), héritage de huit siècles
d'argumentation et de sophismes. Les esprits
étaient adonnés à la magie de pratique ; mais
ils étaient accoutumés aux formules philosophiques en théorie. Pour les persuader, il
fallait des prodiges : mais dès qu'on entrait
avec eux dans la carrière du raisonnement,
il fallait des subtilités. Plotin lui-même, disait que l'âme s'unissait à Dieu par la dialectique (2), et l'un de ses successeurs préten-

____

(1) Ennead. I. 3. 3. I.
(2) Procli Lycii Diadochi Elementa theologica et
physica.

dit démontrer mathématiquement la théologie (1).

Les nouveaux platoniciens rendirent donc hommage au goût de leur siècle, en remontant au premier principe de toutes choses et en tâchant de le concevoir aussi abstrait qu'il leur fut possible.

La cause de l'univers, dit Plotin, doit être parfaitement simple. Pour découvrir sa nature, il suffit de retrancher de tous les êtres toutes les qualités qui les distinguent et de voir ce qui reste après ce retranchement. Les animaux, quoique mutuellement en guerre, ont ceci de pareil, qu'ils sont tous compris dans la catégorie d'êtres animés. Il en est de même des choses inanimées, qui, bien que diverses, se réunissent dans la catégorie opposée. En continuant cette opération, l'esprit arrive à trouver un seul point, par lequel tous les êtres se ressemblent (2). Ce point, c'est l'existence ; l'existence est donc le premier être, le premier principe.

On sent assez, sans que nous l'indiquions,

---

(1) Ennead. III. 8. 8-9.
(2) Ib. III. 3. I.

le vice fondamental de ce raisonnement. Il n'est pas vrai qu'en retranchant toutes les différences qui existent entre les êtres partiels, on arrive à une notion réelle. Ce point, par lequel tous les êtres se ressemblent, n'est point le premier être, mais seulement la qualité, la condition commune de tous les êtres. La personnification de cette qualité, de cette condition est un acte arbitraire de l'entendement, une création qu'il se permet sans que rien l'y autorise, afin d'avoir des personnages qu'il fasse mouvoir à son gré.

L'esprit humain, dès qu'il médite, aime l'abstraction. Elle le délivre du chaos qui résulte de la confusion des apparences et de la variété des phénomènes; elle classe ses notions suivant une symétrie régulière, un ordre idéal, et il prend pour le sentiment de la réalité de ses conceptions celui de la satisfaction que cet ordre lui inspire. Ainsi quelques-uns des plus anciens philosophes avaient fait, de l'espace, du vide, de l'inconnu, le premier principe. La même personnification gratuite se retrouve au commencement et à la fin de la philosophie grecque ; mais elle n'en est pas moins une erreur pour avoir vieilli de huit siècles. Aussi Plotin, pour arriver à son résultat, est-il obligé de fausser imperceptiblement sa terminologie. Il était d'abord remonté vers une notion simple et générale, celle de l'existence, en substituant au mot d'existence la dénomination d'être; il avait donné à cette notion une réalité, en appelant le premier être, principe; il avait transformé un fait en une cause; il personnifie enfin cette cause, en la désignant comme Dieu.

—

CHAPITRE IX.

Continuation du même sujet.

Le même besoin d'abstraction qui oblige Plotin à faire de son Dieu ou de son premier principe une notion abstraite, à laquelle il ne peut donner une existence apparente, qu'en dénaturant successivement chacune des expressions qu'il emploie, le poursuit dans sa définition ultérieure de ce premier être.

Aucune qualité, dit-il, ne peut lui être attribuée, sans quoi il ne serait plus qu'une combinaison de qualités. Il n'a ni substance,

ni vie, ni mouvement, ni activité, ni sentiment, ni connaissance, ni pensée (1). Il est
au-dessus de toutes ces choses parce qu'elles
impliquent toutes la duplicité. Il y a dans
l'activité l'objet actif et l'objet passif, dans le
sentiment, l'objet qui sent et l'objet senti;
dans la connaissance, l'objet qui connaît et
l'objet connu; dans la pensée, l'objet qui
pense et l'objet sur qui s'exerce la pensée. Le
premier principe donne aux êtres émanés de
lui toutes ces qualités sans les avoir.

Il est éternel, car, s'il avait commencé, la
cause qui l'aurait produit aurait existé avant
lui. Cette cause aurait été le premier principe.
Il est immuable, car il ne pourrait changer
que de l'existence au néant. Il est parfait, car
la perfection d'un être est de réunir tout ce
qui le constitue ce qu'il est; il n'a point de fa-

______

(1) Ailleurs la nécessité de mettre son dieu dans des
relations animées avec les hommes lui dicte l'assertion
contraire. De la perfection générale du premier principe résulte, dit-il, qu'il doit posséder toutes les perfections particulières. Sa vie en est une, donc il doit
en être doué. (*Ennead.* III. 7. 2.) Mais si nous voulions relever toutes les contradictions de Plotin, nous
remplirions plusieurs volumes.

culté, toute faculté supposant dans un être une tendance à devenir ce qu'il n'est pas, tendance incompatible avec la simplicité et l'immutabilité du premier principe.

Cette définition rappelle, d'une part, la Divinité suprême des religions sacerdotales, cette Divinité immobile, apathique, sans qualités, sans affections ; ce néant placé dans un nuage au sommet de la hiérarchie céleste : de l'autre, la cause première de plusieurs philosophes grecs, non moins dépouillée de tout attribut, et composée de même de négations accumulées. Le premier principe de Plotin se ressent des deux sources où il avait puisé.

Il est à la fois le Dieu d'Aristote, l'inconnu d'Anaximandre, et le Zervan Akerene des Perses, ou la nuit primitive du sacerdoce égyptien.

CHAPITRE X.

Comment Plotin parvient à rattacher à ses abstractions une suite d'hypothèses qui le conduisent au monde réel.

Par sa définition du premier principe, Plo-

tin s'est éloigné de son but; il a perdu le fruit
de la personnification qu'il s'était permise :
comment fera-t-il de sa métaphysique une religion ? Comment mettra-t-il en rapport avec
la portion de notre nature qui a le plus besoin
de couleur, de chaleur, de mouvement (et qui
est le plus avide de trouver dans l'être qu'elle
adore, une individualité qui corresponde à la
sienne), un être purement négatif, qui ne présente aucune idée à l'esprit, qui se dérobe à
tous les élans de l'âme ; en un mot, l'abstraction la plus nue, la plus décolorée, la plus
froide et la plus vague? Sa position est triste
et bizarre, vu le terme qu'il doit atteindre.
Pour parler au sentiment, il n'a d'instrument
que la logique, instrument indocile et surtout infidèle, qui tantôt se brise et tantôt réagit contre qui l'emploie.

La philosophie d'Alexandrie sort de cet em-
barras en empruntant des religions sacerdotales une foule de suppositions qui ne s'accordent nullement avec son système, et qu'il n'y
associe que par des subtilités dans lesquelles
il nous serait impossible de le suivre, sans fa-
tiguer la patience du lecteur. Nous nous bornerons donc à rapporter des assertions qui for-

ment une espèce de récit historique, et non ses argumens qui sont un assemblage de contradictions inexplicables.

Dieu ou ce premier principe, dit-il, est immobile au centre de l'univers. Son premier acte est la production de l'intelligence primitive. Cette intelligence primitive forme un cercle autour du premier principe. De cette intelligence primitive émane l'âme du monde intellectuel, qui forme un second cercle autour d'elle. De cette âme du monde intellectuel émane l'âme du monde céleste, de celle-ci l'âme du monde sensible, et de cette dernière enfin, la matière.

Voilà donc Plotin descendu par le système d'émanation de son être abstrait et inconcevable, à la substance dont il doit composer l'univers visible et les êtres qui l'habitent. Mais il rencontre ici une nouvelle difficulté, et il est saisi d'un nouveau scrupule.

CHAPITRE XI.

Du besoin de spiritualité qui entraîne Plotin à des subtilités nouvelles.

Les philosophes antérieurs à Plotin avaient, pour la plupart, depuis Anaxagore, reconnu deux substances. Ceux qui avaient nié cette division s'étaient déclarés pour la matière. Platon lui avait attribué une existence réelle, puisqu'il l'accusait de tous les vices que la sagesse divine n'avait pu corriger ; et l'un des prédécesseurs de Plotin, dans le nouveau platonisme, Alcinoüs, la considérait comme une masse informe, existant par elle-même. Mais ce besoin de la spiritualité s'était accru à mesure que les doctrines matérialistes étaient devenues plus grossières et plus révoltantes, et l'homme éprouvait plus de répugnance pour la dégradation qu'elles avaient voulu lui faire subir.

Plotin se trouvait donc placé entre les hypothèses nécessaires à son système d'émanation, à ses suppositions ultérieures, et ce besoin de spiritualité.

D'abord il paraît reconnaître la matière comme une substance. Les corps, dit-il, sont formés d'une matière première ; car , lorsque le feu devient air , s'il n'y avait pas une ma-·tière première , sur laquelle s'exerce cette transformation , le feu commencerait par s'anéantir , et l'air naîtrait ensuite de rien. Mais il n'y a qu'un changement de formes , le sujet reste le même : la matière est ce sujet, que la forme ne fait que modifier. Il est clair que , dans cette définition empruntée d'Aristote , la matière est quelque chose de réel.

Mais , après l'avoir reconnue pour telle , Plotin l'anéantit de nouveau. La forme est , selon lui , la vraie substance, la véritable force, l'être véritable. Les corps , sans la forme , n'existent pas réellement ; c'est la forme qui les crée et les façonne. Les âmes ne sont plus dans les corps ; les corps sont dans les âmes. La matière n'a aucune qualité , ni étendue , ni épaisseur , ni chaleur , ni froid , ni légèreté , ni pesanteur. Si elle avait une qualité , la forme serait obligée de s'y soumettre , et se trouverait ainsi dans sa dépendance. La matière n'est donc rien par elle-même ; mais elle a la faculté de devenir quelque chose, et cette faculté fait qu'elle existe, non comme quelque chose qui est, mais comme quelque chose qui peut être. Une faculté pareille, attribuée à une matière définie de la sorte, est une contradiction dans les termes; et c'est à l'aide de cette contradiction que Plotin croit arriver à spiritualiser la matière, tout en conservant une dénomination qui lui est utile, lorsqu'il veut traiter des phénomènes et des apparences qui frappent nos sens.

Il ne s'agit point ici de relever les erreurs d'une métaphysique défectueuse et presque oubliée, le travail serait inutile et puérile ; mais il est curieux de montrer avec quelle force la nature humaine réagit contre les philosophes qui veulent placer l'âme de l'homme au nombre des phénomènes fortuits et passagers du monde physique. Epicure semblait avoir triomphé de toutes les théories de spiritualité et d'immatérialité, et voilà que des esprits d'une grande force et d'une sagacité profonde accumulent les subtilités pour ressusciter ces théories.

Lorsqu'on voit les hommes rester obstinément attachés à certaines opinions, il ne s'ensuit pas, ce nous semble, de ce qu'ils défendent ces opinions par des sophismes, qu'elles doivent être dédaignées. Il s'ensuit au contraire qu'ils ont le besoin de ces opinions, et qu'ils les défendent comme ils peuvent, faute de savoir les défendre mieux.

CHAPITRE XII.

Suite des efforts de Plotin pour faire de la métaphysique une religion.

On croirait qu'après avoir de la sorte anéanti la matière, Plotin ne saura comment continuer son roman sur l'union des diverses âmes intellectuelle, céleste et sensible avec les corps ; mais le sacrifice qu'il a fait de la matière à la spiritualité est pour ainsi dire en parenthèse ; il perd de vue ce qu'il vient d'affirmer, et il poursuit sa carrière.

Les âmes particulières sont contenues dans l'âme de l'univers ; mais elles conçoivent le désir de devenir des êtres indépendans, et de se séparer d'elle. Ce désir les en sépare en effet, et cette séparation les corrompt. Elles cherchent un objet extérieur ; cet objet est la matière, et de la sorte elles se précipitent dans les corps (1).

Rien n'est plus contradictoire que cette série de suppositions qui, du reste, étaient tirées des mystères, et qui, de plus, rappellent étonnámment la métaphysique indienne et toutes les assertions précédentes de Plotin ; mais il fallait bien que, pour avancer, ce philosophe abandonnât ses premières bases.

Remarquons ici que cette hypothèse de la chute des âmes avait déjà paru dans la philosophie de Platon ; mais ce siècle du disciple de Socrate n'avait pas les mêmes besoins religieux. Un culte positif existait encore menaçant et persécuteur. Rien de ce qui rapprochait la philosophie de la religion ne pouvait donc être adopté : au contraire, à l'époque des nouveaux platoniciens, le monde avait soif d'une religion nouvelle ; et les hypothèses, dont les successeurs de Platon avaient à peine daigné s'occuper, furent accueillies avec enthousiame.

----

(1) Ennead. IV. 9. 4.

CHAPITRE XIII.

Introduction et accroissemens progressifs du merveilleux dans le nouveau platonisme.

Arrivé une fois à la chute des âmes, Plotin se trouve à l'aise pour se livrer à ce penchant pour le merveilleux, caractère de son siècle et de lui-même. Les âmes, tombées dans les corps, cherchent à se relever de leur chute. Il est manifeste que l'imagination, lancée dans cette route, devait raffiner sans cesse sur les moyens.

Les âmes, dit Plotin, se rapprochent de la Divinité par la contemplation et l'extase. Lui-même avait réussi, quatre fois dans sa vie, à s'identifier avec l'Etre-Suprême par cette contemplation mystérieuse. Elle délivre l'homme, ajoutait-il, de toutes les idées, de toutes les notions, de toutes les sensations étrangères à l'objet qu'il contemple. Il se sent transporté dans une atmosphère de lumière, parce que Dieu n'est autre chose que la lumière la plus pure. Il est plongé dans un profond repos, et jouit toutefois d'une félicité sans bornes.

Nous nous arrêterons d'autant moins sur

cette théorie de l'union de l'âme avec la Divinité, qu'elle est littéralement la même que celle que nous avons déjà remarquée chez les Indiens et chez d'autres nations soumises aux prêtres.

Ce qui est plus nécessaire et plus curieux à observer, c'est la manière dont le merveilleux, introduit de la sorte dans le platonisme nouveau, y prit des accroissemens rapides et prodigieux. Nos lecteurs peuvent se rappeler que jusqu'à l'époque où le Polythéisme fut totalement décrédité, le merveilleux alla toujours en diminuant ; nous allons le voir au contraire aller toujours en augmentant dans la nouvelle philosophie, preuve que l'espèce humaine retournait sur ses pas et s'efforçait de remonter les hauteurs qu'elle avait pris tant de soin et de plaisir à descendre.

Maxime de Tyr, antérieur à Plotin (1), avait déclaré positivement que l'homme ne pouvait parvenir sur cette terre à la contemplation de la divinité. Plotin prétend y atteindre par l'extase, mais il n'entend par ce mot qu'un recueillement mystérieux, un effort de l'âme pour s'élever, par une simplifi-

---

(1) Ethic. Nicomach. X. 8.

cation progressive de toutes·ses idées, à la notion la plus abstraite qu'elle pût concevoir. Il avait probablement emprunté cette subtilité d'Aristote, qui disait que l'homme pouvait devenir semblable à Dieu par la spéculation. Les disciples de Plotin laissèrent leur maître bien loin derrière eux. L'extase ne fut plus un état intérieur de l'âme , mais un moyen de se soumettre aux forces extérieures, de correspondre avec des êtres invisibles, et de s'appuyer de leur protection. Porphyre et surtout Jamblique combinèrent avec le retour dès âmes vers la divinité dont elles sont séparées, la démonologie dont nous avons déjà traité, en parlant des religions sacerdotales, mais sur laquelle nous sommes obligés de revenir un instant, pour indiquer le parti que les nouveaux platoniciens en tirèrent.

—

CHAPITRE XIV.

De la Démonologie des nouveaux Platoniciens.

Platon, transportant des idées orientales dans la philosophie grecque, avait reconnu

des êtres invisibles qu'il avait nommés démons. Il les plaçait dans les astres, dont il supposait qu'ils dirigeaient le cours; les hommes
leur devaient des hommages, comme à des
êtres supérieurs à eux. Il peuplait aussi les
airs de démons qui présidaient aux choses
sublunaires, qui étaient les génies tutélaires
des hommes, et auxquels l'administration du
monde terrestre était confiée. Mais Platon
n'admettait aucune possibilité d'établir par
des rites, des invocations ou des prières une
communication à la fois miraculeuse et habituelle entre ces démons et l'espèce humaine

Alcinoüs avait ajouté à l'hypothèse de Platon, des détails sur le nombre de ces essences
surnaturelles. Au lieu de n'en remplir que les
airs, il en avait introduit dans tous les élémens, ne pouvant croire, disait-il, qu'aucune
partie de l'univers fût déserte. Au lieu de les
considérer comme se dérobant nécessairement aux regards des mortels, il avait supposé qu'ils étaient visibles, ou du moins qu'ils
pouvaient se manifester aux yeux. Enfin il
avait admis entre eux et les hommes des
communications, non pas encore individuelles

et particulières, mais générales et réglées par des lois fixes.

Maxime de Tyr avait composé de ces démons une hiérarchie qui descendait par échelons gradués du ciel à la terre ; et comme il fallait toujours que le raisonnement vînt à l'appui des hypothèses merveilleuses, il avait fondé la sienne sur l'analogie. Il n'y a point de lacunes entre les êtres, avait-il dit. De l'homme aux êtres inanimés, l'intervalle serait immense ; aussi les animaux servent-ils d'intermédiaires. De l'homme à Dieu, l'intervalle plus grand encore doit être rempli de même, et ce sont les démons qui le remplissent.

Enfin, Plotin avait déterminé de quelle substance ces démons étaient formés, en quoi ils différaient de la Divinité, et en quoi ils différaient aussi des hommes. Plus matériels que la première, plus immatériels que les seconds, ils participaient également de la nature divine et de la nature mortelle. Chaque homme avait un démon pour protecteur, pour génie tutélaire ; mais il n'y avait encore dans ces suppositions rien qui motivât un culte, rien qui rouvrît vers le monde invisible la route qui était fermée.

Tome II.   14

Porphyre le premier franchit la barrière au-delà de laquelle ses prédécesseurs étaient restés. Après avoir ajouté de nouveaux développemens à la hiérarchie céleste, par des distinctions plus positives entre les diverses classes d'êtres invisibles, il les divise en bons et en mauvais. Les premiers avertissent les hommes par des songes, des prophéties, des apparitions; les seconds cherchent à se faire passer pour des dieux, afin d'obtenir des adorations et des offrandes. Ils préparent des philtres; ils procurent du pouvoir et des honneurs; mais leurs bienfaits sont trompeurs et courts; ce sont eux qui se plaisent aux sacrifices sanglans, parce qu'ils se nourrissent de la vapeur du sang des victimes.

On voit ici clairement le germe de la religion que le nouveau platonisme va désormais enseigner. Cependant Porphyre hésite encore. Retenu par l'exemple de son maître, il n'indique de moyen positif de communiquer avec les natures divines que l'extase déjà recommandée par Plotin. Mais on voit qu'il est entraîné au-delà de ce terme, et son hésitation lui dicte tour à tour des propositions contradictoires; tantôt les rites de la théurgie lui semblent funestes et sacriléges ; tantôt il leur reconnaît une utilité, qu'il borne néanmoins aux rapports de l'homme avec les objets qui l'entourent dans ce monde, et qu'il ne croit efficaces que pour procurer des biens terrestres et passagers.

Le dernier pas est fait par Jamblique ; il transporte aux êtres bienfaisans ce que Porphyre avait dit des mauvais génies. Il enseigne à les engager ou même à les contraindre à nous apparaître et à remplir nos vœux, par des paroles, des sacrifices et d'autres cérémonies. A dater de Jamblique, la théurgie devient un culte réglé, et le nouveau platonisme une religion positive. La progression est bien manifeste. Plotin ne parle pas de la théurgie. Porphyre ne s'exprime à ce sujet qu'avec défiance et incertitude. Jamblique la professe ouvertement. A l'aide de cette théurgie, il s'élève dans les airs, ses vêtemens changent de couleur à sa volonté, il évoque les esprits invisibles et les fait paraître sous les formes qu'il leur prescrit. Sopater enchaîne les vents. Sosistrate paraît à la même heure dans plusieurs lieux à la fois. Synésius interprète les songes avec une telle certitude que tout homme âgé de trente ans, qui ne comprend pas leur signification, lui paraît plongé dans la stupidité et dans l'ignorance. Proclus dissipe ou attire les orages, fait tomber la pluie, arrête les tremblemens de terre, commande aux dieux infernaux. Minerve l'appelle à Athènes; Apollon le conduit; Esculape embrasse ses genoux et le guérit d'une maladie. Il délivre l'Attique de la peste, il paraît au milieu de ses disciples la tête ceinte d'une auréole brillante; et sur toutes les questions qui l'embarrassent, il consulte la sagesse divine, qui préside, inaperçue, à ses enseignemens et lui dicte des leçons.

Ici nous demanderons encore ce qui pouvait avoir replongé l'espèce humaine dans cet excès de crédulité et d'aveuglement? Les hommes qui se livraient à ces théories extravagantes, à ces pratiques superstitieuses, et qui accordaient à ces prétendus prodiges une foi sans bornes, consumaient leurs jours dans la lecture des philosophes les plus profonds et les plus sages de l'antiquité. Un de leurs oracles était Aristote, dont la raison sévère semblait avoir armé la logique contre tous les écarts de l'imagination déréglée.

Ils étudiaient attentivement les ouvrages des épicuriens et des sceptiques, pour les réfuter, à la vérité, mais de manière à se pénétrer de leurs argumens, à se nourrir de leurs doutes.

Comment l'incrédulité, si contagieuse naguère, ne trouvait-elle plus aucun accès dans aucun esprit? Qu'était-il arrivé pour que tous les préservatifs fussent impuissans? Rien, sinon la nécessité irrésistible de satisfaire par de nouvelles communications avec le ciel, au besoin de l'âme, que ne satisferait plus une religion décréditée.

CHAPITRE XV.

De l'astrologie dans le nouveau platonisme.

L'astrologie s'introduisit dans le nouveau platonisme en même temps que la théurgie, ou même elle la précéda, car Plotin se montre imbu de toutes les opinions des nations sacerdotales sur la connaissance de l'avenir, par l'observation des astres. Mais qui le croirait? c'est à son premier principe, à cette notion abstraite et insaisissable pour l'entendement qu'il rattache l'astrologie. C'est par des subtilités métaphysiques qu'il veut la prouver.

L'âme du monde, dit-il, ne saurait recevoir des sensations du dehors, car elle renferme tout ce qui existe. Mais elle doit avoir des sensations intérieures, car elle sait tout ce qui se passe en elle. En conséquence cette âme du monde et les âmes des astres, qui ne font qu'une avec elle, ont une connaissance entière de toutes choses, et prévoient les accidens qui attendent les hommes (1). Comme il est possible, dit-il encore, de lire dans les regards des mortels leurs dispositions et les actions qu'ils méditent, il l'est également de lire dans certaines parties de l'univers les événemens qui doivent arriver, et les astres sont ces parties prophétiques (2). On aperçoit encore ici, bien distinctement, le double mouvement des esprits, leur habitude de l'abstraction et leur avidité de croyance.

_____

(1) Ennead. IV. 4. 23. 24. 26.
(2) Ib. II. 3. 7.

CHAPITRE XVI.

Considérations sur le nouveau platonisme dans ses rapports religieux.

Si nous nous étions proposé de donner un tableau complet du nouveau platonisme, nous aurions à parler de plusieurs dogmes tirés de la doctrine égyptienne, indienne ou persanne. Parmi ces dogmes, la trinité de Plotin, un peu différente de celle de Platon, aurait occupé une place importante. Mais nous ne voulions dire que ce qui était nécessaire pour montrer que cette philosophie réunissait tous les caractères d'une religion proprement dite, et ce que nous avons dit nous paraît suffire.

Le nouveau platonisme établissait des communications mystérieuses entre le ciel et la terre. Il admettait une action réciproque de la Divinité sur l'homme et de l'homme sur la Divinité, bien que celle-ci ne fût exprimée que tacitement, ce qui doit toujours arriver : car si nos espérances ont besoin de croire que nous pouvons agir sur les dieux, notre respect n'a pas moins besoin de croire ces dieux impassibles. Il prescrivait enfin des modes d'adoration d'une espèce plus pure et plus relevée que les sacrifices en usage dans le Polythéisme vulgaire, mais qui tendaient toutefois au même but, et qui étaient dictés par le même élan de l'âme. Entre la notion grossière des offrandes qui séduisent les dieux et la notion sublime de l'adoration qui leur plaît et qui rapproche l'homme de la nature divine, il n'y a qu'une différence, c'est que, dans le premier cas, l'homme veut plier les dieux à sa volonté, et que, dans le second, il se plie lui-même à la leur ; mais c'est toujours un effort qu'il fait pour se mettre d'accord avec eux, et la différence ne vient que de celle des lumières, c'est-à-dire de l'époque.

Le nouveau système de religion avait ou paraissait avoir plusieurs avantages. Il se rapprochait, par les dénominations employées pour désigner les démons ou dieux subalternes, de la croyance jadis professée, et dont les souvenirs s'unissaient encore, dans beaucoup de têtes, aux idées de piété, d'espoir et de confiance, que l'on n'avait plus, mais qu'on regrettait ou qu'on enviait aux siècles passés.

Il ne contrastait en rien avec les notions auxquelles toutes les nations polythéistes étaient accoutumées de temps immémorial.

L'idée que l'homme peut parvenir, dans cette vie, à la contemplation de la Divinité, n'était point nouvelle, bien qu'elle eût revêtu successivement diverses formes. Les premiers Grecs la concevaient dans le sens le plus matériel, en admettant l'apparition des dieux aux regards des guerriers, des devins et des héros. Les prêtres de l'Egypte se vantaient d'un commerce habituel avec la Divinité : la récompense de l'initiation dans les mystères était de jouir de la présence et de la vue de la nature divine.

Il ne fut pas non plus difficile aux nouveaux platoniciens de trouver dans Pythagore et dans Platon de quoi confirmer leur doctrine : ce que ces philosophes avaient dit sur la nécessité de repousser les distractions extérieures et les impressions des sens pour se livrer à des méditations profondes, les nouveaux philosophes l'appliquèrent à l'extase.

Leur doctrine se trouvait ainsi conforme également aux préceptes de la philosophie et aux réminiscences de la religion.

Le nouveau platonisme était favorable à la morale. Au milieu de son enthousiasme, il indiquait la vertu comme une préparation nécessaire à l'extase. L'extase était le but ; la vertu, le moyen. D'ailleurs ce système semblait devoir être admis d'autant plus facilement, qu'à une époque où le monde réel était inhabitable pour toutes les âmes qui n'étaient pas dégradées, il leur offrait comme refuge un monde idéal où elles retrouvaient ce dont elles étaient privées sur la terre. Enfin le nouveau platonisme satisfaisait, comme on l'a vu, plusieurs des principaux besoins qu'éprouvait alors l'espèce humaine, celui de l'abstraction, celui de la spiritualité, celui du merveilleux. Il paraissait donc parfaitement adapté à l'époque à laquelle il paraissait.

—

CHAPITRE XVII.

Enthousiasme excité par ce système.

Les avantages du nouveau platonisme lui procuraient des succès qui paraissaient lui promettre un triomphe complet et durable.

Aucun système n'excita plus d'enthousiasme depuis sa naissance jusqu'a sa chute. A peine Plotin commençait-il d'enseigner, qu'il se vit entouré d'auditeurs qui le considéraient comme un homme divin. Les familles riches le nommaient tuteur de leurs enfans; les plaideurs imploraient son arbitrage; des femmes le suivaient dans ses fréquentes retraites, et renonçaient aux délices de la capitale de l'Egypte pour écouter le philosophe sexagénaire dans la solitude (1). Ses disciples, prenant dans un sens littéral ses maximes de détachement des choses terrestres, abandonnèrent leurs biens pour mener une vie purement contemplative. L'un d'eux, Rogatien, préteur à Rome, quitta sa maison, distribua sa fortune, affranchit ses esclaves, se démit de tous ses emplois, et ne voulut plus avoir d'habitation fixe, demandant à ses amis un abri pour chaque jour. Ædèse, disciple de Jamblique, ayant formé le projet de passer sa vie dans une retraite inaccessible de la Cappadoce, une foule de jeunes gens l'y suivirent, entourèrent sa maison, et, après avoir essayé

----

(1) Porph. V. Pl. c. 7 et 9.

de l'attendrir par leurs gémissemens et leurs
prières, ils menacèrent de le déchirer s'il per-
sistait à enfoncer dans un désert tant de
lumières célestes (1). Eustathe, disciple d'Æ-
dèse, hésitant à se rendre en Grèce, les Grecs
adressèrent aux dieux des prières publiques
pour qu'ils engageassent un tel homme à honorer leur patrie de sa présence. Prohérésius,
dans ses leçons, charmait tellement ses auditeurs, qu'ils se prosternaient devant lui pour
lui baiser les pieds et les mains.

Il ne faut pas considérer la philosophie
d'une époque, à laquelle on remarque de
pareils symptômes, comme la cause de cette
disposition des esprits, mais au contraire
comme l'un de ces effets. Lors même que l'on
prétendrait qu'il y avait dans cet enthousiasme
quelque chose de factice, on devrait reconnaître que c'était l'effort d'une génération
abâtardie, mais douloureusement affectée de
son abâtardissement, pour s'élever jusqu'à
l'enthousiasme : aucun intérêt ne lui dictait
ces démonstrations exagérées. Ce n'était pas
aux pieds du pouvoir qu'elle se prosternait ;

____

(1) Eunapius. *in Ædesio.*

et si elle ne ressentait pas tout ce qu'elle feignait de sentir, elle attestait par-là même le désir qu'elle avait de retrouver des sensations pareilles. Elle cherchait à se déguiser son impuissance, à se tromper sur sa propre chute, preuve bien manifeste que cette impuissance et cette chute n'étaient pas son état naturel, mais un accident, un malheur contre nature.

CHAPITRE XVIII.

Que, malgré cet enthousiasme, le nouveau platonisme ne pouvait avoir de succès durable.

A la vue de cet enthousiasme universel, dont nous venons de citer tant de preuves, l'on s'étonnera sans doute que le nouveau platonisme n'ait eu qu'un succès incomplet et passager. C'est que, malgré ses efforts, il ne satisfait qu'imparfaitement la tendance vers l'unité. Il offrait bien à l'esprit une unité philosophique, mais l'âme n'y trouvait point l'unité religieuse dont elle avait besoin.

Par cela seul que Plotin parlait d'une abstraction, il n'arrivait pas au théisme, qui aurait pu fonder une religion, mais au panthéisme qui ne pouvait fonder qu'une philosophie.

Lui-même le reconnaît en divers endroits. Tout paraît, dit-il, n'être au fond qu'une seule substance, qui n'a de divisions et de différences que dans nos propres conceptions. Nous n'en apercevons que quelques parties, dont, par ignorance et faute de pouvoir embrasser l'ensemble, nous faisons des êtres réels (1).

Ce n'était pas que les nouveaux platoniciens ne se rapprochassent souvent du théisme dans leurs expressions de la manière la plus manifeste. Le même Dieu, ou, pour mieux dire, l'Etre-Suprême, affirme Jamblique, a plusieurs noms, suivant les différentes fonctions qu'il exerce. Comme créateur de toutes choses, on l'appelle Ammon : comme les ayant achevées et perfectionnées, on l'appelle Phthas ; comme l'auteur de tout ce qui est beau et utile, on l'appelle Osiris.

Mais, malgré cette profession de foi formelle, le premier principe de toutes choses,

---

(1) Ennead. VI. 2-3.

dans le nouveau platonsime, ce seul être existant réellement, cette âme universelle, non
seulement contenant toutes les âmes, mais n'é-
tant qu'une seule âme indivisible ; cette matière créée par la forme et n'étant qu'une avec
elle, et toutes les autres subtilités de cette
philosophie, pour maintenir son unité absolue et complète, se rapprochaient trop fortement du panthéisme pour ne pas finir toujours par y retomber ; la seule différence était
dans l'esprit de l'époque. Ce panthéisme avait
conduit Xénophane à l'incrédulité : il conduisait les platoniciens à l'enthousiasme ; mais
cet enthousiasme ne pouvait être qu'individuel et momentané. Le panthéisme n'est com-
patible avec un culte public, avec une religion populaire, que lorsqu'il se glisse à la suite
de cette religion et dans la doctrine secrète des
prêtres. C'est ce que nous avons vu aux Indes.
Mais lorsqu'il se montre à découvert, dans
un moment où la religion est à reconstruire,
il met à l'établissement de toute croyance un
obstacle qu'aucune subtilité ne peut sur-
monter.

Il faut un Dieu séparé de l'homme pour que
celui-ci puisse l'invoquer avec confiance. Il faut

un Dieu séparé de l'univers, pour que l'esprit ne confonde pas ce Dieu avec les règles nécessaires et les forces mécaniques de la nature, et pour que le sentiment religieux trouve dans l'objet de son adoration les élémens qu'il réclame, l'espoir, le respect et l'amour.

La tentative des nouveaux platoniciens pour rendre à l'homme une religion par la métaphysique était donc chimérique et illusoire. Elle péchait par la base. Les dieux subalternes et toute la hiérarchie de démons, grâce à laquelle cette secte croyait ranimer le panthéisme et donner de la vie aux émanations de sa première notion abstraite et inconcevable, ne pouvait prendre racine dans ce sol aride. C'était vouloir faire verdir des rameaux sur un arbre desséché.

Nous dirons même que ce lien, que les nouveaux platoniciens voulaient établir entre leur doctrine et l'ancien Polythéisme, loin d'être utile à l'espèce de religion qu'ils enseignaient, la décréditait encore, et comme bâtie sur des fondemens ruinés, et comme se composant d'interprétations fantastiques des anciennes fables. Les souvenirs de la philoso-

phie et ceux du Polythéisme nuisaient également au platonisme nouveau ; les premiers,
parce qu'ils rapprochaient cette philosophie
du panthéisme ; les seconds, parce qu'ils la
rapprochaient du Polythéisme.

LIVRE XVI.

DE LA FORME SOUS LAQUELLE LE THÉISME SE PRÉSENTE

—

CHAPITRE I.

Difficultés imprévues qui semblent s'opposer au passage du Polythéisme au théisme.

L'ESPRIT humain est arrivé par ses propres forces jusqu'aux extrêmes confins du Polythéisme. Cette croyance s'écroule de toutes parts. L'on dirait que l'homme n'a plus qu'un pas à faire pour proclamer l'unité d'un Dieu, et pour ériger en religion pratique cette théorie sublime; mais une difficulté imprévue s'oppose à ce qu'il franchisse ce dernier intervalle aussi rapidement qu'on semblerait pouvoir l'espérer. La même civilisation qui a rendu la durée du Polythéisme impossible, a privé l'homme de cette jeunesse de sentiment, de cette énergie intérieure, de cette puissance de conviction, de cette faculté d'enthousiasme, condition nécessaire pour qu'une religion nouvelle s'établisse, et pour que les hésitations des philosophes, les secrets compliqués et confus des prêtres, les vœux et les regrets fugitifs qui traversent des âmes souffrantes, mais affaiblies et découragées, se réunissent en un corps, et composent une croyance publique, nationale et consacrée. Le théisme est partout en principe. Il n'est nulle part en application; l'autorité ne peut le vouloir : elle ne le connaît encore que comme une doctrine ennemie des institutions positives, et ne l'aperçoit guère sous une forme distincte que chez des philosophes qui lui paraissent dangereux. L'autorité n'est d'ailleurs, nous l'avons vu, vers cette époque des sociétés humaines, qu'un despotisme sans frein. Or ce despotisme s'effrayerait de l'exaltation, de l'enthousiasme, des impulsions vives et fortes, symptômes inséparables de la naissance des religions. Il doit préférer le Polythéisme qu'il foule aux pieds, qui jamais ne lui résiste, qui lui prodigue d'humbles hommages et lui sert à dicter à des esclaves des sermens appuyés par des bourreaux.

Les prêtres, dans leurs révélations à des

initiés, tantôt défigurent le théisme tantôt le repoussent. Ils lui imposent toujours une alliance forcée avec les anciennes traditions, et quand il semble vouloir s'y soustraire, c'est à ces traditions mystérieusement interprétées que le sacerdoce donne la préférence. Peut-être dans le sanctuaire et loin du peuple s'expliquent-ils avec plus de liberté; mais le théisme redevient alors une hypothèse, une conjecture entre mille autres.

Beaucoup de philosophes l'adoptent, mais il est discuté sans cesse, soumis chaque jour à un examen nouveau, cité devant le tribunal de chacun de ceux qui commencent à fréquenter les écoles, compris par chacun d'une manière différente; une portion nombreuse de ses partisans rejette l'influence des cérémonies, l'efficacité de la prière, l'espoir du secours, et fait du théisme une opinion abstraite qui ne peut servir de borne à un culte.

La secte que nous avons désignée sous le nom de nouveaux platoniciens y porte, à la vérité, une sorte d'enthousiasme, et y introduit un genre de merveilleux que l'on dirait propre à le faire triompher; mais cette secte ne s'écarte point, dans ses méditations, de la méthode philosophique. Au lieu de présenter quelques assertions simples et fixes, telle qu'il les faut pour rallier une masse d'hommes, elle s'engage dans un labyrinthe de subtilités et d'abstractions; à côté de son théisme est toujours le panthéisme, écueil éternel de l'intelligence, lorsqu'elle veut se plonger sans guide dans la contemplation de l'univers et de la nature.

Cette secte, d'ailleurs, grâce aux allégories dont elle enveloppe ce qu'elle nomme la vérité, se prête volontiers aux dénominations et aux formes que le Polythéisme consacre, et, en interprétant ces dénominations et ces formes, elle se fait un amusement et un mérite de les conserver. Elle se prête d'autant plus facilement à cette transaction, que ce n'est pas aux formes extérieures qu'elle met de l'importance. Ce qu'elle recommande, c'est l'étude, la retraite, la méditation, l'isolement; or c'est là ce qui ne peut jamais devenir populaire. Quant aux pratiques, toutes lui paraissent également bonnes. Elle proclame à ce sujet d'excellens principes de tolérance, mais le résultat de ces principes est que chacun profite de la liberté qu'elle lui accorde de ne pas croire ce qu'elle enseigne.

Dans les rangs supérieurs des sociétés, chez les hommes qui participent à la direction des empires, il y a bien, comme nous l'avons montré, des élans secrets vers la théorie du théisme, et ce théisme, s'il pouvait être réduit en doctrine, serait de toutes la plus applicable, parce qu'il est éloigné tout à la fois des subtilités philosophiques et des mystères sacerdotaux. Mais les intérêts de la terre sont trop pressans et trop continus, et chez un peuple fort civilisé, les hommes éclairés sont très ardens pour leurs intérêts et très modérés dans leurs opinions. Or les partis modérés conservent ce qui existe, mais ne peuvent rien établir ; leur modération, laisse trop de place à tous les calculs, à toutes les prétentions individuelles. Ils sont retenus par une crainte du ridicule qui leur interdit toutes les démonstrations indispensables pour produire un effet universel, et si ces démonstrations étaient essayées, il se trouverait bientôt des traîtres, ne fût-ce que par vanité.

Le peuple ne peut admettre comme religion une opinion qui n'a nul ensemble, nulle consistance ; il répète quelques formules qui impliquent l'unité d'un Dieu, plutôt en imitateur que par conviction. Il y voit une destruction du Polythéisme, plus qu'une institution qui devrait le remplacer. Les habitudes de l'incrédulité rendent la renaissance de toute forme religieuse presque impossible; la magie rend cette renaissance à peu près superflue, parce qu'elle offre à l'imagination des appâts plus puissans, et à l'espérance des promesses d'une exécution plus rapprochée.

Pour réunir l'espèce humaine autour du théisme, il ne faudrait qu'un étendard, mais aucun bras n'est assez fort pour relever celui qui est tombé, et l'étendard demeure à terre.

La révolution, qui paraissait donc tellement imminente, est encore incertaine et difficile; les individus arriveront à une croyance souvent mélangée de superstitions minutieuses, plus souvent encore ébranlée par le doute. Les nations seront conduites par une marche nécessaire à une situation peu différente de celle où se trouvaient, de nos jours, suivant leurs circonstances diverses, les innombrables habitans de l'Inde, et ce vieux empire de la Chine, triste monument du mécanisme, dans lequel vient, comme se pétrifier, une trop longue civilisation.

Chez les Indiens, à côté du théisme et du panthéisme des brames, et en dépit des efforts constans des réformateurs, subsistent toutes les pratiques du Polythéisme le plus grossier. A la Chine, la religion n'est plus qu'un usage que l'autorité maintient comme le reste des cérémonies ; tout sentiment est détruit, toute conviction éteinte. Le culte des ancêtres n'a rien de commun avec l'immortalité de l'âme, les hommages rendus au ciel s'adressent à l'empereur, l'homme a perdu la faculté de croire et même de désirer.

CHAPITRE II.

De la manière dont le passage du Polythéisme au théisme s'est effectué.

Pour que l'espèce humaine ne tombe pas dans cette situation déplorable, il faut une circonstance extraordinaire qui rende à l'âme assez d'énergie, à l'intelligence assez d'activité pour donner aux désirs, aux besoins,

aux espérances une forme positive. Une telle
circonstance en effet se présente dans l'histoire à cette époque. Nous allons en traiter ,
sans rien prononcer sur sa nature ni sur sa
source. Ces questions ne rentrent point dans
notre sujet.

Disons seulement que nous ne saurions nous
plaire à combattre l'opinion qui veut assigner
à cette révolution importante des causes surnaturelles.

Nous avons suivi l'homme bien impartiale-
ment, depuis l'enfance jusqu'à la décrépitude
de la race humaine. Nous l'avons vu tel qu'il
est, quand toute croyance religieuse est bannie de son âme. Nous avons vu le sentiment
religieux, qui survit à la croyance, s'agiter
impuissant et vague ; l'incrédulité le précipiter
tantôt dans la magie et tantôt dans l'extase
et le délire ; l'enthousiasme enfanter des ex-
travagances d'autant plus incurables qu'elles
partaient du raisonnement, pour arriver mé-
thodiquement à la folie. Nous avons vu la raison, dans toute sa pompe et dans toute sa
faiblesse, n'offrir pour résultat de huit siècles
de travaux , d'abord que le néant, puis une
ordonnance fantastique et arbitraire, l'in-

telligence parvenant à tout détruire, et hors d'état de rien rétablir.

Qui oserait dire qu'à cette époque la pitié céleste ne soit pas venue au secours du monde; qu'un éclair n'ait pas sillonné la nue, pour montrer la route à notre race égarée; qu'une main divine ne l'ait pas aidée à franchir la barrière contre laquelle elle se brisait.

Tout serait ensuite rentré dans l'ordre; l'homme, abandonné de nouveau à lui-même, aurait recommencé son travail; son esprit se serait débattu, suivant sa nature, autour de la grande découverte; il lui aurait donné des formes imparfaites; il aurait voilé sa sublimité. Le calcul, l'égoïsme, le monopole se la seraient disputée pour en abuser; mais l'homme en aurait conservé pourtant le souvenir ineffaçable, et, par degrés, des formes plus pures, des conceptions plus justes lui auraient permis de jouir sans mélange de l'inestimable bienfait.

CHAPITRE III.

De la religion des Hébreux.

A l'époque qui fait le sujet de mes recherches, la religion des Hébreux était la seule dont les sectateurs eussent conservé non seulement un attachement mécanique aux formes religieuses, mais une conviction profonde de la vérité de leur doctrine.

En même temps, le dogme fondamental de cette religion était conforme au besoin universel de l'espèce humaine.

Ce fut donc à ce flambeau que se ralluma le sentiment religieux.

Mais si le dogme fondamental de la religion juive répondait à la demande de toutes les âmes, il y avait dans cette religion des parties terribles.

Certes, nous ne nous rangeons point parmi les détracteurs de la loi mosaïque. Nous ne méconnaissons nullement la supériorité de sa doctrine, tant dans son ensemble que dans plusieurs de ses détails, sur toutes les religions contemporaines.

Mais la sublimité même de cette doctrine

avait contribué à l'empreindre d'une sévérité
excessive, par sa disproportion avec les idées
tant du peuple qui la professait que des voisins de ce peuple, voisins qui, par-là même,
étaient devenus nécessairement ses ennemis.

Ajoutez l'esprit du sacerdoce juif, pareil,
à beaucoup d'égards, à celui de toutes les
corporations sacerdotales, et que les obstacles
mêmes qu'il avait dû vaincre avaient rendu
plus farouche encore et plus ombrageux.

L'on n'a pas, ce nous semble, distingué
suffisamment entre la doctrine de Moïse et
l'esprit du sacerdoce, organe et défenseur de
cette doctrine. C'est néanmoins dans cette distinction que réside la solution de toutes les
difficultés qui ont paru donner tant d'avantages aux ennemis des idées religieuses et du
christianisme.

Au reste, notre objet n'est point de juger
ici la religion judaïque. Il nous suffit qu'au
moment où tous les polythéismes étaient confondus, toutes les croyances ébranlées, cette
religion seule, encore vivante et enracinée
dans l'âme d'un peuple, ait offert au reste
du genre humain le théisme comme point de
ralliement.

CHAPITRE IV.

Etat de la religion des Hébreux à l'époque où elle donna au monde le signal du théisme.

Si le théisme des Hébreux s'était présenté aux nations, détachées du Polythéisme, sous les formes qu'il avait revêtues à son origine chez le peuple qui le professait, il est douteux qu'il eût obtenu le succès qui en a fait la croyance universelle de tous les peuples civilisés. Des esprits, accoutumés à toutes les subtilités d'une philosophie qui avait raffiné sur toutes les combinaisons des idées et sur toutes les formules de la dialectique, auraient vraisemblablement rejeté une doctrine, dont la simplicité dogmatique imposait des articles de foi au lieu de présenter une série de raisonnemens. L'absence presque totale de notions sur la nature de l'âme et sur l'immortalité aurait blessé ces mêmes esprits, préparés par le platonisme à se livrer à des espérances et à se lancer dans des hypothèses sur l'existence future de l'homme. Le caractère du Dieu des Juifs, représenté comme despotique, ombrageux et jaloux, n'aurait pu s'accorder avec

les conceptions plus douces ou plus abstraites
des sages de la Grèce. La multitude de rites,
de cérémonies et de pratiques prescrites aurait
fatigué des hommes dont les plus religieux
pensaient que le culte intérieur et la pureté de
la conduite étaient le genre d'hommages le
plus agréable à l'Etre-Suprême. Enfin la morale même du judaïsme, qui ferait de l'assentiment à certaines propositions la vertu
principale et indispensable, aurait contrasté
trop fortement avec les principes de tolérance
universellement répandus.

Mais les Juifs, initiés depuis long-temps, et
surtout depuis leur séjour dans Alexandrie, à
toutes les discussions de la philosophie, avaient
fait, dans cette carrière, des pas égaux à ceux
des philosophes païens. Ils ne s'étaient pas
montrés moins subtils qu'eux dans les recherches métaphysiques ; et, vers l'époque où
le christianisme parvint, le judaïsme avait
subi des modifications suffisantes pour que la
doctrine qui sortait de son sein pût attirer
la curiosité, fixer l'attention, et bientôt cap-
tiver le suffrage d'un grand nombre d'hommes
éclairés.

CHAPITRE V.

De l'apparition du théisme et de la forme sous laquelle il se présente.

Comme nous n'écrivons point une histoire, tout ce qui concerne les faits relatifs à l'établissement de la religion qui a fait triompher le théisme doit être écarté de notre ouvrage. Nous n'avons ici à indiquer que la forme sous laquelle le théisme se présente lorsqu'il n'est plus une simple hypothèse de philosophie, mais qu'il a rallié autour de lui des partisans zélés, convaincus, qui veulent en faire une institution.

Une religion naissante ne peut être adoptée que par des esprits passionnés : elle ne peut avoir les mêmes caractères qu'une doctrine philosophique, à laquelle seraient parvenus, par des réflexions calmes et paisibles, des hommes voués à l'étude, à l'examen, et par-là même au doute. Les principes abstraits des deux opinions fussent-ils pareils, la manière de les exposer doit être différente ; une révélation ne peut s'enseigner comme une hypothèse. Les apôtres d'un culte nouveau ne

sauraient avoir cette impartialité, mêlée d'indifférence et de scepticisme, trait distinctif
et mérite principal, qui, sans une religion
ancienne et ébranlée, se sont éclairés par le
raisonnement et ont acquis, par l'expérience
de leurs erreurs, une juste défiance de leurs
forces.

Sa forme est dogmatique, son langage
véhément : la tolérance, qui est la maxime
universelle du siècle, ne peut lui paraître
qu'une lâche apostasie ou une tiédeur coupable.

Cependant cet esprit dogmatique que le
théisme manifeste au moment de sa naissance,
ne s'exerce encore que sur les opinions et non
sur les rites. Le sentiment religieux, affranchi
de toute forme, semble jouir de sa liberté, et
témoigne une grande répugnance à se plier
sous une forme nouvelle. Heureux d'avoir re-
trouvé des axiomes infaillibles et des vérités
incontestables, il savoure avec transport la
douceur de croire ; mais il repousse ces symboles dont il n'éprouve pas le besoin, ces pratiques qui lui paraissent indifférentes ou su-
perflues, appuis artificiels que réclament les
cultes vieillis. Il ne veut point de sacerdoce.

Tous les chrétiens sont prêtres, dit Tertullien : le Christ nous a tous consacrés comme tels devant son Père céleste.

Il dédaigne la magnificence des cérémonies ; il ne s'occupe que de l'Etre infini, universel, invisible, et veut que chaque homme lui élève un temple au fond de son âme. Couverts des vêtemens les plus humbles et quelquefois à demi-nus, dit Cécilius, dans l'Apologie de Minucius Félix, les chrétiens méprisent nos pompes, les décorations de nos édifices et les monumens de nos pontifes. Ils ne dressent point d'autels, ne révèrent point de simulacres. Tant le théisme, à cette époque, craint de souiller sa pureté par des pratiques qui le rapprocheraient de la terre.

Il en est de même des abstinences. Nous avons, dit saint Paul aux Colossiens, été délivrés par le fils de Dieu de toutes les obligations factices. Nul n'a le droit de nous condamner pour l'usage d'un aliment ou l'inobservance d'une fête. Nul ne peut nous imposer un devoir imaginaire. Lorsque les Montanistes voulurent introduire des jeûnes et des privations dans le christianisme, l'esprit du théisme naissant se révolta contre ces innovations, comme contre des restes de superstitions païennes. Tertullien écrivit alors contre eux : Le chrétien ne peut être souillé par rien d'extérieur. Dieu ne lui a prescrit aucun jeûne, il ne lui a défendu aucune espèce de nourriture. Ce qu'il lui a interdit, ce sont toutes les actions qui sont mauvaises; ce qu'il lui a ordonné, ce sont toutes les actions qui sont bonnes.

—

CHAPITRE VI.

De l'esprit de liberté qui accompagne la renaissance de la religion.

L'esprit d'indépendance qui caractérise les religions naissantes ne s'exerce pas seulement sur les formes religieuses, mais aussi sur les formes politiques. Toute religion, à cette époque, est amie de la liberté. Lorsque l'homme s'affranchit des chaînes de la puissance et de l'habitude sur l'article le plus important, sur l'objet qui décide de sa destinée future, il ne peut rester courbé sous un joug qu'il respecte bien moins et que ses espérances lui enseignent à ne pas craindre.

Ainsi la renaissance de la religion est aussi celle de l'esprit de liberté, et l'homme retrouve à la fois la force d'aspirer aux jouissances du ciel et à celles de la terre.

L'égalité est une idée inhérente à la religion ; et, à une époque où l'homme ne connaît de guide et de règle que le senti-ment religieux, l'égalité qui, dans d'autres temps, lui paraît un droit, lui semble alors un devoir.

Rien de plus démocratique que le gouver-nement des Arabes sous les premiers califes. La même tendance se fait remarquer dans le christianisme, à son origine : et les réforma-teurs de cette croyance, bien qu'il ne fût question que d'une épuration dans un culte dès long-temps fondé, furent poussés à vouloir l'établissement d'une république.

Il n'est pas criminel, dit Origène, de se réu-nir en faveur de la vérité, quand même les lois extérieures le défendent. Ceux-là ne pè-chent pas qui se coalisent en secret pour la perte d'un tyran (1). On doit, objecte Celse,

____

(1) Orig. *Contr. Cels.* I.

observer les lois et la religion de son pays : oui,
répond Origène, quand ces lois sont justes et
cette religion vraie (1).

On a voulu nier l'esprit de liberté des premiers chrétiens. On s'est servi de quelques
expressions isolées, qu'avait arrachées la nécessité des circonstances, pour contester ce
qui éclate, presque à chaque parole, dans nos
livres saints. Mais le simple raisonnement
suffit pour renverser le système de servitude
qu'on a prétendu appuyer d'une autorité céleste. Comment, avec leur morale pure, leur
conviction profonde, leur force intérieure,
leur enthousiasme exalté, leur mépris de la
mort, les chrétiens auraient-ils pu ne pas
nourrir une indignation violente et ouverte
contre la tyrannie qui pesait sur l'univers ?

Les faits viennent à l'appui de ce que le
raisonnement nous prouve d'avance. Les historiens attestent l'esprit d'indépendance des
premiers chrétiens, la franchise sévère et hardie de leurs discours. Ce sont des hommes,
dit Vopiscus, à qui les temps présens déplai-

____

(1) Orig. V.

sent, et qui s'expriment dans leur haine avec une énorme liberté (1).

***

(1) *Quibus præsentia semper tempora cum enormi libertate displicent.* Il y a une observation à faire sur ces expressions de Vopiscus. Il ajoute le mot *semper,* pour indiquer que c'était par un esprit habituellement frondeur que les chrétiens s'élevaient contre les crimes et le despotisme qui désolaient le monde connu. On présente toujours, sous la tyrannie, les réclamations des âmes honnêtes et libres comme l'effet d'un caractère atrabilaire et d'un penchant à censurer ce qui existe ; et il est très probable que les courtisans de Néron disaient de ceux qui blâmaient l'incendie de Rome : Ce sont des hommes qui ne sont jamais contens.

LIVRE XVII.

DE LA LUTTE DU POLYTHÉISME CONTRE LE THÉISME.

—

CHAPITRE I.

Des hommes qui se réunirent au théisme au moment où il se présenta sous une forme positive.

A une époque semblable à celle où le théisme parut pour la première fois, non comme une conjecture de l'homme, mais comme une manifestation de Dieu, il était dans la nature des choses que des hommes de toutes les classes se réunissent en grand nombre autour de cet étendard. On avait plus que jamais besoin d'une religion ; et la religion, qui convenait le mieux, ou plutôt qui convenait seule, était celle qui élevait l'homme au-dessus de tous les objets visibles, qui ne le rattachait à aucune des institutions religieuses qui étaient décréditées, à aucune des institutions politiques qui étaient oppressives, enfin qui, dans un moment où les nations n'étaient que des troupeaux d'esclaves et où le patriotisme ne pouvait exister, réunissait toutes les nations par une même foi, et transformait en frères des hommes qui ne pouvaient plus être des concitoyens.

Nous avons montré ci-dessus comment les travaux des philosophes en avaient conduit un assez grand nombre à se rapprocher du théisme. En conséquence, aussitôt que le théisme se présenta, plusieurs de ces philosophes se réunirent à cette croyance. C'est par une erreur manifeste qu'on a prétendu, qu'à l'époque de son apparition sur la terre, le christianisme avait été rejeté par tous les esprits éclairés, pour n'être adopté que par les rangs obscurs et ignorans des sociétés humaines. Mais cette assertion, bien qu'évidemment fausse, a eu pour appuis les deux partis opposés. Les ennemis de la doctrine chrétienne ont cru l'avilir par-là : les chrétiens ont cru rendre son triomphe plus miraculeux.

Nous voyons, parmi les chrétiens, dès le premier siècle, des philosophes platoniciens distingués, entre autres Justin, martyr.

L'histoire de Justin, martyr, indique la

marche d'un esprit poussé par la tendance du siècle, et qui, après avoir essayé de plusieurs doctrines, s'attache immédiatement à celle où il retrouve des idées exprimées avec plus de force et d'affirmation.

Justin, né l'an 89 de J.-C., étudia d'abord sous un stoïcien. Mais la doctrine des stoïciens sur Dieu et ses relations avec l'univers ne le satisfit pas. Il choisit ensuite un péripatéticien, un pythagoricien, qui ne le contentèrent pas davantage. Ce dernier exigeait de lui des connaissances préliminaires en mathématiques, en astronomie et en musique, que Justin ne croyait pas nécessaires à la philosophie proprement dite. L'état de l'espèce humaine serait en effet misérable, si des connaissances, qu'il n'est pas donné à tous les hommes d'acquérir ni à tous les esprits d'atteindre, étaient indispensables pour les élever jusqu'aux vérités de sentiment qui font la sécurité et la consolation de la vie. Justin se livra ensuite à la philosophie platonicienne. Il crut y trouver ce qu'il cherchait : il s'imagina même être parvenu à une contemplation immédiate de la Divinité ; et, pour n'être distrait de ses méditations par aucun objet extérieur, il quitta

le monde, et se retira dans une solitude sur
les bords de la mer. Il y rencontra un vieil‑
lard qui lui révéla la doctrine chrétienne, et
Justin connut au premier coup d'œil que
c'était là ce qui pouvait étancher la soif de son
âme, et répondre au besoin intérieur qui le
dévorait.

Par une manière de raisonner assez simple,
les philosophes qui passaient de la philosophie
au christianisme concluaient, de ce que la
marche de leurs idées philosophiques les avait
préparés à recevoir la doctrine chrétienne,
que le christianisme avait été la source de
toutes leurs idées philosophiques.

Justin, martyr, prétendait que Platon n'a‑
vait été que le disciple des Hébreux.

—

CHAPITRE II.

*Des adversaires que la forme sous laquelle le
theisme se présente, lui suscite.*

Mais si, d'une part, l'apparition du théisme
devait réunir autour de lui une multitude d'ad‑
hérens, il était en même temps dans la na‑

ture des choses que la forme sous laquelle il se présentait pour la première fois lui suscitât des adversaires de plus d'une espèce.

Les principaux de ces adversaires sont les dépositaires de l'autorité, les ministres du Polythéisme et une partie des philosophes.

—

CHAPITRE III.

Dispositions de l'autorité envers le théisme sous cette forme.

D'après ce que nous avons dit précédemment, l'on sent que l'autorité est nécessairement l'ennemie d'une religion qui, prenant sa source dans l'âme d'hommes indépendans et sans mission extérieure, se présente encore pure de toute transaction avec les abus et avec les vices, et n'a contracté aucune alliance avec le pouvoir.

L'autorité, d'ailleurs, n'examine jamais. Elle juge sur les apparences. Elle voyait une société d'hommes qui ne voulait point de culte extérieur, elle les déclarait athées. L'absence de tout symbole rendait le christianisme odieux aux hommes d'état accoutumés à une religion nationale, pratique et ayant un culte extérieurement constitué.

Une religion dirigée entièrement vers l'invisible, sans culte qui frappât les regards, sans forme nationale, n'appartenant à aucune société ou peuple en particulier, était pour les hommes d'état de l'antiquité une chose inouie. Sous ce rapport, le judaïsme qu'ils méprisaient leur paraissait valoir encore mieux que le christianisme. Les Juifs eux-mêmes, dit Cécilius, les Juifs, un misérable peuple, séparés de toutes les autres nations, ne reconnaissent à la vérité qu'un seul Dieu, mais au moins, ils le reconnaissent publiquement, dans des temples, avec des autels, des sacrifices, des cérémonies.

Celse dit de même, la religion des Juifs, quelle qu'elle soit, est au moins une religion nationale; et, sous ce rapport, les Hébreux se conduisent comme tous les autres hommes qui suivent leurs institutions héréditaires, ce qui semble utile, non seulement parce que les individus doivent observer les lois que toute la nation s'est données, mais aussi parce qu'il est probable qu'à l'origine du monde les diverses parties de la terre ont été soumises à différentes divinités, qui leur ont imposé leurs institutions religieuses, de sorte qu'il y a sacrilége à renverser ces institutions.

Le christianisme, qui ne pouvait s'établir que sur la ruine de toutes les autres religions, semblait, vu l'union intime que l'on supposait entre la religion et l'état, ne pouvoir s'établir que sur la ruine de l'état.

Il était donc, dans ses rapports avec l'existence humaine, diamétralement opposé sur plusieurs points à l'idée que les politiques se faisaient de la religion. A leurs yeux, elle devait être essentiellement liée aux intérêts nationaux, civils et terrestres; la vie était le but ; la religion, un moyen. Les chrétiens considéraient au contraire la vie comme un moyen de parvenir à un autre but. Leur enthousiasme pour un monde futur les détachait des soins de ce monde et de toute occupation du présent; l'amour de la patrie, que les hommes d'état voulaient appuyer sur la religion, souffrait du détachement qu'inspirait le christianisme. Aussi nommait-on les chrétiens

des hommes inutiles, impropres aux affaires (1).

On a fait un crime aux chrétiens de ce
détachement. Mais de quelle patrie étaient-
ils détachés? Etait-ce une patrie que cet empire, immense assemblage informe de mille
nations garrottées au lieu d'être réunies, et
qui n'avaient entre elles de commun que le
même malheur sans le même joug. Certes,
il faut savoir gré au christianisme d'avoir détaché l'homme d'une terre ainsi asservie et
dégradée.

—

CHAPITRE IV.

*Des moyens employés contre le théisme par l'au-
torité.*

Les moyens que l'autorité emploie contre
les opinions sont les mêmes dans tous les
pays et dans tous les siècles. Ce sont les in-

(1) Homines infructuosos in negotio. TERTULL.
Apolog. — Latebrosa et lucifugax natio, in publicum
muta, in angulis garrula. CÆCIL. Apud *Min. Fel.*

quisitions, l'espionnage, les persécutions et
les supplices.

Les effets de ces moyens sont aussi toujours les mêmes : les opprimés obtiennent
la sympathie de toutes les âmes qui ont quelque valeur. Ils donnent, au sein de l'adver-
sité, en présence de la mort, de sublimes
exemples de dévouement et de constance ;
leurs adversaires, à l'abri de tout danger, se
félicitent comme individus de la sûreté dont
ils jouissent, et s'enorgueillissent, comme
hommes d'état, de la sévérité qu'ils déploient.
Mais l'opinion qu'ils défendent porte tout
l'odieux de la persécution qu'ils exercent ;
cette persécution aliène de leur cause les plus
estimables de leurs défenseurs ; car il y a quelque chose de contagieux, si l'on peut donner
à ce mot une acception noble, dans le spectacle du désintéressement, de l'intrépidité, de
l'espérance et du courage, au milieu d'une
race abâtardie et dégradée.

La persécution que l'autorité déploie contre le théisme, accélère donc ses progrès ; la
persécution a ceci de particulier que, lorsqu'elle ne révolte pas, c'est qu'elle n'était
pas nécessaire, et que lorsqu'elle est néces-

saire, elle révolte et par-là même devient
inutile.

—

CHAPITRE V.

*Disposition des prêtres du Polythéisme expirant
envers le théisme.*

L'adoption indéfinie des divinités nouvelles
étant dans la nature du Polythéisme en général, et l'idée d'un Dieu suprême, source et
créateur de toutes les autres divinités, étant
dans la tendance du Polythéisme à cette époque particulière, ses ministres éprouveraient
peu de répugnance à transiger avec le théisme
qui se présente. Mais cette transaction est
incompatible avec la nature du théisme. C'est
en vain que les prêtres de l'ancienne religion
offrent à la croyance nouvelle, de placer son
Dieu parmi leurs divinités antiques. Cette
croyance, par ses refus dédaigneux et répétés,
les force à combattre, tandis qu'il eût été dans
leurs intentions de négocier.

On a su gré, de nos jours, au Polythéisme
de cette tolérance, de cette douceur, de ces
intentions conciliatrices, et en effet, à cette

époque, désarmé qu'il est ou plutôt anéanti par une longue succession d'outrages et de défaites, il est certainement plus modéré, plus débonnaire que le théisme. Mais c'est que le théisme existe, tandis que le Polythéisme n'existe plus. Sa longanimité, sa complaisance, toutes ces qualités que l'on admire, ne sont en lui que les vertus des morts. Les hommes recommencent à lutter, parce qu'ils recommencent à vivre ; et, loin de chercher dans cette lutte un sujet d'accusation contre le théisme, il faut lui rendre grâce au contraire d'avoir ranimé la vie de l'âme, et réveillé la puissance des tombeaux.

—

CHAPITRE VI.

Des moyens que les prêtres emploient contre le théisme.

Quand le sacerdoce a perdu tout espoir de faire avec le théisme un traité de paix, il rassemble toutes ses forces, pour repousser un danger qu'il n'avait prévu que vaguement jusqu'alors. Il fait, en quelque sorte, un appel à toutes les doctrines, qui, n'importe à quelle époque, ont jadis fait partie de la religion qu'il veut défendre. Par une méprise assez naturelle, il croit se fortifier par le nombre et la diversité de ses troupes, tandis que ce nombre même et la bigarrure de tant d'auxiliaires discordans, l'affaiblissent et le décréditent. Le sort des partis battus est de recourir à des moyens qui se contrarient et se paralysent mutuellement.

Les prêtres du Polythéisme cherchent à conserver leur domination sur l'esprit du peuple, en redoublant de pratiques et de traditions anciennes ; et, en inventant d'autres traditions et d'autres pratiques, auxquelles ils s'efforcent de donner un vernis d'antiquité. Loin de réformer ce qu'il y a d'indécent dans leurs mystères, qui sont devenus à peu près publics, ils comptent plutôt sur leur indécence, comme leur méritant l'appui de la corruption du siècle. Ils entassent dans ces mystères toutes les privations à côté de toutes les obscénités ; ils y introduisent les pratiques sanguinaires, les mutilations, les supplices volontaires, dont ils font un devoir aux initiés. Les derniers mystères de Mithras étaient

Tome II. 17

beaucoup plus lugubres et remplis de pratiques plus cruelles que ceux du même nom chez les Perses. Nous avons parlé des jeûnes excessifs qui avaient lieu dans ces mystères, tels que nous les connaissons, lors de la décadence du Polythéisme. Le célibat y était prescrit : or les jeûnes et le célibat sont étrangers et ce dernier même est contraire à la religion de Zoroastre. La gaîté même était un des caractères des anciennes fêtes de Mithras. Fréret veut expliquer cette différence en assignant aux mithriaques une origine babylonienne. Mais la position des prêtres, forçant de moyens pour faire effet sur un peuple détaché de la religion, est une explication bien plus simple.

Enfin les ministres du Polythéisme se laissent entraîner à l'imitation de la religion même qu'ils repoussent, croyant la combattre avec ses propres armes. L'un des malheurs et l'une des maladresses des vaincus, c'est qu'ils veulent conclure des victoires de leurs adversaires à la bonté de leurs moyens, et qu'ils s'imaginent pouvoir s'emparer de ces moyens, sans considérer que, pour la plupart, ils ne tirent leur force que de leur but.

Les apôtres du théisme marchent entourés d'incontestables miracles, parce qu'ils sont pleins d'une conviction inébranlable. Le Polythéisme leur oppose des prodiges factices, puérils, révoqués en doute, copies effacées de ceux qu'il imite. Les premiers ont pour eux le raisonnement et la foi. En dirigeant le raisonnement contre la cause ennemie, ils ne craignent pas de compromettre leur propre cause : cette cause sainte ne peut être compromise. Ainsi leur arme offensive est l'examen, et une persuasion intime et profonde est leur égide. Leurs antagonistes hésitent entre la raison qui les menace et un enthousiasme que fait pâlir l'enthousiasme de leurs adversaires. L'incrédulité n'est qu'un instrument perfide qui réagit contre eux, et précisément par ce qu'ils affirment eux-mêmes, ils sont timides à nier ce qui est affirmé par leurs ennemis.

Les partisans d'une religion naissante sont toujours des hommes de bonne foi. Les partisans d'une religion usée ne sont jamais que des apologistes plus ou moins habiles. On les croirait plus forts que les autres, parce qu'ils ont un motif de plus. Ils sont excités par

leur intérêt, tandis que les martyrs de l'opinion qui s'élève sont loin du moment où sa
victoire procurera des avantages personnels à
ses partisans. Mais le désintéressement est la
première des puissances, et lorsqu'il faut entraîner, persuader, convaincre, l'intérêt affaiblit au lieu de fortifier.

—

CHAPITRE VII.

Des philosophes auxiliaires du Polythéisme.

Malgré la tendance de la philosophie de
cette époque vers le théisme et l'empressement d'un assez grand nombre de philosophes à se rallier à cette opinion revêtue d'une
forme positive, d'autres hommes de la même
classe, non moins nombreux, non moins
éclairés, furent éloignés de cette doctrine par
le caractère exclusif et dogmatique, inséparable d'une religion nouvelle, et par son dédain
pour l'alliance et pour toutes les interprétations du Polythéisme. Les hommes, regardant les formes comme presque indifférentes,
ne concevaient guère la préférence accordée

à l'une d'elles : et plusieurs d'entre eux, ayant travaillé à l'épuration de la croyance antique par des interprétations subtiles, avaient pour elle un amour d'auteur.

La nouvelle forme de théisme qui se présentait, c'est-à-dire le christianisme, avait beaucoup d'affinité aux yeux des philosophes païens avec une secte philosophique. La doctrine originaire, enseignée par Jésus-Christ, reposait sur des vérités dont plusieurs sages antérieurs s'étaient rapprochés, et les commentaires des premiers pères de l'église sur cette doctrine se fondaient, à beaucoup d'égards, sur des argumens empruntés de la philosophie grecque. Or, les sectes de cette espèce étaient accoutumées de tout temps à se traiter avec une grande liberté ; mais le christianisme refusait de se soumettre à une discussion libre. Il tirait ses certitudes d'une toute autre source que les raisonnemens humains. Comme il s'était formé dans une secte juive, il regardait les livres sacrés des Hébreux comme le code et la règle, non seulement de la religion, mais de la sagesse en général. Les livres du Nouveau-Testament, base du christianisme en particulier, étaient aussi considérés comme

l'œuvre de Dieu, et comme tels étaient sous-
traits à la juridiction de la raison commune.
Cependant le christianisme prononçait sur
des questions qui avaient toujours paru être
du ressort de la philosophie, comme la création du monde, l'origine du mal, etc. Il était
donc inévitable que la doctrine chrétienne fût
attaquée par les philosophes païens, sur ceux
de ces points sur lesquels ils n'étaient pas
d'accord avec elle. Les païens en appelaient à
la raison, comme unique pierre de touche.
Les chrétiens soumettaient la raison à une révélation supérieure.

Les deux partis prirent le caractère que leur
position devait leur faire prendre. Les chrétiens se montrèrent intolérans et pleins de
mépris pour les lumières naturelles. Les païens
se servirent de l'arme du ridicule et de l'i-
ronie contre des hommes qui leur semblaient
avoir abdiqué le plus haut privilége de leur
nature.

Mais ni les uns ni les autres ne pouvaient
rester fidèles à ce point de départ, ou se
borner à l'usage des armes qui leur étaient
propres. Tout en défendant les prérogatives
de la raison, les philosophes païens reconnais-

saient des inspirations divines et miraculeuses, et ne pouvaient refuser de comprendre
le christianisme parmi les doctrines commu-
niquées à l'homme par cette voie. Les chrétiens, dont plusieurs avaient été adonnés à
la philosophie avant leur conversion, voulaient se servir des argumens qu'elle leur sug-
gérait, et répugnaient à abandonner les avantages et le déploiement de leur science. Il en
résulta que ce ne fut plus sur le fond de la
doctrine que les deux partis s'attaquèrent,
mais sur l'abus qu'ils s'accusèrent d'en faire
réciproquement. Les philosophes disaient aux
chrétiens que le fondateur de leur secte avait
été probablement inspiré; mais que ses adhérens l'avaient mal compris, et avaient surtout
glissé, de leur propre autorité, parmi ses préceptes, leur intolérance insensée et inexcu-
sable contre toutes les opinions différentes de
la leur. D'un autre côté, les chrétiens ne
niaient point qu'il n'y eût dans la philosophie
grecque et surtout platonicienne des vérités
importantes et divines; mais ils affirmaient
que les premiers philosophes grecs les avaient
empruntées des livres de Moïse, et reprochaient aux philosophes leurs contemporains,

de ne pas reconnaître cette origine. Ainsi les opinions en elles-mêmes étaient très voisines d'un amalgame, mais leurs défenseurs respectifs étaient les ennemis les plus acharnés.

Aussitôt que les philosophes avançaient une opinion opposée de quelque manière au christianisme, ils étaient en butte à l'indignation la plus violente et la plus injurieuse de la part des chrétiens, et dès lors l'amour-propre et tous les sentimens personnels devaient rendre la rupture inévitable. Plotin avait écrit contre les gnostiques, que l'on considérait comme une secte, plutôt philosophique que religieuse (1). Porphyre, en commentant et en défendant son maître, se trouva entraîné à attaquer quelques opinions du christianisme, et la guerre commença pour ne plus finir.

Il y avait un autre rapport sous lequel la philosophie et le christianisme ne pouvaient s'entendre. La philosophie considérait l'homme comme une partie du monde, dans lequel il existait; le christianisme déclarait l'homme le centre du monde, et le monde créé uni-

____

(1) Matter, *Histoire critique du Gnosticisme*, t. II. p. 462.

quement pour l'homme. Quelle présomption dans les chrétiens, disaient les philosophes, de prétendre que le ciel, la terre, les
astres, le monde entier s'abîmeront, et que
l'homme seul sera immortel (1)!

On ne peut nier que la manière de voir des
chrétiens ne fût plus noble, plus morale, plus
propre à remplir le cœur de chaleur et de vie
que la manière philosophique. Il est facile de
faire ressortir la petitesse de l'homme et l'immensité de l'univers. Mais si l'on place la grandeur de l'homme dans ce qui la constitue
réellement, dans son âme, dans son sentiment, dans sa pensée, toutes les déclamations
philosophiques s'évanouissent. Il y a plus de
grandenr dans une pensée fière, dans une
émotion profonde, dans un acte sublime de
dévoûment, que dans tout le mécanisme des
sphères célestes.

Quoique l'absence de tout culte extérieur
fût dans le fond un principe philosophique,
la circonstance faisait qu'au moment de l'apparition du christianisme, beaucoup de philosophes savaient mauvais gré aux chrétiens

____

(1) V. Cæcil. dans l'*Apologie de Minucius Felix*.

de se borner à une adoration et à une piété
toute intérieure. On attribuait à la décadence
de la religion tous les maux dont on était accablé. Les philosophes d'alors accusaient leurs
prédécesseurs d'avoir contribué à sa chute
par des notions trop abstraites. On voulait la
relever, lui donner de la vie, l'entourer d'é-
clat. Il est nécessaire, disait Plutarque, que
des hommes se consacrent spécialement au
culte des dieux ; qu'ils se distinguent par leurs
vêtemens, par leur retraite dans les temples,
par certaines cérémonies qu'ils y célèbrent et
qu'eux seuls peuvent célébrer, par des abstinences de certains alimens, qui entretiennent
l'opinion d'une pureté extraordinaire. Il eût
été plus facile aux chrétiens de s'entendre avec
Diogène ou Platon qu'avec Plutarque.

Les nouveaux platoniciens, de tous les philosophes les plus rapprochés du christianisme
par le fond de la doctrine, faisaient, comme
les chrétiens, la base de toute philosophie
d'une certaine révélation intérieure et extérieure ; mais ils entendaient par-là une action
multipliée, fréquente et continue de la Divinité sur l'homme, suivant ses besoins dans
chaque circonstance. La révélation chrétienne

n'était pas de cette espèce ; elle s'appuyait sur des miracles, mais elle ne faisait pas de ces miracles l'essentiel et le but de sa doctrine. Ces miracles n'étaient présentés que comme des preuves pour ceux qui avaient besoin de preuves de ce genre. Suivant les nouveaux platoniciens, l'homme devait être religieux pour avoir le droit de faire des miracles. Suivant les chrétiens, le droit de faire des miracles était conféré à quelques hommes pour rendre d'autres religieux. Suivant les premiers, si tous les hommes eussent été religieux, il y aurait eu perpétuellement des prodiges et des opérations surnaturelles. Suivant les seconds, dans le même cas, tout prodige et toute opération surnaturelle, devenant inutiles, auraient cessé. L'essentiel de la religion dans le christianisme consistait dans l'adoration de Dieu, dans les espérances d'un monde à venir et dans la morale. Le christianisme était donc beaucoup moins rempli de merveilleux que le nouveau platonisme, et il est très probable que c'était souvent comme trop raisonnable que les philosophes le rejetaient. L'anecdote de Julien avec Chrysanthe vient à l'appui de ceci.

En même temps les prêtres du Polythéisme courtisèrent l'alliance des philosophes, tandis que les chrétiens la dédaignaient. Une religion nouvelle donne à ceux mêmes de ses dogmes qui se rapprochent de la subtilité des écoles un caractère affirmatif. Le christianisme ne se prêtait donc à aucune transaction, tandis que le Polythéisme se pliait à toutes celles qui pouvaient flatter les opinions ou la vanité philosophique. Cette différence devait disposer beaucoup de philosophes à se ranger du côté du Polythéisme.

Mais l'alliance avec les philosophes, favorable en apparence à cette religion, achevait de la renverser.

Comme tous les esprits se ressentent toujours de l'impulsion générale, ces philosophes, remplis de l'idée d'un Dieu unique, tourmentaient le Polythéisme pour le rapprocher de l'unité : peu leur importait que ce rapprochement fût conforme aux principes fondamentaux de la croyance qu'ils condescendaient à protéger. On traite toujours lestement ceux que l'on assiste.

Les prêtres, reconnaissans de la tolérance accordée par les philosophes aux cérémonies

et aux rites extérieurs, consentent à toutes les
transformations, recueillent toutes les allégories, adoptent tous les raffinemens et toutes
les abstractions, ne réfléchissant point que,
par cette conduite, ils donnent au théisme un
grand avantage, puisqu'ils laissent répandre,
sur la religion qui lui est opposée, un vague,
une incertitude qui en détachent toujours plus
la masse du peuple. Toutes les abstractions,
tous les raffinemens ont pour le Polythéisme
cet inconvénient, qu'ils sont contraires à sa
nature, tandis qu'ils sont dans la nature du
théisme. Celui-ci combat avec ses propres
forces, l'autre avec des forces étrangères qui
doivent se retourner contre lui.

Ce n'est pas tout : par une révolution singulière, à cette époque, c'est le Polythéisme
qui est abstrait, et c'est le théisme qui parle
aux yeux, à l'imagination, à toute la partie
passionnée de l'homme.

Examinez les objections des apologistes du
Polythéisme contre la religion chrétienne.
Elles sont en grande partie dirigées contre ce
qui paraît trop matériel et trop peu abstrait.
Pourquoi Dieu a-t-il pris un corps ? Dieu
peut-il avoir une forme ? Pourquoi la résur-

rection des corps ? Pourquoi pas l'immortalité de l'âme comme esprit pur ? Les chrétiens
répondent : Parce que Dieu ne peut se montrer à l'homme que sous un corps, parce que
l'âme ne peut souffrir que par son union avec
le corps. On voit clairement la lutte de l'esprit
philosophique, qui a ôté toute forme à la religion, contre le sentiment religieux, qui veut
lui en rendre une. Mais on sent, par cela seul,
combien cet esprit philosophique est peu propre à défendre une croyance quelconque. Les
objections des apologistes du Polythéisme
frappaient le Polythéisme, qu'ils voulaient défendre, plus directement encore que le christianisme, qu'ils attaquaient.

Le langage de tous les hommes qui se pro-
posent de maintenir une religion, dont la vérité
ne leur est pas démontrée, est un mélange d'hésitation, de condescendance, d'aveux à demi
retraités, d'insinuations et d'équivoques, qui
aboutissent toujours à laisser apercevoir que
ces formes ou cette religion qu'ils recommandent ne sont que des appuis pour les faibles,
et que les forts peuvent s'en passer. Or, ces
apologistes se mettent au nombre des forts,
et l'on est mauvais missionnaire quand on

se place au-dessus de sa propre profession
de foi.

Le philosophe Thémiste, païen, recommandait la tolérance aux empereurs chrétiens
qui persécutaient les hérétiques. Dieu, disait-
il, a donné le penchant de la religion à toute
l'espèce humaine, mais il a laissé à chacun
sa volonté. Ce genre de culte, la différence
des modes d'adoration, entre dans la volonté
de la Providence. Elle contribue à entretenir
la vie et l'activité du sentiment religieux parmi
les hommes. Toutes les religions n'ont qu'un
but, mais la route qu'elles suivent est différente et doit l'être.

Rien n'est plus juste et plus respectable que
ces principes de tolérance ; mais professés par
des hommes qui recommandaient le maintien
de la religion ancienne et la pratique des cérémonies consacrées par l'usage, ces principes
tournaient contre cette cause.

En lisant le livre d'Origène contre Celse, il
est impossible de n'être pas frappé de la teinte
philosophique empreinte dans toutes les objections de Celse, auxquelles Origène répond.
Celse dit que l'homme ne doit rien admettre
que ce que la raison a examiné et approuvé.

La multitude , dit Origène, n'ayant pas le temps d'examiner, doit croire implicitement.

La plupart des objections de Celse sont des objections d'incrédule et non de païen, par exemple, celles sur l'origine du mal , sur l'incompréhensibilité de la nature divine. Il est vrai que Celse, épicurien, doit être regardé plutôt comme un ennemi du christianisme que comme un apologiste du Polythéisme ; mais il résultait des ouvrages des philosophes incrédules contre les chrétiens, que ces ouvrages n'affaiblissaient pas dans ceux-ci la foi que rien ne pouvait affaiblir ; ils achevaient de décréditer le Polythéisme dans l'esprit des païens.

On peut faire les mêmes observations sur le langage du défenseur du Polythéisme, dans le dialogue de Minucius Félix. Il commence par dire que tout est incertain , qu'il serait possible de supposer que le monde existe par lui-même sans l'intervention d'une Divinité. Il rappelle tous les argumens en faveur du hasard , pour conclure qu'il faut s'en tenir à la religion des ancêtres. Mais s'il se déclare pour les dieux contre les athées , on voit assez que c'est plutôt par politique que par conviction.

Ce qui est au-dessus de nous, dit-il, ne nous regarde pas : c'est un argument de scepticisme.

On ne peut enfin s'empêcher de remarquer la différence de style entre les païens philosophes, quoique apologistes du Polythéisme, et les premiers chrétiens, quand les uns et les autres parlent de Dieu. Combien est ferme la conviction de ceux-ci ! combien vacillante et incertaine toute la manière de ceux-là !

———

CHAPITRE VIII.

De Julien, comme représentant à la fois l'autorité des prêtres et des philosophes armés en faveur du Polythéisme.

MATÉRIAUX.

[En rédigeant ce chapitre, l'auteur, nous avons lieu de le croire, se serait rencontré fréquemment dans ses vues avec Neander (1).]

En rendant compte de lui-même, Julien dit (2) : Dès mon enfance, j'ai éprouvé un vio-

———

(1) Julian und sein Zeitalter. Petit vol. in-8°. J. M.
(2) *Hymn. in Sol.*

lent attrait pour l'éclat du Dieu du soleil. La vue de la lumière céleste me jetait si fort hors de moi que non seulement je m'efforçais de contempler le soleil, sans en détourner les yeux, mais que, dans des nuits claires et sans nuages, je sortais souvent, m'oubliant moi-même et ne contemplant que la beauté du firmament étoilé, sans entendre ce qu'on me disait; de sorte qu'on me regardait déjà comme un astrologue avant que j'eusse de la barbe. Cependant je n'avais jamais encore lu un livre d'astrologie, je ne savais pas même ce que c'était.

— Les prophéties en faveur de Julien purent même à son insu le disposer favorablement pour le paganisme. Libanius dit qu'il haïssait les dieux, jusqu'à ce que les prédictions qu'il apprit à son arrivée dans Nicomédie changèrent ses sentimens (1). Saint Augustin dit qu'un oracle grec qui s'était conservé jusqu'à son temps (2), annonçait que saint Pierre avait fait en sorte, par des moyens magiques, que le Christ devait être adoré pendant trois cent

----

(1) *In Panegyrico.*

(2) *Cité de Dieu*, liv. XVIII, ch. 53.

soixante-cinq ans, et qu'après cet espace de temps le christianisme devait périr.

— Une chose très remarquable, c'est l'esprit chrétien qui se montre dans toute la conduite de Julien, polythéiste, relativement aux dangers dont il était environné. Indécis sur le meilleur parti à prendre pour y échapper, il implore les dieux. Cependant la prière qu'il leur adresse n'est pas de le sauver, ni de lui donner des moyens de résister ; ce n'est aucune des prières païennes que l'esprit du Polythéisme inspire à ses sectateurs, mais il leur demande de lui donner la force de se résigner à leur volonté (1), et il raconte qu'ils l'exaucèrent ; que dès ce moment, il n'eut plus d'inquiétude, et qu'en effet il fut sauvé. Toute cette prière, cette manière de demander non telle ou telle chose en particulier, mais la force de se soumettre à ce qui arrivera, tout cela est du christianisme. C'est que l'esprit du christianisme était l'esprit dominant, et que Julien, en reprenant les formes du Polythéisme, n'avait pu en reprendre l'esprit qui n'existait plus (2).

---

(1) Julian, *Ep. ad Athen.*

(2) Matter, *Histoire universelle de l'Eglise chrétienne,* II. Constantin et Julien.

Libanius loue Julien de ce que, dans sa conviction, qu'une sagesse supérieure dirige les dieux, il gouvernait le monde d'après les règles de cette sagesse, n'attendant pas que les oracles le conseillassent, ne perdant pas son temps auprès des devins, mais se servant lui-même d'oracle et de Pythie (1) : c'est-à-dire, que Libanius fait honneur à Julien d'un mépris pour les oracles qui était contraire à l'esprit du Polythéisme qu'il voulait relever.

— Le discours d'Apollon à Julien (2), dans l'endroit où celui-ci raconte allégoriquement son histoire et ce qu'il regardait comme sa destination dans ce monde, a tout-à-fait un coloris chrétien, et finit par ces mots : Sache que ton corps ne t'a été donné que pour notre service ; souviens-toi que tu as une âme immortelle qui te vient de nous, et qu'en nous obéissant, tu deviendras un Dieu (un saint, car les dieux inférieurs dans la hiérarchie du Polythéisme platonisé occupaient à peu près ce rang) et que tu contempleras avec nous le père et le créateur de toutes choses.

---

(1) *In Panegyr.*
(3) *Orat.* VII.

— Pour juger du caractère de Julien, il faut connaître l'esprit du Polythéisme à l'époque où ce prince vivait. Sa théologie fut un résultat de ses efforts pour mettre la révélation intérieure de Dieu dans l'homme en relation avec les anciennes traditions et fables religieuses et le culte national, pour rendre à celui-ci la vie qu'il n'avait plus; pour donner à l'autre un sentiment religieux, individuel, quelque chose de fixe et d'indépendant de la fluctuation des conjectures humaines, et qui, s'appuyant sur un assentiment et une antiquité respectables, pût servir de point de réunion et de centre à toutes les nations.

— Nous avons montré dans Plotin le travail de la philosophie pour faire de ses notions abstraites une religion; mais, dans Plotin et dans ses disciples, cette religion est une pure théorie. Nous trouvons dans Julien la tentative de faire de cette théorie une pratique; il est donc intéressant de le suivre dans ses efforts.

— Julien était profondément convaincu qu'une loi éternelle avait imprimé dans l'âme de l'homme le sentiment de l'existence de quelque chose de divin. De cette source découlaient toutes les philosophies, conformes à la nature de l'homme : et elles étaient toutes d'accord sur ce point (1). En remontant à cette révélation intérieure, Julien reconnaissait l'unité de l'Etre Suprême (2). Il y a, disait-il, un maître de toutes choses, de la nature duquel tout est émané ; qu'on le nomme l'être incompréhensible au-dessus de toute raison, le prototype de tout ce qui existe, l'unité parfaite, le bien par excellence, c'est de lui que vient toute beauté, toute perfection, toute unité, toute force.

— Le théisme était donc la base de la doctrine de Julien, comme il devait être la base de toutes les doctrines de cette époque. Ce qui restait du Polythéisme ne consistait pas à méconnaître l'unité de la nature divine, mais à supposer que la relation du Dieu suprême avec l'homme n'était pas immédiate, et à remplir la distance, qui sépare l'un de l'autre, d'une foule d'êtres secondaires, en divisant et en personnifiant ainsi ce que le théisme rassemble dans l'idée d'un Dieu unique.

Julien admettait donc, comme le premier

______

(1) Neand. p. 105.
(2) Juliani, *Orat.* IV.

principe, comme l'Etre supérieur à tout et au-
-dessus de toute conception , le bien suprême,
qui , en se multipliant , sans apporter aucun
changement à son être , fait émaner de lui la
vie. Il plaçait cet être au plus haut échelon de
l'existence , tout-à-fait à part de la matière et
du temps. Immédiatement au-dessous de lui,
mais néanmoins contenues dans son essence,
étaient les divinités créatrices , indépendantes
aussi du temps et de l'espace , et qui avaient
créé le monde matériel qu'elles gouvernaient (1). Ces divinités agissaient sur le
monde matériel par leurs images vivantes
et éternelles , les astres. Les astres sont des
dieux , dit-il (2) , parce qu'ils sont les images
des dieux invisibles , suivant la nature particulière et l'action de chacun d'eux , qui
est manifestée dans chacun de ces astres.
Ainsi l'action de la vie divine se transmet
depuis le plus haut échelon de l'existence , à
travers les échelons intermédiaires , jusqu'au
plus bas. Ce qu'est pour le premier échelon

____

(1) *Orat.* IX.
(2) *Apud Cyrill.* contr. Jul.

de l'existence le bien suprême, qui fait émaner
de lui-même toute vie et qui en est le centre :
le dieu Hélios, manifestation et image de ce
bien suprême, l'est pour le second échelon,
en même temps qu'il lie cet échelon au premier. Enfin la manifestation et l'image du
dieu Hélios est le soleil visible, qui est dans
les mêmes relations avec le monde matériel,
lui donne la vie, lui sert de centre, et est
l'intermédiaire entre ce monde et les deux
sphères supérieures.

La cause première de toute existence, dit
Julien (1), a créé, à la tête de toutes les puissances spirituelles et productives, le grand
dieu Hélios, émané de lui, et qui est son
image. Ce que la cause première produit dans
la sphère la plus élevée, Hélios le produit dans
la seconde sphère. Le bien suprême a donné
à la première l'existence, la beauté, la perfection, l'unité. Hélios a donné de toutes ces
qualités la sphère à laquelle il préside.

Le troisième principe, qui est à la tête du
monde matériel, c'est ce globe éclatant qui
frappe tous les regards, et qui est la force or-

____

(1) *Orat.* IX.

donnatrice et conservatrice de tout l'univers visible.

— Julien se considérait comme sous la protection spéciale du dieu Hélios et comme destiné à relever le monde visible de la dégradation dans laquelle il était tombé, et à le remettre en communication avec les dieux invisibles par le rétablissement du culte.

—Julien ne pouvait se déguiser que son système était en opposition avec le Polythéisme tel qu'il avait existé, et même tel qu'il avait la volonté de le rétablir, et il s'épuisait en efforts pour rallier et pour faire disparaître cette opposition. Dans l'auteur suprême de toutes choses, disait-il, tout est unité, tout est perfection ; mais cette unité, cette perfection ne peuvent se conserver dans la création, où tout est partiel et morcelé. Des effets différens ne peuvent avoir été produits par une même cause : l'ensemble éternel et immuable indique par-là qu'il est l'ouvrage du créateur universel. Les choses matérielles, variables et passagères sont l'ouvrage des dieux inférieurs (1). Ces dieux inférieurs, ayant reçu

____

(1) Jul. *Ap. Cyrill.* lib. II.

du créateur des âmes douées d'immortalité, ont créé des hommes à leur image. Chaque nation est sous l'empire d'un dieu particulier, dont elle manifeste le caractère par son genre de vie, et qui a présidé aux institutions et aux lois qui la distinguent. On voit que Julien apportait ainsi comme preuve de la vérité du Polythéisme, ce qui, en effet, a été la cause du Polythéisme, les phénomènes discordans que l'homme, dans son ignorance, n'a pu attribuer à une seule volonté. Julien se servait ensuite de cette hypothèse pour inculquer le respect pour les traditions anciennes. J'évite, écrivait-il au grand-prêtre Théodore (1), les innovations en toutes choses, surtout dans celles qui regardent les dieux. Je crois qu'il faut observer les lois et les institutions primitives de chaque pays, parce que les dieux les ont données. Que quelques-uns, dit-il en parlant d'une ancienne tradition (2), parmi les hommes qui se prétendent plus sages que les autres, regardent cette tradition comme un conte puéril, j'aime mieux en croire nos an-

--

(1) *Ep.* 63.
(2) *Oratio* V.

cêtres que ces hommes présomptueux, qui ont sans doute un esprit subtil et délié, mais qui néanmoins ne sauraient parvenir à la vérité. Ces anciennes traditions renferment les plus sublimes doctrines divines sous une enveloppe mythologique ; car l'essence cachée des dieux ne se manifeste pas sans voile à des hommes qui ne sont pas purifiés. Les aïeux du genre humain, instruits par les dieux mêmes, enveloppèrent en conséquence la vérité sous des récits en apparence bizarres....... afin que le vulgaire tirât de ces récits l'utilité qui résulte pour les hommes de la simple connaissance des symboles, même lorsqu'ils en ignorent le sens mystérieux. Pour comprendre ceci, il faut savoir qu'on attribuait aux fables mythologiques une certaine force surnaturelle qui faisait que, sans que les hommes le sussent, elles produisaient les apparitions des dieux, et par-là étaient salutaires à l'âme et au corps.

Quant aux hommes éclairés, continue Julien, ce qu'il y a de bizarre et de contradictoire dans les fables doit les conduire à pressentir le sens plus élevé qu'elles renferment,

et à rechercher ce sens. C'est une assez ingénieuse excuse de l'absurdité des fables qu'on
ne pouvait plus excuser en elles-mêmes, et
il est remarquable qu'Origène se soit servi
du même argument en faveur de la Bible.
Elle contient, dit-il, plusieurs choses en apparence scandaleuses ou manifestement impossibles, mais qui sont destinées à engager
les sages à rechercher un sens plus profond (1).

Dans cette apologie des fables absurdes en
apparence, Julien trouvait une occasion de revenir à un principe purement philosophique,
et il en profitait. Les dieux, disait-il, en obligeant ainsi l'homme à exercer son intelligence sur les révélations qu'ils lui commu-
niquent, ont voulu lui faire sentir qu'il ne
pouvait parvenir à la connaissance des vérités
sublimes que par son activité personnelle, et
qu'il devait les découvrir, non par sa déférence et sa soumission en une opinion étrangère, mais par les efforts de sa propre raison (2). Julien disait ceci pour reprocher aux

----

(1) *De Principiis*, lib. IV.
(2) *Orat.* V et VII.

chrétiens leur foi implicite dont ils se faisaient un devoir ; mais il était en contradiction avec lui-même, puisqu'il prétendait qu'il fallait en croire les traditions des ancêtres, et qu'il appelait présomptueux et prétendus sages ceux qui révoquaient en doute ces traditions (1).

— Julien regardait comme la principale cause des progrès du christianisme l'indifférence des païens pour leur ancienne religion, suite de la corruption universelle, et de celle des prêtres en particulier, qui les avait fait tomber dans le mépris. Son but fut donc, pour relever et consolider la religion ancienne, de créer une espèce d'église du Polythéisme, qui, en tant que consacrée aux dieux, fût indépendante de l'état dans ses attributions ecclésiastiques, et devant lesquelles tout rang et toute pompe terrestre disparussent. Julien voulut prêcher d'exemple. Non seulement il prit le titre de grand pontife, comme les autres empereurs, mais il se glorifiait de la dignité sacerdotale, autant que de sa dignité impériale, et remplissait les devoirs de sa charge religieuse avec

____

(1) Ibidem.

non moins de zèle que ceux de sa charge politique (1).

— Comme ses affaires ne lui permettaient pas
de fréquenter tous les jours les temples hors du
palais, il consacra dans le palais même un temple au soleil, comme au Dieu sous la protection
particulière duquel il croyait être, et des autels
à tous les autres dieux : car ce qu'il désirait le
plus était d'être en communauté constante
avec les dieux et de commencer toutes ses en-
treprises sous leurs auspices, et après les avoir
adorés. Il offrait chaque jour un sacrifice au
soleil levant et au soleil couchant. Il déposait,
en s'approchant des autels, toutes les marques
de sa dignité. On le voyait préparer lui-même
tout ce qui était nécessaire pour les cérémonies
religieuses, porter l'eau, le bois, la flamme,
et enfin frapper la victime de sa propre main.

— Les progrès de la religion grecque ne sont
pas encore égaux à ce que je désire, écrivait-
il au grand-prêtre de Galatie, et c'est la faute
de ses ministres. On doit attribuer le changement qui s'est opéré en si peu de temps à la
puissance surnaturelle des dieux. Mais il ne

---

(1) Libanius, *Panégyrique de Julien.*

faut pas se borner là ; il faut travailler à détruire les causes qui ont favorisé l'irréligion. On y parviendra surtout en recevant avec hospitalité les étrangers, et en rendant avec scrupule les honneurs funèbres aux morts.

Les païens avaient déjà remarqué la bienfaisance et la fraternité des chrétiens, même envers les étrangers.

— Julien croyait que les chrétiens, qu'il regardait d'ailleurs comme dangereux pour l'empire, étaient les premiers punis de leurs erreurs, parce qu'ils étaient abandonnés des dieux et livrés à l'empire des démons qui leur inspiraient la haine et l'envie, vices étrangers aux dieux. De là, disait-il, cette rage avec laquelle ils blasphémaient les dieux, renversaient leurs autels, et se persécutaient entre eux pour des différences d'opinions ; de là l'ardeur avec laquelle plusieurs cherchaient les déserts, et fuyaient la société pour laquelle la nature a créé l'homme; de là les chaînes dont quelques-uns se chargeaient eux-mêmes (1). Julien fait ici probablement allusion aux macérations et aux supplices volontaires des anachorètes.

____

(1) Jul. *Ep. ad. Sac.*

— Les païens, dit Julien, doivent exercer réellement toutes les vertus dont les chrétiens cherchent à se donner l'apparence ; il charge en conséquence le grand-prêtre de Galatie de forcer tous les membres de l'ordre sacerdotal à mener une vie digne de leur état, où il lui ordonne de les destituer de leur charge. Aucun prêtre ne doit se montrer dans un théâtre, dans un lieu d'amusement profane, aucun ne doit exercer un métier ignoble. Il faut établir dans chaque ville des asyles pour les étrangers, de quelque pays et de quelque religion qu'ils soient. Il est honteux que l'on ne voie point de mendians chez les Juifs, et que les Galiléens (chrétiens) nourrissent non seulement leurs pauvres, mais ceux des païens, tandis que ces derniers ne se chargent pas même des leurs propres.

—Il y aura un parallèle curieux à faire entre la bonne foi de Julien, qui, voulant relever la religion, ne demandait pas mieux que d'abaisser devant les dieux sa dignité temporelle, et l'astuce de celui qui, en feignant de la relever, s'est hâtée de l'avilir pour ne rien avoir à en craindre.

— Julien cherche à prouver que la bienfaisance et la charité ne sont pas des caractères

particuliers au christianisme. Il cite, pour
prouver qu'ils appartiennent au Polythéisme
grec, la maxime d'Homère, que tous les étrangers et les pauvres sont sous la protection de
Jupiter, et les surnoms de ce Dieu comme
hospitalier, protecteur des supplians, etc.
Et quelle contradiction n'est-ce pas, s'écrie-t-
il, d'offrir des sacrifices à un Dieu et d'agir
contre sa volonté! Cependant ce n'est pas la
faute de la religion, c'est le tort de ceux qui la
professent, si ces derniers agissent contre ses
préceptes, trahissent et déshonorent les dieux.

— Les prêtres, ajoute Julien, doivent maintenir leur dignité qui est au-dessus de toute
pompe terrestre; ils doivent ne s'abaisser
jamais devant les employés publics, leur écrire
plutôt qu'aller chez eux. Quand les gouverneurs ou autres administrateurs de l'état font
leur entrée dans les villes, les prêtres ne doivent pas aller au-devant d'eux. Aucun soldat
ne doit accompagner les premiers dans le
sanctuaire; car, quiconque passe le seuil sacré, de quelque puissance qu'il soit dailleurs
revêtu, n'est plus qu'un particulier dans l'intérieur du temple.

— C'est une chose très remarquable que de
Tome II.   19

voir la puissance temporelle travailler ainsi et travailler inutilement à relever le pouvoir spirituel, tandis qu'à d'autres époques, on voit des efforts redoublés, en sens contraire, être également infructueux : tant la marche nécessaire de l'esprit humain est plus forte que les volontés des hommes.

— Il faut honorer les prêtres, dit Julien, comme des serviteurs des dieux, des médiateurs entre les dieux et les hommes. Ils nous transmettent les dons des premiers ; ils sacrifient, ils prient pour nous ; il ne leur est donc pas dû moins de respect qu'à ceux qui sont à la tête des états. Julien voulait qu'on les honorât, indépendamment de leur mérite personnel (1).

—Comme grand-pontife, il frappa une fois d'excommunication un employé civil qui avait outragé un prêtre. Lors même, lui écrivait-il, que le sacerdoce est occupé par un homme qui en est indigne, on doit néanmoins ménager cet homme, jusqu'à ce que, son indignité étant reconnue, on l'ait exclu du service des dieux. Tu as prouvé que tu ne savais pas distinguer entre l'individu et le prêtre, puisque tu as in-

____

(1) Juliani *Opp. Passim.*

sulté celui devant lequel tu aurais dû te lever
de ton siége; et puisque, d'après les lois de
l'état, je suis grand-pontife, je t'exclus pour
trois mois de toute participation aux cérémonies du culte: Si pendant ce temps tu en pa-
rais plus digne, et que le grand-prêtre de la
ville m'écrive favorablement sur toi, je deman-
derai aux dieux si tu mérites d'y participer de
nouveau.

—Julien emprunta des chrétiens plusieurs
autres institutions qu'il voulut transplanter
dans le Polythéime. Il voulut combiner, avec
l'ancienne religion, la culture intellectuelle
et morale du peuple, en mettant les prêtres
à la tête de toutes les écoles, à l'exemple des
prêtres chétiens. Comme ceux-ci expliquaient
les dogmes du christianisme, les prêtres
établis par Julien, durent expliquer les traditions ou fables mythologiques, suivant un
sens philosophique et moral.

—Julien s'efforça de plus de rétablir, entre
la religion et l'état, la liaison intime qui avait
existé dans l'ancienne Rome. Il se faisait représenter dans ses statues, recevant des mains de
Jupiter la couronne et la pourpre ; Mercure
et Mars, le regardant avec des yeux favorables,

en sa double qualité de philosophe et de
guerrier (1). Sur les monnaies on le voyait
près d'un autel, avec un taureau qu'il se pré-
parait à immoler (2). Lorsqu'il distribuait à
ses soldats les gratifications d'usage, le Do-
nativum, il y avait, sur la place où se faisait la
distribution, un autel, et chacun de ceux qui
avaient part à ses dons, devait y jeter quelques
grains d'encens en l'honneur des dieux (3).

— Julien attribuait la chute des arts et des
lettres à la religion.

— Sous tous les rapports, Julien était un
partisan des anciennes formes; il les considérait
comme intimement liées avec la religion et les
lumières. Il attribuait la décadence de ces
choses à la grossièreté qui devait se réintroduire par la chute de la religion qui, la première, avait tiré les hommes d'une grossièreté
pareille (4). Il assignait la même cause à la
chute de la liberté. C'est en cessant de regarder les dieux seuls comme leurs maîtres, di-

---

(1) Sozomène, Hist. ecclés. V. 17.
(2) Socrat. III. 17.
(3) Gregor. *Orat.* p. 69.
(4) Juliani *Opp. Passim.*

sait-il, que les hommes sont devenus les esclaves d'autres hommes. C'est pourquoi il s'efforçait de réintroduire les formes républicaines. Il ne faisait plus, comme les derniers empereurs, venir le sénat dans son palais, mais allait au sénat prendre sa place parmi les autres membres, y parlait comme sénateur, et permettait une libre discussion (1) : efforts inutiles ; il voulait rétablir des formes mortes avec des instrumens usés !

— Comme administrateur et grand-prêtre de l'empire, il se considérait comme obligé de pourvoir au rétablissement de toutes les religions nationales quelconques ; car chacune, selon les principes du Polythéisme, était bonne en elle-même. Aussi Julien honorait le judaïsme comme religion nationale (2).

— Julien sacrifia seul à Antioche, en public, au milieu d'un torrent de pluie, pour demander aux dieux de préserver la ville de la disette (3).

______

(1) Libanius in panegyr.
(2) Lib. πρεσβευτ.
(3) Ibid.

LIVRE XVIII.

DE LA CHUTE DU POLYTHÉISME.

—

CHAPITRE I.

Que la chute du Polythéisme est nécessaire et inévitable.

DÉFENDU violemment, mais avec maladresse par l'autorité, scandaleusement et sans conviction par les prêtres, faiblement et avec indécision par les philosophes qui se dévouent à sa cause, le Polythéisme doit succomber.

Il n'est pas dans les limites de notre ouvrage, de rechercher comment le théisme, une fois adopté par la portion la plus éclairée de l'espèce humaine, pénètre ensuite chez les peuples moins avancés dans la civilisation. C'est aux historiens à raconter les effets partiels de la cause générale. Nous dirons seulement que chaque révolution de cette nature qui s'est opérée nous paraît confirmer les principes que nous avons établis. Plus l'intelligence de l'homme avait fait de progrès , plus la transition a été facile, et plus le triomphe du théisme a été complet.

En Arabie, le génie d'un seul homme, frappé de l'exemple des nations voisines et s'élevant tout à coup à leur niveau, devança ses compatriotes, et franchit un intervalle de plusieurs siècles pour leur imposer un système auquel ils ne seraient arrivés sans lui que long-temps après. Aussi la conquête fut-elle nécessaire (1). Moins les hommes sont préparés aux opinions qu'on leur présente, plus il faut de violence pour les leur faire adopter.

Charlemagne imposa le théïsme aux Saxons de la même manière que Mahomet aux Arabes. La contrainte, là aussi, fut nécessaire. Il fallut des torrens de sang pour faire triompher la même croyance dont les empereurs romains n'avaient pu empêcher les progrès : tant il est certain que la véritable force est dans la proportion des opinions avec le reste des idées, et que cette proportion rend tantôt superflus,

____

(1) Mahomet fit massacrer en sa présence sept cents juifs prisonniers et désarmés. GIBBON, ch. 45.

tantôt inutiles, les édits, les lois, les armées
et les bourreaux.

Nous pourrions ajouter qu'aussi long-temps
que cette proportion n'existe pas, le triomphe
des opinions est moins réel qu'apparent. Nous
avons eu occasion de dire ailleurs que le
théisme des peuples du Nord fut long-temps
mêlé de Polythéisme ; et les relations des
voyageurs nous apprennent que les Kirguises,
les Baschkires, les Turalinzes et d'autres tribus
presque sauvages, que le hasard fit tomber
d'abord sous la domination des mahométans,
et qui furent convertis ainsi de force au ma-
hométisme, adorèrent, durant plusieurs générations, le soleil et leur sfétiches à côté du
dieu unique de Mahomet (1).

—

CHAPITRE II.

Que la chute du Polythéisme est définitive.

Quelques philosophes semblent disposés à
croire que l'espèce humaine parcourt un cercle

---

(1) Rytschows Orenburgische Topographie, 347-
356.—Georgi, Russische Voelkersch. p. 114, 184, 223.

d'opinions, et peut de la sorte se trouver reportée successivement vers toutes les formes de croyance religieuse. C'est une erreur. L'homme ne rétrograde sous aucun rapport, et, dans la religion comme dans tout ce qui tient à la pensée, il est impossible de lui imprimer une impulsion différente de l'impulsion progressive.

Les mêmes causes qui l'ont conduit à l'idée d'un Dieu unique rendent son retour vers le Polythéisme impossible. Il ne faut pas prendre pour des pas en arrière et dans la direction du Polythéisme, quelques superstitions qui placent sous le théisme des intermédiaires et des génies inférieurs.

Le Polythéisme repose sur l'ignorance des causes physiques aussi long-temps que ces causes sont inconnues à l'homme, et lui semblent discordantes. Il peut imaginer des êtres puissans, des volontés divisées ; mais l'observation de la nature lui apprend enfin que tout est soumis à des lois immuables. Alors la nature physique est soumise à l'action des dieux. Le Polythéisme perd dès lors son plus ferme appui ; la morale y pénètre. Mais cette association de la religion avec la morale, association qui est dans les penchans de l'homme, ne s'accorde qu'imparfaitement avec les principes du Polythéisme, et ne compose point sa véritable puissance. Elle pousse au contraire l'homme vers le théisme, en l'obligeant à introduire dans le mode d'existence de ses dieux des changemens successifs qui sapent le Polythéisme par degrés. La religion, considérée comme une protection de plus accordée à la morale, tend à l'unité, parce que cette protection est d'autant plus efficace et constante que la volonté divine est une et invariable.

Aussitôt donc que la connaissance des règles de la nature physique rend superflue et même inadmissible l'intervention journalière des êtres surnaturels, la chute du Polythéisme est infaillible et son règne est fini pour jamais.

Quelques apparences de retour au Polythéisme, dans quelques superstitions subalternes, après l'établissement du théisme, ont fait croire à des hommes éclairés que l'esprit humain suivait une route circulaire ; mais, l'idée d'un Dieu unique et suprême faisant la base de la religion dans le théisme, l'adoration des êtres intermédiaires n'est jamais un véritable Polythéisme. On se tromperait, en croyant que l'idée d'un Dieu unique et suprême existait également dans le Polythéisme, puisqu'il y avait un maître des dieux. Même dans les religions sacerdotales, où l'autorité de ce maître des dieux est beaucoup plus étendue que dans le Polythéisme indépendant, la différence entre lui et les autres divinités est d'une tout autre nature que l'intervalle immense qui sépare le Dieu suprême du théisme de ses créatures, quelque rang qu'elles occupent.

Si, dans le Polythéisme, on trouve quelquefois des expressions qui semblent mettre le maître des dieux hors de toute proportion avec les divinités inférieures, ce n'est pas une doctrine du Polythéisme; mais tantôt un effet du langage des prêtres, qui travaillent toujours à donner de chaque divinité les idées les plus vastes et à réunir dans chacune le plus d'attributs qu'il leur est possible; tantôt un effet de la tendance de quelques têtes philosophiques vers le théisme

Les retours apparens vers le Polythéisme, que l'on remarque après l'établissement du théisme, sont de même un effet de quelque disproportion partielle qui existe encore entre les lumières des peuples et la pureté du théisme. Les prêtres du théisme cherchent à en profiter comme ceux du Polythéisme cherchaient à profiter de la tendance de l'esprit humain vers le théisme.

C'est ainsi qu'on pourrait regarder comme une espèce de retour au Polythéisme la démonologie adoptée par plusieurs pères de l'église, et manifestement empruntée des païens jusque dans ses expressions (1).

Il est à remarquer que plus les hommes s'éloignent de l'époque où ils ont passé du Polythéisme au théisme, plus les prêtres favori-

---

(1) Ainsi, dans un passage de Denis l'Aréopagite (*De cælest. Hierarch.* I. 4), les anges sont décrits précisément comme Platon peint les démons dans le banquet, et dans un endroit de saint Basile (*Eunomium*, III. p. 272), il est dit que chaque fidèle a un ange gardien, comme instituteur (παιδαγωγος) et comme pasteur (νομευς), paroles qui rappellent celles de Platon sur les pasteurs ou anges gardiens parmi les démons, et celles de Sénèque (*Ep.* 101), où il est dit que chaque homme a un Dieu pour instituteur. (CREUZER, SYMBOLIK, II. 87-88).

sent hardiment les retours passagers de l'esprit humain vers quelques usages ou quelques notions du Polythéisme, parce qu'ils ne redoutent plus un rival tout-à-fait anéanti. C'est pour cela que l'on voit les chrétiens qui, dans les premiers siècles, repoussaient tout ce qui pouvait rappeler le paganisme, devenir moins ombrageux, à mesure que l'empire du christianisme se consolide, et recevoir, tolérer ou consacrer même des pratiques que naguère ils déclaraient idolâtres, sacriléges et impies.

Une observation du même genre se reproduit relativement aux prêtres du Polythéisme, à l'époque où la tendance vers le théisme était encore tout-à-fait inaperçue, ou du moins où nul ne prévoyait le résultat de cette tendance. Ils la favorisaient dans leurs mystères, beaucoup plus hardiment qu'ils ne le firent depuis, parce qu'ils ne se défiaient point d'un rival, dont rien ne leur annonçait la force à venir. Nous avons montré qu'il était impossible de se faire, sur les opinions qui s'introduisirent successivement dans les mystères, une chronologie régulière et démontrée. Mais nous serions tentés de croire que la doctrine du panthéisme fut de plus en plus admise et enseignée, à mesure que les prêtres furent plus frappés du danger dont la religion populaire était menacée par les diverses espèces de théisme entre lesquelles les philosophes se partageaient. Sans doute le panthéisme n'est dans le fond pas plus favorable au Polythéisme. Mais il a cet avantage aux yeux du sacerdoce, qu'il ne peut pas devenir une religion ; il n'est fait que pour les esprits philosophiques. Par-là même il tolère plus facilement que le théisme les formes polythéistiques, et il y a quelque chose de séduisant, pour l'imagination et la vanité, à permettre au peuple de diviniser et d'adorer les diverses parties du grand tout, que le sage reconnaît comme seule divinité ou plutôt seule substance. Le théisme, au contraire, est pour le Polythéisme un ennemi irréconciliable. Il faut d'ailleurs considérer que les prêtres de cette dernière croyance ne choisissent le panthéisme que comme pis-aller, comme le moindre de deux dangers imminens. Cette observation est la clef de beaucoup de choses que les prêtres des deux religions ont successivement enseignées.

CHAPITRE III.

De la supériorité du Théisme sur le Polythéisme.

De toutes les révolutions qui ont eu lieu dans les conceptions de l'esprit humain, l'une des plus importantes, indubitablement, est le passage du Polythéisme au théisme. Ce passage a sans doute occasioné, comme toutes les grandes révolutions, une lutte violente, et et par-là même de grands maux, dont plusieurs se sont prolongés long-temps après que la révolution était consommée.

L'intolérance qui, durant le règne du Polythéisme, paraissait une exception à ses principes fondamentaux, est devenue, pendant long-temps, l'esprit permanent du théisme. Le sacerdoce s'est arrogé une autorité illimitée sur les peuples mêmes qui avaient auparavant échappé à son despotisme; la morale a été corrompue et dégradée ; les facultés de l'esprit ont été condamnées à rester immobiles, et n'ont reconquis, nous ne disons pas leur indépendance qui leur a toujours été disputée, mais le droit d'exister, qu'à travers une persécu-

tion dont les hommes les plus courageux et
les plus éclairés de chaque siècle ont été victimes.

L'on ne peut hésiter cependant à reconnaître , dans le passage du Polythéisme au
théisme , un pas de l'intelligence ; et , ne
fût-ce que, sous ce rapport, nous devrions
déjà le regarder comme ayant préparé une
époque d'amélioration et de bonheur pour les
hommes.

La transition du Polythéisme au théisme
était nécessaire ; elle était conforme à la marche
des idées. Toutes les découvertes , toutes les
méditations étaient dans ce sens: Le Polythéisme , en opposition avec toutes les lumières contemporaines , n'aurait pu se perpétuer qu'en réprimant toutes les vérités déjà
connues, en étouffant toutes celles qui étaient
prêtes à éclore , en un mot, en bravant l'opinion. Or toute autorité , toute doctrine , qui,
loin d'avoir l'opinion pour appui , l'a pour
ennemie , est condamnée à gouverner tyran-
niquement pour obtenir une prolongation qui
n'est jamais que momentanée.

Mais, indépendamment de ces considérations, le théisme lui-même vaut mieux in-

trinsèquement que le Polythéisme, en ce qu'il dégage davantage le caractère de son dieu de l'égoïsme inséparable du caractère des dieux du Polythéisme.

Les prêtres font sans doute ce qu'ils peuvent pour enlever au théisme cette supériorité. Forcés de retrancher, des attributs de l'être qu'ils présentent à l'adoration des hommes, plusieurs des passions que le Polythéisme prête à ses dieux, ils inventent des passions nouvelles, qui n'en sont que plus redoutables et plus malfaisantes. Nous avons vu plus d'une fois la gloire et la volonté de Dieu peser sur les hommes avec autant et plus de vigueur que les haines, les menaces et l'avidité des habitans de l'antique Olympe.

En effet, lorsque les prêtres parviennent à se rendre maîtres du théisme et à le façonner à leur gré, il est plus favorable à leur puissance que le Polythéisme. Celui-ci laisse toujours quelque chose au-dessus de l'autorité sacerdotale, parce qu'il suppose toujours quelque chose au-dessus de chaque dieu : ce sont tantôt la destinée, tantôt la morale, tantôt l'opinion des autres dieux réunis. Un théisme qui correspondrait au Polythéisme

Tome II.   20

sacerdotal envelopperait, au contraire, encore
plus étroitement toutes les parties de l'existence humaine. Un pouvoir sans bornes, une
volonté unique, la règle du bien et du mal
placée dans cette volonté seule, et la connaissance de cette volonté réservée exclusivement
à une corporation privilégiée, sont les élémens d'un despotisme bien plus fortement
constitué que celui qui ne repose que sur des
volontés discordantes et sur une puissance
partagée entre plusieurs.

Mais ce dieu du théisme finit par échapper
à ses prêtres, et, lors même que l'homme
continue à le considérer comme un être pareil
à lui, c'est-à-dire lors même que le théisme
est encore déchu de sa pureté naturelle, il
commence néanmoins à environner ce dieu
d'affections plus douces et plus désintéressées.

Le théisme, dans la plupart de ses formes imparfaites, a l'inconvénient de jeter la morale
dans la dépendance de la religion et de la
placer par-là dans celle du sacerdoce. Nous
avons plus d'une fois fait ressortir avec assez
de force cet immense danger. Mais, d'un
autre côté, le théisme a l'avantage de répandre
sur la morale beaucoup plus de charme et de

sensibilité que le Polythéisme. Les hommes
ne sont plus divisés en peuplades protégées
par différentes divinités, et entre lesquelles il
n'existe aucun lien commun. Adorateurs du
même dieu, tous ont envers tous les mêmes
devoirs. L'on pourrait montrer, même dans
les religions qui ont fait un grand mal à la
morale, en plaçant auprès de ses règles immuables des obligations arbitraires et des vertus factices, l'on pourrait, disons-nous, montrer, même dans ces religions, que, toutes
les fois que leurs sectateurs s'élevaient, soit
par la supériorité de leur esprit, soit par la
douceur de leur âme, au-dessus de la direction vicieuse imprimée au théisme par le sacerdoce, leur humanité avait quelque chose
de tendre, de dévoué, de fraternel, dont on
n'aperçoit aucun exemple dans la morale des
nations anciennes.

Le mérite qu'on a, de nos jours, attribué
au Polythéisme par-dessus le théisme, relativement à la tolérance, se restreint au Polythéisme indépendant. Le Polythéisme sacerdotal est souvent aussi intolérant que le
théisme. Juvénal a immortalisé les fureurs
des Tentyrites et des Ombites les uns contre

les autres, et Plutarque, les guerres que se faisaient les habitans d'Oxyrinque et de Cynopolis, jusqu'à ce que les Romains les eussent forcés à la paix. Aux Indes, les adorateurs de Wishnou et ceux de Schiva se détestent. Ce sont donc plutôt les prêtres que le théisme qu'il faut accuser d'intolérance, puisque le Polythéisme, soumis aux prêtres, n'en est pas exempt.

La tolérance que l'on vante dans le Polythéisme ne reposait point sur le respect que la société doit aux opinions des individus. Les peuples qui professaient le Polythéisme, tolérans qu'ils étaient les uns envers les autres, comme corps de nations, n'en méconnaissaient pas moins ce principe éternel, seule base de toute tolérance éclairée, que chacun a le droit d'adorer son dieu de la manière qui lui semble la meilleure.

Les citoyens étaient au contraire tenus de se conformer au culte de la cité. Ils n'avaient pas la liberté d'adopter un culte étranger, bien que ce culte fût autorisé, dans la cité même, pour les étrangers qui le pratiquaient. L'indépendance de la pensée et celle du sentiment religieux ne gagnaient donc rien à la tolérance du Polythéisme. Nul doute néanmoins que cette tolérance ne fût préférable à l'esprit implacable et persécuteur qu'on a vu s'introduire dans le théisme quand le sacerdoce s'en était emparé ; cependant cet esprit était inhérent, non pas au théisme, mais au sacerdoce. Affranchissez le théisme de tout ascendant sacerdotal, l'intolérance disparaît aussitôt ; le Dieu suprême , toute bonté, tout amour, ne reproche point à ses créatures les efforts qu'elles font pour le servir avec plus de zèle. Leurs erreurs ne peuvent exciter que sa pitié ; tous les hommages lui sont également agréables , quand les intentions sont également pures. Ce n'est que dans le théisme , ainsi conçu, que peut exister la vraie tolérance.

L'intolérance qui s'est glissée dans le Polythéisme est un anthropomorphisme grossier, tout-à-fait contraire aux idées sublimes et pures que le théisme nous donne de Dieu. Cet anthropomorphisme prête à l'Etre infini la vanité inquiète , ombrageuse et irritable qui naît en l'homme de sa faiblesse. Dieu paraît alarmé sans cesse sur sa propre gloire, sur sa propre puissance , et cherchant à se convaincre , par une exigence continuelle et minutieuse , que l'homme ne lui dispute pas sa sprématie. L'idée de la tyrannie sur la terre se transporte à l'homme redoutable que l'anthropomorphisme place au haut des cieux.

Cet anthropomorphisme a représenté Dieu comme irrité, pour son propre compte, de toute négligence ou déviation dans le culte. C'était rabaisser l'Etre infini au niveau des hommes ; c'était transporter dans le séjour céleste une imitation des coutumes de la terre ; c'était représenter Dieu comme un prince , comme un homme au-dessus des autres , plus puissant, plus redouté , mais de même nature. Nous sommes loin de vouloir rejeter l'établissement d'un culte extérieur. L'homme a besoin qu'une institution imposante lui retrace ses rapports avec la Divinité ; mais il ne faut pas perdre de vue que c'est pour l'homme et non pour la Divinité que le culte est nécessaire ; et qu'un culte ne mérite la préférence qu'autant qu'il est plus propre que les autres à élever l'homme jusqu'à l'auteur de son être, c'est-à-dire à donner au sentiment religieux la plus grande chaleur et le plus grand développement possibles. Mais un culte ne peut produire cet effet salutaire que lorsqu'il est pratiqué par conviction. Assigner une autre cause de préférence pour un culte, c'est réintroduire dans le théisme des idées qui n'étaient admissibles que dans le Polythéisme. Les dieux du Polythéisme trouvaient un plaisir physique dans les sacrifices, et leur vanité, formée à l'instar de celle des hommes, jouissait des hommages qui leur étaient rendus. Aucune de ces hypothèses n'est applicable au théisme.

Le théisme a enfin sur le Polythéisme cette incontestable supériorité, qu'il jette dans l'esprit de l'homme je ne sais quelle idée, ou plutôt quelle sensation de l'infini. Cette idée, cette sensation est plus favorable à la morale que toute doctrine fixe, dogmatique et positive. L'absence de bornes appliquée à nos sentimens et à nos pensées, est ce qui tend le plus à épurer les uns et à élever les autres. Toutes les passions généreuses reposent sur cette notion, même quand elle est inaperçue. L'amour n'est anobli, l'amour n'est épuré que parce qu'aussi long-temps qu'il dure, il croit ne devoir pas finir.

Les avantages du théisme appartiennent à

sa nature, les inconvéniens aux circonstances ; les avantages que le Polythéisme pouvait avoir appartiennent au contraire aux circonstances , les inconvéniens à sa nature. Les avantages du Polythéisme diminuent à mesure que l'esprit humain s'éclaire ; les progrès de l'esprit humain doivent aboutir à la destruction du Polythéisme ; et , s'il pouvait se maintenir malgré ces progrès , il deviendrait funeste. Mais plus l'esprit humain se perfectionne, plus les résultats du théisme doivent être heureux.

CHAPITRE IV.

Considérations sur la marche du théisme après son établissement.

Le théisme est soumis à une loi de progression comme le Polythéisme. Nous avons vu cette loi de progression faire du Polythéisme une croyance imposante, salutaire, favorable à la morale. Elle n'a pas le même travail à faire sur le théisme qui, plus pur et plus élevé dans sa doctrine , n'a besoin que

d'être maintenu dans sa pureté primitive.
Mais comme l'imperfection humaine tend à
s'en faire déchoir, il faut que l'esprit humain
répare ses propres fautes.

On peut diviser l'histoire du Polythéisme
en trois grandes époques : 1° le Polythéisme
grossier, matériel, sans liaison nécessaire avec
la morale ; 2° le Polythéisme uni à la morale
et rafiné par la spiritualité ; 3° la période philosophique, où la raison, méditant sur la
forme religieuse prépare sa chute, bien que
le culte extérieur conserve ses dehors antiques
consacrés par l'habitude.

Il n'y a pas dans le théisme d'époque correspondante à la première époque du Polythéisme. On pourrait bien trouver chez les
Hébreux, en confondant avec la doctrine de
Moïse les notions toujours inférieures du peuple juif, un théisme matériel, dans lequel un
Dieu unique, mais pareil à l'homme, gouver-
nerait sa tribu choisie, comme un roi gouverne son peuple par des lois positives, de
circonstance et d'une application particulière.
Mais les Hébreux sont, comme nous l'avons
déjà souvent observé, dans une catégorie à
part, ce qui ne permet pas de tirer de leur

histoire des règles générales. Le théisme ne leur était pas naturel, il était en opposition avec leur période de la civilisation, et la grossièreté de quelques-unes de leurs notions populaires, tandis que la doctrine qui leur était enseignée était pure et sublime, fut un résultat de ce contraste.

La première époque du théisme, lorsqu'il se présente à l'homme par les progrès naturels de son esprit, loin d'être matérielle et grossière, comme celle du Polythéisme, est de la plus haute spiritualité. Le théisme se montre d'autant plus épuré, qu'il s'est enrichi des méditations des philosophes durant la décadence du Polythéisme, et il ne diffère de leurs systèmes les plus sublimes, que parce qu'il écarte la discussion et le doute, qu'il affirme au lieu de raisonner, et qu'il revêt en conséquence une forme plus positive que les doctrines philosophiques. Dans le théisme, il n'y a point de pouvoir sacerdotal, tous sont inspirés, tous parlent au nom de Dieu.

Dans la seconde époque, le pouvoir sacerdotal se constitue comme à la seconde époque du Polythéisme grec, après la période homérique; la communauté d'inspiration cesse; le sacerdoce devient momentanément plus puissant qu'il ne le fut jamais, même dans le Polythéisme sacerdotal. Alors les prêtres introduisent dans le théisme une foule d'opinions et d'usages que nous avons remarqués dans cette dernière espèce de Polythéisme.

Mais, dans la troisième époque, quand, par cet ascendant du sacerdoce, le théisme est devenu un anthropomorphisme qui ne s'écarte du Polythéisme qu'en ce qu'il rassemble sur un seul être toutes les qualités distribuées auparavant entre plusieurs divinités, la philosophie pénètre dans le théisme défiguré, et y fait un travail à peu près analogue à celui de la philosophie grecque sur le Polythéisme. Le résultat de ce travail est aussi à peu près le même.

Il arrive aux philosophes, sous le théisme dogmatique, ce qui était arrivé aux philosophes sous le Polythéisme : ils cherchent d'abord à concilier leurs opinions avec la religion populaire, mais ils sont bientôt entraînés, comme les philosophes grecs, au-delà de cette ligne et la persécution y contribue.

La marche des idées influe aussi sur les défenseurs du théisme dogmatique, comme nous l'avons vue influer sur les défenseurs du Polythéisme. Assurément Bossuet, qui combattait avec tant de véhémence pour le sens littéral des livres juifs, avait, sur la nature de Dieu et ses relations avec l'homme, des notions très différentes de celles que les livres juifs, pris littéralement, en suggèrent.

Ainsi, le moment de l'incrédulité arrivé, les efforts des prêtres, pour défendre la forme anthropomorphique du théisme, sont aussi inutiles que ceux des prêtres du Polythéisme, à l'époque correspondante de cette croyance. La religion paraît de nouveau être détruite, mais, pendant la lutte même, le sentiment religieux essaie diverses formes.

On voit paraître un théisme mystique, qui ne prend pas une forme extérieure marquée, qui reste même soumis en apparence au théisme dogmatique, mais qui néanmoins le met souvent en lutte avec lui, en réclamant, non pas l'indépendance de la pensée, mais une sorte d'indépendance de sentiment.

Enfin la grande révolution doit s'opérer; mais, bien que cette révolution soit le pendant de celle qui consomma la chute du Polythéisme, ce n'est pas à la chute du théisme

qu'elle peut jamais aboutir. De même que,
dans la destruction du Polythéisme, rien ne
fut détruit que ce qui ne s'accordait plus avec
les lumières que l'esprit avait acquises et l'é-
puration que le sentiment avait subie, de
même rien n'est détruit dans le théisme, que
ce que l'imperfection de la nature humaine y
avait ajouté. On voit disparaître le pouvoir op-
pressif des corporations, les principes injustes
de l'intolérance, les notions étroites qui ra-
baissent la religion au rang d'un trafic, ou
qui attachent à des pratiques minutieuses une
importance exagérée, mais le fond survit à
cette destruction des formes, et l'homme a
de nouveau fait un pas immense vers l'ano-
blissement de sa nature et vers son éternelle
destinée.

—

CHAPITRE V.

*Dernières réflexions sur les rapports de la reli-
gion avec l'homme.*

MATÉRIAUX.

Nous avons décrit, avec le plus d'exac-

titude et de clarté qu'il nous a été possible,
l'histoire des opinions de l'homme durant un
long période des sociétés humaines ; essayons
de tirer maintenant un résultat des faits nombreux et variés qui se sont présentés à nos
regards.

1° La religion, en reparaissant sur la terre,
après en avoir été à peu près bannie, rendit
à l'homme toutes les vertus qu'il avait perdues, pureté de mœurs, courage, esprit de
liberté.

Remarquez qu'il n'y eut à cette époque que
deux classes d'hommes dans lesquelles ces
vertus se développèrent, les philosophes platoniciens et les chrétiens : c'est que loin qu'ils
fussent opposés les uns aux autres, il y avait
de la vérité dans tous les deux.

2° Le christianisme rétablit la dignité de
l'espèce humaine à l'époque où il parut, de la
seule manière dont il était possible de la rétablir, en plaçant l'héroïsme dans la résignation qui offrait au chrétien, dans le sentiment
de la soumission à son Dieu, une garantie de
son indépendance des hommes.

Sur la résignation du chrétien.

Sur les passions religieuses.

Comparaison de la religion chrétienne et du stoïcisme.

3° La religion, entre les mains d'une corporation privilégiée, peut souvent faire beaucoup de mal. Livrée à elle-même, elle fait toujours du bien : n'est-ce pas une preuve qu'il faut, si l'on peut, l'enlever aux corporations, mais qu'il ne faut pas en priver les hommes?

Ici la comparaison d'un peuple religieux, soumis à des corporations oppressives, et d'un peuple athée, soumis à un despote.

4° Influence diverse des croyances religieuses aux diverses époques de la société. Religion chez les peuples sauvages ; son peu de rapport direct avec la morale ; cependant elle sanctionne. Son genre d'utilité comme motif d'action.

Chez les peuples barbares, encore peu de rapports avec la morale.

Utile, comme présentant l'idée d'êtres plus parfaits que l'homme.

Autre utilité comme motif de réunions.

Fêtes, hospitalité, sermens, trèves.

Chez les peuples civilisés, rapport plus direct avec la morale. Son utilité pendant qu'on y croit.

Sentiment religieux.

Dangers.

Déviation de la morale.

Puissance du sacerdoce.

Ebranlement de la morale quand l'incrédulité se développe.

FIN DU SECOND ET DERNIER VOLUME.

TABLE

DES CHAPITRES DU SECOND VOLUME.

LIVRE IX.

*Résultat de cette marche de la Philosophie relati-
vement au Polythéisme.*

LIVRE X.

De la Philosophie à Rome.

LIVRE XI.

*Des mystères dans le Polythéisme indépendant
de la direction du sacerdoce.*

LIVRE XII.

*De l'état de l'espèce humaine au moment de la
chute du Polythéisme.*

LIVRE XIII.

*Des efforts de l'homme pour se rattacher à la re-
ligion tombée.*

LIVRE XVI.

De la forme sous laquelle le théisme se présente.

LIVRE XVII.

De la lutte du Polythéisme contre le théisme.

LIVRE XVIII.

De la chute du Polythéisme.

FIN DE LA TABLE DES CHAPITRES DU SECOND ET DERNIER VOLUME.

TABLE ANALYTIQUE

ET ALPHABÉTIQUE.

A.

Absolution. *V*. Expiation.

Aclépiade, I, 256.

Adrien, II, 14. — Rassemble autour de lui tous les savans et tous les philosophes, 50. — Honneur qu'il leur fait, *ib*. et suiv. — Les grands l'imitent, 51-52. — Accorde sa confiance aux magiciens, 117.

Ædèse, disciple de Jamblique. Projet qu'il forme. II, 219. — Comment il en est détourné, 220.

Alcinoüs, I, 62.

Alcinoüs, néoplatonicien, II, 200. — Son opinion sur la matière, *ib*. — Ce qu'il ajoute aux hypothèses de Platon sur la démonologie, 208, 209.

Alcméonides. Leur proscription, l'une des grandes sources de divisions dans Athènes, I, 137.

Alexandre-Sévère institua des chaires publiques d'astrologie, II, 118.

Alexandre le Paphlagonien, prétendu sorcier, II, 123. — Vénération dont il est l'objet, 125, 126. — Son serpent apprivoisé, 126. — Pélerins qui se rendent auprès de lui, *ib*. — Sa fille, née de son mariage mystérieux avec la lune, *ib*. — Confiance qu'on lui accorde, *ib*. — Médailles frappées en son honneur, 127.

B.

C.

Tome II.

Solennités de la fortune forte ou virile, 31. — Ce que les Romains y apprenaient, *ib*. — Statue voilée de Servius Tullius, *ib*.

Fétichisme. Est l'enfance du Polythéisme, I, 122.

Fichte. Manière de raisonner qui le fait accuser d'athéisme, I, 275, 276.

Figulus, magicien romain, ami de Cicéron. Ce qu'on raconte de lui, II, 114. — Prédiction qu'il fait à Octave, père d'Auguste, *ib*.

Fortune. Multitude de divinités différentes adorées chez les Romains, sous son nom, I, 17. — En Grèce on lui éleva aussi quelques temples, *ib*.

Fréret, II, 258.

[G.

Gentous, I, 69.

Gordien, empereur romain, II, 187.

Grecs, I, 4. — Leurs dieux beaucoup plus dépravés que ceux de Rome, *ib*. — Ne furent point pervertis par la présence des tyrans, 5. — S'efforçaient d'intéresser les dieux dans leurs événemens nationaux, 26. — Diane Astratée, et Apollon Amazonius, pourquoi adorés à Pyntrique, *ib*. — Les filles de Nérée, 27. — Le dieu Pan, etc., etc., 27. — Temples d'Hercule Hippodète, de Bacchus et de Mercure, 27. — Mais en Grèce les traditions de chaque ville ne pouvant jamais devenir partie de la religion nationale, 28. — A quoi cela pouvait-il tenir? *ib*. — Ils avaient des familles sacerdotales, 38. — Ils essaient fréquemment, mais sans succès, d'exclure les dieux étrangers; 39. — Rejettent le sens mystique des Fables égyptiennes, 42. — Recommençaient plusieurs fois leurs sacrifices, lorsqu'ils étaient d'un funeste augure, 94. — Réunirent Isis, Osiris et Anubis, sous le nom de Proserpine, 121. — Sont le seul peuple indépendant de la direction sacerdotale, chez lequel nous puissions suivre la marche de la philosophie, 144.

Grotius. Cherchait la démonstration de la religion chrétienne dans les merveilles de l'astrologie, I, 192.

H.

Hébreux. A quelle époque leur religion était conforme au besoin universel de l'espèce humaine, II, 235. — Sa supériorité sur toutes les croyances à cette époque, *ib.* — Obstacles qui s'opposent à ce qu'elle devienne la croyance universelle, 236. — Distinction qu'il faut faire, *ib.* — Etat de cette religion au moment où elle donna au monde le signal du théisme, 257, 258.

Hégésias, philosophe grec, disciple d'Aristippe. Plaçait le souverain bien dans la volupté, I, 202. — Son découragement, 203. — Son Eloge du suicide, 204. — Les Ptolémées lui défendent d'enseigner sa doctrine, 204, 205.

Héliogabale, II, 117. — Veut établir le culte du Soleil comme Dieu unique, 167.

Hélios, le Soleil. Ce qu'en dit Julien, II, 280, 281.

Héraclite. *V.* Philosophes. — Emprunt qu'il fait aux prêtres éphésiens, I, 154. — Ses deux Forces, *ib.*

Hérodote, I, 55. — En quoi il diffère de Lucien, II, 81.

I.

J.

288. — Maxime qu'il cite pour prouver que la bienfaisance et la charité appartiennent au Polythéisme grec, 288, 289. — Ses efforts pour relever le pouvoir spirituel, 299 et suiv. — Institutions qu'il emprunte aux Chrétiens, 291. — Il essaie de rétablir entre la religion et l'état la liaison intime qui avait existé dans l'ancienne Rome, 291, 292. — Veut réintroduire les formes républicaines, 292, 293. — Sous quel rapport il honorait le judaïsme, *ib.* — Sacrifice qu'il offre à Antioche, *ib.*

Justin, martyr. Ce qu'indique son histoire, II, 247, 248. — Epoque de sa naissance, 248. — Il essaie d'abord de tous les systèmes philosophiques, *ib.* — Manière dont il devient chrétien, 249. — Son opinion sur Platon, *ib.*

Juvénal, I, 56, II, 69, 307, 308.

K.

Kirguises. Mélange qu'ils font du Polythéisme avec le Théisme, II, 296.

L.

Labienus, I, 37. *V.* Augures.

Lacédémoniens. Violent les droits de l'hospitalité, pour obéir à l'oracle de Delphes, I, 62.

Lactance, I, 264. *V.* Diogène Laërce.

Lares, I, 15. *V.* Pénates. Ovide.

Lemuries. *V.* Fêtes romaines.

Lépide, II, 32.

Leucippe, philosophe grec. Paraît d'abord s'écarter

M.

Mithras (les derniers mystères de). Différence qui existe entre ceux-ci et les anciens, 257, 258. Comment Fréret veut expliquer cette différence, *ib.*

Momus. Plaisanterie que lui prête Lucien dans son dialogue intitulé, l'Assemblée des Dieux, I, 128.

Montanistes. Innovations qu'ils veulent introduire dans le christianisme naissant, II, 241, 242.

Montesquieu, I, 55. — Comparaison qu'il établit entre la religion païenne et la religion chrétienne, *ib.* — 70, 71. — Peinture qu'il fait du Stoïcisme, 87.

Morale, I, 41. *V.* Polythéisme romain. Etait la partie dominante du Polythéisme romain, 42. — Elle y formait un système complet, 42. — S'introduit par degrés dans le Polythéisme indépendant de la direction du sacerdoce, 60. — Ce qu'il faudrait, pour que la morale cessât d'être indépendante dans le Polythéisme qui n'est pas soumis à la direction des prêtres, 63 et suiv. — Ce qui arrive, quand la morale et la religion s'unissent étroitement dans le Polythéisme laissé à lui-même, 64. — Ce qu'est la morale, dans le Polythéisme soumis aux prêtres, 68. — Délits factices punis avec plus de rigueur que les véritables, *ib.* — Exemples, *ib.* et suiv. — Danger de subordonner la morale à la religion, 75 et suiv. — Exemples tirés du judaïsme et du christianisme, 76. — Expédiens bizarres que l'homme adopte pour se délivrer de ce joug, 77 et suiv. — A quoi l'on doit attribuer l'apathie que plusieurs religions sacerdotales recommandent, 79. — Méprise de ceux qui ont écrit jusqu'à présent sur les rapports de la religion avec la morale, 80. — Deux espèces de morale, *ib.* — Pour laquelle des deux la re-

N.

176. — En quoi ils diffèrent des nouveaux pythagoriciens, 178.—But chimérique qu'ils poursuivent, *ib.*—Leur tendance au merveilleux, 179. — A quoi les modernes l'ont attribuée, *ib.* — A quelles sources ils ont puisé, 180. — Ce qui les caractérise particulièrement, 181, 182.—Leur besoin d'unité et d'abstraction, 192.—Hommage qu'ils rendent au goût de leur siècle, 193. — Raison pour laquelle leurs hypothèses furent bien accueillies, 204. — Parti qu'ils tirèrent de la démonologie, 207 et suiv. —Comment leur doctrine se trouvait également conforme aux préceptes de la philosophie et aux réminiscences de la religion, 217. —Se rapprochent souvent du Théisme, 222. — Leur tentative chimérique pour rendre à l'homme une religion, 224. — Enthousiasme avec lequel ils adoptent le Théisme, 228. — Leurs principes de tolérance, 229. — Ce qu'ils entendaient par la révélation, 266. — Différence qui existe entre eux sur ce point et les chrétiens, 267. — De même sur le droit de faire des miracles, *ib.*

Nuit primitive des Egyptiens, II, 197.

Numa, I, 33. —Transporte dans les mains des citoyens romains les plus distingués la plupart des fonctions sacrées, *ib.* — Influence des doctrines de Pythagore sur lui, II, 15, 73.

O.

Océan, représentant l'eau élémentaire, I, 8.

Odin. Langage qu'on lui fait tenir dans l'Havamaal, I, 92.

OEdipe, I, 61. *V.* Athéniens.

P.

R.

S.

T.

U.

V.

245. — Observation que ses expressions nous suggèrent, *ib.*

Voltaire, II, 69. — Son acharnement contre la Bible, 81. — Point de ressemblance qu'il a avec Lucien, 81, 82.

Volusius, prend les vêtemens d'un prêtre égyptien pour se dérober aux bourreaux, I, 125.

W.

Wishnou, II, 308.

X.

Xénocrate d'Aphrodisium. Remèdes qu'il indique dans son livre sur l'art de guérir, II, 119, 120.

Xénophane de Colophon, philosophe grec, suppose l'éternité du monde, I, 176. — Se met en opposition directe avec la mythologie reçue, *ib.* — Est le premier incrédule de la Grèce, *ib.* — Ses premiers disciples, 177. — Reproches qu'il adresse à Homère et à Hésiode, 193.

Xénophon. Ce qu'il dit des opinions religieuses de Socrate, I, 184, 185. — N'a connu qu'une partie de ces opinions, 185, 186. — Était le plus superstitieux des hommes, 186. — Preuves, *ib.* et suiv. — Rang inférieur que nous croyons devoir lui assigner, 188. — Sa vanité, *ib.* et suiv. — Ce qu'on éprouve en le lisant, 189. — Il s'attire la malveillance des Spartiates, 190. — Son apologie de Socrate, 190.

Xénophon d'Éphèse. Son roman d'Anthia et d'Abrocome, II, 120, 121.

Z.

Zénon, I, 177.

Zervan Akerene, premier principe de Perses, II, 197.

Zoroastre dénonce tous les ennemis de sa doctrine comme des magiciens, I, 105.

FIN DE LA TABLE ANALYTIQUE DES PREMIER ET SECOND VOLUMES.

ERRATA.

Page 23, ligne 15 : l'abondance, *lisez :* l'abandon.
Page 29, ligne 17 : Pyrrhus, *lisez :* Pyrrhon.
Page 41, ligne 15 : honneurs, *lisez :* hommes.
Page 52, ligne 18 : immoler, *lisez :* enrôler.
Page 80, ligne 24 : époque, *lisez :* épreuve.
Page 187, ligne 12 : Plotin, *lisez :* Platon.
Page 270, ligne 20 : retraités, *lisez :* retractés.
Page 271, ligne 8 : lutte, *lisez :* culte.

BIBLIOTHÈQUE
ROYALE
INVENTAIRE
JL 74 90